深空彼岸
4
辰东/著
畅销书作家
辰 东
全新力作
内容简介
本册中，王煊在密地经历重重危险，激烈蜕变，成功踏足超凡领域。与此同时，王煊得知列仙正在走向没落的惊人真相，而密地之旅也走向了结束。
一代旧术奇才在新术狂潮中逆风翻盘的传奇故事
星空一瞬 人间千年 探索神秘深空 抵达全新彼岸
深空彼岸
辰东/著
一代旧术奇才在新术狂潮中逆风翻盘的传奇故事
《完美世界》作者辰东科幻新作

完美世界29

PERFECT WORLD

Oriental Fantasy

辰东◇著

山东画报出版社

图书在版编目(CIP)数据

完美世界. 29 / 辰东著. -- 济南 : 山东画报出版社, 2022.10
ISBN 978-7-5474-4391-0

Ⅰ. ①完… Ⅱ. ①辰… Ⅲ. ①长篇小说—中国—当代
Ⅳ. ①I247.5

中国版本图书馆CIP数据核字(2022)第187587号

WANMEI SHIJIE 29

完美世界29

辰东 著

责任编辑 郑丽慧
装帧设计 周艳芳

主管单位 山东出版传媒股份有限公司
出版发行 山东画报出版社
社　址 济南市市中区舜耕路517号 邮编 250003
电　话 总编室(0531)82098472
市场部(0531)82098479 82098476(传真)
网　址 http://www.hbcbs.com.cn
电子信箱 hbcb@sdpress.com.cn
印　刷 湖南天闻新华印务有限公司
规　格 169毫米×233毫米 1/16
20印张 320千字
版　次 2022年10月第1版
印　次 2022年10月第1次印刷
书　号 ISBN 978-7-5474-4391-0
定　价 34.80元

CONTENTS

目录

第1569章 王长生现

很多人还不知道九天上已经发生了一件惊天大事，目前小部分人在来的路上隐约听闻，有人闯进金家去了！

“金家的事是……荒做的！”有人声音发抖，捅破了这层“窗户纸”，他的身躯甚至都在发颤。

这是天大的事件，居然敢攻打长生世家，并且成功了，荒能够站在这里，足以说明一切！

他毫发无伤，就这么安然而归，可是金家那里早已乱套，成为是非旋涡，目前各大长生世家都去调查了。

“你说什么？”许多人自然无法理解，因为他们根本不知道发生了这等骇人之事。

“金家曾被人攻伐，大阵都被攻破了。长生世家内剑气冲霄，发生了大事件！”有人说道。

那个人很谨慎，也很迷茫，这终究是在路上听到的传闻，而后又结合眼前所见做出的一些判断，还不能确定是荒所为。

即便如此，许多人也还是不寒而栗，他们望向场中的那个年轻人，不禁生出了窒息感。

荒，真的是他吗？今天他这是要捅破天吗？连金家都敢攻击！

“石昊，真是你做的？”这边，小蚂蚁、拓古驭龙等自然也听到了，顿时惊诧不已，这……细细想来还真是他的风格！

曹雨生大笑道：“哈哈，自然是我们。你们没看到我们抄金家老巢时的情景，那是何等的英雄气概！”

他这个人脸皮很厚，一边说，一边手舞足蹈，仿佛身心都陷入大战中了，眉飞色舞，相当激动。其实，他只是一个旁观者。

众人自然知道曹雨生的禀性，一个个闻言都翻白眼，太阴玉兔更是直接揪住他的耳朵，道：“你只是从开始看到结束吧？”

“松手！”曹雨生叫道。

“小家伙，你是谁家的孩子？来，让叔叔揉捏揉捏！”小蚂蚁怪笑道，伸手去捏曹雨生的脸。

曹雨生现在看起来七八岁的样子，胖乎乎的。被捏住脸后，他龇牙咧嘴，无奈面对小蚂蚁这个力之极尽者，根本挣脱不了。

“你还好吗？这么多年是怎么过来的？”清漪到了近前，看向石昊，美眸中有雾气。

这些年来，她不食人间烟火，像要彻底斩断这红尘纷扰。但现在，她心绪起伏，始终不能平静，因为她终于又见到了这个人。

毫无疑问，她此时是清漪，不是月婵。

石昊点头，面对这些故人，面对清漪，他的情绪剧烈波动。

看到众人流露真性情，他哪怕修成至尊，站在高峰上，心中也不平静。

不过，就算有再多的话想说，也不是现在，王家老八还在旁边，石昊需要将他解决掉。

王家老八分明还不是至尊，却敢在这里现身，疑似有所倚仗，不单是为了救王十冲动闯来的。

石昊向前望去，此时王家的人也终于回过神来。

王家老八心情复杂，他真的不敢相信这是当年的荒，如今这个小子已经超越他，成了这天地间最年轻的至尊！

荒打破神话，再造历史！

真是超出我的预料，当年真该不计后果地灭了他！王家老八在心中暗叹，可是说什么都晚了。

不过，细细想来，他们也不是没有出手，无奈几次都被孟天正所阻，想灭荒也灭不了。

“金家的事是你做的？”王家老八问道。他的面孔还算年轻，一头灰发，看起来正在巅峰时期。

“是。”石昊简简单单地回应，只有一个字。

“轰！”

这个地方顿时嘈杂声不绝，如同沸水般。猜测是一回事，被证实又是另一回事，众人不禁骇然。

荒得有多强？连这种事都做得出来！

那可是金家啊，一个长生世家被他攻破了山门！据说，金太君都负伤了，被人一路追杀，逃进族中。

“荒，你到底对我族做了什么?!”金展呼喝道。他来的路上只是大概听说了一些，并不知道详情，直到此时听到众人的议论，他才知晓金家老祖都受创了。

“上路吧。”石昊语气平淡。他轻飘飘地抬手 一点，一道神虹飞出，如太阳神火降临，金展顿时殒命了。

这里一下子安静了，所有人都屏住了呼吸。

荒已然成道，虽然仅修行数十载，但是已经跟王长生、金太君等人一般实力高强，是为数不多的至尊之一。

那些保持中立的生灵想明白这一点后，再也不敢乱说。

金展真的很强，可现在被荒这么随手一击就殒命了！

“我很好奇，你有什么手段，怎么敢出现在我的面前？”石昊看向王家老八，这般说道。

说话间，他抬手了。他不想浪费时间，直接就要将王家老八镇压。

“道友，你未免太小觑天下人了！”王家老八说道，眼中带着冷冽的光芒，并无惧怕之意。

“你十弟喊我前辈，你不跟着称呼一声吗？”石昊脸上带着微笑，道。他的一只大手划过虚空，向前抓去，隆隆而行。

可以看到，在石昊的掌指间，日月转动，星光点点。

这是异象，也是真实威能的体现！

到了如今，石昊随意一击便可以覆盖天宇、截断星域，就是这么强悍。

“你来看，何人敢欺王家?!”就在这时，王家老八“哗啦”一声抖出一幅画卷，使之横在虚空中。

画卷斑驳，展开后露出全貌，上面画着一个生灵。这个生灵很年轻，看着像十六七岁，唇红齿白，眉清目秀。

“王长生！”

石昊露出惊讶之色，画中之人竟然是王长生。

“你以为一幅画卷就能挡住我？”

“走！”王家老八拉着王十就走，快速后退。这个地方弥漫着至尊的气息，让人胆战心惊。

其他人也都战战兢兢，踉跄着倒退，面色苍白。

“道友，何必如此，得饶人处且饶人。”画中人竟然开口了，它蕴含着王长生真身的精气神！

“难怪，这相当于王长生的一道化身吗？”石昊自语道。

“哧！”

石昊向前迈步，身上绽放瑞光，烈焰熊熊。那是真凰之火，可焚毁天地，要将画卷化成灰烬。

画中人冷哼一声，眸子中射出神光。画中人竟然动了，整幅画卷如有生命一般，纸张消失，只留下一个人。

“咚！”

天地炸开。

画中人看着懵懂，可是此时发威后，眉心光芒一闪，剑胎径直向石昊劈去。

这是王长生留下的烙印，它化成人形，直接施展出最强神通，动用了平乱诀！

第1570章 **至尊战**

平乱诀！

这门法诀威力奇大无比，号称盖世玄法，是石昊这么多年以来念念不忘的经文。

得到此法，他就可以锻造元神，跟《不灭经》配合。到那时，他将内外参透，形与神都将达到最强状态！

“锵！”

石昊迎击，他动了，在其体外出现了一条又一条赤红的神链。神链铿锵作响，锁住了那柄黑色剑胎。

其实，这神链是翎羽所化，他在施展无上大神通——真凰秘术！

赤红翎羽从石昊体表冲出，化成秩序之链，要将剑胎锁住并炼化。

“快走！”

远处，王家老八带着王十等人撕开虚空，就要遁走。

然而，一条神链扫来，殷红如火，赤光漫天，一下子就截断了他们的前路。

“噗”的一声，王家老八吐出一口血，他撞上那条赤色神链，遭受了至尊威压，受创了。

王家九条“龙”，实力末者为最，传闻第九条“龙”已经是至尊了，第八条“龙”无限接近至尊，称得上是准至尊，但现在他遭到了一击！

石昊虽然在面对画中人，但是也一直在盯着王家的几个人，根本就不想放走他们。

“谁敢动一下，杀无赦！”石昊威胁道。与此同时，他的赤红翎羽跟王长生激烈地碰撞，剑气冲霄，火光熊熊，焚烧天地。

虽然这不是王长生的真身，但是石昊不敢有丝毫大意，毕竟王长生是一个老牌强者，于太古前成道，法力绝世。

最起码，对方修道的岁月漫长，早已快成仙了，只有一线之隔。

若非天地不允许，王长生早就是更高层次的生灵了。

石昊虽然厉害，但是只修道数十载，才勉强踏足这一领域，还是一个新人。

这一纪元总共有多少人走到这一步，如今又有几人还活着？走到这一步的生灵谁又比谁差多少？都是非凡之辈！

石昊无比严肃，哪怕面对的不是王长生的真身，也全力以赴地攻击。

从某种意义上来说，如今的王长生很有可能是至尊中的王者。自从孟天正消失，王长生或许有资格称得上是天下第一至尊了！

“锵！”

突然间，石昊身上的翎羽消失，赤光尽数收敛。

随后，一股更为凌厉的杀意冲起，那是剑气，他要以草字剑诀对阵平乱诀！

古今三大剑诀，其中两种今日对上了！

剑气亿万重，杀伐气冲天！

这是一场绝世大战，超越了人们的想象。人们若不远离须弥断山的话，就要在一剑之下化为齑粉。

这是至尊大战，无与伦比！

此外，无论是石昊还是“王长生”，都在有意控制力道。他们腾入空中，不愿对战波及其他人，因为这里有他们的朋友和子嗣。

虚空中，剑气如虹，成千上万道，不断在两人间交织，成为永恒不灭之光！

“啊！”

打到兴起时，石昊长啸一声。他施展出各种宝术，神力沸腾，实力越发强大与惊人。

这一幕让许多人心胆皆寒，王家人更是彻底变了脸色。因为这并非真的王长生，只是其烙印而已，故此体力不支了。

“嗡”的一声，“王长生”被石昊打得横飞出去，瞬间没入画卷中，随后横跨而去，并在下一刹那裹住了王家老八、王十等人。

画卷带着王家人击碎虚空，就要遁走。

“哪里走！”石昊一声断喝，如同龙吟虎啸般，震荡天地。

到了这一境界，一声轻叱便蕴含着大道之力。更何况，他手中结印，施展出六道轮回天功，其中包含着几种绝世宝术，生生将画卷从虚空通道中给扯了回去。

“砰！”

石昊掌指发光，捏剑诀，劈斩这幅画卷，要将它毁掉。

刹那间，画卷暗淡了，从中坠落出几个人，正是王家老八等人。

石昊一愣，这画卷的防御力并不是很强，没有他想象的那么厉害，画中人已经暗淡了，变得十分模糊。

王家老八的神色顿时就变了，他轻轻一叹，道："我父亲若在九天上，自然会心生感应，第一时间赶到。可惜，他有要事，远离九天，故此没能在此显圣。"

他意识到自己失算了。

石昊闻言，立即了然。这幅画卷竟有这等能力，他人可以借助它呼唤王长生，而且距离越近，威力越大。

"我失算了，没想到父亲离开了九天。想必一定是仙域的强者在召唤他，不然的话，谁能让他火速而去？"王家老八叹息。

"我看你并不慌乱，还是有所倚仗吧。"石昊冷冷地说道。

说完，弹指间，一道剑气飞出，"哧"的一声，将王家老八击中。

此时，无论是王曦还是王十，都心神一颤，强大的王家老八就这么被击中了！

突然，石昊疾速向后而去。

就在这一刻，一只黑色的大爪子无声无息地从虚空中探出，向石昊抓去，而且它还带动着黑雾。

这黑色的大爪子威能极大，给石昊带来了威胁感。

一位至尊！

"黑暗生灵？！"石昊目光冰冷，向前望去。那里有一片浓重的黑雾，当中有一头古兽，正在逼来。

石昊目光如电，回头看向王家老八，道："你勾结黑暗生灵？"

"我不知道你在说什么，我王家从未与黑暗生灵接触过，莫要血口喷人。"王家老八冷静地回应道。随后，他迅速修复被击中的躯体。

石昊那一击并未蕴含法则之力，因为他想留下王家老八的肉身与性命，还指望提取其体内的法阵呢，故此其性命没有大碍。

须弥断山附近，所有人都神色骤变。他们这才意识到此次聚会有多么危险，居然引来了一个黑暗生灵，而且是至尊。

若荒未赶到，他们是否全部都要饮恨而亡？后果难料！

"荒，真正的黑暗生灵出现了，该你尽力的时候了。我劝你为人要正派，莫要再对九天的修士行凶。"王家老八说道。

"无耻，这黑暗生灵一定是你引来的！"曹雨生喝道。

其他人都心中一凛。

"与我何干？我猜测，是荒的气息吸引它而来的，因为至尊血气浓郁，吸引了它的注意力。荒若不能战败它，便会为我等惹来杀身大祸。”王家老八镇定地说道，他并不承认曹雨生的指控，还将责任往石昊身上推。

“你们当诛！”石昊冷冷地回应道。他已经意识到出了大问题，王家一边在做进仙域的准备，一边与黑暗生灵有接触，而且双方关系密切。

他确定这名黑暗至尊是王家老八引来的！

一声低吼响起，那个黑暗生灵冲来了。它体形庞大，带着浓重的黑暗物质，探出大爪子，粉碎虚空，向石昊笼罩而来。

这是一头犼，它显然属于九天十地，只是由于被黑暗物质侵蚀，死过一次，最后复生，开始了黑暗进化。

这是三十年来出现的佼佼者，算是一个超级进化者。

一般的人遇上黑暗生灵便会弱三分，因为它们带着黑暗物质，一个不留神就会被它们侵蚀，堕入黑暗中。

故此，王家老八现在很镇定，他相信石昊这个新至尊一定会手忙脚乱。

可让他没有想到的是，石昊无惧黑暗物质，直接一拳向前轰去，跟那头犼的爪子对击在一起。域外当即有星体坠落，乾坤都崩开了。

石昊得到过黑暗真血，那血比这个生灵的还要纯净。

黑暗真血不仅被禁区之主培育起来，而且石昊还计划引之入体呢！

“哧！”

一道剑气横扫而来，“砰”的一声，王家老八捂着脖子，嘴里吐出一口血。

“无论如何你今天都走不了，勾结黑暗生灵，罪不可赦！”石昊冷冷地道。

他一边跟黑暗生灵大战，一边施展无上宝术，欲将王家老八斩首。

“老十，动用禁忌手段，快逃！”王家老八暗中虚弱地向王十传音。

“哧！”

然而一道剑光飞来，王十被斩中。

“我不管你们有什么手段，在我面前都不要妄动！”石昊道。

第1571章 斩黑暗至尊

一剑寒光耀九天，王十人头落地。

这个场面令全场鸦雀无声，许多与王家关系密切的修士莫不战栗，从头到脚都生出一股寒意。

王十被王家寄予厚望，是王家天赋最高之人，可是在荒的面前毫无还手之力。

一个是至尊，一个是遁一境的俊杰，自然没有可比性，实力差距太大。

可是，有一点是相近的，那就是他们的修道岁月，荒也仅修行了数十载而已，但是现在已经成道了。

“真的成功了啊。”有人低声道。

即便不相信也不行，毕竟石昊的战力摆在那里，他斩杀遁一境的强者不费吹灰之力。

辉煌成就，照耀千古!

在冷静下来后，人们都渐渐地意识到荒的成就太了不得了，创下了古今新神话。世人都说没有五百岁以下的至尊，可是他打破了纪录。

此时，不要说王家、金家等家族的人情绪剧烈波动，就是清漪、拓古驭龙这些石昊的故人也都难以自抑，异常激动。

“嗷！”

黑暗生灵大吼，眸子变成了赤红色，如同两轮红月，在黑色雾气中显得冰冷而残忍，扑向石昊。

黑暗生灵的爪子漆黑而庞大，跟一座小山似的拍击下来。这本是真犼，结果被黑暗物质侵蚀后，它彻底变异了。

这头黑犼神力惊人，伴着法则之力禁锢虚空，要将石昊控制并消灭。

“当！”

石昊根本就不退避，他无惧黑暗物质，掌指发出瑞光，形成巨大的光晕，与黑色大爪子碰撞，响声惊天动地。

这景象相当恐怖，域外有一些星体坠落，焚烧着撞向这片大地。

不过，在双方的交战中，余波扩散，扫向域外时，那些坠落的星辰又都炸开了，最后化成齑粉。

他们早已腾空而起，到了域外，化成电芒，激烈厮杀，速度极快。

虽然那个黑暗生灵体形庞大，但是石昊施展了一个法相天地后也与天齐高，他站立在天外，如同开天辟地的巨人。

兽吼连连，黑暗生灵乃是至尊，实力无比强大。九天的其他生灵若见到它，实力会直接弱上三分，因为怕被黑暗侵蚀。但是石昊完全没有那个顾忌，十分勇猛。

黑犼吐息，黑色烈焰焚烧，域外的一些星体直接炸开，远远望去，如同绚丽的烟花，让人毛骨悚然。

这就是至尊之战，虽然分明是在针对敌手，可是稍微不留意，散出的丝丝缕缕精气就足以斩落日月星辰。

黑犼扑击，如同凶狂的古兽号叫着，那音波像要灭世一般。

还好，石昊发出道音，抵挡了那种可怕的力量。他浑身都是光，之后散发出可怕的魔光，气息越发强悍。

在这世间，若论好战种群，混世魔猿肯定得排在最前列！

这一族每逢乱世时才会大兴，因为它们好战，在乱世中勇猛精进，横扫各路敌人。

石昊现在动用混世魔猿一族的秘术，战意高昂，近乎魔化。他浑身发出可怕的乌光，漆黑的护体罡气在体外弥漫着。

“杀！”石昊大吼。

一刹那，石昊化出三头六臂，实力大增。他飞扑了过去，六臂齐动，轰向这头至尊级的真犼。

“砰！”

真犼虽然勇猛、凶狂，可还是中拳了，被打得踉跄倒退。它发出低吼声，嘴里喷薄出黑色的烈焰。

一个黑色的炉体飞出，要将石昊收进去。

这不是实物，并非法器，而是黑犼道行的体现。黑色烈焰凝成法则，构建成炉，想将石昊炼成灰烬。

“当！”

这黑色的炉体直接被石昊打爆了。随后，他飞身而上，在与真犼接连的对抗中，骑坐在了它的身上。

石昊按着真犼的头，禁锢它的四肢，猛力捶打。

“嗡”的一声，真犼冲起，化成一轮黑色的太阳，要毁灭背上的生灵。它将石昊掀飞了出去。

不得不说，黑暗生灵的确可怕，其肉身坚固得难以想象，超越一般的同阶生灵。

但是，随着战斗的持续，这头犼还是败了。“噗”的一声，它被石昊一拳打中胸膛，口中吐血。

果然，那是黑色的血，异常可怕。

石昊疾速后退，不想沾染这种黑暗之血。

“嗷——”

这头犼大声咆哮，哪怕元神龟裂，也还是没有殒命，生命力强大得可怕，它要继续跟石昊对决。

石昊占据了主动，怎么可能给它机会？一刹那而已，草字剑诀发出，亿万重剑气激荡，全部斩向这头真犼，令它避无可避。

黑暗生灵悍不畏死，从不避退，这也导致它们若不敌对手注定会殒命。

石昊催动剑气，将这头受重创的真犼斩灭！

域外落下黑雨，那是黑暗生灵的精华。

石昊施展大神通，将黑暗生灵的精华全部收走，置于一口由规则构建的鼎中并全力炼化，不然的话这将是一场大祸。

一位至尊被斩灭，而且是黑暗生灵！

下方，须弥断山附近，众人震惊不已：当年的荒竟强大到这种地步了，已然强势崛起，成为这天地中的一方至尊。

石昊收敛自身的气势，但依旧令人敬畏，尤其是金家、王家的人，莫不胆寒。

“该算一算你我之间的账了。”石昊冲着王家老八而去。

当年，王家九条“龙”一直想除掉他，现在他自然不会手下留情。尤其是，王家老八竟引来一名黑暗至尊，包藏祸心，不可饶恕。

“说一说，王家到底跟黑暗生灵有什么交易？”石昊问道。

“你莫要血口喷人！”王家老八说道。无论如何他也不可能承认，一旦招了，他将陷入万劫不复之地。

“不说是吗？”石昊的语气很平静。随后，“哧”的一声，一道剑气飞出，向王家老八斩了过去。

“荒，你这样逼迫我们，就不怕我父亲日后将你降伏吗？”王家老八说道。

“哧！”石昊一句话也没有说，剑光一闪，就这么落下，将其元神一劈为二。

“荒，你放开我八哥！”不远处，王十开口道。

“那便从你入手！”石昊回过头来看王十，一剑落下。

“荒，你竟敢如此，我父亲不会放过你的！”王家老八颤声道。

“是吗？”石昊的语气依旧平淡。他再次出手，一道剑气扫过，还是冲着王十而去，其元神被剑光笼罩，也要被劈为两半了。

就在这时，惊变发生，王十的元神之光大盛，映现出一个影子。那个影子像从无尽遥远的一座高台穿透而来，显化于此。

“道友请留情！”那个影子喝道。

“王长生！”石昊很惊讶。

王长生对王十果然不一般，在王十濒临杀身大祸之际，居然有王长生的影子从其元神中映现出来。

“这……唤灵神台！”王家老八十分惊异，而后道，“快，呼唤父亲，让他速速赶来！”

他在王十的元神中看到了一座很小的古台，王长生那道模糊的虚影就立在上面。石昊也看到了，没有想到王十的元神中竟藏着这样一座古台！

只有王十自己不知道。

“呼唤父亲，速来击灭他！”王家老八暗中对王十大吼道。

第1572章 **对决第一至尊**

唤灵神台很小，不足一寸高，看着有些模糊，介于虚实间，悬于王十的元神之中。

这东西蜕去有形之体，成为一种规则性的东西，就连王十自己都没有察觉到，如今它显现了出来。

顾名思义，它可以召唤强大的生灵，当然，前提是曾经立下契约，镌刻繁复的规则后，才能生效。

此时王十被兄长提醒后，元神发光，开始呼唤王长生。

事实上，不用王十呼唤，在他的生命受到威胁时，这唤灵神台就已经发光，符文密布，自动召唤强者。

这里时而模糊，时而灿烂，一只大手探了出来，阻挡石昊的剑气，带着铺天盖地的压力震慑天下万灵。

从王十元神中探出的一只大手带动罡风，形成雷云风暴，并伴着道则的轰鸣声，混沌之气弥漫。

人们惊骇，这景象超乎想象。

石昊蹙眉，连他都没有料到，王长生对这个幼子这么偏爱，动用这么多心血，只为小心地护佑他！

石昊镇压了王大、王五，便是前方的王家老八也随时可以拿下，但他们都没有王十的这种待遇。

“不愧是老疙瘩，让王长生这么疼爱。”石昊说道。

“轰！”

石昊劈出的剑气跟那只大手撞在一起，形成恐怖的毁灭之力。周围的空间在塌陷，虚空中出现密密麻麻的巨大裂缝，甚至蔓延到了域外。

洪大的声音响起，居然有佛家真言，震撼乾坤。

须弥断山在剧烈地颤动，但是并没有在至尊对决中毁掉。这方大地摇动，如同发生了大地震一般。

像是有三千神佛诵经，真言响彻四方，此地剧烈地动荡，整座须弥断山都散发出神圣的光芒。

古僧遗地在至尊神威的波及下，居然有了这等反常的异象。

这一刻，有一个人受到了影响，大须陀口诵佛号，盘腿坐了下来，沐浴诸天佛光，而后一动不动，宛若寂灭了。

“轰隆！”

来自唤灵神台的那只大手退了回去，包裹着王十就要离开。

虽然王长生非常强大，但是毕竟他人在亿万里外，只是隔空催动法则施展出这一掌，而不是亲临。

王长生怕在争斗中波及王十，从而导致其惨死，故此想第一时间带他离开。

“哪里走！”石昊大喝，催动宝术，三头六臂齐现。他战意高昂，向前扑击。

“咚！”

又是惊天动地的一击。可以看到，王长生的身影虽模糊，但很真实，他像站在永恒未知处，捏拳印攻来。

只是，他离得太远了，像隔着无限的空间，目光冰冷，出手无情。

“咦？”

石昊很惊讶，他隐约看到了王长生所在地的景象。那里有大军无数，一扇门正打开着，众多修士驾驭法器等踩着云雾进入门内的世界。

仙域退军了吗？

那些景象很朦胧，并不真切，是透过唤灵神台映现出来的，在遥远的未知处。

“小友，你要步步紧逼吗？”王长生开口道，神色平淡，脸上早已没了笑容，带着一股迫人的威压。显然，他走不开，且相隔太遥远，不能被召唤而来，只能以气势压制此地的一切。

“王家老八引来黑暗至尊，这是何意？你王家有什么解释？”石昊很平静，一边出手，一边逼问。

“我想这当中一定有什么误会。”王长生说道。

那模糊的身影额骨晶莹，接着乌光绽放，一柄剑胎成形，威能浩大，哪怕隔着万水千山，不在同一片古大陆上，也依旧如此可怕。

王长生动用了元神剑胎！

这可不是早先那幅画卷中的人所展现的威压，而是真正的绝世手段，平乱诀再现！

石昊立刻严肃起来，面对老牌强者，面对这位至尊中的王者，他不敢有丝毫的大意。

“嗖！”

元神剑胎发光，在王长生的额骨前闪耀，异常璀璨，撕裂一切，宛若仙王横空出世般迫人。

不过，它没有飞出来，王长生所在的地方有变局，他的剑胎守护在额骨前，只是映照出神光。

一刹那，平乱诀真义绽放，彩光万道，宏大无边，通过唤灵神台出现在此地，向石昊压迫而去。

“斩！”

这一刻，石昊直接催动草字剑诀，以古今三大剑诀之一来对抗平乱诀。

两者间剑意激荡，符文成片。刹那间，居然浮现出两个神秘的古代人物，他们一起盘坐下来，开始诵经。

这两个神秘的古代人物被时间光带缠绕，被岁月碎片淹没，被混沌之气包裹，让人看不清他们的真容。

那是两种剑意，都非常神秘，它们化成两个生灵盘坐在虚空中吟诵古经，震动天地四海。

石昊顿时发呆，有些惊诧。

王长生也一愣，他是老牌至尊，在如今的九天十地中，仙道之下无对手，除孟天正外，再无人可与他比肩。

王长生的道行太高深了，只差一线，就将成仙。

对于才迈进至尊领域，与此境界巅峰有一定差距的新至尊来说，王长生算是一座巍峨的大山，想要赶上他，需要一定的岁月积淀。

让王长生没有想到的是，对面那个年轻人施展出剑意后，居然跟他的平乱诀产生共鸣，发生了如此奇异的景象。

石昊虽然自信，但是知道自己刚踏足这一领域，还不可能立刻就压制这至尊领域中的第一人，而眼前所见又让他很疑惑。

为何会如此？

三大剑诀是有联系的！王长生心中震动，眼神一下子变得炽热了，他想到了曾经在某一遗迹中看到的只言片语。

王长生轻斥一声，催动无上法力，他想要将王十带走，更想将石昊的剑意剥夺。

因为眼前所见太特殊了，两种剑意居然化成了两个生灵，在这里盘坐、对峙、诵经，十分古怪。

“给我回来！”石昊喝道。他也在催动法力，各种神通尽显，更动用了六道轮回天功，驾驭着数种天下无敌的宝术。

“嗡”的一声，虚空被淹没了，几种宝术绽放异彩，有真凰横空，有鲲鹏展翅，有雷帝君临天下……

那种景象十分可怕，配合六个黑洞轮转，横扫天地，无物不破，没有什么可以阻挡。

“哧！”

王十原本被拉走了，但是又被这种天功所阻击，向外倒退。

两大强者彼此拉扯，竞相争夺王十，都想汲取对方的剑意。

这是一场惊险的对峙！

“嗡！”

王长生再次出手，神光万道，透过那不足一寸高的唤灵神台发出，席卷王家老八，要将他也带走。

“噗！”

石昊极力阻挡，施展出绝世神通，瞬间将王家老八的肉身重创。

“小辈，你欺人太甚！”遥远的未知处，王长生断喝一声。他发出一声神秘的道音，冲击而来。

“咚！”

须弥断山剧烈地震动，古僧一脉的六字真言再次响起……

王长生的攻势受阻。

“嗖！”

王长生反应迅疾，退而求其次，将无尽符文化成瀑布，席卷王曦和王澜，要将他们带走。

石昊再斩，各种道则宛若神虹穿透而过，将那里淹没了。

那是秩序规则，宛若天刀，横斩天地间！

“噗！”

王澜在虚空中炸开，形神俱灭。

这绝对是一个弃子，看上去王长生在最后关头也要带走他，其实是遗弃了他。

王长生为了保王十无恙，仅顺便带走了王曦。

石昊大吼出声，并不甘心对方带走那两人，他俯冲向前，六道轮回天功如同六个磨盘般转动起来。

一个磨盘，一个黑洞，一个世界，滚滚轮转。

“噗！”

王曦遭受重创，王十也负了重伤。

第1573章 马不停蹄

“小辈！”王长生嘴里只吐出这么两个字，目光冷厉。尽管他这般护着，但王十还是负伤了。

当然，这不会对王十造成根本性的伤害。只是堂堂王长生，号称天下第一至尊，却没有能护住子嗣，这令他杀气腾腾。

王长生那边的局势真的很不稳定，有激战，有呼喝声。他不敢全力以赴，更不能跨界而来，因为相隔太远。

“真是遗憾，还是没能见到你的真身啊。”石昊说道，而后看向王家老八。

王长生自然不想放弃这个子嗣，无奈唤灵神台在王十的元神中，这东西太珍贵了，只有这么一座。

王长生没办法第一时间显化在王家老八近前，护住其元神，现在他要是进逼的话，王家老八可能会惨死。

“轰！”

即便如此，王长生还是想救助王家老八。

可惜，在石昊的阻挡下，王长生投鼠忌器。并且，王长生的真身所在地发生了激烈的战斗，波及了他。

王长生轻轻一叹，彻底消失了。

“真是可惜。”石昊摇头道。王十就此逃走了。

石昊觉得王十身上一定有不少好东西，可惜王长生对王十太过照顾，几乎是贴身守护在他近前。

石昊纵身向前，一把抓起王家老八的头颅，将其裂开的元神封入头颅内。

王家老八有种屈辱感，当年这小子的境界连他的子孙都不如，结果这小子一步一个脚印逆天而上，现在将他都给压制了。

须弥断山起初很安静，接着响起一片嘈杂声。

所有人都十分吃惊，荒的强势超乎想象，甚至敢正面迎击王长生，要知道，他才迈进这个领域啊！

当年，荒便以弱胜强，如今风采依旧。

一群人顿时围了上来，太阴玉兔、小蚂蚁、拓古驭龙等都非常激动，这等战绩超出了他们的想象。

跟他们同代的石昊，现在竟能跟太古前就成道的王长生厮杀了。

不过想到不久前石昊还杀进了金家，众人又平静了不少，这位故人的成长速度太快了！

“只差一点儿就能斩灭王十了，唉，有点儿可惜啊。”太阴玉兔咕哝道。她很记仇，没有忘记王家首先对她发难，要将她当成人质的事。

“三十年未见，你不仅没有废掉，还一飞冲天，打破了历史神话！”十冠王走了过来，如此叹道。

十冠王跟石昊曾经交过手，认可他作为绝世对手的地位。三十年过去，宛若沧海桑田，一切大变样，石昊竟成了至尊。

那超尘脱俗的谪仙此际也无法保持宁静与空灵，脸上浮现出复杂的神色。

“石昊，你得离开这里。你的身份已经暴露，万一王长生、金太君等联合起来对付你，情况会很不妙。”清漪担忧地道。

今日她的情绪剧烈波动，她本已经斩断红尘，两魂归一，成就真我，放下了昔日的一切，可在见到石昊后，她的内心无法平静，非常关心他。

“那个老家伙很特别，不是一个简单人物啊！”小狗崽突然开口道。它刚才一直盯着王长生，心里有种说不出的感觉。

一群人将石昊围着，有太多的话想说，三十年未相见，大家纷纷流露出真性情。

此地有部分修士与王家、金家走得近，他们都很不安，唯恐石昊突然发难。

“走，赶紧离开这里！”曹雨生打头，想要换个地方。

“你们先走，机会难得，我还要出手！”石昊开口道。

“你想做什么？”卫家四凰中的一名女子很吃惊，这般问道，总觉得这家伙又要闯大祸。

事实上，其他人都有这种感觉。每当石昊这么郑重的时候，肯定是要做大事，而且多半是捅破天的那种。

“我要闯进王家去看个究竟，王家老八居然引来了黑暗至尊，让我不安！”石昊说道。

这果然是要捅破天啊，众人心颤。

才杀进金家，且跟王长生交过手，现在他又想闯王家的龙潭虎穴，真是胆大！

“现在王长生不在，正是好机会！”石昊说道。

虽然跟故人才刚见面，有太多的话想说，但石昊还是没有驻足，决定事后再跟他们聚首。

石昊马不停蹄，这一次只带上了小狗崽，一路杀向王家，想趁此机会直接将之攻克。

“小心啊！”一群人喊道，有些为石昊感到担忧。

王家所在之地有上万座神山，每一座神山都十分秀丽，银瀑垂落，精气滚滚，氤氲蒸腾。

石昊来到这里，王长生果然不在，应该是临时有事走不开，这是一次绝佳的抄其老巢的机会。

“若有黑暗生灵躲在里面，注定是一场大风暴！”石昊自语道。

“坏了，来晚了。这里有仙道气息，有恐怖的法阵复苏，王家肯定得到了消息。”小狗崽说道。

它是法阵大行家，才到这里，鼻子嗅了嗅，耳朵抖了抖，就敏锐地感觉到了种种异常。

“王家与仙道有关的法阵复苏了，虽然不是完整的，但是跟金家的那座相仿，法阵中能孕育出生灵。”小狗崽很肯定地说道。

想必王长生有秘法可以施展，他通知了族人，要他们第一时间防护。

“看来仙域退兵出了不小的问题，王长生一时间真的走不开！”石昊说道。

他看着王家的栖居之地，感到有些遗憾。

石昊觉得自己若站在人道巅峰领域，就可以硬闯，可自己才迈入至尊领域，硬闯的话过于危险。

“走，去仙殿！”石昊很快做出了这个决定。

这当真是马不停蹄，从金家到须弥断山，再到王家，如今又将从九天去往三千道州的仙殿。

既然仙域退兵有变，那仙殿的残仙或许会出现在那里。

在路上，石昊风驰电掣，同时捕捉沿途的各种消息，验证了他的一些猜测。

仙域果然在退兵，同时还发生了一件非常不好的事——内部冲突爆发了。

有些人常年与黑暗生灵作战，被认为染上了不祥的黑暗物质，此生只能留在此界，无法返回仙域。

在退军时，几名统领带着人闹事，爆发了冲突，打得很激烈。

王长生等人正好在发生冲突的地点，被限制了行动，不能随意离开。

“仙殿的老家伙也去了？”石昊意外得悉，九天十地有多达四位残仙一同出现在那里。

石昊心中有一股怨气，当年边荒大战时，四位强大的残仙一位都没有赶到帝关去迎战，这导致大长老在即将成仙前匆匆迎战，最终不幸殒命。

大长老孟天正大战边荒，最后消失在宇宙深处，再也不可见了。石昊想到这些，再听闻如今之事，内心悲愤。

“四位残仙都去了，多半想跟着进仙域。”这是他得知的消息。

石昊毫不犹豫，以最快的速度冲向仙殿。

原本仙殿的所在地非常隐秘，外界少有人知，这三十年来，由于黑暗物质的侵蚀，他们的所在地渐渐不算是秘密了。

石昊赶到了！

这个地方宛若仙境，带着丝丝缕缕的仙道雾霭，风景如画，精气浓郁。

“有点儿意思，这片土地居然有仙气！”小狗崽惊讶地道。

“听闻地下有一口仙泉眼，极为珍贵，是无价之宝。残仙之所以能苟延残喘，就是靠那泉水温养己身。”石昊说道。

“仙泉眼？当年九天十地加起来也只有七八口而已，这残仙居然掌握了一口？”小狗崽一听眼睛就直了。而后，它汪汪地叫着，无比兴奋。

“此地应该有一位至尊，不过我想他早已不在全盛时期，活的岁月太悠远，应该到晚年了。”石昊说道。

第1574章 攫取仙泉眼

仙殿的地势超凡，钟天地之灵秀，孕育仙道精华，整片古地都有氤氲灵雾蒸腾。

这是一片开阔地，殿宇成片，而且都是金属铸成的。

在殿宇周围，坐落着一座又一座灵山。山上有古松，也有青竹，它们都很粗大，苍翠挺拔，缭绕着混沌之气，银色神瀑垂挂，天空中还有悬浮的岛。

它们都排列在四周，守护着中心的那片殿宇。

殿宇的中心有一座铜殿，铜殿看起来绿锈斑斑，古朴无华，其实是极为强大的古器。它就是这一脉名字的由来，是一座真正的仙殿。

传闻，在铜殿下方镇压着一口泉眼，它滋养万物，孕育万灵，能减轻一切肉体伤害，而后使其恢复如初。同时，它亦可强壮元神，经过这些仙道精粹的洗礼后，神魂纯净，越发坚固不朽。

“妙地，正是适合本王养老的地方啊。”小狗崽盯着中心古地，都忍不住流口水了。

在此过程中，它没有闲着，和石昊一起暗中破解了一些法阵。这个地方看着平和，其实杀机四伏，一个不好就会陷入绝境！

他们谨慎而小心，怕打草惊蛇，以免这里的守护法阵复苏。

越强的法阵运转时消耗越大，没有任何一个道统可以常年让法阵开启并运转，那样的话需要海量的天材地宝来维持。

这个地方的防御太严密了，很难破开一个缺口。若非小狗崽来头极其不凡，曾经是仙道领域的生灵，他们根本就没办法接近此地。

“这次我真的大出血了，连青天石这种无上宝料都挥霍了，用以破阵，过了这村儿没这店儿了！”小狗崽龇牙道。

它身上有一些惊世宝料，可以用来镌刻大阵符文等，现在它咬牙用掉了。

“怎么把那座铜殿掀翻？它正好镇压在泉眼上，不好汲取啊。”石昊和小狗崽在商量。

那是一座仙道宫殿，如果有选择，石昊很想直接把它收走。但是，他知道以他目前的境界来说很难做到这一点，因为这座宫殿是仙家法器，拥有莫测的威能，不是一般人可以抗衡的。

“小心，仙殿至尊果然在！”石昊说道。若隐若现间，一股气息弥漫开来，给人一种压迫感。

在一座殿宇中，一位老者吞吐天地精华，接引仙雾，正在修炼。正是仙殿的第一代老至尊，其修行岁月古老，甚至比王长生等人的年岁还高。

他绝对是这一纪元年岁极大的生灵之一！

“这个老家伙从来就不做好事，跟几个长生世家的老至尊相仿，帝关有难时不出力，时常谋害九天的对手。”石昊自语道。

这么强大的一个生灵，在外敌来袭时从不出力，但当年针对至尊殿堂、罪血一脉等时全下了死手。

石昊严重怀疑这仙殿的来历有古怪。

“呵呵，能从仙古活下来，而我却没有听闻过名字的，自然不是什么良善之辈。”小狗崽冷笑道。

但凡当年参战的强者，它怎么可能没有印象？怎会不曾听闻？只有个别避战者，最后无奈卷入杀伐中的隐世真仙，才会如此。

石昊一叹，想到了一些旧事，他眼中寒光闪耀，越发觉得仙殿一脉当诛。

鲲鹏遗恨啊，它曾经对抗异域的主力，没死在异域不朽强者手中，却在拖着伤残之躯而归时被真仙害死了。

“准备好了，动手吧！”小狗崽说道。

想要夺走那口仙泉眼，唯有出其不意，一击必中才行，不然就没有机会了。等这里的法阵复苏，他们很难再攻进去。

“好！”

石昊缓慢地呼吸，抽出大罗剑胎，准备将青铜仙殿劈飞，而后快速攫取泉眼。

至于法阵，目前来说都被小狗崽处理好了，它找出了一条临时的通路。

“记住，时间非常紧迫。铜殿被震开的刹那，这里的仙道法阵必然会快速复苏。”小狗崽最后一次叮嘱石昊。

“嗡！”

整片天地的精气一下子被吸干了，甚至连域外的星斗都暗淡了，只因为石昊深吸了一口气，汲取了乾坤内的所有精华。

这一次，他真的用了全力！

到了这一步，他自然不怕打草惊蛇，惊动那位至尊了。

四周，草木瞬间蔫了，精气等疯狂地向石昊的口鼻涌去，域外一下子变得漆黑，日月精华被掠夺，有些大星更是隆隆摇动，要坠落下来。

这就是至尊的威势，只是深吸一口天地精粹，仿佛就要掠夺走天地内所有本源灵气。

“轰！”

在此过程中，石昊早已化成一道光，疾速冲了过去，举起手中的大罗剑胎劈向仙殿。

“当！”

神光闪烁，铜锈如飞刀向四外飞射，而后又如流星般砸塌虚空。

铜殿被一剑劈飞，上面的斑斑铜锈自然跟着四处飞溅，造成了可怕的景象，伴着诅咒之力。

昔日，石昊便中过绿铜锈诅咒，险些殒命在下界。

如今，他已成为至尊，自然不会让绿铜锈破体而入，让他严阵以待的是铜殿内蕴法则的反噬。

余波阵阵，向外扩散。那是一片青铜光，它看着柔和，但是杀伤力极大。

虚空寸寸断裂，黑洞不断浮现，影响了此地的稳定。

同一时间，地面发光，那是仙道法阵被刺激了，它在复苏。

“哧哧哧！”

小狗崽张口一吐，三千面黑色小旗子飞出，都是三角形旗面。众多旗子落在前方，迎风一展，皆与天地齐高，耸入苍穹。

小狗崽在阻止法阵复苏。

“砰！”

土石飞溅，石昊的大罗剑胎已经插入地下，破开地表，指向的正是仙殿所镇压的地方。

一口泉眼浮现，就在地层深处，一条银龙盘踞在那里，不是很粗大，甚至可以说很小，散发着浓郁的仙道气息。

正是那口仙泉眼孕育着仙道精粹，如今仙道精粹都化成龙形了。

“汪！”

小狗崽一头就扎了进去，想要夺走泉眼。

这里的光芒瞬间变得刺目，如同一根又一根神针飞来。

在泉眼周围，剑气亿万道，符文成百上千万，密密麻麻。

这是一场大杀劫!

此地有强大的防御法阵，它主动反击。

小狗崽长号一声，无数神光斩在它的躯体上，以至于它的身上叮当乱响，火星四溅，皮毛上乌光闪烁，剑气交织。

若是其他生灵，早已形神俱灭，但这条狗非常不凡，它曾为仙道生灵，目前虽然道行退化，但是肉身依旧强大得不可思议，承受住了亿万道杀伐之光。

石昊举起大罗剑胎，横扫四方，想摧毁那座防御法阵，挖走这口泉眼。

“咚！”

乱石崩天，烟尘弥漫。法阵符文如同天上的繁星一般，全都在闪耀，发出杀道光辉。

“汪！”

小狗被劈得惨叫，那些杀道光辉有很多都落在了它的身上。

石昊自然也被波及了，强大如他，身上也是伤痕累累。这座法阵可以斩掉至尊，但是他们都坚持住了。

“砰！”

乱石继续翻滚，石昊和小狗崽联手出击，挖掘泉眼。那条银龙有些畏惧，想要逃窜。

“砰！”

小狗崽一下子就扑了上去，忍着剧痛，落在银龙的背上，奋力撕咬，要将它禁锢住。

“咔嚓！”

石昊发力，将一个仙气迷蒙的池子挖了起来。这池子不过一尺见方，无比神圣，蕴含着天地间本源的精粹。

“快走！”小狗崽叫道，它预感到了灭顶之灾。

两人得手，疾速向上冲，结果一座青铜殿宇“轰隆隆”压落下来，要封住地洞的出口。

与此同时，仙道法阵发光，璀璨无比。

不远处，一位老者满头白发飞舞，眼神阴鸷，正死死地盯着他们，他手中结印，向下镇压。

第1575章 **有惊无险**

仙殿至尊可是一个超级古老的生灵，在巅峰时期有冲击天下第一之势。不过，他现在不行了，血气干枯，道行衰退，虽然不至于跌落至尊境，但是远无法跟盛年相比。

他一头银发披散，眼神很冷。这可是仙殿，居然有人胆大包天，这么闯进来，盗取仙泉眼。

“孽障，当诛！”仙殿至尊只说了这么四个字，便结下法印，向下拍击。

“砰！”

石昊捏拳印，响声震耳，令上方的仙殿至尊吃了一惊。

“蠡贼”并非法阵大师那么简单，还早已成就了至尊位，这让仙殿至尊心中一凛，目光越发冷厉。

到了这一刻，仙殿至尊也只能大概地看到地窟深处有一个年轻男子，还有一只小兽，并未看清他们的真容。

下方仙气弥漫，泉眼蒸腾出神秘物质，阻碍了天眼之能。

仙殿至尊全力以赴，双手划动间，身后浮现出一道真仙虚影，这是他动用的本道统的绝世宝术——人仙法印。

“咚！”

石昊的身体剧烈地颤动，不仅那人的仙法印拍落而下，上方的青铜仙殿也散发威压，砸向地窟。

同一时间，小狗崽大叫：“不好！”

它那一对小爪子擒住的银龙居然在奋力挣扎，龙体断落一截，没入地窟深处，就此不见了踪影。

“这……”小狗崽恼怒不已。

石昊手上的那个小池子也在剧震，但好在被他抓住了，没能逃走。

“那银龙是泉眼中孕育出的精粹啊，居然就这么逃掉了一截！”小狗崽捶胸顿足，但是也没办法追击了。

上方，大灾降临，他们只能先逃命。

“小心！”石昊提醒道。他看到小狗崽爪子间的银龙在蒸腾、焚烧，又扩散出少许，顿时变了脸色。

“怎么会这样？！”小狗崽急了，任何一缕精粹都价值连城，这种损耗它承受不起。

“收！”石昊喝道。他以手掌中的仙泉池子收取那银龙，避免它再次外泄。可即便如此，银龙入池，还是有部分精粹蒸腾了出去，没入地窟中。

“早先听传闻说这仙泉眼移动不了我还不相信，现在终于明白了，它若移动的话，会损失很多的精粹。”石昊叹息道。

“肯定是孕育泉眼不得法，不然的话随便移动也不会损失精粹。”小狗崽说道。

“轰隆！”

上方，不仅有仙殿至尊的攻击，那青铜殿宇也压落下来。

“起！”石昊吼道。

他全力以赴，催动六道轮回天功，令那些绝世宝术一起绽放，形成一股风暴，席卷而上。

与此同时，石昊手中的大罗剑胎也变得炽烈起来，带着飞仙的光雨。隐约间，一道生灵之身浮现而出，冲向高天。

“当！”

大罗剑胎与铜殿发生第二次碰撞，响声刺耳，铜锈不断脱落。

六道轮回天功带着无尽的光芒，同时伴着六个神秘的黑洞，撕开土层内蕴的部分法阵纹路，疾速旋转。

“轰隆！”

最终，在石昊和小狗崽的奋力冲击下，他们冲上了地面。

此时，仙殿至尊终于看清了石昊，大叫道：“怎么会是你？”

他怎能不记得这个年轻人？

当年发生了太多的事，这个年轻人斩灭仙殿传人，对抗这一道统，三十年前更是被残仙废掉，现在……他居然又出现了！

这怎么可能？一个中了折仙咒的生灵居然还能完好地出现，并且成为至尊，这简直匪夷所思！

仙殿至尊觉得难以置信，因为他深刻明白一旦中了那种秘术，下场会有多么可悲，连当年的鲲鹏都没能活下来。

“哧！”利用仙殿至尊失神的刹那，石昊跟他硬碰了一下，直接闯了过去。

“小辈，哪里走！”仙殿至尊彻底回过神来，阻止石昊逃遁。

无论是谁来到此地，都要遭遇仙殿至尊疯狂的阻击。仙泉眼不容有失，无论如何，仙殿至尊都要截击敌手。

石昊与仙殿至尊激烈地碰撞数十上百次，闯到了正在复苏的仙阵边缘。到了这里后，石昊的心情稍微放松了一点儿。

这一次虽有波折，但总体来说有惊无险，还算顺利。

在法阵边沿，石昊止步，看着仙殿至尊道：“老匹夫，可曾记得我？”

“小辈，烧成灰我也认得你！”仙殿至尊震怒，他发现这个小子太可恶了，得手后还敢驻足，回过头来挑衅他。

“轰隆”一声，仙殿至尊拍击间，山崩海啸，在其前方，成片的山河浮现，如同一方世界，要困住石昊。

石昊丝毫不惧，手中大罗剑胎划出，斩破虚空，击穿这种以秘术营造而成的小世界。而后他瞬间远去，站在古地之外。

到了至尊境，石昊的速度快到极致，超越了其他至尊。他有鲲鹏法，有仙凰术，这些都是仙禽传承，可加快他的速度。

“我很不解，昔日你们这一脉一直针对我，数次对我下毒手。苦主是我，为何你却对我如此咬牙切齿？”石昊再次止步，站在一座矮山上，等仙殿至尊到来。

“擅闯我教禁地，当诛！”仙殿至尊喝道，再次发起攻击。

石昊迎击，不过没战斗多久，便再次退走了。

仙殿至尊一路追击，进入域外，爆发出无量光。

“好了，就在这里吧。”

石昊停了下来，转过身来，看着仙殿至尊，道：“远离法阵，可以对战了！”

“咚！”

就在这时，一座青铜古殿飞来，疾速缩小，化成拳头那么大，落在仙殿至尊的手中。

“那便来斩你！”仙殿至尊手持仙器，态度强硬，视石昊为砧板之肉。

“好吧，那我们就算一算旧账！”石昊冷冷地道。

从石昊得到的传承来看，仙殿绝对是他的死敌！

首先，他得到了至尊殿堂的传承，而这一教的老至尊是怎么死的？是意外负伤后，被仙殿这位至尊联合他人围困而亡。

其次，他得到了鲲鹏的传承。堂堂一代仙禽，展翅裂宇宙，神威惊人。可是仙古一战之后，鲲鹏身受重伤，又遭仙殿真仙伏击，中了谪仙咒。

仙殿的真仙也在那一战中被打残了。

“你们这群狼心狗肺的东西，就会窝里横，从来就没有做过一件好事，早该被清算了！”石昊大吼道。

依照小狗崽所说，所谓青铜仙殿中的残仙当年根本就没怎么露头，不曾跟异域激烈厮杀，真正实在的生灵都战死了！

“小子，你少废话！成王败寇，最重要的是我仙殿的人还活着，尔等终将成为历史的云烟！”仙殿至尊开口道，声音冷漠，他手持铜殿，轰砸而来。

若是其他人，转身就得逃，毕竟面对的是一件仙器。不过，石昊有大罗剑胎，这件法器遇强则强，当年跟异域的炼仙壶都对峙过，自然可以对抗仙殿。

一刹那，两人激烈地厮杀起来，在域外化成两道闪电，冲进星河深处。

“老匹夫，今日必要取你首级！”

“大言不惭，不管你是如何成道的，今日是龙你得给我缩着，是虎你得给我趴着，速速将你镇压！”仙殿至尊嘶吼。

这一路冲击，他们进入宇宙域外的深处，跨过了不少星河。

“噗！”

铜殿撞击在剑胎上后，石昊被震得嘴角溢血。

“哧！”

剑光闪耀间，仙殿至尊的肩头被刺中。

“老家伙，你的命还真是硬，授首吧！”石昊大吼道。

“就凭你修道数十载，侥幸晋升这一领域，也想跟我争锋！”仙殿至尊嘶吼道，披头散发，甚是疯狂。

第1576章 **鲜为人知的大战**

星空中，爆发了一场鲜为人知的大战。

石昊和仙殿至尊打入宇宙深处，横扫星域，神力激荡，规则不断释放。

在这片天地中，在这古老的宇宙间，他们的力量达到了人道最高层次，诸多道则都束缚不住。

若在过去，这种人早就该进仙域了，唯有那里的不朽大地才能承受更高层次的力量。

“授首吧！”石昊大吼道。此时，他虽然身上带着伤，披头散发，但是更加勇猛了。

这一刻，石昊手中的大罗剑胎宛若复活了，有了自己的生命。伴着飞仙光雨，剑体上浮现一个人形生灵，霞举飞升！

“当！”

天地隆隆轰鸣，星斗摇动，那座铜殿被祭出，发出刺目的光辉。这是仙道法器，如今在至尊的催动下防御力惊人，与大罗剑胎碰撞。

若非有大罗剑胎在手，石昊肯定挡不住这件仙器。

“当年至尊殿堂的老匹夫被我率人围杀了，鲲鹏也被我教真仙与人联手一起种下谪仙咒，最终饮恨而亡。全都死了，你能奈我何？！”仙殿至尊满头白发乱舞，眼神阴冷，大喝道。

他说的是实情，道出了当年的惨案，为的是激怒石昊。

石昊发出一声咆哮，身体变大，双脚踩着无垠的星域，周身环绕着星河，呈三头六臂，法相威猛到极致。

仙殿至尊失算了，他以为可以激怒石昊，乱其道心，不想却让对方引导那股躁动之力，施展出混世魔猿的传承——八九玄功。

乱世杀伐，越愤怒越强大，这就是混世魔猿一脉每当天下大乱、杀伐不止时才能崛起并越战越强的原因。

同时，石昊也在施展其他秘术，不同的手结不同的法印，有的催动剑胎施展草字剑诀，有的结下雷帝印，还有的施展真凰秘术……

仙殿至尊白发染血，被浩瀚的法力震得身体龟裂，摇摇晃晃。

他有些体力不支，一个血气方刚、朝气蓬勃的年轻至尊是他最不愿意对上的，他这种老至尊血气干枯，已经没有旺盛的精力了。

但是石昊盗走了仙泉眼，他必须得追回来，不然的话残仙肯定要发怒。

仙殿至尊所能倚仗的就是自己的经验和高深的道行，毕竟他曾经很强大，差点儿就成为天下第一，神勇无比。

这一纪元，九天十地有多少至尊？如今又有几人还活着？但凡能进入这一领域的，没有一个是常人！

可以说，他们都是各自时代璀璨的星，照耀一世，震古烁今，都是一段岁月中的天地主角。

一个老牌强者与新入这一领域的后起之秀争锋，场面自然非常激烈。

仙殿至尊庆幸石昊才踏入这一领域，一旦给对方时间，让其再次巩固，晋升到至尊中期，他就死定了。

仙殿至尊暗中震骇，同为一段岁月中的天地主角，对方才达到至尊初阶，就能跟他这个老牌无敌者争雄了。

天地间，一道高大的身影在石昊那本就顶天立地的法身背后出现，那是混世魔猿一脉的精气神在凝聚，在显形。

任何一种宝术都凝聚着开创者一脉的心血，这是一种恐怖的异象。

混世魔猿一脉的始祖仿佛出现了，这里越发混乱。

都说人族亦为几大神猿之一演化而来，看来有其道理，仙殿至尊心中大惊。

“轰隆！”

巨大的手掌拍击而来，恐怖的剑胎化成仙光斩在铜殿上。

“砰！”

仙器对抗，至尊拳掌碰击，发出刺目的符文之光。仙殿至尊这一次被震得“哇”的一声大口咯血，倒退了出去。

石昊的嘴角也在溢血，但他胜在年轻，此外还掌握真凰不死术，烈焰第一时间笼罩全身，浴火而行，伤势快速恢复痊愈。

“一定要得手啊，将那最后的仙泉精粹攫取出来，断了残仙的后路！”石昊低语道。

“什么？”仙殿至尊闻言，脸色当即就白了。这个年轻对手的话让他不安，心惊肉跳。

是那条小狗崽吗？仙殿至尊有点儿慌，难道那条小狗崽又杀回去夺取残留的小部分仙泉精粹了？

“你们敢！”仙殿至尊怒喝。此时，他的心已经乱了。

石昊嘴角噙着一抹冷笑，断喝一声，天地间的气息突然变了。他竭尽所能，用手中的大罗剑胎震开铜殿，攻了过去。

有铜殿在，仙殿至尊哪怕被震得不时咯血，也难以殒命。那件仙道法器笼罩在他的头顶上方，万法皆不能斩其性命根本。

现在，石昊利用仙殿至尊心神不宁的刹那，撞开铜殿，到了近前，与其激烈地厮杀。

突然，仙殿至尊全身汗毛竖起，肌体绷紧，感觉像末日来临一般，他疾速召唤铜殿。

但是，仙殿至尊慢了一步。他发现自己祭出的法力等迅速被削弱，符文等轰落在对方的身上，没有起到应有的效用。

法力免疫！

时隔多年，石昊终于再次用出了这一禁忌杀招。他成为至尊后，寻到了一个绝佳的机会，想趁机斩杀至尊！

不久前，金太君没有给石昊最好的机会，她一路奔逃，无心应战。现在，他遇上了仙殿的这位老牌强者，展开绝杀。

“啊——”仙殿至尊大叫，声音震动霄汉，群星乱颤。

在这绝望之际，他焚烧生命本源，不惜两败俱伤。

人到了这种境地，连死都不怕了，身体宝藏自然会开启，居然被他挣脱了那种束缚。

石昊的法力免疫急骤失效，不过，他抓住机会，第一时间催动剑气。伴着一道赤光，那是斩仙铡刀之光，“噗”的一声，仙殿至尊被击中了。

“啊——”仙殿至尊大叫，元神飞出，被一团精血裹着冲进铜殿内。

“哪里走！”石昊大喝，提着剑胎追了上去，对着铜殿一挥，猛力劈落而下。

“当！”

火星四溅！

铜殿内，仙殿至尊的元神大叫起来，被一股力量震得龟裂，那团精血则焚烧起来。

仙气弥漫，铜殿剧震，撕开星空，疾速远去。

石昊立刻追击，不惜祭出大罗剑胎，让它化成一道光，斩了出去，再次击在铜殿上。

“噗！”

铜殿中，那团精血耗尽，焚烧成灰烬。那元神惊恐地大叫着，最后“砰”的一声炸开了。

不是铜殿的防御力不强，而是这股力量太强了，且那元神早已中了剑气，本身就岌岌可危，承受不住了，终究还是彻底在这里炸开了。

“终于送你上路了！”石昊双眼深邃，如同星空一般。

第1577章 是荒

铜殿风驰电掣般离去，带着混沌之气，根本拦阻不住。

这是仙器，冥冥中似乎有一股什么力量在召唤、接引它，疾速向仙殿道统所在的古地而去。

石昊没有拦截铜殿，他知道这殿宇有一定的古怪，凭他现在的修为还不足以掌握，如果带在身上，器灵突然给他一击，他将死无葬身之地。

这时，天哭发生，这片星空中下起红色的雨，预示着一代至尊凋零。

这是石昊踏足这一领域后，第一次斩灭至尊。

曾经的仙殿至尊视石昊为蝼蚁，几次想要除掉他，结果都没有成功，现在反被他除掉了。

仙殿至尊临死前带着怨恨，死不瞑目，因为曾经的石昊只是他眼中的一只虫子，如今竟然化成龙，一飞冲天，到头来结果了他的性命。

星空恢复了寂静，彻底安宁了。

石昊在这里稍微停驻，而后刹那间远去，向约定的星空中冲去，去见小狗崽。

“怎么样？”石昊问道。

“进不去，那地方的仙阵发动后，彻底覆盖了那片古地，谁进去谁殒命，那逃走的小半截银龙精粹捉不到了。”小狗崽遗憾地道。

接着，它神色古怪地道：“你竟然真的斩了一个至尊，还真是一个怪胎，你才修道数十载啊！”

随后，它脸上又露出凝重之色，道：“残仙不死，注定是大患，肯定要找你拼命！”

小狗崽说的是实情，当年石昊就是被残仙废掉的，身中折仙咒。他至今还没有斩尽那诅咒，每隔一段时间诅咒都要发作，让他承受莫大的痛苦。

他若熬不过这种古咒，就会道行尽废。

石昊想看一看，有朝一日他彻底挺过去，会是一番什么样的境地。

“残仙，总有一天我会跟你一战！”石昊自语道。

三十年前，石昊被堵在不老山前，被残仙蔑视。残仙抬手间就要取他性命，若非五行山的庇护，他早就没命了。

“想必今日之战的结果藏不住，九天十地的许多人会知晓。天哭景象虽然出现在星空中，但一些人还是可以感应到。”小狗崽说道。

它告诫石昊最好谨慎、小心一些，万一残仙发疯般地一路追击，他多半会凶多吉少。

“无妨，如今我有仙泉眼在手，他蹦跶不了多久，不见得敢来找我的麻烦！”石昊说道。他有理由这么认为，并且底气十足。因为残仙太虚弱了，负了重伤，没有仙泉滋养没办法恢复如初。

残仙昔日实力很强大，跟人联手坑害过鲲鹏，但过程并不是那么容易，正是在那一战中，残仙被彻底打残了。

残仙身上有大道之伤，纠缠着规则、秩序等，与其元神等分不开。这么多年来他能活着，全靠那口仙泉眼。

虚弱如残仙，这一纪元几乎都只能躲在泉眼中。

上一次，残仙去不老山秦族那里堵石昊已经算是冒险了，费了大力气。一般来说，他不能离开地下泉眼。

而这一次，因为涉及自身能否回归仙域的问题，残仙又一次破例，去见正在撤退的仙域强者，希望可以跟着他们进仙域。

“我逃走的时候隐约间感应到有一个恐怖的生灵正赶向仙殿所在的古地。”小狗崽说道。

残仙的确回归了，他站在青铜仙殿上，俯视着这片道统的所在地，怒火中烧。

那口仙泉眼居然被人抢走了，这让他难以咽下这口恶气，他还指望那口泉眼救命呢。

“啊——”残仙大吼，接受不了这种损失，没有了仙泉眼他还怎么度日？

正如小狗崽所说那般，这口仙泉眼处置不当，如今只要移动，就会泄漏里面的仙道精粹，故此残仙一直不敢妄动。

他怎能料到自己就离开这么一会儿而已，泉眼就被人盗走了？

“谁，是谁?!”残仙一掌抓在虚空中，捕捉那种气息，而后将其凝聚成一道身影，他见到了石昊的痕迹。

“什么？不可能，怎么会是那个小子？他不是被我亲手废掉了吗?!”残仙发呆，而后暴怒。

这件事瞒不住，有人感应到了虚空中的天哭。

“怎么回事？哪位至尊逝去了？这并非黑暗气息，是我界的至尊。”

“残仙在咆哮，那是仙域的方向！”

“天啊，是仙殿，他们的老至尊殒命了！”

…………

消息传出，四方俱惊。

“谁这么大的胆子，居然斩灭了仙殿至尊？要知道，那里还有一位残仙啊，这等于是摸真龙的屁股，纯粹找死！”

“究竟是谁做的？”

所有人都在打探消息。

显然，消息是瞒不住的，一些人发现了端倪。

此外，参与须弥断山盛会的年轻天才们心思极为细腻，第一时间就想到了多半是荒。

星空中，石昊跟小狗崽疾速遁去，早已远离战场，来到一颗干枯的星球上，他们要暂时避避风头。

“残仙是否会找来？我们还是分道扬镳吧！”小狗崽很没义气地说道。

石昊毫不惧怕，淡定地道：“依照他贪生怕死的性格，应该暂时不会冲动。他离开仙道精粹太长时间就得殒命，而那泉眼中的精粹有部分还残存在那里，他一定会想办法收集精粹，然后滋养自己，等待机会。”

石昊猜对了，残仙为了活命，这一个纪元以来就出现了那么两三次而已，其余时间一直躲在地下泉眼中。

现在，残仙虽然焦急、暴躁、愤恨，但最终捕捉到地窟内的气息，感应到小半截银龙还在，他大喜，一闪身便没入了地窟。

残仙脸色阴晴不定，在盘算着如何报复石昊。

残仙心中不安，当年的小修士身上的折仙咒是他亲手种下的，石昊怎么能熬下来？理应废掉，而后殒命才对！

“鲲鹏死于我的手中，你这个传人也别想活下去！”残仙冷冷地道。

今日，他去见正在撤退的仙域强者，结果并未得到满意的答复，他多半进不了仙域，情况很糟糕。

外界，一片沸腾。

“是荒，他回来了！”

三十年过去，九天十地的众人都认为荒已经成为凡人，与修炼界无关了，今日突然听闻是他，怎能不震惊？

消息传开后，各教修士都深受震撼。

“怎么可能是他？他不是被残仙废掉了吗？”

“你还不知道吗？他今日在须弥断山大发神威，接连出手，擒下王家两条‘龙’，还跟王长生动手了。”

“金家遭遇变故，被人攻了进去，也是他做的！”

“什么？杀进金家、伤了金太君的人也是荒?!”

各方修士都不淡定了，荒这是要逆天了吗？

一个修道数十载就成为至尊的生灵，他将来会走到哪一步，实力会有多强？

一日间，他跟三位至尊动手，还斩了其中一人，这是何等可怕的战绩！

这等大事瞬间传遍天下，引发了巨大的轰动，如同陨星砸进汪洋中，激起滔天的骇浪。

“有意思，竟有这么一个出类拔萃的年轻人，将他请来，我等要见上一见。”就是正在领军撤退的仙域强者都被惊动了，吩咐一些人去寻找石昊。

第1578章 再突破

冰冷与黑暗的宇宙深处，一颗干枯的星球上。

石昊静静地吐纳，口鼻间有白雾进出，白雾化成龙蛇，绕体而行，最后又归于口鼻间。

随着时间的推移，景象越发神异。成片的白光从石昊口鼻间喷出，如同虎啸龙吟，雷声滚滚，环绕其躯。

这一战让石昊得到了极大的好处，此时他正躲在宇宙深处一颗较小的星球上巩固自身修为，凝聚道行。

一战斩灭至尊，这种战果堪称惊世。

他才成道而已，便历经了一场大战，击灭了负有盛名的老牌强者。

这是石昊成为至尊后最重要的一战，与成道者大战令他感悟极深，收获巨大。

在石昊看来，斩灭黑暗生灵中的成道者根本无法与此相提并论，那被黑暗物质侵蚀后进化而来的至尊并不算真正的至尊。

若非他们有黑暗物质，可以侵蚀九天这边的生灵，石昊相信，若与他们一战，那所谓黑暗至尊都会被斩灭。

宇宙无垠，星空浩瀚，若真要躲避，很长时间都不会被人寻到。

况且，石昊如今是至尊，有意掩藏一身的精气，只要他收敛所有气息，就是仙域强者来搜寻也多半无果。

小狗崽在一旁打盹儿，很想盗走那口仙泉眼，无奈仙泉眼被石昊收起，并没有交给它。

小狗崽分到了一截银龙，那是仙泉眼中孕育出的精粹。此时，它吞食了部分精粹，小心谨慎地收起余下的，眯着眼睛在炼化。

这是大补之物，可以为残仙续命，小狗崽自然也能从中得到巨大的好处。它觉得自己被废掉的道行都好像在缓慢提升，体内重新有了一股活力。

石昊心中空明，参悟自己的大道之路，一次闭关就耗去了两个月有余的时间，而在他自己的意识中，却觉得仿佛只过去了两个时辰。

当他睁开眼的刹那，自这星球上冲起两道神芒，瞬间照亮了黑暗的宇宙。那是石昊的目光，犀利而骇人。

“小子不错啊，道行又精进了。你还真是一个怪胎，难道是吃仙龙卵长大的，修行速度怎么这么快？”

“我自幼爱吃狗肉，尤其是黑狗肉火锅，可以说是吃狗肉长大的。”石昊笑道，站了起来。

“汪！”小狗崽很凶，直接扑了过去，在它看来，这绝对是挑衅。

石昊是想检验道果，要跟这条来历十分神秘的小狗崽子动手。一刹那，这里罡风大作，星辰摇动。

大道之光如同涟漪向四面八方扩散，有些星体在这股神圣的涟漪中无声无息地化成了宇宙尘埃。

小狗崽的道行不行了，已经跌落神坛，但是它肉身很强，依旧是一个强者，最起码一般的至尊奈何不了它。

过了很久之后，这里安静了。石昊盘坐在地上，再次吐纳，开始修行。

小狗崽险些发飙，它一只眼睛被打得乌青，尾巴上的毛都快被拔光了，嘴角还带着血，这对它来说绝对不能忍。

不过，当石昊将大罗剑胎塞进小狗崽的小爪子中时，它直接没脾气了，脸上露出笑容，抱着就不撒手了。

“先说好，借给你一个月，看一看它是什么来头，不是给你！”石昊说道。

“放心，这又不是不死草，咬不动，啃不坏。”小狗崽说道。

如果真是长生药、仙泉眼等落在它的手中，那绝对是肉包子打狗——有去无回！

石昊不再理会小狗崽，开始体悟自身的法，他的头顶仙气蒸腾，丝丝缕缕汇聚成三道，如三条真龙出没。

接着又出现了一道仙气，它更为粗大，盘旋一圈后冲进石昊的体内。

石昊的头顶，三道仙气化成花朵，逐渐开始结出果实。有的果实在成熟并裂开的刹那，上面居然出现 了盘坐的人！

这种神秘的变化，外人无法看透，也不能理解，只有石昊一个人在体悟。

半个月后，石昊再次复苏。这一次他彻底出关了。

他身上的血气瞬间释放，变得浓郁了很多，整个人如同一个火炉，照耀整片黑暗的宇宙。

小狗崽倒吸一口凉气，不禁道：“你还真是一个妖孽，即将，或者说算是触碰到至尊中阶了？”

石昊又突破了！

小狗崽觉得十分荒谬，这小子的修行速度未免太快了，这难道真的是为修道而生、为大战而出世的一代狠角色吗？这种修炼速度，简直让人无话可说！

小狗崽十分震惊，暗暗嘀咕：这难道真的是为了应劫而生的生灵吗？

天地浩荡，那一天终究会来，真会有那么一个生灵于此之际强势崛起？

“我们该回去了。我想残仙应该忍下了这口气，因为他没有满世界地寻找我。”石昊说道。

两道光划过星空，前往生灵的栖居地，离开了这片冰冷、死寂的星域。

正如石昊所料，残仙虽然发怒，但是最后忍了下来，他终究是怕死，不敢挥霍有限的生命精元。

这两个多月以来，九天十地一片喧嚣，难以宁静。

荒再现世间，打破常理，超出了所有人的意料。他中了折仙咒都可以熬过来，不但道行没有失去半分，还成为至尊，这简直是奇迹！

大战金太君，斩灭黑暗至尊，擒杀王家人马，击毙仙殿至尊……

这些事有哪一件不足以震惊天下？

这么多件事连在一起，而且都是在同一天发生，震惊各族。许多人当即就坐不住了，无比焦躁不安。

全天下都在传荒的大名，他三十年未现身，一朝归来，就闹出这么大的动静，引得十方风云俱动。

一个人而已，搅动了九天十地，令四海皆惊！

荒非常强势，风采更胜往昔，这种手段，这种能力，谁能与之相抗？

所有人都意识到，除非仙域人马出手，不然的话，这人间多半没有人可以压制他了。

哪怕王长生身为红尘中第一人，想要除掉荒估计也难。人们有理由相信，年轻的荒虽然火候还不足，但是足以遁走自保。

“仙域的人在寻找荒，这是福还是祸？”

“我看有可能是一桩造化啊，以荒的资质足以压制仙域的生灵。”

“也不见得。或许有人想擒走他，搜寻他身上是否有什么秘密，不然他怎么能这样一路高歌？”

…………

这两个多月以来，人们议论纷纷，都在猜测石昊的下落以及他将要面对什么。

仙域的人接连退走，虽还有部分人在此，但也在有条不紊地撤离。

在此期间，有叛乱发生。有些人无法回仙域，彻底反了，但是最后全都被强势镇压。

“仙域的人要离开了，到时候谁还能与荒抗衡？”一些人叹息，心中忧虑。

显然，这部分人曾经一直跟石昊对立，站在王家、金家、仙殿那一边。

“残仙居然忍了，没有出手，难道连他都怕了吗？”

“哈哈，痛快啊！剑斩至尊，不愧是荒，这等战绩值得痛饮几杯！”

各方的反应不同，有人担忧，有人惊喜。

“最新消息，仙域有使者赶到仙殿，传下法旨，呵斥残仙！”

中折仙咒而不死，石昊的强悍引发了仙域一些生灵的注意，有些强者认为残仙当诛，竟敢加害这样一位天才。

故此，两个多月后，有人传下法旨，严厉斥责仙殿一脉，彻底断了残仙进仙域的希望，明确告知他想都不要想了。并且，那法旨传下时，还让他闭门思过，不得出去招惹是非。

法旨最后更是提到，不斩灭他是要他赎罪，必要时抗击不曾退走的黑暗生灵，不然的话，会有斩仙之刃飞来取走他的性命。

这样的消息一出，天下哗然。

第1579章 末法时代来了

人们没想到会是这么一个结果。

仙域对残仙的态度很冷漠，这是要责罚他，怪他曾经不分青红皂白就伤了荒的道基。不斩灭残仙，是为了让他赎罪。

这一结论很可怕，意味着如果残仙做得不好，仙域某些人随时会取他的性命。

“想不到啊，荒居然被仙域的一些人庇护，残仙要倒大霉了！”

“哈哈，这可真是罪有应得。当年这残仙的架子何其大，无比张狂，驾临不老山，非要废掉在边荒立下大功的荒，如今轮到他自己害怕了！”

消息传出后，各方反应不同，一些人欢欣鼓舞，一些人则倒吸一口凉气。

目前，仙域在退军，黑暗生灵也在撤退，原本局面就很混乱，又发生这种事，九天十地越发不平静了。

早先几个长生世家还在造势攻击石昊，称他是刽子手，如今皆噤若寒蝉。

有的长生世家已经选好了路，注定要进仙域，现在可不希望出现什么变故。

然而，这道法旨传出后不久，又有使者出现在仙殿所在地。

这一次，法旨上的措辞很委婉，虽有责怪，但并没有什么惩罚，并且还赐下一瓶药剂，让残仙保住性命，留待将来杀敌。

这是什么意思？三千道州顿时变得很安静，九天上的人们也在发呆。

仙域传来的不同法旨所传达的意思很不一样。

人们意识到有人针对残仙，也有人在保护他，代表了不同的态度，出自不同的门派。

“看来这残仙的来头不简单啊！”

“据闻，后一道法旨是仙域某一古老道统的年轻大人传下的。”

九天十地无法平静，人们的猜测越发多了。

就在今日，石昊出关，从宇宙深处赶了回来，得悉这些消息后，他不禁蹙眉。

仙域那位所谓年轻大人，是不是就是那个惦记虚神界黑暗天牢的年轻人？他曾派出两批人进虚神界，结果都被压制了。

不久后，又有消息传来，残仙与仙域的一位王有关！

“天啊！真的吗？他是某位古老仙王的后裔？”

“难怪，这种人注定会被庇护，死不了！”

仙域的人马还没有完全退走，而且有一部分人此生此世都无法离开，从他们那里传出了一些外人所不知道的秘闻。

这些秘闻在过去不可想象，根本不可能被外人获悉。

据传，仙殿的那位残仙来自仙域，在仙古纪元曾来九天十地督战。不过他很惜命，没有露头，不曾拼杀，故此活了下来。

他这种态度惹恼了仙域的一些强者，哪怕他是一位古老仙王的后裔，也受了责罚——不得再返回仙域。

就这样，他留在了此界。

还有三位残仙跟他一样犯下过大错，情况相似。

这一纪元初，他们发现了重伤的鲲鹏，便带领一些人道巅峰的强者还有大队人马去围剿。

据闻，他们之所以围剿鲲鹏，与他们被放逐在这一界有关。鲲鹏在仙域的故旧曾针对残仙，执意放逐他们，这涉及了仙域深层次的对抗。

…………

在这些隐秘传出后，哪怕只是一鳞半爪，在九天十地也引发了轩然大波，造成了不小的轰动。

“残仙真是个杂种！”有性情刚烈之人忍不住破口大骂。

“荒的麻烦大了。残仙居然有这种来历，哪怕他此生无法返回仙域，也还是会受到一定的庇护。”也有人这般说道，仿佛长出了一口气，觉得仙域不是所有人都欣赏荒。

仅这一则秘闻就在世间引发了大波澜，各族都在议论。

“咔嚓！”

一道闪电横空，交织在九天十地间，让许多人后背发凉。

最近，各种可怕的异象纷呈，这天地间大道的气息越发不一般了，有时模糊，不可感知；有时暴烈，像要斩灭万灵。

末法时代真的要到来了！

在此关头，黑暗生灵在后退，仙域也在撤军，又发生了残仙与石昊的一些事，这天地间越发混乱了。

“咦，黑暗生灵退走了。你们看，黑暗物质不再那么浓郁，越发稀薄了！”有人叫道，非常惊喜。

“轰”的一声，天与地在碰撞，九天十地在融合，有部分古大陆相连，似乎要化成一个整体。

一些人神魂战栗，觉得末日要来临了。

这根本不是惊喜，黑暗生灵之所以匆匆退走，是因为预感到了末法时代来临的可怕，它们是在逃避。

石昊回来后，静静地体悟，感受这片天地的变化。他并不恐惧，也没有尝试着进仙域。

这些日子以来，各大长生世家用尽手段，都想进仙域，都要离开这个逐渐进入末法时代的世界。

这一影响很大，一些负面的效果产生了。比如，一些活过百万岁月但不是至尊的生灵，最近这段日子相继变得衰败，寿元要尽了。事实上，有一部分人已经提前坐化了。

末法时代要来了，它的脚步越来越近。

很难想象最终会是什么样的结果，若真有那么一天，这世间将无法修行，不见修士吗？

现有的至尊都将老死！

最强者的寿元会走到尽头！

石昊等了几日，发现无人搜寻他，残仙没有出现，便渐渐放下心来，去寻找故人。

他已经知道，这些故人大部分要就此进入仙域。

他轻轻一叹，这一次分别，不知道何时才能再相见了。

据他所闻，为了逃避末法时代的影响，仙域之门将就此关闭，短时间不可能再开启了。

对于仙域来说，那所谓短时间，动辄是数十万年，或者半个纪元，甚至一个纪元。

这么漫长的岁月的分别，等于是永别。

他如果进不了仙域，可能会老死在这一界。

在末法时代，至尊也只能活一万多载，如果更为残酷的时代到来，现有的年轻至尊多半只有数千载寿元。

究竟何去何从？石昊也将面临选择，要有所取舍。

据他所知，清漪与补天道的人要进仙域，这应该不会有误。

截天道、王家等应该都有机会进仙域。

十冠王、石毅、拓古驭龙、蓝仙、大须陀等一大批天才，若无意外，亦会选择进仙域。

石昊认识的人，但凡能力超凡者，都将离开这一界。

第1580章 **有一个地方**

这一界要被抛弃了吗？

石昊一叹，许多人要离开了，他不知道末法时代来临之后这里还能剩下什么，是否最残酷的时代来临后，世间真的再无道法可言？

清风吹过，石昊踱步，踩着地上的黄叶，向前而行。

“我要走了。”小狗崽突然这般说道。

“嗯？”

石昊微微一惊，回过神来。

这条小狗崽虽然很凶，来历神秘，但是跟了他几个月，与他颇有交情，居然这么突然就要离开？

“你要去哪里？”石昊问道。

“仙域。”小狗崽深沉地说道。

它没有了往日的随意，也不再凶巴巴的，而是心情沉重，这种样子跟它平日完全不相符。

“这么郑重，不像你的风格。”石昊说道。

“谁能看透谁？谁又能遮掩住一切？这世间纷繁复杂，你我在红尘中嬉笑，最终还是要渡劫。”小狗崽自言自语。

石昊诧异，这小狗崽是受刺激了吗？

“你为何突然要进仙域？”石昊问道。

“或许那里才是我的归宿，有些陈年旧事一直没有答案，我要去追寻。”小狗崽回应道。

依照它所说，末法时代要来了，仙域的门肯定要彻底关闭，持续时间也许有一个纪元那么久远，现在若不进去，以后就没有机会了。

“你不是有仇人在那里吗？”石昊提醒道。小狗崽口中的所谓“人宠”如今早已成仙，要是得知它进去，估计会活剥了它。

“虽然可能会死，但是不得不这样。我曾追随无终仙王，其恩不得不报。”小狗崽答道。

现在，它不再称自己为仙王了，而是认真、郑重得如同一个老学究，再也不轻浮，不大言不惭了。

无终仙王诞生于九天十地，去过仙域追求大道极巅，并在那里留下了一些后手，以验证一些东西。

石昊闻言，十分惊诧，问道："无终仙王要验证什么？"

"他精研时间大道，最后时期曾同轮回仙王一起研究岁月更迭以及轮回，想看一看是否有某种规律。"小狗崽道。

"什么规律？"石昊被它的话所吸引。

"从帝落到仙古，再到未来的大清算，这是否为一个终极轮回，抑或是有些人在轮回？"小狗崽沉重地说道。

"什么意思？"石昊神色凝重。

这话题有点儿沉重，也有点儿高远。

"从帝落时代开始，一个纪元又一个纪元的覆灭，像一个可怕的轮回，天地是在重复这一过程吗？"小狗崽说道，"还有，那所谓大清算是否要终结？有资格参与其中的生灵是否是这轮回的推动者，抑或称为轮回者？"

石昊知道它虽然只说了一鳞半爪，但是透露出了不少秘密。这是无终仙王与轮回仙王曾经发现的端倪，也是他们要弄清楚的东西。

"究竟是旧事在轮回，还是人在轮回？"小狗崽继续道。

"你想进仙域弄清楚这些？"石昊问道。

"以我的道行来说，多半是弄不清了，我还没法儿走到无终仙王、轮回仙王他们前面去。"小狗崽摇头。

"那你要去做什么？"石昊疑惑。

"我只想寻回无终仙王。"小狗崽的声音带着感伤。

石昊愕然："无终仙王不是已经死了吗？血染战旗，葬于九天十地，连他的钟都残缺了，缺少器灵。"

"他是死了，但我不甘啊！"小狗崽低吼，情绪低落，怀着万古哀愁。

"这能改变什么？去了也没有意义。"石昊没有多说，轻轻地拍了拍它，一切尽在不言中。

"不，也许有个地方真的能改变什么。"小狗崽说道。

它研究不透无终仙王的大道成果，也看不透轮回仙王的终极研究成果，但是它听过他们说的一些结论。

小狗崽不认为自己可以理解透彻其中的原因，但是它听到了，有那么一个地方或许充满变数。

“有一个地方，在那里，或许可以再次找到无终仙王！”小狗崽的双目渐渐变得有神、变得坚定。

“有一个地方？”石昊更加疑惑了。

“那里通天，通灵，通古今，或许能见证奇迹！”小狗崽坚定地说道。

那是无终仙王与轮回仙王提到的一个地方，他们曾经想去那里观测并进行验证。可惜，他们还没来得及做这些，便爆发了惨烈之战，马革裹尸还。

“再见。我觉得你很不一般，我的脑海中有你的模糊记忆，不知道是当年看到的一角未来，还是冥冥中给予我的一种感应、一种启迪。”临走前，小狗崽很郑重地盯着石昊，这般说道。

事实上，石昊早就发现，这小狗崽对其他人都不屑一顾，十分张狂，张嘴就吵着什么人宠，而跟他相处虽会拌嘴，但很注意分寸，十分小心。

它似乎天生对石昊有种敬畏感，即便龇牙也不敢过分。

“你看到了我的一角未来？”石昊问道。

“你是知道的，我曾战到身残，几乎算是殒命了。我将自己葬在那处地方，元神几乎散尽，没有剩下多少。虽然在那处天生的养尸穴、养魂地埋了一个纪元，但到头来我终究不是我，剩下的只是残念，很多东西都不可能想起来了。”小狗崽的语气沉重，带着一种莫名的悲哀。

从某种意义上来说，它已经不是曾经的那位强者，能想起昔日的一些东西已经算逆天了！

“人活着，总是要有目标的。年轻人，再见了。此生我们应该没有机会再见到彼此了，若有轮回，千百万世后再相见！”小狗崽道。

说完，小狗崽便走了，它准备去追寻一条路，要见证那里有什么奇迹，想看到曾经的人。

就这么走了？石昊怅然若失，他还有许多事想问，可是一时间竟然不知道从哪里说起。

他追了上去，默默地送别小狗崽，几次欲开口。

“这一界，这一纪元，已经没救了，你自己早做打算。”小狗崽回头道。

“有这么悲观吗？”

“你自认为有一剑劈开万古的大魄力吗？换一种说法，你有那最为重要的实力吗？一剑断万古，一古一轮回！那时间长河中，那纪元沉浮间，究竟有几多强者，你挡得住、对付得过来吗？哪怕一个纪元只跳出一个生灵，你也难敌啊！”

小狗崽走了，彻底地消失了。

第1581章 **离去前的乱**

仙域之门流光溢彩，那是一扇金属门，堵在虚空中，隔断两界。

只能说，那一界的力量十分强大，有无上大法力者联手铸下这扇门，若不开启，任何人都无法闯进去。

一队又一队的人马上路，踏上归途。总的来说，这些人在进入那扇门时都有一种如释重负的感觉，因为他们不是被放弃的那批人，可以回归故土。

最近，各处发生了动乱。与黑暗生灵厮杀、沾染太过浓郁的黑暗物质的人，此生都不能返回仙域了，被无情地压制。其中一部分人掉过头去，投靠了九天的生命禁区。

这一次出征就这样结束了，总的来说，他们无功而返，末法时代将很快来临，他们得走了。

小狗崽来了，它化成一只金色的小猫咪，躲在一个少女的怀中，眯着眼睛，望向远处的天地。

它眼中有怅然、有遗憾。它曾经说过自己死了要葬在这块土地上，现在它却要离开这一界了。

真正的龙血神猫被小狗崽取而代之，它要跟着一个大人物的女儿偷渡进仙域内，去寻找无终仙王的足迹。

石昊也来了，但小狗崽早已离去，成功进入了仙域。

石昊站在远处静静地凝望，那扇金属门很坚固，门上凝聚着不止一位仙王的烙印，这一界的生灵无人可打穿它。

他曾跟三藏和神冥去过仙域，那时他们通过的门是一扇石门，并非金属门。

看着一队又一队人马离开，石昊轻轻一叹：自己该何去何从？要跟着前往仙域吗？那里是否有人等着自己？

石昊转身，毅然决然地走向远方。

他要立即去为一些故人送行，有些人还在，应该还来得及，他们还不曾踏足那个让修士向往、迷醉的神圣大世界——仙域。

这三十年来，九天十地过半的疆土被黑暗物质侵袭，成为正常生灵无法踏足之地。而现在，黑雾渐渐散开，神秘生灵退走了。

在仙域修士与黑暗生灵离开前，九天十地无疑是混乱的，无法平静。

尤其是到了后来，不时有奇异的生灵出现，肆意杀戮。

有来自黑暗中的强者，在远行前搜罗他们所需的东西，除此之外，还有被仙域放弃的人。

还有仙域的一些居心叵测者，他们也在暗中有一些行动，比如洗劫了一些道统，为的是索取天材地宝等。

各方势力都不安分，都想在离去前捞最后一笔。

“噗！”

一个人眼中带着不甘，还有震惊，他是一名准至尊，即将成道，不幸被一个年轻人斩灭了。

“你们这群蝗虫，临去前还想洗劫一番？这天地都被你们打得残缺了，导致末法时代提前到来！”石昊冷冷地道。

正是在这种背景下，九天十地前所未有地动乱，人心惶惶，许多道统都坐不住了。

连长生世家都要离开，不惜以族内真经等作为交换，更别提一般的族群了。

事实上，到了这一刻，就是仙域驻守在这一界的高层以及那些强大的统领等都睁一只眼闭一只眼，不管那些乱子，只希望可以顺利回去。

仙域上面有要求，每日都只能允许部分指定的人马离开，因为还要防备黑暗生灵最后的反扑。

“我王家终于要离开了，可是大哥、五弟、八弟都落在荒的手中，现在荒到底在哪里？”

“定要将他寻出来，斩灭之！”

王家的几条“龙”在议论，在商讨。

经过王长生的周旋以及跟一些仙域强者的来往，他们换取了机会，可以举教离开，进入仙域。

平乱诀对仙域顶级的道统都有着惊人的诱惑力。

“他活不了！”

“我希望父亲能找到他，亲手将之格杀，而非借他人之手。”

王家的几条“龙”脸色冷漠，杀气腾腾。让他们遗憾的是，王长生目前很忙，要跟仙域的一些人交涉。

“我们兄弟齐出，有体内法阵的加持，应该可以斩灭他。再加上老九如今神功大成，已是绝世高手，把握足够大了！”

在王家内部商议之际，其他各族也是差不多的情形。

有人兴奋，有人激动，也有人失落。

长生世家差不多都有了门路，寻到了进仙域的机会。

“荒，可惜啊，我竟不能将你除掉。此恨绵绵不能消，实乃人生一大憾事！”金家内部，金太君咆哮道，她面孔扭曲，愤恨至极。

上一次，石昊追击金太君，一路闯进金家，险些让她遭遇不测。这是一种奇耻大辱，堂堂长生世家金家，号称这一纪元最强的家族之一，居然被一个小辈搅得鸡犬不宁。

石昊一个人安静地走着，不知不觉来到了补天道外。这是一处神圣净土，其间的补天道与长生世家平起平坐，算是一个长存不灭的道统。

“在下洪真，仰慕补天道月婵仙子，特来拜访，求见。”

石昊竟见到了这一幕，一个身穿白衣的年轻男子带着一些人来到补天道山门外，要见这一教的圣女。

“来见清漪吗？”石昊自语道。

石昊没有临近补天道，事实上才来到附近，他那无比强大、超越一般至尊的神觉就已经感应到有人守候在此。

有人在守株待兔，是想在这里伏击他吗？

哪怕是至尊，都很难有那种微妙的感应，因为对方隐伏得太好了。

这洪真又是什么人？他与暗中守候在这里的强者是否有关？

石昊轻叹，身为修士，无论在哪里都得融入江湖中，虽有欢乐，却也总在这生死险恶中穿行。末法时代来临，各方大势力都要离开了，难道这些人还惦记着他吗？

“洪真仰慕补天道仙子月婵，特来一见。”白衣年轻人再次开口道，他身边的人实力都很强，散发出丝丝缕缕的大道气息。

这时，山门内有人走了出来，为首的那个人也是一身白衣，清丽若仙。

“我族愿接引补天道全教人马进仙域。”白衣年轻男子洪真说道。

“为何在我补天道外布下人马？”清漪问道，她跟教中的几位重要人物走了出来。

“听闻一个名为荒的人族修士很凶狂，我担心他作乱，欲在此擒获他。”洪真微笑着答道。

远处，石昊双目深邃，心道：这里的陷阱是这洪真所属的家族布下的，有些人在离开前还想闹事吗？

他意识到这多半是小狗崽曾收服的仙域洪家，其老祖曾为小狗崽的人宠。

两个多月前，石昊擒获王大时，有洪家人站了出来。后来，洪家人被小狗崽吓得战战兢兢，跪伏在地。

洪家的人这是醒悟了，无惧了吗？竟来这里伏击他。

石昊安静得若一株青莲，一动不动，双足立于虚空，眼睛看着前方。

“你走吧。”清漪开口道。

“公子请回，我教已经另有路途，不日将举教迁移。”一位老者说道。

“呵呵，是吗？还有其他仙域道统与你们达成协议啊！不过我来此也不全是为了月婵仙子，亦想擒获荒。”白衣男子洪真淡淡地说道，他背负双手，脸色有些难看。

“三位至尊，确实舍得本钱，不过仙都没有也想伏击我？”石昊轻语道。他默默抽出大罗剑胎，而后突然由静转动，刹那间如彗星撞击大地，撕裂天宇，快得所有人都来不及反应。

一剑横空！

寒光照耀九天！

“噗！”

剑气刺破乾坤，疾速而来。

洪真根本来不及反应便中了剑，他双目睁大，仰头栽倒，横尸于此。

虽有至尊在一旁等着伏击荒，可是眼下他们根本来不及做出任何反应。没有人料到，荒就在这一刻到了！

第1582章 **从容**

一剑斩天穹！

寒光烁烁，若星河匹练横扫乾坤间。

洪真直接毙命，横尸于此。

“啊——”附近的人大叫，更有至尊发出吼声，苍宇一下子炸开了。

他们怎么也没想到荒在这个时候到了，他果断而凌厉，直接出手，一剑斩灭了洪家的后起之秀洪真。

这种声音足以吼落日月星辰，震死成片的强者，但是洪家的那位至尊没有冲击补天道，音波刹那间收敛，破坏力消失了。

“嗖”的一声，其中一位至尊出现在洪真的尸体前，掌心发出成百上千道瑞光，想要挽救他的性命。

可是，这怎么可能？

至尊一击，就是遁一境的天才也接不下来。洪真的躯体看着完好，结果稍微一碰，就化成了光雨。

一道剑气，斩断三世！

哪怕有轮回，哪怕有来生，这个人也没救了，往生成空。那剑意如潮，早已毁掉了他所有生机。

光雨过后，便是灰烬。

“咚！”

天空中有人交手，另外两位至尊发起追击，想要拿下石昊。

他们三大高手在此，对方居然还敢这么肆无忌惮。这杀的是洪真，斩的却是他们的尊严。

“哧！”

第三位至尊也追击而来，冲向高天。

补天道坐落在神山之间，散发着白雾，蒸腾着瑞光，看起来五彩缤纷，仙气腾腾。

这里有悬空的岛，有不坠的古城，还有神药香气扑鼻，更有仙道遗迹。

今日，山门外爆发大战，补天道的法阵全面开启。

补天道的人不敢有丝毫的耽搁，启动护教大阵，射出道道仙气。

“荒当真是神威惊世！”一位老者叹道。

“这等人物，一个纪元也只有这么一个啊！”另有人点头道。

“实力再强又有何用？他进得了仙域吗？他一生的成就已到尽头了。”还有一位老者摇头道。

这代表了补天道不同的态度。

清漪静静地看着前方，眼底似乎有灿灿神光。她一身白衣飘舞，仙道气息越发浓郁了。

她的心其实并不宁静，一会儿是月婵，一会儿又化成清漪，曾经的点点滴滴一一浮现。

这一世，她的命运轨迹时常和那个人纠缠在一起，她该何去何从，如何取舍？

清漪的眸子变得迷蒙了，带着水雾。恍惚间，往事一幕幕重现，如潮水般向她涌来。

下一刻，她又平静了，清冷如月，散发着出世的气息。那是月婵，这一生她别无他念，只为成仙。

红尘过往皆可断，她可以挥剑斩断最后的执念。

“清漪，你还在吗？”天穹上，石昊一边与三大至尊周旋，一边向下看去，询问道。

“你走吧，莫要留恋。清漪就此断了尘缘，要登天路而去，进入仙域。”补天道一位老者说道。

“小友，你还是尽快离去吧，不然的话会惊动一些对你有敌意的人。”一个人很和善地劝告石昊。

石昊看向清漪，道：“你要离开这一界吗？”

清漪缓缓抬起手臂，像是要挥手，但是那手臂最后停在那里不动了。

她的内心越发混乱，融合为一体的两个灵魂仿佛又要裂开，在那里对峙，这代表了一个完整人格的心绪。

怎样抉择？

“还请离开！”补天道的另一个人开口道，凝视着石昊。

补天道将举教迁进仙域，他们跟一个古老而强大的道统有了密切的往来，或许会投奔那个道统。

现在的荒虽然非常神武，可是跟仙域小部分道统不睦，他们已经得到了不少相关的消息，不想节外生枝。比如残仙之祖，比如某位年轻大人所在的道统，都曾跟荒有过摩擦。

进入仙域，便是补天道也得收敛，由不得他们不谨慎，如果跟荒交往过密，恐怕会发生许多不可预测之事。

“清漪！”石昊喊道。

补天道的一座座灵山很朦胧，白雾弥漫，一道清丽的身影站在那里，似乎在犹豫，在彷徨。

“小友，你还是离去吧，请多保重！”补天道的道主开口道。

清漪站在那里，慢慢地摇了摇头。

“好，再见！”石昊说道，猛然飞天而去。

“哪里走！”三大强者一起追赶，要截击石昊。

就在此时，石昊的身体分成三道影子，三朵大道之花绽放间，他像是多了几道身躯，分别冲向不同的方位。

他就这么离去了。

清漪的心猛烈地收缩，怅然地抬起手臂，向天空挥了挥。

补天道的一群人都露出惊讶之色，没想到这位震动了九天十地的年轻奇才这么果决，就这样远去了。

他们中有人怅然，很遗憾，谁都能看到荒的绝世天资，这样的人若在仙域，若可以成仙，将会有何等的风采？

可惜，他不会去仙域，而在这一界他不能成仙！

现在不能，日后也不能！

末法时代即将来临！谁能创造奇迹？谁能打破桎梏？连法都不可修了，还谈什么成仙？

“噗！”

远方，伴着一道通天剑气，星辰成片地被斩落，此外还有几滴至尊血。

来自仙域洪家的至尊在分别追击荒的途中，其中一人险些被劈为两半，一下栽倒了下来。

至尊血击毁山河，隆隆剧震，景象骇人。

补天道的众人看得心惊肉跳，这就是荒，他在离去前还来了这么惊人的一剑。

然而，事情还没有完。

突然，一道神虹从天而降，太快了，如同远古的帝星坠落，轰向天地万物。

“轰隆！”

石昊不退反进，追击负伤者，要将他击毙。

“你……”洪家的这位至尊大惊，荒的胆子未免太大了，居然敢如此行事！

“小辈，哪里走！”另外两人追击了错误的目标，此时疯狂地冲回来。

“砰！”

断臂的至尊被那如同仙王一般从天而降的身影冲撞，横飞了出去，并且再次中了一剑。

“噗”的一声，被这一剑击中后，他全身都是裂痕，是剑气在激荡。

“啊——”

此人大叫一声，身受重伤，景象骇人。

这时，那两人终于赶到了。他们快速守护在一旁并出手相助，帮此人化解剑气，但他还是遭遇了重创，战力锐减。

三大高手站在一起，不敢分开了，也不再追击，而是谨慎地防备，并开始焚烧一张黄色的符纸，用来传信。

“再敢跟过来，杀无赦！”石昊说道。他很随意地离去了，就这么当着对方的面踏星空而去。

三大高手联手伏击，结果还被重创了一人，他们面色铁青，这实在是一种奇耻大辱，荒怎么会这样强?

补天道的众人默默无言，都震惊了。

“清漪，在你离开前，我去送真正的你。”星空深处传来这么一道平和的声音，只有清漪能听到。

第1583章 喧嚣

石昊离开后，一道仙光飞来，从那遥远的未知处径直落在补天道神门前，熠熠生辉，神圣无瑕。

这是一件仙道兵器——量天尺，它可不是一般的仙器，若被人催动并复苏，实力无比强大。

量天尺像随时要发动一击，缭绕着很多恐怖的仙气，弥漫着要灭世的气息。

可惜，石昊远去了，再也寻不到踪影。

“荒，你可敢一战！”那位身受重伤的老者怒发冲冠，恨不得立刻活劈石昊。

星空寂静，不见回应。

三人祭拜了一番，而后驾驭仙器冲进宇宙中，想要寻到石昊。

事实上，石昊听到了老者的话，但他没有理会。

原本石昊还想在前方伏击，但他感应到那件仙器很不一般，似乎蕴含着某位存在的恐怖神念，便没有现身。

纷纷扰扰，天地混乱。

这一战没有人刻意宣扬，但还是很快传遍了天下。一时间，举世皆惊，任谁得悉此事都忍不住一叹，荒当真了得！

那可是仙域某一道统的人马，三大高手伏击他，结果他还是从容离去，并险些斩灭一名成道者。

一时间，天下尽是荒的消息，全都是关于他的传闻。

他三十年不出磨一剑，成就至尊位，如今竟强大到了这等地步。

“这是他的性格，从不卑躬屈膝，不肯低头，哪怕面对仙域人马，他也不放下尊严。可惜了啊！”一位老人轻叹。

“为何要说可惜？”老人的弟子不解地道。

“他这样做，意味着已经有了选择，就此不会进仙域了。而在这片无法成仙的旧地，任他有天纵之资也不敌岁月，终究要坐化。”老人叹道。

荒这么果决，已经有了取舍，他不会低头、不会屈膝。可这样留下来如何成仙？在现如今的大环境中，无人可以迈过那道门槛，当末法时代来临会怎样？结局已经注定了。

许多事不必等到发生，就可以预测到最终的结果。

荒如何决断早已注定，人们都知道了。

“太可惜了，五百岁以下的至尊啊，这一纪元有史以来第一人，听闻仙古时代也没有这等妖孽！”

“残仙那一脉的祖上是一位年代古老却活着的仙王啊，那等人物法力绝世，他怎么进去？敢在仙域露面，必死无疑！”

若是真仙也就罢了，可那是仙王。再说，真仙还会少吗？那种道统随意出动一个高手，那就是一场死劫。

“天纵之资，边荒大战，都付之东流了啊！”

许多人为石昊感到遗憾，觉得可惜。这等人物一遇风云便化龙，只是缺少某种机遇。

现在，他将困守旧土，注定没有任何的希望，与仙无缘。哪怕他再厉害，也终究要老死在这一界。

“天赋绝世，本纪元第一人！”

“史上最年轻的至尊，有些可悲！”

“有史以来最强的年轻高手！”

这是一些人的评价，他们给予石昊毫无保留的赞叹。单以修道来论，他的确当得起这种赞誉。

只是，有些可惜的是，伴着他的是没落、腐朽的世界，几乎没有希望，逐渐走向衰败。

到头来，在这末法时代，他注定在孤独中一个人静静看着那岁月逝去，看着同时代的生灵一个一个地殒命。

可即便石昊不进仙域，结局已经注定，也还是有一些人不想放过他，放不下心中的仇恨。

这其中自然有王家、金家等人推波助澜，更有仙殿以及敌视罪血一脉的族群等的煽风点火。

“你们都在赞美荒，我却不赞同，他虽天资无双，但戾气太重，屠戮我辈修士，实在该罚！”一位修为不弱的老者跳了出来，这般质疑。

“荒斩的都是当斩之人，有何不可？他在边荒与异域的对手比拼，斩灭我界无人可敌的帝族，战功赫赫！”有人反驳道。

“笑话，抗击外敌是应该的，但凡我界修士，人人有责，是应尽的义务，况且那都是过去的事了。我说的是现在，他居然追击金太君这种德高望重的前辈，真是大逆不道！”老者一脸正色地道。

“德高望重的金太君？这真是一个笑话。金太君都做了什么？她一向跋扈，数次向荒发难。在边荒时，她更是典型的投降派，不惜将劳苦功高的荒卖给异域，无耻至极！尤其是这一次已有传闻，金家竟暗中勾结黑暗生灵！我觉得荒追击得好，遗憾的是没能斩了那个老妖婆！”

这些话激起了极大的波澜，引得许多人竞相讨伐金太君。

“闭嘴，金太君岂是你们可辱的！你们有什么证据，凭什么污蔑德高望重的金太君前辈？”

“做人竟无耻到这一步。那好，你们又有什么证据？你们亲眼看到荒追击金太君了吗？”

显然，有人故意搅浑水，这是要拉石昊下水。

有些家族想将自身择出去，顺带讨伐石昊。

这些家族将要离开九天十地，或许他们还有最后一次出手的机会，而石昊注定与仙域无缘，他们不介意踩他一脚。

“呵呵，你等太过美化荒，在我看来，他就是一个罪人！”又有人开口道。

这种话引起了众愤，一些人喝问：“荒何罪之有？”

“他诛杀有功之人，在黑暗生灵侵袭之际，先擒王大，又伏击王五等人，那可是王家的九条‘龙’，曾在边荒立下大功。在我界生死存亡之际，荒毫无大局观可言，只为一己之私便对功臣下毒手。”

一些人闻言，不禁蹙眉，这种话经不起深究。

“可笑，王家九条‘龙’究竟在边荒立下了什么大功？从过去到现在，谁曾听闻过？他们之所以出现在边荒，不是被放逐的吗？原本王家可是不打算派出一兵一卒的，当时不知道寒了多少人的心！”

这个人说的是实话，昔年大长老孟天正大战边荒时，王家几条“龙”竟趁机去抄大长老的后院——天神书院，只为了击灭石昊。

在那种大势下，他们都敢做这种事，何其嚣张。

最后，大长老孟天正震怒，赶回天神书院，亲自出手要灭掉他们。这才逼得王长生为他们出头，免除死罪，流放边荒。

可是这么多年过去，直到大战结束，都没有听说他们立下过什么大功，反倒期间数次加害石昊。

“即便如此，荒也不对。过去的事就过去了，如今他为何还要针对王大、王五等人？完全不顾大局。”一个自称白莲圣母的修士站出来这般说道。

“这种话你也说得出口，为什么要擒王大？是他主动招惹的好不好！他想压制曹雨生，结果反被随同的荒擒获，这是活该，罪有应得！而且，这么多年来，王家的人斩过几个黑暗生灵？尸位素餐，毫无功劳。早就有人怀疑他们跟黑暗生灵勾结，结果还真是，在须弥断山，王五、王家老八等人被抓了个正着。”

白莲圣母闻言，恼羞成怒。

“一派胡言，你根本就没有证据！那我问你，荒为何要压制王十？他分明是不识大体、不顾大局，要扼杀我界英才！”

“还说没证据，在须弥断山出现的黑暗至尊不就是王家勾结的吗？被抓了个正着。还有那王十，边荒有难他不出世，待天下平定，他便来睥睨四方了，算什么英才？此外，是他在须弥断山要抓太阴玉兔，才惹得荒出手的。难道荒为了顾全大局，就眼睁睁地看着这么一个所谓英才去擒获自己的好友？王十的所作所为便是识大体吗？这是什么道理！”

“就是啊，一个寸功未立的长生子，哪怕出世后也不曾杀黑暗生灵建功，却要针对荒的故友，还要求荒识大体、顾大局，不得干涉，这不是滑天下之大稽吗？好一个白莲圣母！”

白莲圣母有些招架不住，冷笑道：“哼，不管怎样说，荒就是一个白眼狼！当年边荒大战落幕，孟天正战死，王长生前辈说要收留他，让他进入王家，结果他不仅拒绝了，还这般针对王家的子嗣，真是不知感恩，狼心狗肺！”

“白莲圣母，你还要面皮吗？”显然，这一次所有人都觉得她很过分。

荒归来后，还需要人收留吗？他去哪里不行？

“王长生前辈很有可能是要传他平乱诀，那是惜才，这个无耻之人不领恩情就算了，到头来还这么针对王家！”白莲圣母说道。

很多人看不下去了，昔日王家对荒有敌意一事举世皆知，小孩子都能看透，而她此时这般狡辩，实在可耻。

当年，仙院、圣院的两位至尊都说过，王家太急迫了，不就是想将荒困在王家，谋夺其手中的《不灭经》等吗？做得太过了。

“那时，王长生前辈要杀荒易如反掌，却没有那样做，还好生招揽对王家有敌意的荒，真是让人敬服。”白莲圣母说道。

“他王长生敢吗？”

边荒大战落幕后，荒立下显赫战功，谁敢冒天下之大不韪杀他？仙院、圣院的两位至尊跟孟天正是过命的交情，肯定不会坐视不管。

而且，那时，荒修为大进，至尊之下早已无人可与他抗衡。他真要死了的话，凶手只会是那么几个，明面上跟荒有仇怨的只有金家、王家。

金太君重伤垂死，差点儿形神俱灭，根本没有出手的条件。

如果荒真的被人击灭，世人第一个想到的就是王长生。因此，他无论多么想除掉荒，在那一段日子都绝对不敢出手。

不然的话，他将被天下所有人唾弃，最起码，如果王家还想在九天十地立足的话，就不可能逆大势。

那个时候的荒，站在大势这一边。

如果王长生真的丧心病狂、不顾后果，他王家肯定也好不了，仙院与圣院两位至尊即便奈何不了他，也要斩他满门子嗣。

“王长生之心路人皆知，当年他的所谓善意就是一个笑话！”

“边荒大战一结束，王家就迫不及待了，吃相太难看了。王长生想干什么连孩子都明白，你还为他辩解，真是羞于与你同在一地。”

正主石昊早就发现不对劲了，是有人故意搅浑水，他很直接，奔着源头而去。

第1584章 直奔源头

石昊直奔源头，并不是要动手，而是要抖搂出一些东西。

三十年前，他从下界潜回三千道州，第一次来到黑暗区域的边缘时，曾在暗中目睹长生世家勾结黑暗生灵，与之进行交易。也是那一次，他重新得到了烂木箱。

当年，那群人的胆子得有多大？连这种关系重大的东西都敢交出去，与黑暗生灵做交易。

昔日，石昊以晶石如实记录下一些身影，包括对话等，等于还原了当年的景象，他一直收录着，没有放出去。

在那个时间段，仙域还没有发兵，还没有人降临在这一界，过早地将昔年发生的事揭露毫无意义。

那时候，九天上的长生世家只手遮天，连烂木箱都敢动，谁若揭露实情的话，估计第一时间就会被灭掉。

虽然后来情况不同了，仙域发兵了，但是石昊的实力还不够强，无论是被九天上的长生世家盯上还是被仙域的人留意，都很危险。

现在，他已经成为至尊，无惧九天上的世家，而仙域的修士也即将退走，正是利用他们发挥余热的时候。

这一日，九天十地被一则惊人的消息引爆了。

金家、王家，还有风族等一干长生世家曾经跟黑暗生灵接触并有过密切来往的事，被人揭露了出来。

一块晶石引发了一场大风暴。

这绝对是大事件。

虽然世间一直有人传言，某个长生世家可能跟黑暗生灵有什么勾结，但是并没有最直接的证据。

即便那时在须弥断山，紧随王家老八之后出现一名黑暗至尊，也只是让人心生怀疑，并没有有效的证据。

一些人认为王家、金家的人当诛，可有些人不太相信他们真的跟黑暗生灵密切地往来过。

现在，一块晶石出现，上面记录了三十年前的一些影像，影像中既有清晰的身影，也有当事人的话语，顿时引起了极大的波澜。

这是一场轩然大波，如同惊天动地的海啸！

在世人眼中，长生世家是神圣的、强大的、高高在上的，怎么可能会背叛九天？

只有少部分人知道，所谓仙道家族，内部情况极为复杂，一样有尔虞我诈，甚至更为无情。

世间的绝大多数人都不了解这些，因为大多数人与长生世家的人相距太远，一直认为他们是神圣的、高远的，是守护九天的中流砥柱。

当看到晶石映照出的世间百态时，许多人震惊了，一些人的信念甚至都崩塌了。

“这绝对是假的，是有人伪造的。小小的一块晶石怎能当作证据，真是笑话！”有人跳了出来，这般说道。

显然，有些长生世家恐惧了，现在这个时间点太敏感了，也太微妙了，正是他们进入仙域的前夕。这个时间发生这种事，简直是一剑封喉！

在关键时刻爆出这样一则消息，可能会活活掐断他们的前路。若被证实的话，仙域肯定不会无视此事，肯定要问询各方。

几乎在第一时间，一股巨大的风暴开启了。当世人震惊之时，有些家族竭尽所能，想要平息事态。

“这只是一块晶石，证明不了什么！”有人说道。

这是一位德高望重的老辈强者，他修道岁月久远，名声极佳，被某一长生世家请出，斥责这种“污蔑”。

“长生世家执天下牛耳，守护九天十地一个纪元，付出了太多的血与泪，他们怎会背叛这方天地，甘愿去做那人不人、鬼不鬼的黑暗生灵？这不可能，显然是有人在泼脏水，侮辱仙道家族！”

一位名人站了出来，他号称铁面无私，为某座神城之主。他大声呵斥，严厉批判那个“混淆是非的图谋不轨者”。

天下一下子乱了，如同炸了窝一般，喧嚣声震天。

众人都觉得这件事太惊人，有人怀疑，有人惊悚，有人了然。

数日后，第二块晶石出现，揭露出一些更为惊人的事实，延续上一块晶石传递的信息。

这晶石上的烙印太清晰了，许多人近距离感受，觉得晶石不像是伪造的。并且，人们在这块晶石中看到了一些较为熟悉、来头很大的人的面孔，他们来自仙道世家。

“轰！”

这引发了巨大的波澜。

这一次，世间嘈杂，诸多区域都乱套了。这是真的吗？连长生世家都如此，这九天得有多么腐朽？

观念上的冲击让许多人战栗，深感后怕。

“卑鄙，这是一种可耻的污蔑！清者自清，浊者自浊。我相信世间自有公道在，长生世家守护九天，矢志不渝，如同死去的先辈那般，绝不会行背叛之事！”

第一时间就有人站出来，严厉抨击这种混淆是非的作假者。

长生世家反应迅速，第二块晶石刚流传出来，还没有被人摹刻，便迅速出手，将之控制了。

仅在当日，就有一位准至尊出世跟进这件事。

这个人从太古前活到现在，辈分高得吓人，而且只差一线就进入至尊境了，有着崇高的地位。

关键是，这么多年以来，他跟许多大族交好，人脉很广。

这名准至尊在当日请出一些活化石般的存在，他们名望极大，联合起来，郑重宣告将严查此事。

“听到了吗？郑德前辈出世了，连他老人家都被惊动了，他联合了诸多名宿，要一起鉴定两块晶石的真假，给大家一个交代！”

“郑德前辈，那可是一位从太古前活到现在的准至尊啊，甚至有传说当年他都踏足进至尊那一领域了，无奈被大道所伤，又跌落了下来。他是一位急公好义、公正无私的前辈，号称大德之人。”

这样的消息引起一片惊呼声。许多人在期待，相信这种名望极高的前贤出头，肯定会还大家一个真相。

“真相就在两日后揭开！”与郑德准至尊一块儿出世的一位名宿说道，向众人郑重保证一定会道出事实。

两日间，风起云涌，天下各地都在议论这件事，这是捅破天的大事。

几个长生世家内部则愁云惨淡，所有人的脸色都很阴沉，他们预感到这次麻烦大了。

唯一值得庆幸的是，他们反应迅速，将郑德这种名望很高的人请了出来，让他鉴定晶石的真伪，还原真相。

这肯定不是他们的底牌。他们不断请出类似的顶级名人，做好了后续的安排。

他们唯一担心的是，这个时间点太敏感，投出晶石的那个人算准了时间，如同致命一击。

若仙域的人被惊动了，他们还能踏足那一界吗？他们非常担心所有的努力付之东流。

“一定要尽快揪出那个人，防止他继续投出晶石！”

几大家族咬牙切齿，恨极了那个人，他们暗中调动大批兵马，严密注视着各地的风吹草动。

两日以来，所有人都在期待，等着真相公布。

各地都不能宁静，因为这件事影响太大了，是一场前所未有的大风暴。

时间过得很快，两日之期到了。

郑德与一群名宿脸色严肃，站在一座恢宏的祭坛上方，用玉盘托着两块晶石，当众宣告结果。

“经我们鉴定，晶石内的烙印是假的，这是有人伪造的，就是专门为了污蔑长生世家！”郑德说道。

这顿时引发了巨大的轰动。

“我就说嘛，长生世家怎么可能做出那种事，谁不知道他们才是九天的最强盾牌，用血和肉捍卫着我们这方世界的尊严！”

“仙道家族辉煌永驻，护佑我界平安！”

…………

几大家族提前布置的人马都动了，第一时间宣扬他们劳苦功高以及曾经多么辉煌。此外，还有一些名气很大的修士站出来力挺长生世家。

那暗中的人似乎并不在意这种声音，也不怕世人是否被蒙蔽，数日后，又投出了第三块晶石。

“假的！这种人很无耻，污蔑仙道家族，背弃了九天，怀着不可告人的目的！”郑德声色俱厉，站出来驳斥道。

其他名人陆续发表看法，义正词严，支持长生世家。

同一日，第四块晶石，也是最后一块晶石投出后，郑德等人的汗毛当时就竖了起来。

此次事件涉及的几个长生世家的人则一阵惊悚，十分惶恐，他们坐不住了，彻底沉不住气了。

因为几块晶石本就是相连的烙印，最后一块清晰地记载着某一家族持烂木箱而来，要送给黑暗生灵。

烂木箱，那是仙域都在查的东西，这三十年来围绕着它发生了太多的事。

在这个关键的时间点，第四块晶石一出，简直像彗星撞击大地般，几个家族都惊呆了。

虽然证实了前几块晶石是假的，但是现在出现了第四块晶石，仙域表示也要介入此事。

太狠了！

有这块晶石在手，却不早些拿出来，偏偏等到最后才亮出，这分明是想让人翻不了身。

几个长生世家知道，对方将节奏把握得太好了，等于利用了他们一把，让他们洗掉污点，证明清白，待这件事发酵到一定程度后，再出绝招。

若没有这场喧嚣，怎么会引得举世关注？等到举世皆知后，再投出第四块晶石，效果最佳。

此事涉及烂木箱，仙域必然要插手！

只要有真仙涉足，什么真假，一探便知。

“好狠啊！”

一些长生世家内，不少人的脸都吓白了。

第1585章 血的代价

几大长生世家的人意识到可能会有祸乱临头，他们焦躁不安，内心深处深感惶恐。要是细查此事的话，他们多半要露马脚。

这一日，几大长生世家的人在族中密议，认真商讨，以应付家族接下来可能要面对的巨大危机。

在他们看来，出手之人太狠了，在关键时间点给予了他们致命一击，若应对不好，会有厄难降临。

“我觉得不能死咬着与我等无关了，必要时得牺牲几个人。为了家族，必要的付出是值得的。”

听到这样的话，一些人当即就变了脸色。

外界，众人震惊不已，连烂木箱都要送给黑暗生灵？长生世家真是胆大包天，也太过分了。

难道这一切都是真的吗？

时至今日，许多人听闻那烂木箱是荒九死一生从边荒带回来的。

最后，烂木箱落在仙道家族手中，由几族共同执掌，却在三十年前不翼而飞。此事不仅没有查出结果，而且真相还被掩盖了。

后来，仙域都被此事惊动了，结果却也不了了之，成为一桩无头公案。

在仙域的一些强者看来，那个烂木箱应该还在，只不过被某一族藏了起来，为了进仙域，某一族将之当作最后的筹码。

而现在，居然传出了这样的丑闻！

“这件事到底是真是假？”外界，所有人都不能平静，内心涌起滔天骇浪。

如果此事是真的，那有些家族实在令人惊悚，什么仙道家族？到头来竟成为地狱的使者。

经过郑德等名宿的鉴证，证明晶石是作伪的，还了长生世家清白，可为何还是让人不寒而栗？

这是人们的一种直觉，这件事还没有结束。

郑德等人活了漫长的岁月，经得多见得广，现在却觉得骑虎难下，隐隐有种寒意，一阵心惊肉跳。

还要站出来吗？郑德硬着头皮再次驳斥了几句，然后他害怕了，内心惶恐。

他现在后悔了，自己贪图仙道世家给予的一些好处，为他们澄清，为他们呐喊，结果现在陷于被动。

“斩了魑魅魍魉，干掉长生世家！”一些人叫喊道。比如曹雨生等人，他们拍手称快，预感仙道家族或许将倾倒。

一些家族反应迅速，当日便做了决断。

以金家为例，金太君降下法旨，彻查家族内部，看看是否真有个别不肖子孙败坏门风，一旦查出，定将严办。

风族老祖更果决，他宣布要在族内严查，若真的有子孙勾结黑暗生灵，定将杀无赦！

…………

他们的反应不可谓不迅速。

仙道家族害怕了，他们觉得与其到时候被人揭开丑闻，不如现在主动自查，给外界一个交代。

一些名人后悔了，脊背发凉，越发觉得惊悚。他们昧着良心给仙道家族洗刷污点，结果让自身陷入旋涡中。

仙域有了反应，来得不算快，但也不算慢，共有几队人马，都是强者带队，奔向几个长生世家。

世间哗然！

这几族真的有问题吗？许多人大惊。外界一下子安静了不少，所有人都在静待结果。

至此，石昊不再出手，他知道预料中的事正在发生。

当年的旧事真要查的话怎么可能一点儿都查不清，必然会有蛛丝马迹。仙域不乏顶级高手，自然有办法。

石昊动身去见小蚂蚁、拓古驭龙等人了，长生世家的人没有再蹲守他，因为他们自顾不暇，陷入了一场祸乱中。

现在谁还顾得上石昊，那几个敌视他的仙道家族都在煎熬中度日，整片天地都乱套了。

“一剑西来，天外飞仙，太凌厉了。哈哈，给予他们这一击，大好！”拓古驭龙大笑道。

“来，我们喝一杯，静待那些家族的黑暗面被揭开！哈哈——”小蚂蚁等人见到石昊，得悉晶石那件事是他做的，倍感兴奋与激动。

外界，各族都在等结果。

所有人都知道一场暴风骤雨要来了，此前长生世家的辩解可能要出大问题。

就在此时，金家称发现不肖子孙做了一些让祖先蒙羞的事。

这是第一例，是金家自己放出的风声。他们抢先揭自己的短，避免被仙域查出一些事情后陷入被动。

随后，风族高层也透露出一些事，他们倍感痛心，称族内有三名弟子曾与黑暗生灵有往来。

这比金家更进一步，算是揭开了风暴的一角，直接承认族内有人跟黑暗生灵勾结，而且表示要严厉惩戒弟子，该斩就斩！

世人无比震惊，高高在上、神圣无比的长生世家，守护九天的中流砥柱，居然真的不是无瑕的。

巨大的风暴掀起，世人都惊呆了。

早先的辩解，几大家族的不认账，现在看来都是为了遮掩，是不负责的表现，欲盖弥彰。

对于几个仙道家族来说，这是一场巨大的危机。世人相信，晶石内的烙印多半是真的。

此时，除长生世家的人焦头烂额、心中恐惧外，一些名人也惶恐了，充满了无力感。

不久前，他们还话语铿锵、义正词严，驳斥投出晶石的人，称那是污蔑、侮辱仙道家族。现在，他们全都脸色发白，嘴唇发抖，张口结舌。

“骗子，什么德高望重的前辈名宿，都是一群鬼话连篇的伪君子！”

“他们也都算是名人，居然做出这种事，还谈什么大公无私，说什么还世间一个公道，这群人太卑劣了！”

…………

转瞬间，一群名人成了过街老鼠，人人喊打。

尤其是郑德，他对外号称大德之人，人脉很广，认识各族有名望的人。这一次他呼朋唤友，支持长生世家，现在压力很大。

他早就知道仙道家族不干净，但是收人经文、大道法器，自然要替人消灾。他卖力呐喊，指出那晶石内的烙印是伪造的，纯属污蔑。

如今长生世家都初步承认了自身有问题，开始自查。这让郑德脸色铁青，而后又变得煞白，他小心积攒起来的名望瞬间付之东流了。

毫无疑问，所谓大德之人翻船了。许多人腹诽，这种人没有底线，行无耻之事，让人唾弃。

“该死的郑德，末法时代到了，你的寿元怎么还不终结！”

一些人大声诅咒着。

仙道家族不断做出反应。金太君下令，接连除掉了五名十三世孙，并向仙域强者请罪。

金太君老泪纵横，称自己被后世子孙蒙蔽了，族中出了这样大逆不道之辈，金家愿意付出代价，接受惩罚。

风族老祖则亲手斩了一名亲孙儿和六名九世孙，这些都是他的嫡系后代，在族中地位颇高。

但是，这又如何？人们相信他们跟黑暗生灵有染，即便现在这样表态也改变不了过去发生的事。

许多人意识到这两族多半是完了。

“王家呢，什么反应？”拓古驭龙有些好奇，似乎没有听到他们有什么动作。

曹雨生冷笑道：“我猜，他们应该不知道如何是好。想那王长生枭雄一世，到头来还是进不了仙域，注定无法成仙，现在多半在呕血！”

“去看一看！”石昊说道。他知道早先有人针对他时，必有王家几条“龙”在推波助澜。既然王家现在没有什么反应，他不介意自己找上门去。

王家是一个古老的道统，来自仙域，其平乱诀已震慑世间两个纪元了。

此地，上万座灵山弥漫紫气，散发神光，一看就是适合修道的净土，各座山峰间隐约传来阵阵龙吟声。粗大的龙气和巍峨的山体彼此纠缠着，景象惊人。

“王家真是好气象，瑞光闪烁，这是大兴之兆啊。”曹雨生嘿嘿笑道。

“嗯？”

忽然，石昊吃了一惊，他神觉强大，异常敏锐，隔着万里就听到了哭泣声，那声音带着悲恸之意。

随后，由远而近，天边有一队人踏着虚空缓缓而来，中途不断撒下纸钱等，那些人抬着五口朱红色的大棺。

悲咽声、大哭声响彻天宇。

“怎么回事，是王家的人吗？”小蚂蚁露出惊讶之色。

很快，他们得到消息，一下子愣住了。五口朱红色的大棺装着王家五个非常重要的人，分别是王二、王三、王四、王六、王七！

“是谁杀了他们？”拓古驭龙吃惊地睁大了眼睛，有些不敢相信。

“王家一下子死了五条‘龙’？”曹雨生心中大惊，这不是等于捅了王长生的心窝子吗？将他的亲子斩掉，谁干的？

得到确切的消息后，他们震惊不已，难以置信。

王家五条“龙”是被王长生亲手斩灭的，他手起剑落，一剑一个！

“谁能告诉我，王长生这是发什么疯？真是令人惊悚啊！”消息太惊人，以至于众人觉得很不真实。

很快，他们探知到在晶石才出现一块时，王长生听闻此事，第一时间就将自己的几个儿子绑住，然后送到仙域诸强眼前当面审问，最后将他们都给斩了！

只是，这件事没有传出去。直到现在，王家人将尸体抬回来，这件事才见光。

“当真是一个狠人！”石昊叹道，他意识到王长生比他想象的要可怕。

金太君、风家老祖曾努力洗刷污点，又是请人，又是驳斥，最后才挥泪斩子孙后代，折腾了很长时间。而王长生最开始就直接斩了自己的五名亲子，这样一对比，让人发怔。

“王长生这个人实在可怕，看着清秀绝伦，如同一个十七八岁的少年，可他下定决心做一件事时，决绝得令人难以置信！”曹雨生感叹，心中有些发毛。

两日后，有消息传来，金家、风族接到法旨，他们无缘进入仙域。而且法旨中提到，让两族老祖亲自动手，从亲子开始搜查，但凡勾结黑暗生灵者——杀无赦！

第1586章 各自上路

王家的那群人在哀号、恸哭，声音响彻云霄。

五口朱红色的大棺承载着五条“龙”的残体，连全尸都没有留下。

谁能想到，堂堂王家五条“龙”叱咤风云，呼啸九天十地间，就这么殒命了，而且是被王长生亲手处决的！

有人在大哭，但是又能如何？

报仇吗？那就意味着要杀掉自己家的老祖，五条“龙”的后代百感交集，没想到事情居然发展到了这一步。

不过，他们知道，王家因此避过了一劫。

曾经相同的因，却结出了不同的果，世事就是这么难料。

仙域法旨降下，金家、风族等家族内部愁云惨淡，没料到居然是这么一个结果——仙域逼着他们自己动手，进行大清洗。而王长生所在的王家却不在此列。

这一日，金太君仿佛一下子苍老了很多，满脸褶皱，雪白的头发随风坠落，如同油尽灯枯一般。

金太君亲自动手斩灭了很多后代，其中有她的亲孙子，甚至还有她的亲女儿，她的这一脉几乎被全灭了。

王长生是自己动手除掉五子，而她则是被逼着动手，必须斩掉与黑暗生灵有过来往的子孙。

还有风族，这一族的老祖同样接到仙域强者传下的法旨，被迫斩灭族中勾结黑暗生灵的人。

这位老祖早已成道多年，可今日却险些道心崩坏，因为他目前总共还有七个儿子，可他们都在被斩灭的名单上。

老祖曾有很多子嗣，但有不少亲子先于他老死在岁月中，还有的夭折了。他的七个儿子如今是风族的参天大树，结果这一次全部要送命。

这是一场狂风暴雨，席卷了修炼界。

许多修士有感，这几日，从天而降的雨带着淡淡的红色。那是世间强者殒命过多所致，引发了天地异象。

两个大家族直接就垮了，损失了太多的人。

人们从中感受到了仙域强者的恐怖，他们就这么逼两族老祖除掉自己的后人，生生让两大家族走向没落。

金太君与风族老祖都活了下来，并未被杀，仙域传下法旨，让他们戴罪立功，除掉黑暗生灵。

“仙域这帮人可真不是什么善类，够铁血，够绝情，不过我喜欢，哈哈……”在这种关头还能笑得出来的，自然是曹雨生。

他们受够了那几族的恶气，今日两大家族近乎全灭，让他们高呼，大快人心。

天下风雨飘摇，各族修士莫不心颤，居然发生了这种事，长生世家真的背叛了九天十地，与黑暗生灵同流合污。

“唉，王长生收尸练功，心志如铁，金太君自诛己心，身心俱疲，这就是差距啊！”拓古驭龙、小蚂蚁等谈论着，对前者十分忌惮。

不管怎么说，烂木箱丢失一事至今都是谜，没有人知道烂木箱究竟在何方。

“咔嚓！”

一道又一道大裂缝浮现，那是九天十地在对撞。

这已经是两个月后了，末法时代正在大步走来。

“啊——”有人曾听到郑德大叫，他的寿元在最近两个月以来急骤缩减，躯体不断干枯。

这种变化太恐怖了，大德之人郑德险些老死。

同一时间，九天十地发生了一些非常恐怖的事——不少名宿坐化，灭绝于末法时代。

在此期间，仙域的大军不断撤退，如今只剩下小股人马在维系最后的平衡。

毫无疑问，他们最终也要撤走，这片天地终究会变得一片寂静。

这两个月以来，石昊连着送走了几批人。拓古驭龙和卫家四凰中的两人向他挥手，最终进入了仙域。

有些人石昊去送了，而有些人他则不去理会，比如六冠王宁川等。

仙域有些道统派出强者接引进入仙域者，故此，有些人石昊不方便去送。除非是知己或真心朋友，不然他不会去冒险。

“哥，你真的不走吗？”

这一日，石昊暗自送了秦昊一程，他也没想到自己的弟弟要进仙域了。

秦昊身上的那块仙骨来头蹊跷，因此秦长生为他创造了一个机会，利用他身上的仙骨引起某一仙王世家的注意。

秦长生早已打定主意，不想让“长生祸”发生，那就像一个可怕的梦魇，时常徘徊在他深层次休眠的心间。

一个纪元以来，秦长生都感到惶恐不安。

“魔女，你当年喜欢的人到底是谁，该不会就是我吧？哈哈——”石昊为魔女送行，开起了玩笑。

昔年，魔女说自己早有喜欢的人，石昊不是她的“菜”。

“等你哪天从这一界生生闯进仙域，你就是我的‘菜’了！”魔女笑道。

离别前，她又收起了笑容，不再戏谑，轻轻一叹，道：“你保重！”

魔女远去了，就此消失不见。

“你不走吗？”石昊问曹雨生。他将王大、王五、王家老八的法阵提炼出来，然后刻印在曹雨生的体内。

可惜，王家另外五条“龙”直接被王长生斩了，石昊得不到他们身上的残阵。

“我就不走了，我的道在这一界。若哪天情况不对，我将自己埋下就好了，千百万年后又是一条好汉！”曹雨生拍着胸膛道。

可是说着说着，他的眼圈就红了：“就是不知道到时候我是否还记得你，是否还记得自己，是否还记得一些不想忘记的人。一个纪元后，或许两个纪元后，我还能见到谁？”

曹雨生没有走，而是隐居了，暂时从世间消失。

补天道举教迁徙，所有人都要进仙域。清漪最后一个上路，她不断回头，向后看去，像在等什么人。

最后，她借助法阵，不断横跨虚空，暂时离开了补天道。

她怕石昊真的出现，怕有人伏击他，因为接引他们这一教的是一个非常强大的古老道统。

事实上，补天道并没有人伏击石昊，但她还是离开了这里。

清漪独自站立在一片幽静之地，不久后，一道身影落下，站在她的身后，温和的声音响起。

“是清漪吗？”

清漪转身，神色复杂，美眸转动间，似乎有千言万语要说，可最后能说什么？她终究是要离去的。

“我们两人融合归一了。”清漪的美目中似乎有水汽。

“我知道，你已不是曾经的清漪了。”石昊点头道。

“清漪本就是我！”清漪强调道，她好像想抓住什么，证明什么。

“此生你的愿望是成仙吗？”石昊问道。想成仙就要去仙域，别无选择。

很长时间，清漪都没有说话，最后她抬起头，眸子中有晶莹的泪珠滚落，凄婉而伤感。

“我想成仙，可我又很矛盾。”她转过身子，看着天边。

“你会成仙的。”石昊道。

“跟我走，或者，你等我。我会找人庇护你，让你进仙域！”清漪看着石昊，很认真地道。

“不了，我的道不在那里。我要在这方世界寻找一番，成就圆满大道。”石昊摇头道。

“你是怕我做不到吗？我一定可以的。”清漪道。

“你走吧，便是身在末法时代的这方天地，我也不会被困住，末法时代得证大法才是真！”石昊语气坚定地道。

清漪一阵沉默。她知道那不现实，从此一别，多半是再也不见了。

此时，清漪眼中不断有晶莹的泪珠滚落，她怔怔地看着石昊，像要把他烙印在心里，哪怕一个又一个纪元过去，也永不忘记。

“我希望我们成仙路上见，我相信那时还会再相逢。我别无所求，只想你能平安，千百万年后还能出现！”清漪大声说道。

最后，清漪离开了这里，带着伤感，带着悲戚。这一刻，她不知道自己是清漪还是月婵，越走越远。

“很多年后，我或许会后悔，如果还有机会再相遇，我一定会做出另一种选择。”清漪迈进仙门，带着失落，带着无尽的遗憾。

每个人都有自己不同的路，九天能走的人都走了，留下一片凌乱。

仙域大军最终都撤退了，黑暗大军也不见了踪影，黑暗物质都消退了。

末法时代到了！

石昊一个人在黑暗退潮后的大陆上垂钓，看到了诸般景象，见到了某种真相。

“黑暗造就了一切。”石昊像是孤独的钓者，一个人垂钓万古生灭。

第1587章 部分真相

黑暗世界的生灵退走了，大地上满目疮痍，被侵蚀过的山川万物至今还残存着稀薄的黑色物质。

这是一片内海，它虽在大陆腹地深处，却跟外海相连，漆黑如墨，寂静无声。

石昊坐在悬崖上，手持一根以紫铜精铸成的钓竿，垂钓了几个月。他的元神向四面八方辐射，观大道沉浮，看乾坤脉动，洞悉了海中与陆上的几分真相。

黑暗生灵虽变少了，但依旧还存在，只是没有黑暗至尊留下，被黑暗世界的生灵带走了。

留下的黑暗生灵从遁一境的修士到普通的凡人应有尽有，他们是被遗弃者，并没有被带走。

数十年过去，这些黑暗生灵不再懵懂，有了自己的意识，甚至一些较强者跟常人没有什么区别。

让石昊不寒而栗的是，这些有了自己意识的生灵都在哀叹，带着遗憾和无尽的伤感。

他们思念故土，想念家人。

在他们看来，他们是受害者，被九天十地的生灵压榨、屠戮，占据家园，毁掉了赖以生存的领地。

在这些生灵的认知中，原本这九天十地是他们的家园，但是现在被别族强行占据过半的疆土，自己这一方的各族强者皆败走，退出了这方大世界。

他们被一群魔鬼攻占祖地，赶出故土，如今只剩下一片残破的山河。

唯一值得庆幸的是，那群“魔鬼”损失惨重，一群“魔王”不得不暂时止戈，停止对他们祖地的入侵。

这就是当前的现状，是那些生灵的认知。

石昊发愣，黑暗侵蚀这方山河，那些尸体诞生意志后，居然有这种可怕的元神烙印，而这记忆便成了真相。

这些黑暗生灵感到愤怒、悲哀、伤感，开始咆哮，他们觉得自己是受害者，失去了太多。

这一刻，石昊身上冒出一股莫名的寒气，这“真相”真是残酷，让他都大受触动，双眉紧蹙。

突然，他想起了一些旧事。

记得他第一次误入异域是在帝关，他被一口万物母气鼎带着没入一个诡异的古老大世界。那就是异域的外围，是边缘区域。

那里有像九天十地一样的生灵，但他们的所思所感跟这方世界的不一样，他们认为所谓“异域”在跟魔鬼战斗，他们才是受害者。

莫道，一个修出三道仙气的异域年轻强者曾被石昊收服，他就是在那片土地上出生的。

莫道虽然被石昊降伏了，但是到最后也没有改变自己的认知，一直强调在那漫长的岁月里，他们被屠戮、侵袭，不得已才跟九天开战。

不同的岁月，不同的疆土，不同的生灵，却是相似的旧事。

这像是一个轮回，再现了当年的旧事。

石昊坐在悬崖上，思考着过去与现在。他知道了一些真相，不禁毛骨悚然。

“砰！”

石昊猛地一提钓竿，金丝钓线绷紧，接着，一条山岭般粗大的古蛟浮出水面。它无比狰狞，昂着头，化成一道乌光，向石昊扑击而来。

遁一境！

石昊轻轻一弹指，那条挤满天空、身体周围电闪雷鸣、带着混沌之气的古蛟便被震得大口吐血，接着缩小，坠落下来。

石昊两指一夹，将古蛟捏了起来，盯着它仔细地看了又看，道：“遗忘了一切，像被夺舍了一般，认为我等是魔鬼，尔等才是被害者，对否？”

“你这魔鬼！”这条古蛟非常强大，显然有自己的意识，“明辨是非”，并知道敌人是谁。

石昊叹了口气，意兴阑珊，将古蛟扔向黑色的大海。“扑通”一声，它恢复了本体，再次如山岭一般，砸出滔天的浪花。

“这么说来，连所谓异域也是黑暗重重，有着他们的影子啊。”

异域开疆扩土，占领九天大片区域，最后那些失去家园的生灵却反过来认为帝关这边的人是魔鬼。

石昊想到了异域的不朽之王——俞陀，有传言称，他是一个超级黑暗进化者，从黑暗中崛起。

事已至此，许多事情的真相都浮出了水面。

就是异域，也有半数以上的古祖来自黑暗之中，甚至更多……

石昊想到了禁区之主的话。那时黑暗物质才开始侵蚀三千道州，石昊有很多疑惑，曾向那个残魂请教。

禁区之主曾说过，真相远比石昊想象的还要可怕，还是不知道的好，不然会打击九天十地这方世界生灵的信念。

那时石昊还不明白，现在得知部分真相后，他沉默了。

连异域都跟黑暗有关，俞陀那种无敌的生灵竟于黑暗中崛起，还有比这更可怕的事情吗？

“咔嚓！”

九天十地彻底碰撞在一起，末法时代真正地到来了。

“砰！”

就连石昊坐着的山崖都在这一刻炸开了，这是他体内的一股力量不受控制地乱窜所致。

“哧！”

天空中，一把刀疾速斩来，斩碎天地，破灭永恒，伴着诸多星体坠落，无比绚烂。

半空，一颗又一颗大星落下来，都是刀气涌动时带下来的。大星接近这片海域时又都炸开，化作了齑粉。

星辰在破碎，域外都被撕裂了。以石昊为中心，以那把长刀为风暴眼，黑暗大裂缝交织，仿佛要毁掉星空。

末法来临，天意如刀，无情地斩落。

一般人看不见这把刀，因为它是无形的，是道的载体，只有当事人能看到，那刀锋雪亮、刺目至极。

这一刀落下，极其恐怖。

“当！”

石昊迎击。一刹那而已，他的拳印发生了多种变化，从鲲鹏拳到轮回拳，再到真凰展翅，最后又是雷帝法印，轰击苍天。

石昊身体剧震，脚下的山崖化成细沙，而后整片黑色的汪洋被蒸干了，内陆出现了一块巨大的盆地。

“砰砰砰！”

陨石坠落，天空中诸多星体被卷了下来，它们在爆炸，在粉碎。同时，也有很多残骸落下来，砸裂了盆地。

末法时代来临，这是第一轮冲击。

石昊挨了一刀，自身无损，但是天域崩坏了一大片。与此同时，这方大世界所有的修士都挨了一刀，没有例外，只不过有的受了轻伤，有的受了重伤。

即便如此，这一日，一个恐怖的伤亡数字依旧出现在众人眼前，足有一成的修士被天意一刀斩中，死于非命。

“这是什么？为何如此？末法时代太残酷了！”有人大叫道，脸上没有一点儿血色，极度恐惧。

“大道反噬，末法降临，就是如此，不然为何仙域都退兵了？我等遇上了这最糟糕的年代！”

依旧是同一日，还有一成的修士从原有的境界跌落，道行锐减，险些废掉，这是极其严重的大道伤害。

“末法时代的恐怖之处不在于大环境稳定后不能修法，而是在迎接它来临的过程中，那一次又一次的大道斩杀以及天地反噬。”

影响还在继续，而这还只是开始。

数日后，许多年老的修士相继坐化，有的是旧伤发作，有的是血气干枯，还有很多是无疾而终。

人们意识到末法时代不是说说而已，所有人的寿元都将锐减，一群老辈强者都要在近期凋零。

“在那最好的年代，真仙红尘现，仙王也可见，可我们都完美地错过了。这一世，真是罕见而残忍啊！先是不朽之王叩关，接着黑暗侵蚀，现在又迎来末法时代。哈哈，人生如梦似幻，不若去轮回，当此生此世不过是大梦一场。再见，这糟糕的年代！”

有人大笑着，状若疯狂。活过百万年，原本还算老当益壮，可是到了这一世，一日而已，就像经历了数十万年。

同他一样，许多人快速地油尽灯枯。

可怕的影响还在继续，这天地越发恐怖，大乾坤反噬，吞纳六合八荒，汲取所有先天精气。

第1588章 再见孟天正

这是一个时代的悲哀，也是修士的不幸。但凡修法者都遭遇了天意一刀，有人挺住了，有人废掉了，还有人死去了。

不过十数日，修炼界大减员，前后有两成修士坐化或者大道之伤复发，他们带着苦涩和不甘，悻悻离世。

一个凄凉的大世不乏天纵奇才，但是在这末法时代，他们唯有仰天一叹，生不逢时。

一个月后，除少数人外，活过百万年以上的修士消失了九成九。若没有特别的造化或者不死物质，他们都会在刀下第一时间殒命。

有人曾亲眼看到一位遁一境巅峰的强者修成了古僧一脉的金身，无奈在岁月长刀下被斩得金身碎裂，元神化光。

“谁能救我？”郑德在九天上哀号，虽然他有一株神药，但还是救不了他的命。

郑德是准至尊，而且有很高的名望，在九天上呼风唤雨，曾经备受人尊敬。可是，在大劫来临、天地反噬的时刻，他跟风烛残年的寻常老者没什么区别，无法改变既定的命运。

神药失效了，没有了原来的效果，变得暗淡无光。

郑德强大的法体在一日间破碎，元神也快速地四分五裂，不能保持原有的强大状态了。

这天地为所有人都画了一条红线，生灵之寿元都有了尽头。郑德这等人物活了太久，天意之刀斩来，对他们杀伤力极大。

郑德坚持了数日，最后还是被大道生生地熔炼了，归于虚无中。

修士的路就是一条逆天地之路，汲取天地本源精气壮大自己，让本不过百载的寿元不断增加。

到头来，天地开始反噬，修士若无法超脱，就将被打回原形，归还一切。

所谓末法时代，就是如此。天地间有一杆秤，得到了那么多，终有一天要以某种形式偿还。

人们发现了一个可怕的事实，在末法时代到来，剧烈地变化了三个月之后，神药变得暗淡，效果锐减。

所谓神药，根本不能称之为神药了，因为这稀有的绝世大药失去了灵性，不能开口说话，只有模糊的意识。

“轰！”

天地剧烈地颤抖，每一次闹出大动静时，都会给修士造成巨大的伤害，这是最可怕的时刻！

“不可逆转了，天地有缺，末法来临，仙药都退化了！”

这是一个生命禁区中传来的惊呼声，连禁区强者的声音都在颤抖，可见这一次的景象有多么恐怖。

“怎么会如此？本座已经逃了，由于怕被人吃掉，没敢溜进仙域去，这一次死定了！”一只龟驮着一个白衣仙子，惊恐地大叫道。

石昊若在这里，一定会认出这是长生仙药——白龟驮仙！

的确如此，长生药退化了，它所蕴含着的不死物质和不灭真蕴都在锐减，大不如从前。

一年后，天地稍微稳定了下来，白龟驮仙见情况不再恶化，这才稍微长出了一口气。

天地大环境的恶化让神药受到了不小的影响，可以说，它已经退化到了不足以被称为神药的境地，都不能开口说话了。

长生药则退化到了神药的层次。

一株完整的长生药原本所蕴含的精华足以让人得道成仙，称之为仙丹妙药都不会有错，但现在不行了。

唯一值得庆幸的是，白龟驮仙发现自己还能飞行，意识也还在，只不过不如从前了。

它依旧可以飞天遁地，难以被旁人捕捉，但药效真的退化了。

白龟驮仙可以确定，若天地的环境再恶化下去，它可能会彻底失去心智，只能凭本能趋吉避凶。它想要恢复真灵，估计得等到下一纪元，天地恢复、末法时代消失才行。

老龟落泪了，漫长的岁月间，它可能会迷失、不见真我，不知道沦落到什么地步，那实在太恐怖了。

“是否真的有轮回？如我一般，就像经历轮回，就此蒙昧，浑浑噩噩，亿万年后方知我是我。”老龟长叹，心情复杂。

这一刻，它突然想到：更大的轮回是否覆盖的范围更广，涉及的生灵更多？

九天上的禁区中，一位强者在心头惊悸中复苏，他在推测这末法时代究竟影响几何，会到什么地步。

在这场天地巨变中，修士已经锐减了五成。

而在乾坤动荡中，石昊不断被天意之刀劈斩，每一次稍微波动都会寻到他，恨不得将他斩得形神俱消。

“我还年轻，最起码还能活上一万载，别在我身上白费力气了，快去寻找残仙，或者去轰击金太君！”石昊大喊道。在这场巨变中，他胆大包天，逆着天意之刀向上冲击，锤炼自己的道。

在末法来临、天地反噬时，诸多大道偶然浮现并交织在一起，灭杀各族生灵，斩去所有修士的道行。

对石昊来说，那把天意之刀成为道光，又铸成洪炉，将他淹没。

他在修道，逆着天意修炼自己的法。

石昊将所有的法一起施展，各种宝术齐出。在此过程中，其中几种术融合了，自动归一。

这就是极速！

鲲鹏法一出，扶摇直上九万里。

仙凰展翅，古今苍穹都显得不够高。

雷帝叱咤风云，一双雷翅一展，连宇宙都难以阻挡其力量。

三对法则翅膀融合归一，成为混沌翅，轻轻一振，不仅有恐怖的杀伤力，而且其本源能力尽显。

石昊纵横于天地间，仿佛触动了时间。岁月在流转，时光碎片在缭绕，景象无比骇人。

他的速度太快了，可以瞬间横跨宇宙，从这一域到达另一域。

在末法时代来临时，他不但没有被斩去道行，反而练就出一对混沌翅，瞬间飞跃亿万里。

“砰！”

这一日，石昊举着一块巨大的陨石，冷漠地俯视着下方那片大地，而后猛力一掷。这是半颗星星，它焚烧着，坠向仙殿的所在地。

“轰隆！”

烈焰焚天，火光淹没大地。

这是至尊一击，但没有造成太大的伤害，因为那里有仙道铜殿守护。绝世法阵开启，发出光辉，护住了整片古地。

“荒，你还敢来挑战我的威严，简直是活腻了！”这是残仙的嘶吼声，从地层深处传来。

一道身穿灰袍的身影带着仙气，双手一分，撕开天地，就那么冲了上来，要斩灭石昊。

不过，还有一道身影竟比他更快。那道身影手持一柄黑金仙锏，直接抡动下来，带着仙道符文，骇人至极。

“砰！”

那道域外的身影当即就被黑金仙锏砸碎，消散于天地间。

“荒死了！”仙殿的人大叫道。

此时，残仙冲了上来，神色冷厉，幽幽地说道：“这个小辈真是谨慎，居然只是以法力凝聚的假身。”

远处，石昊非常意外，他在末法时代居然见到了一位真仙，而且这真仙与仙殿残仙勾结，在这里伏击他。

显然，对方预料到他有朝一日会来找残仙的麻烦，只是没想到这一日来得如此之早。

“他逃不了，我已经感应到他在哪里了，擒下他之后我就回仙域！”那个手持黑金仙锏的中年男子漠然说道。

“就不能直接击灭他吗？”残仙说道。

“我已经给了你面子，第一击全力以赴，若是真身，自然就成功除掉了，谁知他这么狡诈。”真仙平静地说道。

“追！”残仙动了，他想抢先发难，在此人出手之前击杀石昊。

然而，让残仙惊愕的是，他居然追不上！

这是什么情况？这小子为何这么厉害？他的速度居然可以与真仙比肩。残仙真的被惊住了。

“哪里走！”那名真仙也在追击。

石昊的速度太快，超出了他的预料，他竟然始终无法拉近与石昊的距离。

“轰！”

中年男子出手了，他挥动手中的黑金仙锏，一下子将一片星域打得崩毁。无数大星灰飞烟灭，这片天宇彻底黑了，但是他依旧没有赶上石昊。

“小辈，你再不驻足，别怪我下狠手，而不是生擒活捉。”中年男子冷声道。

“你如果能追上，就尽管动手。如若不然，有朝一日，我一定会亲手送你上斩仙台！”

突然，石昊一阵战栗。一道赤光飞来，带着仙道气息，险些将他腰斩，他周围的大星全都炸开了。

石昊振翅，混沌羽翼一展，脱离了这片星域。

又一名真仙在此显化，要擒获他。

“禁区的道兄，谢了。这一次将你请出，实在多有打搅。”后方手持黑金仙锏的中年男子说道。

“仅此一战，一切恩情皆归东流水，往后再无纠葛。”来自禁区的真仙冷漠地说道。

石昊心有余悸，刚才太危险了，差点儿便被人袭杀。

石昊不再停留，转身就走。他意识到这次自己遇到了大祸，想要逃走多半要付出不小的代价。

这还多亏他修成极速，不然的话必死无疑。

“小辈，你若不主动停下，我根本不考虑活捉，直接灭杀！”后方，那个手持黑金仙锏的中年男子道。

“轰！”

来自禁区的真仙一掌拍落，这片星海崩开，一块又一块大星碎片四处飞溅。

即便这样，这名真仙还是没能将拥有极速的石昊制服，被石昊避过了这一掌。

就在这一刻，一股诡异而又恐怖的气息从那永恒的黑暗中弥散开来，那黑暗之中浮现出一扇门。

一道身影昂然而立，其面孔棱角分明，瞳孔冷若星辰。他英俊而又刚毅，身躯修长，雄姿挺拔。

“啊！”

镇静如石昊也忍不住失声惊呼，他多少年都没有这么失态过了，眼中险些有泪水滚落。

“大长老！”石昊大叫道。

那道身影伟岸如昔，依旧保持着当年消失时的样子。他依旧很年轻，处在黄金岁月中，战衣残破，黑发披散，神武盖世。

多少年了，石昊依旧痛恨边荒的那些敌人，怀念曾经的岁月。他曾梦回帝关，希冀阻止大长老战死的惨剧。

大长老成仙了，却也凋零了，那一战太过悲壮。

谁能想到，时隔多年，大长老竟然又出现了，只是，他立身在黑暗中，带着不祥的气息和恐怖的妖异之力。

“你是谁?!”手持黑金仙锏的真仙喝问道。随后，他挥动手中的武器，向前发起攻击。

缓缓地，大长老孟天正张开了手。他真的很英俊，看起来二十几岁的样子，除面色略微发白外，跟当年毫无区别。

“轰！”

下一刻，天崩地裂，不祥的气息翻腾。

一只手缓缓地压落，抓住了那名真仙的黑金仙锏。

真仙似乎遇到了什么恐怖的事，大叫一声，而后便被黑暗淹没了。

一道身影拖着真仙，将其躯体缓缓地拉走。

第1589章 往日不可回

黑暗中，看不到具体、细微的表情，年轻的孟天正缓缓而动，将真仙拉进伸手不见五指的区域。

“啊——”那名真仙发出尖锐的叫喊声。

冰冷又黑暗的宇宙深处，隐约间可以看到真仙正在挥动手中的黑金仙锏，想要击退敌手，震散诡异与不祥。

但这是徒劳的，他一下子就虚弱了下去，连叫声都变小了，无力地挣扎着。

那是什么？那名来自生命禁区的强者一下子汗毛竖立，他从未遇到过这种可怕的事，此时感受到了巨大的危机。

残仙不断倒退，面色煞白，如同坠入地狱深渊一般。这种经历让他战栗，元神与躯体都绷紧了。

这种感觉相当不好，就像当年他们四位真仙一起面对那与异域强者大战过后重伤垂死的鲲鹏一般。

虽然他们那一战得手了，成功种下折仙咒，但是他们四人也险些送命。若非有从仙域带来的救命大药，他们都要殒命，可即便如此，此后的岁月他们也是苟延残喘。

“轰！”

不远处，那名来自生命禁区的神秘强者出手了。他一掌拍下，瞬间天崩地裂，黑暗的宇宙成为湮灭之地。

这个地方的群星早在此前就被击成了宇宙尘埃，现在被巨大的力量冲击，一下子冲向了更远处的星域。

在可怕的光束中，星辰海焚烧起来，那片星系成为火海。在这惊世一击之下，所有大星都炸开了，熊熊燃烧。

这是一种无比可怕的场景，翻手间，一片星域就成为过去，被彻底摧毁了。

刹那间的绚烂过后是无边的黑暗，那里也成为毁灭之地，只留下灰烬和尘埃在宇宙中飘浮。

风暴的中心是孟天正那里，刚才的夺目灿烂之处不过是被波及的星域。

残仙紧张地握紧了拳头，盯着宇宙深处。

让残仙失望的是，孟天正依旧在，他回头向这边望来，盯着那位来自禁区的仙道强者。

此时，手持黑金仙锏的真仙已经没有了声息，他被大长老孟天正拖着，扔进了那扇黑暗的门内。

那里仿佛通向另一方大世界，如同仙域的门一般。

随后，一只大手伸来，略显苍白，抓向来自生命禁区的强者。

那位强者大吼一声，竭尽所能，取出一柄利刃，利刃发出照亮天宇的璀璨光芒，割裂了大宇宙，他想斩灭孟天正！

灿烂的光照亮了那里，孟天正被黑雾笼罩，带着不祥的气息，肤色略白，如同玉石一般。

孟天正没有任何表情波动，只是眸子里面有神芒闪烁。“砰”的一声，他一把抓住那柄利刃，而后攥住了来自禁区的强者的手臂。黑暗翻涌，光华消失，这名强者也被拖走了。

“啊——”

残仙大叫，胆寒不已。那可是两位真仙啊，就这么被人拖走了，那个人究竟是什么来历？

残仙转身就逃，一刻也不想停留。他心中无底，怕在逃亡的过程中被一把抓回去，毕竟他已经受伤，实力还远不如遭劫的那两人。

出乎意料的是，后方无声无息，那道身影只是拖走了两大强者，并没有理会残仙。

石昊目睹了这一切，不禁热泪盈眶，那真的是大长老啊，没想到自己居然还能再次见到他！

“前辈！”石昊很激动，也很伤感，他向前走去，想要靠近那里。

昔日一战，大长老孟天正舍生取义，大战边荒，以下伐上，搏杀不朽者。在不可成仙的年代，他临阵突破，成就仙位。可惜那时他伤得太重，没有机会稳固道行。那一日，他不仅要大战强敌，还要对抗不祥之物，结果一战落幕后，他就那样走了。

此时，孟天正回头看向石昊，眼中微有波澜，但很快，他的一双瞳孔变得漆黑、空洞。

孟天正慢慢转身，不再回首。

这个情形就像在边荒最后一战时，大长老孟天正最后毅然带着无边的黑暗雾霭，独自走向宇宙深处。

现在依旧是如此，太相似了！

石昊愣住了，他伸手向前抓去，但又徒然落下手臂，眼中忍不住落泪。

大长老，永远的大长老！他真的回不来了，那一战后，他油尽灯枯，永坠黑暗！

“大长老！”石昊大吼一声。

宇宙深处有一扇门，那里伸手不见五指，漆黑如墨，什么也看不到。大长老孟天正英姿勃发，毅然迈步走了进去，就此消失不见。

“一个纪元又一个纪元的沉浮，究竟是谁在时间长河上方俯瞰，冷眼面对那人间更迭，大世轮转？若有轮回，哪一天你才能醒来？我们何时能再相见？”

石昊心如刀绞，他为大长老此生的命运而感伤，充满了不甘，他想要挽回一切，却无力回天。

一个纪元又一个纪元，若有轮回，大长老在亿万年后是否还能苏醒？那时，他还能见到谁？又能想起谁？

石昊离开这里，回到三千道州，没有再去攻打仙殿。他已经试探出，仙域有人想擒住他，为此居然调动了禁区人马！

这是一个糟糕的年代。对石昊来说，这是一段残酷的岁月，稍有不慎，他就可能会被人击灭。

变强，他要变得无比强大，直到有一天，无人敢针对他，无人敢蛮横不讲道理，无人敢在这天地间恣意妄为。

石昊想到昔日有些人所说的，看到的一角未来，预言的一些事。

“杀到世间无人敢称尊，既然要大清算，那就残酷到底吧！”

石昊一个人漫步至仙坟处，看望祖父和阿蛮，结果依旧——这里弥漫着诅咒之力，常人不可接近。

他们两人居然还在沉睡！

祖父和阿蛮被仙坟散发的场域笼罩，并未被天意一刀斩坏道基。

这里是某位强者或者是某一族的回归之路。敢参与大清算的无上强者，其手段外人无法想象。

哪怕被末法侵蚀，这里依旧坚固不朽，仙坟如常。

石昊走了，他隐居在九天上，整整三年，默默地体悟着末法时代的天地巨变。

这期间很危险，天意洪炉像是盯住了他，不断要将他焚成道则，想让他归于大道。

不过，石昊还是熬了下来。经过三年的静修，他的修为不断增长，正式步入至尊境更高一个层次，再给他一段时间，他注定要进入至尊境后期。

当年他想尽办法成为至尊，过于急迫，现在他隐约觉得有些不安。

就是金太君都曾看出他的道行不稳固，并讥讽他不算真正的至尊，其实她的话有一定的道理。

“该回下界了，我得解决自身的后患。”

石昊之所以三年后才回去，是因为感受到了危险，他试探出仙殿跟人勾结，仙殿不会放过他。

“哧！”

石昊一冲而过，穿过十字阴阳地，沿着那条路向下界走去。

一路上，石昊没有遭遇伏杀，数年过去，这里已经变得安静了。

下界，灵气枯竭，也步入了末法时代，而且情况颇为严重。

在禁区中，石昊见到了那半块雪白的头骨，听到了禁区之主的叹息声，但是他没有停留，而是快速离去。

他有些急迫，冲向荒域，赶向石村。

到了如今这等境界，石昊抬脚间，一片星空便会落在后面，他自然一刹那就回来了。

站在山峰上，看到石村，石昊长出了一口气。石村很祥和，一片欢声笑语，孩子们带着一些凶兽幼崽跑来跑去，不像是发生了不好的事情。

临近石村，天神树发光，各种神药灵草吐纳精气。这里虽然也受到了末法时代的影响，但是远比其他地方有生机。

石昊看到了石村后方的九具龙骨和那口铜棺，那似乎可以镇压末法，阻挡住了某种侵蚀。

“仙家法器、不朽之物都有一定的防护效果，看来一些强者应该能够借此活得长久一些。”石昊自语道。

老族长石云峰无恙，只不过额头上多了一些皱纹，早先变黑的头发又出现了一些雪白的痕迹。

石昊稍稍安心了一些，连年岁最大的长者气色都还不错，其他人自然被影响不到什么。

这里没有活过百万年的老妖精，寿元不会骤减。此外，还有“九龙拉棺”这种仙道之物镇压，因此这里不会恶化到让人忧心的地步。

“叔叔！”

“大哥！”

一群青年围了上来，见到石昊，格外激动与喜悦。他们已经知道末法时代到了，一直在为石昊担心。

“你消失了这么久，这群小兔崽子很焦急。”大红鸟凑到近前，对石昊道。

“这帮家伙被我督促着一直都在操练，道行精进了不少。”大黑龟探头探脑，在这里表功。

“叔叔，上界怎么样了？我们什么时候打回去？”一个美丽的少女问道。

这群人，有的是在石村出生并长大的孩子，还有的是边荒七王的后代，是石昊从帝关那里带回来的，如今，他们都已经成年了。

“边荒和九天十地如今都已经显得过小，日后我们征战的地域将没有边界，大到无疆，异域、黑暗之地、仙域，都可能是我们兵锋所向的地方！所以，你们要变强，跟上我的脚步。有朝一日，我们会让这天地变色，日月无光，星河倒转，乾坤颠覆！”石昊说道。

“发生了什么？”无畏狮子走来，惊讶地道。

其他人也吃惊，难道有朝一日，连仙域都要成为他们征伐的疆土？

“没什么，抓紧时间练兵、修行！”石昊说道。

“我们一直在苦修，早就迫不及待了！”

石昊闻言，想了想，道：“那好，我现在就带你们去一个地方，检验你们的修行成果。实战才是最好的练兵之法。”

“去哪里？”一些人很兴奋，摩拳擦掌，早就想走出这片大荒了。

“百断山脉，或者西陵界！”石昊说道。

第1590章 百断山

石昊在村中休憩了几日，主要是因为父母、族长在此，他离开这么久，怎能放心？他才回来，不可能马上就出发去征战。

在村中，石昊起初有些不自在，因为他见到了云曦。

云曦平静而安宁，带着淡淡的空灵气韵。这些年她始终如一，在石村等候石昊，从来没有离开此地的念头。

云曦之所以来这里，是因为石昊之前在上界被残仙废掉，而她甘愿跟随石昊来到这贫瘠的下界，照顾他的后半生。

后来，他们成亲了，却是因为石昊想尽办法要成道。石昊同云曦成亲，更像要斩断自己与过去的一切联系，忘却一些记忆。

石昊有些愧疚，觉得这对云曦不公平，所以他们哪怕成亲了，也还是相互礼敬，不像真正的夫妻。

石昊想到了很多，这一生他遇到了几个女子，如今跟随在他身边的，却只有这么一个。

不管出于什么原因，不管有哪些理由，他都不应该负了云曦。

“能在明知你即将成为废人的情况下还愿意跟你下界，不离不弃，照顾你残生的女人，你千万不要辜负。”这是多年前族长石云峰郑重对石昊说的话。

在这个世间，或许老族长才是影响石昊最深的人，是他将石昊养大的。可以说，石昊能有今日的成就，都是老族长一手培养的。

“云曦，如果你愿意，我们以后就是真正的夫妻、真正的道侣。”石昊看着云曦，轻轻地说道。

云曦不禁发怔，灵动的眸子灿灿发光，这么多年过去，她居然听到石昊说出了这种话。

石昊很少有这么郑重的时候，最起码云曦跟他在一起时，他没有这么郑重地起誓过。

云曦眼睛略微发红，什么也没有说。

“一路有你相随，谢谢！”石昊说道，轻轻地拥抱了云曦。

而后，他转身离去，准备带那些精力旺盛的少年去参加实战。

石昊仔细叮嘱他们，告诉他们各种注意事项，毕竟这是一次实战，会有生命危险："记住，在实战中身死道消很常见，今日之兄弟，明日可能就会离你而去。没有经历过血与火的洗礼，只能算是温室里的豆芽菜，长不成参天大树！"

石昊带着一群少年上路了。

石子陵夫妇如今已经不再阻拦石昊，也不会干涉石昊的决断。他们知道孩子长大了，如今已为至尊，自然有他自己要考量的道理。

毛球也跟来了，它要看一看这传闻中的百断山被打开后的样子。听闻山里面有只猴子，很是不凡，毛球想看一看是什么品种。

这是一处奇异之地，是一处被封印了的上古小世界，任何人身在当中都会被压制境界，难以超脱。

石昊当年进去时还是一个小修士，只达到洞天境。在这里，发生了太多的事，他结识了火灵儿、云曦等人。

"叔，你难道让我们进去跟洞天境或者灵虚境的生灵作战？"

"大哥，里面的生灵的境界未免太低了吧？"

这群精力旺盛的家伙觉得来这里无法检验他们的修道成果。

"此地可以压制闯入者的境界，说明它必然是昔日的大能所布下的。我让你们去探险，是为了追寻此界深层次的隐秘，而不仅仅是对付里面的生灵。"石昊说道。

此外，如果这群人都被压制了境界，进去之后不见得能一帆风顺。低层次的对战，也是一种检验。

如今还不是百断山开启的时候，这里的小世界每过一段岁月才能自行开启一次，平日间不显山不露水。

石昊站在此地，仔细地看着，而后出手了。他强行开启封印，身在至尊境的他有这样的能力。

"嗯，至尊的手段？"石昊吃了一惊。这方小世界与至尊有关，是这等人物的手笔。

"咔嚓！"

山脉间，一道黑色的闪电突然爆发，巨大无边，割裂了此地。虚空湮灭，而后一方小世界浮现。

与此同时，无尽的白雾浮现并快速翻涌而来，如潮水一般，将众人席卷、淹没。

“怎么回事？！”

一群年轻人心中一惊，却不慌乱，做好了战斗的准备。有些人竟早已修出天眼，的确称得上天赋惊人。

入口出现，他们逆雾而行，进入这方小世界。

灵气扑面而来，这里受末法时代的影响稍微小一些，应该是封印所致，有一定的缓冲作用。

漫天都是白色，洁白如雪，随风飘荡。那是一粒又一粒蒲公英的种子，带着点点光泽，到处都是。

石昊顿时心一沉，他感受到了一种不同寻常的气息，这方小世界出了问题，跟他当年历练时的不同。不过，他没有开口，而是站在后面看这群年轻的男女准备如何应对。

这群年轻人没有让他失望，毕竟有些人可是在边荒出生的，他们在原始帝城见惯了生死。

一些人跟石昊下界时都已记事，懂得修行，骨子里烙印下了边荒残酷大战的不灭印记。

“小心，不要让这些种子接近，严加防御！”有人喝道。

“这里法则强大，但没有压制我等的境界，与石大哥所说的不同，出了问题，务必谨慎应对！”

…………

不用石昊提醒，这群人便开始自主防御，相互提醒，严阵以待。他们都有敏锐的直觉，预感到此地有危险。

“呜呜——”

啸声响起，如同鬼哭狼嚎一般。

漫天的蒲公英种子飞舞，向这些年轻人发起攻击。银光闪耀，雪绒一般的种子变得无比尖锐，要刺透众人的躯体并扎根。

“轰！”

这群年轻人中的实力强大者催动真火，将漫天的蒲公英种子点燃，焚红了天宇。

“噗！”

实力相对弱上一截的人被蒲公英种子刺进了肌体。种子刹那间生根发芽，汲取其血肉精华，要借体重生，壮大己身。

“妖孽，你敢！”

实力强大的几人几乎同时动了，拍向那几个实力较弱的人，帮他们逼出种子并焚烧尽毒血。

“结阵，给我杀！”

此时，有几人站了出来，喝令同行者。

刹那间，这里分成几股人马，每队能有百人。他们并不慌乱，有条不紊，一个个带着惊人的气势，结成战阵，向前逼去。

石昊点头，这群年轻人很不错，虽然缺少实战经验，但是没有乱了阵脚，都是可塑之才。

四周死气沉沉的，居然没有见到一只会跑动的生灵，如同地狱一般。

这里有草木，有灵气，但是没有凶兽，也没有猛禽，似乎跟石昊当年看到的不一样。

“见鬼了，怎么都死绝了？这是谁造的孽？难道是这古怪的蒲公英搞的鬼吗？”大红鸟怪叫道，当年它也来过这里，正是在此地被石昊降伏并带走的。

石昊一行人向里走去，发现凶兽与猛禽都殒命了，地上有很多庞大的白骨，也有腐烂的鸟羽等，它们唯一的相同点就是血肉之精华被吞噬干净了。

“不用慌，见神杀神，遇魔斩魔！”一群年轻人中的几个首领都很镇定，走在最前方，毫不惧怕。

蒲魔树!

石昊想到了这个名字。当年，他在百断山脉曾遇到一个强敌，那强敌便是蒲魔树的后代，那时世间仅此一株。

那一战，石昊费了很大的力气才获胜，让蒲魔树负了伤。在他离开百断山脉时，蒲魔树没有跟出来，独自留下了并扎根在小世界内。

“是它？也不对。”石昊蹙眉，想到了一些事。

相传，在上古年间，一株蒲魔树实力高深，被人从上界追杀到下界，它在八域搅起无边风云，吞噬了不知道多少生灵，最后，天下各路高手共同出手，才艰难地将它斩灭。

除此之外，石昊参与边荒大战时还了解到一则非常重要的消息——仙古一战时，异域曾有一个无敌之王，那便是蒲魔王!

蒲魔王是一名不朽的王者，实力极其强大，斩灭了九天无数高手，相传它的一身道行比赤王只强不弱。

要知道，赤王可是一个狠角色，曾以赤王鼎吞食过仙王。

蒲魔王的命运不够好，遭遇了一个又一个狠茬子，总是和强者碰撞。它先是跟真龙大战，之后遇到了六道轮回王，最后又跟无终仙王激烈地比拼。

蒲魔王被无终仙王击灭了！不过，没人能找到蒲魔王的尸体，在大战结束后，它的尸体不翼而飞了。

“都给我注意，这里有古怪，谨慎一些！”石昊喝道。

见他都开口提醒了，所有人都神色凝重，神经紧绷。

第1591章 **蒲魔**

曾经的蒲魔王，那可是一个狠角色，让九天十地的修士谈之色变。

蒲魔树一族不出手则已，一旦出击，一般说来不会留活口，而且死的生灵下场都很惨。

这个小世界中植物葱郁，只是不见凶禽猛兽，毛球所要寻找的那只神异的猴子一直都没有出现。

石昊一群人前行了很久，走至一座大山下时，被一根粗大的铁棍挡住了路。至此可以确定那只猴族头领也已经死掉了，地上还有它的骸骨，而且它的头部有被植物根茎扎根过的痕迹。

这方小世界内虽有精气缭绕，但也有枯寂、肃杀之感，还有一股冷幽幽的气息，仿佛有无数冤魂在徘徊。

“哧！”

天空中，一株大树飞来，镇压而下，散发着非常强大的气息。

除了漫天的雪绒外，还有一条又一条根茎撕开虚空，扎根而下，将许多人笼罩起来，要汲取他们的生命本源。

“一只毛神而已，也敢作乱？”

一群年轻人中的一名头领名为石钟，他冷笑着，毫不惧怕，单手捏法印，符号流转，结成一面古朴的方印，名为翻天。

这是边荒原始帝城的传承，有些是石昊教给他们的，也有很多是他们得自祖上的传承。

翻天印一出，这株大树开始摇动，它预感到了不妙，想要遁走。

可是，晚了。

“轰”的一声，这乾坤仿佛真的翻过来了，响声巨大，剧烈地震动，每一寸都炸开了。

这是翻天印之神威！

一个法印而已，便将这株蒲魔树震碎了。

“这么不禁打？还想留活口呢，真是一个毛神！”石钟咕哝道。

大红鸟看得发呆，而后一缩脖子，想到平日自己对这群年轻人的呵斥，督促他们练功，不禁有点儿脸红。很明显，它的实力早已不如他们了。

那可是一个货真价实的真神，结果就像个毛神一般，被这“小家伙”打倒了。

“长江后浪推前浪，一浪过后还有一浪，我老人家是不是真的老了？”大红鸟以微弱的声音嘀咕，它以为别人听不到，可是有些人的听觉太敏锐了。

“鸟叔，别气馁，您也就比我差那么几个境界而已。慢慢来，从修士的角度来看，您还算是一个很年轻的后生呢。”那个名为石钟的年轻人笑嘻嘻地道。

“一边待着去。我风华正茂，绝代天骄，你一个小屁崽子跟我比差远了。我只是不爱出手而已，风头都留给你们了！”大红鸟嘴硬。

“哈哈哈——”一群年轻人大笑。

“别懈怠，这里有古怪，说不定有大家伙。”一个少女说道。她名为朱琳，其眉心浮现一缕火焰印记，十分强悍，也是头领之一。

此地一片寂静，他们已经走完了大半个小世界，所见就是这样一片光景，枯燥而可怕。

除了植物，所有生灵都殒命了，一个没留，被灭了个精光。

“是当年那株蒲魔树吗？”大红鸟小声问石昊，有点儿担忧。

石昊摇了摇头，死去的蒲魔树不是当年的那株，昔日那一株蒲魔树很生猛，跟他有过一番厮杀。

他们越发临近小世界的中心区域了。

“会不会出问题？”大红鸟问石昊。

“如果是不朽者，在我们破开小世界时，他就应该出现了；如果是人道生灵，无须担忧！”石昊说道。

他有一定的把握，确定不是仙古纪元的蒲魔王，真要是那个生灵，对方早就出手了，何必要他们？

“轰隆！”

临近中心区域后，天地变得一片黑暗。那是一株大树，它遮天蔽日，飘落的蒲公英种子居然是黑色的。

一株大树比早先的那株不知道强大了多少倍，笼罩了整片小世界，到了这里后所有生灵都被它覆盖了。

巨大的根茎，葱郁的枝叶，还有无情的黑絮翻涌着，如同一头蛰伏的凶龙出手，要毁灭人世间。

石钟和朱琳争先恐后地出手，都想拿下此树。

“小心，这是遁一境的强者！”后方，有人提醒。

与此同时，另外几名头领也慢慢踱步，随时准备出手。

“不许跟我抢！”石钟开口道，冲向高空。

“不行，你已经解决了一个，该轮到我了。”朱琳也不退让，她火红色的长发飘舞，身段婀娜挺秀，如同一只火凤般冲霄而上，烈焰焚天。

“这帮小兔崽子如此强大了？”大黑龟吃惊地道。

这群年轻人虽说整体上是年轻的，但年长的一批也有三四十岁了。不过，在这个年岁步入遁一境，还是足以令人心惊的。

二十几岁成为遁一境高手的，举世唯一，只有石昊一人。这只是个例而已，三十几岁的遁一境强者已算罕见了，小小的石村就有几个。

“这个家伙，再加上这群疯狂的年轻人，日后要组建什么？真要征伐仙域吗？”大黑龟一缩脖子，越想越可怕。

“轰！”

天空中，黑色汪洋暴动，那黑絮在翻腾，到处都是。朱琳一把火点燃了黑絮，在她周围，凤凰长鸣，烈焰熊熊。

这是石昊教授的真凰秘术，朱琳本身就是七王后人，有朱雀血脉，修习这种功法事半功倍，威能巨大。

“石钟，你再捣乱，别怪我不客气！”朱琳喝道。

“分明是我先攻上来的，好吧，让给你了！”石钟虽心有不甘，但不想窝里斗，于是将这名敌手让给了朱琳。

“哈哈——”旁边，另外几个实力不次于这两人的头领都大笑了起来。

“这群家伙，丝毫没有将对手放在眼里啊！”大红鸟叹道。

“因为他们有那样的底气，真的是天纵奇才！”鸿鹄圣者说道，它被石昊救了一命，最后留在了石村。

这一次末法时代来临，险些将鸿鹄圣者折磨死，幸运的是，它突破了原有的境界，寿元得以延续。

总的来说，鸿鹄圣者要感谢石村，那里有九龙拉棺镇压，守护住了村子。此外，还有天神树等各种稀世宝药精气蒸腾，不用担心末法时代来临而使那里的精粹枯竭。

“轰！”

天空中发生了剧烈的大碰撞。

朱琳化成一只真凰，跟那株大树对抗，斩落了诸多枝条。

那株大树化成一个中年男子的模样，神情冷峻，深深地望了一眼石昊，道：“我没想到你还会来，不过晚了，有朝一日，你们都要殒命！”

“是它！”石昊很惊讶。哪怕过去了很多年，他也还记得，这正是曾经跟他交手的那株蒲魔树。

“敢威胁我兄长？斩！”朱琳喝道。

凤凰展翅，在其背后，浮现出一对赤红而璀璨的仙翅。仙翅划过天空，如同两柄仙剑一般，无坚不摧。

“咔嚓”一声，巨大的枝杈被斩落。朱琳如同浴火的凤凰，跟一个黑衣男子搏斗，战况非常激烈。

上百招过后，“轰”的一声，凤凰双翅交叉，剑气纵横激荡，将那个中年男子斩了无数次，他惨叫一声。

“哧”的一声，乌光冲霄，他的元神逃走了。

“哪里走！”朱琳追击。

“嗖”的一声，伴着一道赤光，另一道身影冲了上去。那道身影直接一卷，将蒲魔树的元神禁锢并击落。

“谁？敢抢我的战功！”朱琳凶巴巴地道。

看到是一条龙后，她立马笑了，道：“原来是大师侄啊，手段不错，是你出手就没问题了。”

一些人偷笑，唯有赤龙瞪眼，险些从鼻孔喷出火来，龙吟阵阵。要知道，三十几年前朱琳还是一个黄毛丫头呢，屁颠屁颠地跟在它后面跑，如今竟敢捉弄它了。

“再敢乱语，我一个一个地将你们全部打趴下！”赤龙恼火地说道。

结果，一群刺头跳了出来，包括朱琳、石钟等人在内。几个头领跃跃欲试，一起向赤龙发出挑战。

“大师侄，我不服，向你挑战！”

“大侄子，来吧，我们决一胜负！”

…………

赤龙一阵无言，其他人也不知道说什么好。

“就凭你们，一起上吧！”赤龙爆发了。

“我一个就行，谁怕谁！”

“都给我闭嘴！”石昊呵斥道。在此过程中，他开始只是看着，没有出手的念头。因为这些天才成长起来了，足以独当一面，谁想到最终竟发生了内讧。

“我们只是开玩笑。”

随后，他们在这方小世界内仔细寻找，除了一些蒲魔树外，再无其他，都被连根拔起了。

石昊想搜索昔日敌手的元神印记，可是已经晚了，被人击落时其元神就自主焚烧，此地的蒲魔树全被毁了。

寻遍这片小世界，他们在中心区域发现了一口古棺。这口古棺不知道是什么年代的，里面只有一些龟裂的皮，并且带着鳞片，不知道属于什么种群。

咦？不是蒲魔王吗？怎么有鳞片？石昊心惊。

除此之外，他还在古棺中看到一座古怪的白骨祭坛，祭坛并不大，共有五个角，这形状有点儿奇怪，看着很眼熟。

“六道轮回盘?!”石昊目光大盛，祭坛上的五个角与六道轮回盘的边角很像。

他当年曾见到那轮回盘被一个满身都是神火的年轻人持着，威势强大。

那个沐浴神火、掌握残缺的轮回盘的男子已经消失很多年了，在这里，石昊竟见到白骨祭坛上有些凹陷，若填满，就跟轮回盘的形状相近了。

难道有人得到了六道轮回盘的其余几角？石昊心中暗想。

石昊等人将这里翻了个底朝天，又有了新的收获。

赤龙擒来了一条小龙，它全身五光十色，无比灿烂，散发的香气异常浓郁。

“不老泉！”

石昊很惊讶，当年他只得到了几滴泉水，那口泉就化形逃走了。

“原来如此，竟是一口仙泉眼！”石昊恍然大悟。

九天十地间只有那么几口仙泉眼，随着仙古一战结束，泉眼都消失了，如今这里居然有一口。

可惜，泉池已毁，被开凿成了一口古棺。

无穷岁月以来涌上来的泉水滋养过的金色沙粒等被石昊挖走了，至于泉中早先孕育出的精粹，则是这条小龙。

石昊曾经从仙殿得到过一口泉眼，其中的精粹流失了一部分，还有一部分被小狗崽吃掉了，剩余的部分还在石昊身上的仙泉池中。

“正好，将这条小龙放进泉池中滋养，这将成为一口真正的仙泉眼。”石昊露出笑容，这是此行最大的收获。

如果不是赤龙在此，一般人还真难以发现。这精粹化成龙形，飞天遁地，出入日月水火中，遮掩了自身所有的气息。

随后，石钟等人又挖到了通灵花等几株稀世大药。

这方小世界内再没有什么秘密，他们离开了。

“大兄，我们回石村吗？”

“要不直接杀向西陵界吧！”

石昊闻言，略微沉吟，而后点了点头，道：“目标——西陵界！”

第1592章 西陵界

西陵界，那是一片陵寝。

漫长的岁月过去，关于那里，早已说不清道不明。人们只知道，即便是西陵界外围区域，也有很多太古凶兽的骸骨。

那里大丘成片，随便挖开一座都可以确定为凶禽猛兽的坟头。经过漫长岁月的积淀，那里出了大问题，时常有诡异之事发生。

一路上，他们气势汹汹，逐渐接近了那片区域。

“我跟你们说，西陵界很危险，当年本座可是亲自闯过，见证了它成形的逆天过程，千万不可大意。”大黑龟说道，半是炫耀，半是告诫。

它所言非虚，当年西陵初步成形，化作一界，才开启就见到了神王、天神等显化，恐怖至极。

昔日，石昊、大黑龟等东躲西藏，避开了那些意识模糊的诡异生灵，才得以从中穿行而过。

这么多年过去，不知道西陵界究竟怎样了，想来多半更加恐怖了。

石昊对西陵界的印象极其深刻，万灵图就是源自这里。在那座祭坛上，当时还有几件器物与万灵图并列，但当年他只取到万灵图。

“我们会注意的！”石钟点头道，他虽然信心十足，但是并不自满。

“龟叔，放心好了，我们并不是温室里的花朵，有什么磨难尽管来好了，也该打磨一下自身的锋芒了。”朱琳笑嘻嘻的，故意活跃气氛。

听她这样一说，众人都笑了。

“你们不是温室里的花朵，谁是？”唯有赤龙黑着一张脸，不待见几人，因为它太反感“大师侄”这三个字了，想压制那几个刺头。

“大师侄，你什么意思，不相信我们说的话吗？”朱琳笑道。

“黄毛丫头，你见识过什么，今日才真正跟人决一死战吧？”赤龙驳斥道。

赤龙承认那株蒲魔树实力不弱，朱琳能除掉它，已经证明了自身的不凡。毕竟，蒲魔树是一种特殊的生灵，一株成年，千万生灵身殒。在它的进化路上，尸骨累累，它汲取各族生灵的本源，拥有这样的成长经历，想不强大都不行。

“大师侄，你欺负我年岁浅、经历少吗？那你就错了。别说是蒲魔树，就是比它厉害一千倍、一万倍的生灵我都见过。世间的杀伐再惨烈，于我眼中都不算什么。所谓温室花朵，套用在大师侄你身上倒差不多。”朱琳面带笑容地道。

这些话顿时让一群年轻人都沉默了。他们年幼时所经历的是什么？不朽者攻城，七王镇守，真仙陨落……

太惨烈了！

赤龙大怒道：“你一个黄毛丫头，能经历过什么？”

“我出生在原始帝城，生下来就开始吃凶禽、猛兽，最弱的都是天神境的凶灵，就是至尊也啃食过，还有不朽者。”朱琳淡淡地说道。

“胡说，凭你一个小丫头，还想以那种强者为食？他们一滴血就足以置你于死地！”赤龙道。

朱琳笑了，有些伤感，道：“如果你生在一座被困了一个纪元，自古至今都在跟异域大战的原始帝城中，别说古兽肉，就是其他什么东西你都得吃。自我出生时，帝城的灵脉就干涸了，没有草木，没有灵药，没有正常的食物，有的只是尸体，除此之外我们还能吃什么？！”

石昊一叹，这是实情，他曾经去过那座城池，所有孩子都是如此，没有一个例外，身穿残破的兽皮衣，每个人都脏兮兮的。

他们之所以能活下来，靠的就是那些兽肉。值得庆幸的是，有强大的前辈帮他们炼化掉了尸体中的各种杀意和致命的有害物质等。

这也是他们体魄强大的原因所在。石昊将他们带出来，对他们抱有厚望的底气就在于此，在那种环境下长大的孩子，日后的成就绝不会小。

如此说来，十凶的后代赤龙跟他们比，确实算是在温室中长大的了。

“我吃过至尊肉，连仙血都尝过。我那时还太小，吃的是被长辈炼化了杀伐气以及可伤我们本源的物质的兽肉。”石钟补充道。

“你们如今是三十六七岁吧，那时也才三四岁而已，能记得什么？！”赤龙不太相信。

“我那时已经十二三岁了，记忆深刻，我说的你该相信吧？”旁边，穆青插了一句。

“别说了，有朝一日，我会带你们打进异域，为你们的祖先报仇！”石昊坚定地道。

有些事，他都不愿意再回首。当年进入原始帝城时，他看到一堆又一堆火焰焚烧着，那是不朽者的尸骨和真仙的残骸，这么做是为了汲取精气，维持古城所需。

那场战斗太惨烈，是一部血泪史。

通过石昊的表情和那群年轻人低落的神态，赤龙确定那些可怕的事都是真的。

“这一次算我不对。”赤龙难得地低头表达了歉意。

“没什么，大师侄，我们也有不对之处。”朱琳道。

西陵界，一块碑立在那里，再向前走，就踏进神秘区域了。

整片天地都暗淡了，石昊等人踏足这里后，一股幽冷的气息扑面而来。

一头梼杌突然冲来，它跟一座小山似的，扑向众人撕咬，煞气弥散，震得此地颤动不止。

“砰！”

石钟出手，一拳震开，将它逼退。

果然，正如大黑龟所说，这里的生灵实力很强，有许多在天神境。在下界，这实属不可思议。

“比以前危险多了！”大黑龟说道。

昔日他们来这里时，此地的生灵都不会主动追杀他们，只要小心避过就没有危险，但现在不同了，它们居然开始主动攻击外来者。

“我怎么觉得不对劲，它是半实体半精神的吗？”石钟说道。

石昊点头，就是如此，这里精神交织，俨然是虚神界的雏形。

那些天神、古兽残留的精神在演化，构建出一片神秘的国度，自成一界。

当然，这其中肯定有古怪，不然凭借这些战魂是无法做到的，精神国度不是谁想构建就能成功的。

“嗷——”猛虎咆哮。

当众人进入西陵界深处时，一头白虎踩踏着星云从域外而来，扑向众人。

四野古木参天，巨山林立，一番原始的蛮荒景象。大地上有各种飞禽走兽，一个个都气势汹汹，盯上了他们。

“这里不错，是真正的练兵之地。”石昊点头。

此地的凶兽太多了，如真犼、貔貅、吞天雀、千臂巨人、饕餮、闪电狮子等，传说中的物种应有尽有。许多凶兽的修为在天神级，此外还有更高层次的生灵。

“杀！”

在穆青、朱琳、石钟等人的带领下，他们一路向前冲击，无比勇猛。

石昊跟在后面，眉头紧蹙。

虽然敌人强大，但是他们还是在推进，向深处而去。

路上，药香扑鼻，有银色的闪电树，它缭绕电芒，璀璨无比，结满闪电果实，馥郁芬芳，令人垂涎欲滴。此外，还有带着晶莹水露的龙舌草，生长了一大片，清香阵阵。

“好地方啊，竟有各种神草！”

“不能乱吃！”大黑龟提醒道。这地方的果实等都是半实半虚的，最重要的是有剧毒，当年它吃了半颗闪电果差点儿殒命。

越向里走，石昊的眉头锁得越深，他隐隐觉得这里不太对劲。

到了西陵界深处，那些生灵几近完全精神化，都如同元神一般，巨山壮阔，但也都是由精神力构建而成的。

“这里就是虚神界了！”鸿鹄圣者说道。

穆青、石钟、朱琳等人带头冲击，如同一群猛兽下山一般气场强大，非常勇猛，一路推进。

石昊大吃一惊，他见到了部分真相，前方的半空光彩迷蒙，有一条通道。

西陵界与一方天地交融，开启了一道门户。

石昊一闪而没，直接冲了过去，他想去求证，这种感觉让人很不安。

虚神界！

西陵界竟与虚神界交融了，熔炼出一条通道。

通往地直指黑暗牢笼！

西陵界里的事物是半精神半实体的，他现在的肉身都跟到了交融地。随后，他稍微一用力，肉身闯了进去，站在那里，如陷泥沼。

他元神出窍，将肉身又推了出去，元神发光，一路向前。

以西陵界为钥匙，要开启虚神界的枷锁，打开牢笼？石昊心中一凛，越发不安。

下界本就是一处可怕的牢笼，隐藏着天大的秘密，只有仙域最古老的道统才有详细记载，只有仙王才了解真相。

西陵界居然有这等秘密！

石昊的脸色不是很好看，这相当恐怖，如果把牢笼中的那些囚徒放出来，天知道会引发怎样的大灾难。

昔日，仙域最古老的道统联手参与封印，怎么可能是小打小闹，所封印的都是真正的盖世大凶人。

石昊看到了，这里很隐秘，与虚神界交融的地域很荒芜，蒿草丛生，树木干枯，紧邻牢笼区域。

平日间，谁会注意到这里？虚神界只有一条路从远处通向牢笼，被那两个老人死死地把守着，现在居然出现了一条密道，直接靠近这片区域。

石昊一路向前，很快，他碰到了一股力量，阻挡了前进的路。这里有一层晶莹透明的结界，还没有被破开。

“还好这里的防御足够强。”石昊顿时长出了一口气。

不过，这只是时间的问题，长此以往，这里早晚会出大问题。

虚神界可不是一个简单的地方，不是一般人可以构建的，远比人们想象的要久远，多半涉及了仙家手段。

石昊在这里探查了很长时间，而后慢慢退出。他要去告知精璧大爷与鸟爷，让两个老头子做好准备。

石昊的元神回归肉身，化成一道虚影冲了出来。而后他第一时间离开西陵界，在一个宁静之地盘坐下来，闯入虚神界。

“你这小子又有什么事？”

“老爷子，出大问题了！”石昊没有耽搁，快速说出所见，将事态的严重性毫无保留地告诉了他们。

“还真有不死心的?!”

“真是可以啊，居然能用这种手段破解，此人肯定了解当年虚神界是如何构建的。”

两个老人神色无比严肃，快速前往牢笼，亲自探查了那条通道。

“还好有预防措施，这结界一时间破不开。”

“到时候给它点儿颜色看，它不见得是大鲨鱼，可能是当年漏网的小鱼苗，翻腾不出来浪花。这里还有一些底牌，要是它敢来的话，绝对让它形神俱灭！”

看到两个老人底气十足，石昊放心了，能做的事情他已经做了，接下来就看他们自己的了。

石昊快速回到了西陵界，他拥有极速，可以在很短的时间内完成往返。

西陵界，一片嘈杂。

这里的大战到了白热化，有人流血，有人负伤。

西陵界的生灵们都很强大，多为天神，还有更强者。此处不愧是神骨堆积成山的一片坟地，显化出的生灵都非常厉害。

穆青、朱琳、石钟几人站在外围区域，不时挥动拳头，拍出法印，将一些庞大的生灵砸回去。

几名头领实力强大，在这里游刃有余，截断了各条路径，将一些想要突围的古兽都逼回场中，留给其他人磨砺自身。

除此之外，他们还在采药。这些药虽有剧毒，常人无法服食，但可以带回去提炼精粹。

闪电树上，一条又一条闪电虫飞射而出，如同一支又一支箭，杀伤力惊人。有些年轻人不小心被击中，险些毙命。

如今的闪电虫进化到了极高的境界，比当年要强大不少。

“嗷——”

千臂巨人嘶吼，与大岳齐高，獠牙无比狰狞，上千只手臂一起摇动，唯有穆青等人能压制它。

石昊背负双手而行，一路向前。不少凶兽扑杀而来，都被他轻轻踢开，留给那些年轻人去历练。

有些巨兽可以吞吐日月，实力非常强大，但是在石昊面前却如同稻草人一般，流光一闪，成片翻飞，无人可以阻挡他的脚步。

一条金光大道浮现，石昊踏在上面，笔直地没入西陵界深处。

他再次见到了那座古老的祭坛。

这里没有变，祭坛是实物，依旧存在。虽然祭坛曾经被波及并受损，但是现在也恢复了，仿佛亘古长存。

祭坛上的东西还是那几件，还是那种相似的气息。

石昊皱眉，这么多年过去，他面对这座祭坛时，居然还是觉得高深莫测，要知道他如今可是至尊了。

“退后，你们都离开！”石昊传音，命令远处的所有年轻人都沿路返回，不得耽搁时间。

他以为自己身在至尊境，祭坛对他来说不算什么威胁了，但现在他感受到了一股神秘的气息。

这里有些不一样，很神秘。

祭坛上一共有三件器物，第一件是一块手骨，色泽金黄，刻有神秘而繁复的符文，如同被一团金色的火焰包裹着。第二件是一块头骨，晶莹透明，状若水晶，眼洞很深邃，若跟它对望，仿若要将人的元神吸附进去。此外，还有一颗眼球，它散发着光芒，至今没有暗淡。

就是这么三件东西，显得无比妖异，时隔多年，还是没有丝毫变化。

昔日上面还有第四件器物——万灵图，不过它被石昊冒死带走了。

石昊站在这里很久都没有动，那些年轻人都退走了，包括穆青、石钟等人。

“锵！”

石昊抽出了大罗剑胎，而后又取出万灵图当作盾牌防身。他很郑重，也很小心，盯着祭坛上的器物。

他一动不动，就这么盯着，很有耐心。

终于，祭坛上有了反应，传出虚弱的声音。

“是谁打扰我们沉眠？”

石昊心惊，祭坛居然可以讲出这样的话，只是其声音无比孱弱，就像那风中的烛火，随时会熄灭。

石昊不说话，冷静地看着。

“嗖！”

突然，祭坛上发生了巨大的波动，那块水晶头骨快得不可思议，如银色雷霆一般冲向石昊的头骨。

“当！”

石昊反应迅速，挥动手中的大罗剑胎，用尽力气劈了出去，响声震耳。

“真是出乎意料，当年的小家伙竟成长到了这一步。”水晶头骨发出微弱的声音。

随后，在它的后方，祭坛上的金色手骨飘浮了起来，其气息虽在内敛，但是依旧有种压迫感。那颗眼球则悬在半空，不断转动，散发出妖异的光芒。

“道骨仙胎，是不错的苗子，出乎我们的预料。”水晶头骨再次开口，就那么张开下颌讲话。

“然后呢？”石昊终于发问了。

“我们可以赐予你更强大的力量！”水晶头骨说道。

“赐予？”

“送给你！”

“怎么送？”石昊神色平静。

“看你如何选择，我们三者，你可以任选其一。”水晶头骨说道。

“如果选金色手骨会如何？”石昊问道。

“它可以跟你的手骨融合在一起，带给你无与伦比的力量，并让你长生不死！”水晶头骨道。

“长生？从此我就可以叫石长生了？”石昊道。

“表达得很准确，是这个意思。”水晶头骨道。

第1593章 **失败者**

“石长生”三个字虽然是石昊自己说出口的，但他还是觉得一阵不自然，心情略有些沉重。

这就是长生祸吗？他竟然也遇上了！

所谓长生祸究竟是什么，他以前并没有弄透彻，现在则有了一些猜测。

“你们究竟是一个生灵，还是三个？”石昊问道。

头骨和手骨的颜色明显不一样，还有那眼球也太大了，不像是水晶头骨眼窝中的。

“一个或三个对你来说很重要吗？”水晶头骨眼窝中出现点点火光，呈紫金色，妖异而神秘，让人的神魂都随之律动起来。

“我不想将别人的骨融进自己的体内。”石昊这般拒绝道。

“本是唾手可得的力量，就这么放弃，我无法理解。只要融合这块骨，你便拥有长生不死的力量！”水晶头骨叹息道。

“那种力量，我自己也能修炼出来。”石昊答道。

“有金光大道可以走，能在最短的时间内崛起，为何要绕远路？你要知道，如今这天地暗流汹涌，多一分实力就多一分自保的力量，你这样拒绝可不是明智之举啊。”水晶头骨说道。

“那我要付出什么呢？”石昊平静地询问。

“什么也不用付出，我只想将这至神至圣的力量传承下去，不想让它白白消散在天地中。”水晶头骨说道。

石昊摇头，不再说话。

“你是在拒绝吗？还是不相信？”水晶头骨道。

“曾有一个很强的生灵跟我说过，越强的存在越注意平衡，讲究因果。哪怕它跟我交情不错，也一直与我进行等价交换，最后它还是坑了我。”

“好吧，你如果非要这么认为，那么也可以这样理解。希望将来你在方便的时候帮我等复仇，灭掉仇敌。”水晶头骨说道。

“你不实在。”石昊倒退了几步，道。为何早先不说，被揭露后才说要他接下一段因果，这多半还不是实情。

事实上，通过穆长生、王长生、秦长生等人的事，石昊觉得这当中有极大的风险，到最后甚至会死无葬身之地，他不想沾惹是非。

“年轻人，你很不错，成长速度让我等惊讶。只是你要明白，这世间最稀缺的就是时间。你要懂得珍惜，这是一次鱼跃龙门的机会，会为你节省大量的时间。”

“我怕融合后，我再也不是我了。”石昊很直接，在明白人面前不装糊涂，有什么打算不藏着掖着。

“末法时代到了，天地剧变，各域生灵都退走了，难得地迎来了一段恐怖的时期。世界一片安静，我不认为时间不够，这是我的机会。”石昊进一步说道。

随后，他补充道：“如果你们真的有所图谋，我们可以联手。而且，若你们愿意给予我其他方面的支持，我日后必有回报。你们能看出，我的修行速度很快，值得拉拢，说不定有朝一日我会成为你们强大的盟友。”

“年轻人，你太谨慎了。我等非要作恶，更不会融合后吞并你，而是真的欣赏你。”水晶头骨眼窝中的紫金火焰越发浓郁，渐渐变得深邃，如同两个紫金洞。

渐渐地，石昊越发觉得平和，情绪的波动也消失了，竟要睡去。

不知不觉间，他恹恹欲睡。

石昊已是至尊，居然险些沉眠在此。

“哧！”草字剑诀发出，一道又一道全部打向祭坛上。至尊一击，漫天星斗都要被击落。

不过，这祭坛上的器物很不一般。那块金色的手骨瞬间飞起，“轰隆”一声后，拍落下来，遮天蔽日，将这片虚空笼罩，将所有剑气都覆盖了。

剧烈的碰撞后，便是无声的湮灭，黑洞无数，吞噬天地之精粹。

这里宁静下来后，祭坛还在，手骨飘浮在虚空中，头骨眼窝中的火光明灭不定，而那只眼球也在转动，盯着石昊。

“年轻人，你这是要跟我等大战一场吗？”水晶头骨说道。

“是你们先动手的，如果强来，我接着便是！”石昊说道。他有一定的底气，因为对方如果足够强大，就不会跟他多说什么，早就直接融合了。

“既然如此，那就走吧，就此陌路！”水晶头骨说道。

“如果你们相信我，可以选择与我合作。如果我与你们其中之一融合，顶多只会再现你们昔日的力量，我一生的成就多半也就止于此了，而如果你们给予我帮助，则可能会是另一种结果。”石昊没有立刻离开，而是说了这样一番话。

沉默了很久，水晶头骨妥协了，答应了石昊。

石昊瞳孔收缩，他猜测它们时间无多，不然不至于此。

“哧！”

那座祭坛瞬间缩小，变得只有拳头大小了，而后金色手骨、发光的眼球、水晶头骨都跟着缩小，依旧陈列在上。

祭坛飘浮过来，立于石昊的眼前，石昊不敢将它们带在身上，怕自己着了它们的道。

“我们苏醒一次不易，耗费的力量不小，你不用多疑，我们不会害你。”水晶头骨说道。

“既然我们成为一路人，选择合作，那么有些事你们是否可以告诉我了？”石昊问道。

“你想知道什么？”水晶头骨开口道。

“你们是谁？为何在这里？究竟想做什么？这西陵界是你们构建的，与虚神界融合有什么目的？”

一声叹息响起，紧接着是一阵沉默，好长时间都没有回应。

石昊也不说话，静静地等待着。

“我如果说我们是失败者，被打残了，遗忘了所有，你相信吗？”水晶头骨终于出声了。

“不太相信。”石昊只有四个字。

“我们被打残了，是真正的失败者，只有一些零碎的记忆，真正的自我是谁都不记得了。如今我们心中只有一个执念，那就是重回巅峰。我们是长生者，要再现长生荣耀。”水晶头骨说道。

石昊神色一动，这就是长生祸吗？有一群这样的生灵？

“还有呢，连敌人是谁都不知道吗？”

“不知道，只有一些烙印无法磨灭，我们是上一次小清算的失败者。”水晶头骨的声音有些失落。

“什么？！”石昊大吃一惊，它们居然有这样大的来历？！

所谓小清算也已经过了很久，是无穷岁月前的事，最起码比仙古纪元久远。

“终极一战，最后的大清算要来临了，我们不甘啊！”水晶头骨嘶吼。

石昊思忖，越发觉得未来的大清算过于恐怖，涉及的层次太高了，不同纪元跳出来的老妖怪会超出想象。

“西陵界是怎么回事我想你们一定清楚，这不可能遗忘吧？”石昊质疑道。

“西陵界是我们不小心构建的，我们曾意外发现了一部骨书，不信你看。”说到这里，水晶头骨张嘴吐出一块焦黑的骨头残片，上面竟真的有一些记载。

不过，水晶头骨一口否认它们尝试融合虚神界，也没有想去做什么不可告人的大事。

“另有其人？”石昊半信半疑。

“的确，那是一个后来者，融合虚神界是它最近几十年在做的事，我们没有理会，彼此忌惮。”水晶头骨说道。

“它长什么样子，有何来历，你们看得出吗？”石昊请教道，神色严肃。

“它身高过丈，带着腐烂的味道，如同从尸山中爬出来的生灵，实力强大而不可测，身上有残缺不全的鳞片，不时飘洒雪绒毛。”水晶头骨认真地告知道。

石昊闻言，头皮发紧，预感大事不妙。听水晶头骨的形容，他第一时间就想到了蒲魔王，该不会是它吧？

“我们走吧。”石昊这般说道，他觉得面对这三个老妖怪，难以看透其深浅，也不能洞悉它们所说的是真是假，最好的办法就是，再去找一个老妖怪，以妖制妖！

第1594章 满载而归

显然，下界有一个最佳人选，那就是禁区之主，他可是闯过堤坝世界的猛人，强大得不可思议。

只是，他如今也只剩下半块头骨，不过他的执念似乎更甚，本该早已消亡了，但是他不愿离开这天地间。

拳头大小的祭坛静静地飘浮着，上面的水晶头骨、金色手骨、发光的眼球都不动了，暂时陷入沉眠。

石昊一伸手，发出一缕光，然后凝聚而成的火团将小祭坛笼罩，就这么带着它离开西陵界的深处。

石昊不愿在这个地方久留，疑似蒲魔王的存在可能还活着，且不时来这里，万一撞上的话多半不太妙。

他相信蒲魔王一定出了大问题，早已不是巅峰境界，不然的话，何必遮遮掩掩，上来直接炼化三个老妖怪就是了。

如今石昊能跟祭坛上的三圣灵对峙，相信即便是遇上那个只剩下残破元灵的蒲魔王也有一战之力。

不过，他必须尽快提升修为了。这世间纷乱太多，虽然到了末法时代，可越发危险了，一旦那可怕的杀伐岁月到来，弱者根本就没有生存的希望。

哪怕是为了家人，为了朋友，他也得活下去，守护一方。

仙古一战，九天十地各族几乎被灭尽，这一次天知道会发生什么。

真仙一击，一片星海就会炸开，遑论是真正的无上高手——绝代仙王。

当年，九天十地之所以被震得四分五裂，便是这个原因。寻常各教一般的修士，被盖世强者随意的一道眸光划过，就可能会焚成灰烬。

外边，战斗依旧很激烈。

这里的生灵层出不穷，幅员辽阔，地域无疆，古兽密集。

原始大山一座挨着一座，古树耸入云朵中，貔貅、鸾鸟、真犼、三足金乌等踩踏天宇，划破天际，闪动着耀眼的光芒，扑击而来。

穆青、朱琳、石钟身上都有伤痕，而有些人更是早已一动不能动了，躺在那里，被人护着。

一些实力极其强大的生灵杀出，几个年轻的头领都疲于应付，这里的生灵太多，而他们总共才几百人而已。

石昊依旧站在这里没有动，静静地看着。

“嗖”的一声，大黑龟冲了过来，躲在石昊的身后。它探头探脑的，拍了拍胸口，一副受惊过度的样子，道：“吓死龟爹了，遇上一个老王八，专门追着我咬，一看就是史前的巨无霸。”

“轰隆！”

一座大山瞬间崩塌，那是因为上面出现了一只黑色的大爪子，直接就将山给按倒了。随后从后面探出一只巨大的黑色脑袋，那是一只巨龟。

这只巨龟的实力极强，防御力惊人，石村的年轻人根本打不动它。它的龟壳发光，黑色的躯体似乎是由仙金铸成的，打在上面铿锵作响。

穆青出手了，一杆雷霆神枪出现在他手中。他身与枪合一，化成一道金色的雷电冲了过去，“噗”的一声最终将这只遁一境巅峰的龟中霸王给刺死了。

“轰！”

雷帝宝术以神枪为中心，全面炸开。周围许多凶兽被电得抽搐，浑身焦黑，更有不少直接殒命。

穆青的实力在这群人中是数一数二的，哪里出现疯狂的凶兽，他就攻向哪里。

哪怕是历练，也要结合实际，过于强大的生灵对于其他年轻人来说就不算是磨砺了，而是致命的威胁。

当然，必须要让每一个人都感受到那种死亡临近的气氛，这样才能起到锤炼、磨砺的效果。

所有年轻人都很拼命，地上躺着的人最后也都摇摇晃晃站了起来，再次激烈地投入战斗。

石昊平静地看着，哪怕这里已经极度危险，也没有出手的意思。

这一战可谓打得天昏地暗，日月无光。

这个地方的凶兽杀之不绝，真不知道当年埋下了多少骸骨，无数战魂被西陵界滋养，一个个都通神了。

“啊！”

朱琳身上插着四根羽毛和一根骨刺，正在被几头猛兽攻击。

其中一个是金乌，它的黄金羽毛灿烂无比，有几根将朱琳的身体击中。

还有一头独角兽通体雪白如玉，相当凶残，它背后生出一排白色的骨刺，其中一根刺中了朱琳。

战斗越发激烈了。

到了后来，他们全都精疲力竭了，一个个都耗尽了精气神，但是西陵界中的凶猛怪物依旧层出不穷。

“这里到底有多少骸骨？怎么会有这么多残魂与执念？如今既有精神力苏醒，也有魔血复苏，甚是古怪。”石昊说道。

沉寂的小祭坛上的水晶头骨开口道：“估计有成百上千万具骸骨吧，不然的话怎么可能会形成这样的小世界，都是靠它们才形成的。”

“好了，今日的战斗到此为止。”石昊说道。这群年轻人很倔强，哪怕油尽灯枯，也还在坚持战斗。

石昊大袖一挥，所有巨兽都翻飞了出去，这里彻底被清空了，再无危机。

接着，石昊亲自出手，催动至尊境修出的精气，为一些人治疗，将他们从濒死状态中拉回来，不然的话这些人必死无疑。

“这里还是有些好东西的，最起码对他们这个境界来说是大补药。”水晶头骨说道，告知石昊西陵界地下深处有一批宝藏。

“起来，开掘地下。”石昊吩咐道。

一群年轻人对石昊一向言听计从，说什么做什么，哪怕很疲累也都立刻起身，开始活动筋骨，将这当成磨砺的一部分。

土石翻涌，地层裂开。

所有人都是一惊，地下有很多骸骨，都是罕有的物种，有的大如山岳，有的仅有拇指肚那么小，但有一点是共通的，那就是这些生灵生前的实力都很强。

随着往下挖，土层不再干巴巴的，逐渐变得湿润。随后众人挖到了玉髓矿，甚至有寒冰，有冰窟与雪洞。

“这里……”

这里的凶兽尸体还保留着血肉，蕴含着丰富的血气精华。

“唉，这些东西，当年都快吃吐了！”来自边荒的那些年轻人看着这些，实在有些反胃。

水晶头骨一阵无语，原本想送他们一批宝藏、一份大礼，这些古兽有的境界相当高，一身血气精华若炼出来，好比神丹妙药，谁想他们竟这副态度。

“带回去！”穆青一声吩咐，所有人一起动手。他们暗自估量，这批凶兽与神禽的尸体所蕴含着的精粹的确很惊人。

“不要浪费了，到时候敲骨炼髓，那骨髓中蕴含的精华最惊人。”石钟很有经验地说道。

“不错，有至尊的尸体，连我们都能用上，将杀伐气炼化掉，可以淬炼出人体大药来。”朱琳点头道。

他们满载而归，带回来大量的古兽躯体。

而这还不是全部，依照水晶头骨透露出的消息，这地下深处还有更恐怖的一层，就是石昊下去都可能会有危险。

“有至尊的躯体？”石昊十分惊讶。

“仔细寻找会发现更强的生灵，其血乃是绝世大药，也许不会比仙药差。”

“还有更强的吗？”石昊问道。

“有！”水晶头骨点头。

石昊狐疑，还有更强的？那是什么等级的？这地方未免太恐怖了吧，竟然葬着这么多可怕的生灵。

“最底下一层，便葬着我们。”水晶头骨幽幽地说道。

石昊一愣，彻底明白了。

“你们骨骼中的骨髓还在吗？你们还需要吗？”石昊小声问道。

水晶头骨冷冷地看着石昊，眼窝中的紫金火焰缓慢地跳动，那金色手骨也慢慢飘浮起来，此外发光的眼球也在瞪着石昊。

石昊不再问了，不再打那种主意。

“几位前辈，既然这里的地下深处共分几层，埋着这种宝藏，以后还请多关照一下这些后人。”石昊请求道。

“你让我们带队领着他们来这里历练？”水晶头骨问道。

“正有此意。”石昊点头道。

“你就不怕那个蒲魔王吗？”

“我自己不怕，而这些年轻人有几位前辈照应，我想应该无恙。”石昊说道。

“我们看中你，而你却让我们教导这群毛头小子，甚至还要为他们保驾护航？”水晶头骨不满地道。

“过来，还不拜见几位前辈！”石昊说道。

一群年轻人整齐划一，同时上前，大呼前辈，并且行大礼参拜。

而后，众人回到石村，开始敲骨炼髓，提取血肉精华等，熬炼成稀有的神丹，全都是价值连城的大补药。至于石昊，则带着小祭坛以及上面的三个生灵直接去寻禁区之主。

石昊才接近禁区，禁区之主就有感应，跟以往不一样，他腾空而起，白衣胜雪，丰神如玉，站在高空中，俯视这里。

“同道中人？”禁区之主的声音很有磁性，他生前绝对是一个顶级美男子，拥有过人的气质。

祭坛摇动，水晶头骨、金色手骨以及发光的眼球也是一震，甚是不安，它们体会到了一种强烈的压迫感。

“道兄的路走得好远！”

“我就说这小子怎么会痛快地答应，而后又说带着我们来结一段善缘，原来是想震慑我们，真是可恶。”

“嘿，道兄活在哪一个纪元，何时超脱在上？”

这个时候，不光是水晶头骨，就是金色手骨，还有那颗眼球竟也发出神念波动，在这里说话了。

“想来比你们晚，几位可去过堤坝后方？”禁区之主问道。

“你去过那里？！”水晶头骨很吃惊。

“那可是一切祸乱的源头。你进去后，居然又活着回来了？！”发光的眼球目光幽幽。

“身已死，道难消，执念徘徊在世间，心还有不甘。”禁区之主说道。

而后，禁区之主客气地打招呼，要它们坐下喝茶，并与它们详谈。可是，那三个生灵没有躯体，也不曾显化真身，只能继续悬浮在祭坛上方。

石昊心中震动，他知道自己将三个老妖怪送对了地方，还是让禁区之主跟它们详谈比较好，顺便他也想了解一些真相。

第1595章 苦修

“三位，请！”

禁区之主一身雪衣飘飘，有着说不出的出尘气质，哪怕遭劫了也潇洒不羁，怎么看都像是谪落人间的真仙。

他伸手做了个请的动作，水晶头骨等跟着降落在茅屋附近。不远处翠竹摇曳，沙沙作响，带着清新的草木芬芳。

茅屋前，宇宙湖晶莹透亮，聚集了满天的星斗，实乃大手笔。

一男一女两个道童立身在禁区之主的身后，在这里泡茶，招待贵客，尽管那三大生灵都不喝。

祭坛放大到半人高，降落在地上。

“你们是被那个养了一群鸡的生灵斩灭的吗？”禁区之主神色严肃，与三大生灵交流陨落之事。

石昊一愣：这是什么话，养鸡的高手？这未免太荒谬了。

突然，他想起了一些事，意识到了那是什么人。他曾亲耳听曹雨生隔界大吼，提到过一些事。

其中便有一个生灵将一些真凰当作鸡一般散养在家门口，这是何其霸道与恐怖的存在？难道禁区之主说的是那个生灵？

“惭愧，我等被人轰杀，元神破碎，如今已经不知前身因果，只有少许记忆，只知自身陨落在清算中。”水晶头骨说道，语气中有无尽的惆怅。

“一点儿印象都没有了吗？”禁区之主自顾自地说着，而后再次提起一个生灵，“可是被那卖假药的斩灭的？”

“很熟悉，不知是否有因果。”水晶头骨说道。

这令石昊不得不再次猜测，卖假药的，这个说法太另类了，那绝对不是一般的生灵。

虽然说得古怪，但是石昊觉得此中定然蕴含着极其恐怖的因果。

难道是那个生灵？

石昊曾听闻一个生灵的身体分成六块，被分别封印在六种不同的长生药中，这实在骇人听闻。只有这个生灵与药有关，便被起了这么一个不中听的称谓？

“再不然就是那杀猪的？”禁区之主再次微笑，这般平和地问道。

石昊彻底无语了：这都是什么称谓？看来某些禁忌存在都有着独特的一面，不然的话怎会被这么称呼？

“杀猪的？道兄这是在骂我们，还是在嘲讽我们？我恍若有些记忆，有个生灵斩灭万灵，杀尽各族第一人，死去的生灵都被他称为猪猡。”水晶头骨轻轻地叹道。

“确切地说，该叫他屠夫，那是一个应该被万族千刀万剐的生灵，不知道是否已经形神俱灭。”禁区之主自语道。

石昊在一旁听着，几次想开口。

禁区之主看了他一眼，道：“有些事情过早知道对你的修行没有什么好处，还是一步一个脚印前行吧，到了那个层次自然就会知晓了。”

石昊想起了禁区之主以前点到为止的黑暗世界，果然是蕴含着恐怖的因果，连俞陀都是一个黑暗进化者，异域都被侵蚀过。

“自帝落开始，一个又一个纪元，这些人与事，终究只是时间长河中的一朵浪花。哪怕在某一年代为天地主角，但纵观历史，也不见得能傲视群雄。”禁区之主这般说道。而后，他想到了自己，摇了摇头。残身一具，头骨半块，还剩下什么？只有不甘的执念还在人间留恋与徘徊。

到头来，石昊听得云里雾里，他只知道堤坝后面是祸乱的源头，那里有极其恐怖的因果！

难怪柳神会消失在那里，自有其道理。

柳神还能回来吗？石昊的心提了起来，哪怕强如禁区之主，也只有残躯挣扎着爬回来，仅留下半块头骨。

“几位前辈，我想去堤坝上历练、修行！”石昊忽然开口道。

“你在说笑吗？”水晶头骨的眼窝中紫金火焰跳动，显得有些冷冽。

石昊并不气馁，直接道出自己曾经去过那里，当然，他没敢逾越堤坝。

那的确是一个可怕的地方，仙道层次的绝世高手都在堤坝上留下了骸骨，显得分外恐怖。

“我只想在堤坝这边磨砺自己，而不是真正地过去。”石昊解释道。

“千古以来，纪元沉浮间，最强大的生灵走到修炼路途的终点，莫不想去那里，那的确是一个好地方。”禁区之主赞叹道。

而后，他又笑了笑，道："修炼到极点，而后如同飞蛾扑火一般，自寻死路，只有一些活腻了的老家伙才愿意去啊。"

"年轻人，莫要好高骛远，本本分分地修行吧。你如果能修炼到真仙境界，倒是可以去感悟一番，不然的话就不要多想了。"水晶头骨说道。

强大如它，虽然去过那里，但是当年也不敢越雷池半步，没有去堤坝的另一边。所以，当它得知禁区之主活着回来时，非常震惊。

"这样吧，只要你能修到至尊无瑕、完美无缺之境，我便可以考虑为你提供一个传送阵，送你到那里。"禁区之主竟松动了口风。

石昊当年去过那个地方，但是所走的路弯弯绕绕，如今不可能复制了，只有这种老妖怪才有其他途径。

"我很想将那群少年也拉过去，那片区域有一片雷霆深渊，是锻炼他们的好地方。"石昊咕哝道。

"你自顾不暇，还有心情管别人。你当自省，急于求成，修行速度过快，道基不稳固。"禁区之主毫不留情地指出了石昊的弱点。

石昊一叹，这是事实，连金太君都能看出的问题，遑论是这等无上大人物。

这几年，石昊一直在思忖自己的路，甚至想斩道基，重新来过。

"你有两个选择，一个是继续用折仙咒熬炼真我，在痛苦、绝望中度过，慢慢磨平你的隐患，铸就金身。另一个，便是从头再来！"禁区之主说道。

旁边，水晶头骨很吃惊，他没想到这个年轻人中过折仙咒还能这么活蹦乱跳，而且无恙地活了下来。

"先用折仙咒熬炼吧，从这一日开始，我要闭关，不成为无瑕的至尊绝不出关！"石昊说道。

他听到了太多的隐秘，什么屠夫，什么养了一群真凰却被当成鸡的……这些消息太惊人，刺激了他，一般的成就根本算不上什么。

"你先去那座金殿吧。"

这一次，禁区之主指了指一座黄金殿宇，让石昊进去，承受折仙咒发作的可怕痛楚。

石昊硬着头皮进去了，每一次来这里，他必然要经受一番折仙咒的折磨，哪怕不止一次了，可他的身体还是不由自主地冒冷汗。

折仙咒是世间最痛苦的惩罚，一旦发作，斩人道行的同时，还会让人的三魂七魄都承受煎熬。

三日后，石昊满身是汗水。很难想象，折仙咒究竟是怎么折磨一个人的。

即便三十几年过去了，可这种折磨依旧还在，并且越来越痛苦了。但是，按照禁区之主所说，这很正常，越到后期越残忍。

水晶头骨跟活见鬼一样，这都有人能熬过来，道行没有被化个干净？

“你体会到了什么？”禁区之主问他。

“我怀疑这是世间第一残忍的修行功法，化掉自己的道行，不断挤压。它看着是要废掉修为，但其实是在淬炼，如同火炼真金。”石昊回应。

禁区之主露出古怪之色，这就是一门废人道行的古法，他还真没想让石昊有这种感悟，因为事实不是那样。

不过，既然石昊自己那么说了，禁区之主便默认了，告知他再接再厉。

“前辈，我想战斗。今日看到石村中的后起之秀以大战磨砺自我，我触动颇大，自我离开边荒后，很久没有征战不辍了。”石昊说道。

在他看来，闭关并不是枯坐，闭关也可以大战不止，在生死搏斗中悟道。

“那好，送你去一个地方，让你见识一下消失的各族究竟有多强。”禁区之主说道。他开启了一条通道，将石昊送进了混沌中，那里有一片残破的世界。

“虽然他们都已经死去，但召唤出他们的战魂还是可以的，你征战吧！”禁区之主说道。这是他早年就为石昊准备好的，但一直没有用上，因为不达到至尊境的话，进去就得死，那是一片至尊战场。

石昊才闯进去，就遇上了各种生灵，不得不激烈地大战起来。

十日后，石昊出来了，浑身是伤。他一头栽倒在地上，险些昏死过去，可以想象这次征战有多么可怕。

“我去闭关，参悟所获，下次再来。”石昊向禁区之主告辞。

闭关了半年后，石昊进入虚神界，前往黑暗牢笼厮杀，这里也是磨砺己身的地方。

大战了很久之后，他再次回去闭关，参悟自己的法，揣摩日后的路。

就这样，石昊开始疯狂地修行，以实战检验，道行不断地精进。

第1596章 路到尽头

山中无岁月，寒尽不知年。

石昊在修行路上越走越远，忘记了岁月，忘记了寒暑。时光在无声无息间流逝，很快就过去了十几年。

石昊的道行在增长，法力越发深厚，轻轻一动便迈步进入星空中，呼吸时吞吐日月之精，白气茫茫。

可以看到，漫天星斗都在发光，银辉璀璨，向他集中。这片星海的精华都在他口鼻间出没，景象骇人。

经过十几年的修炼，石昊道行精进，越发稳固，解决了不少自身的隐患。

石昊盘膝坐在星空中，放松躯体，法相一下子放大，浩瀚无边，如同一个开天辟地的巨人。

巨大的躯体太过惊人，在他的周围，日月星辰环绕，他的发丝垂落，发出光辉，如银河坠落。

“终究是进入了末法时代，不然的话，我或许进入至尊巅峰期了。”石昊轻语道，随后他睁开了眸子，双目间的神光如匹练，照亮冰冷的宇宙。

事实上，他的修行速度已经够快了，远超常人的想象，如果被其他人知道，一定会愤愤不已，这可是末法时代啊！

不过，同他自己相比，修行的速度的确放缓了，而且这种速度会持续放缓，直至有一天道行难有寸进。

这是天地的压制，是一种反噬。

唯一值得庆幸的是，那天意之刀在下界没怎么找他麻烦，这片牢笼像是天生有某种禁锢，强大得惊人。

这牢笼枷锁虽然封住了各种出路，但是也阻挡住了末法来临时那种可怕的反噬。

成也牢笼，败也牢笼。

牢笼曾经困住修士，如今倒成了庇护伞。

不过，牢笼终究也要被渗透，离末法时代全面到来不远矣。

“又该去对抗折仙咒了！”石昊起身，准备前往禁区之主那里。

这些年来，他的修行很有规律，每隔一段时间就去虚神界，跟牢笼的生灵大作战。而后，他拖着垂死的元神回归，默默坐关，仔细体悟，直至消化后，再去禁区之主那里。

一转眼，又过去了二三十年，石昊全身心地投入其中，增进自己的道行，不断前进。

到这一年为止，细算下来，石昊的生命已经过去了百载，他一直全身心地在悟道与战斗中度过，遗忘了其他。

所以，他并没有沧桑感，依旧如过去一样。就像骨书中所记载的一些修士那般，即便出生年代久远，也能心灵通透，纯净如水晶。

他就是为修道而生的！

他的这种修炼速度实在惊人，超越了寻常修士的想象。

经过百载岁月，石昊已攀升到了至尊巅峰，站在了人道领域的最高处，可以横扫人世间的高手，无所畏惧。

相对来说，他最近数十年的修行速度的确变慢了。

末法时代，个人被天地锁困得何其严重，并且，末法时代造成的影响还在持续。这乾坤并不稳固，巨变也一直没有停下来，最近几十年甚至还加深了。

黄金殿宇中，石昊的嘶吼声很大，他承受着莫大的痛苦，许多血气从殿宇的门缝中逸出，搅动风云，电闪雷鸣。

似乎这天地对石昊的百年身也有所感，天意之刀斩来，飞入禁区内的黄金古殿中。

石昊不仅要对抗折仙咒，还得分心对抗天意之刀。

这一次，石昊的修炼持续了数日，浑身骨骼都进行了一次重组，道行被化掉了少许。

在别人看来，这是在废法力，斩修为，而在石昊看来，这是在锤炼，火炼真金，留下精粹。直到有一天，这道行化无可化时，他就成功了，无敌了。

石昊轻轻一叹，睁开眼睛，走出了这座古殿。最近，他的道行精进极其有限，他已经臻至人道巅峰，便是折仙咒每次化掉的也极少了。

石昊走出这里，金色殿宇化成光雨消失了，只留下光秃秃的断山。

这古殿是禁区之主幻化出来的，本就不存在。

石昊站在那里望天，用数十年修到至尊境，而后又用数十年在这个境界缓慢推进到巅峰，这天地果然越发残酷了。

不过，他也该知足了。毕竟是至尊了，道行达到了人道的最高层次，所以他还能对抗反噬，不断前行。而最近几十年出生的婴儿则渐渐失去了修行的土壤，很难筑基，难以走上修炼之路。

“天地间灵气枯竭，大道渐远，越发可怕，末法时代的残酷终究是体现出来了。”石昊自语道。

如今，石昊的修为到了至尊巅峰，但没有去拜见禁区之主，请他出手构建传送阵去那堤坝世界所在之地。

修为越高，越能体会到自身的不足，石昊并未满足。

至尊巅峰已经算是人道巅峰，不能再前行半步了吗？他一直在思索着，难道下一步就只能是真仙了？

可是为何他觉得成仙前的大长老分外不同，超越其他至尊，还未踏足真仙，就有种无敌的气息？

金太君和异域的至尊身上都没有这种气息，除大长老孟天正外，石昊只在后来处于巅峰状态下的王长生身上感受到过。

“还要更强！”

石昊又进入了那个残破的世界，是禁区之主提供的至尊级的战场，战场中都是史前的生灵，有些闻所未闻、见所未见。

再次拖着疲惫之躯出来后，石昊回到石村，开始思索日后的路，因为现在的路到尽头了。

这数十年来，石村变化不小，人口更多了，房舍占地越来越广。

值得庆幸的是，石村早有准备。这里有九龙拉棺镇压，并且铜棺中有一方世界，里面草木茂盛，灵气充沛。

村中新生的孩子以及部分老人都被送进去了，那是一方净土，他们可以在其中筑基、安养晚年。

虽然是在棺中，听着不吉利，但是大大帮助了石村的后代，让他们不至于在末法时代来临时无法修炼。

村中其他早已走上修炼路途的人这数十年来终于体会到了这个时代的不幸，哪怕被带到混沌中，哪怕也曾进铜棺修炼，却依旧觉得修行速度放缓了太多，有些不能忍受。

当中的一群佼佼者这些年来收获很大，西陵界成为他们征战的宝地。

现在，地下的几层世界被他们打通了数层，涉及至尊的埋骨地，他们实在没有办法再下去了。

这些年来，一群人的修为虽有所增长，但远无法同当年的修行速度相比。不过，所有人的道基都被夯实了，坚固得令人无法想象。

这些年以来，穆青、石钟、朱琳等人苦修不辍，无奈依旧在遁一境中后期，与至尊无缘，寻不到出路。

赤龙也是如此，道行到了遁一境后期之后，再难精进分毫。

五百年的魔咒，除石昊外，其他人很难打破，遑论是在末法时代，更加显得无力。他们不知道这样下去，有生之年是否还能成为至尊。

这太艰难了，尤其是最近几年，他们的道行几乎停滞，无法增加一丝一毫。

怎么办？路到了尽头！

“昊叔，我们的路好像断掉了，持续修行也难有寸进，需要大量岁月去打磨，才能增进一点儿道行，这样不行啊！”

“大兄，我们想变强！”

一群人找上石昊，十分焦虑。他们知道日后要面对何等严峻的考验，大环境将会无比残酷，如今这点道行怎么行？

石昊盘坐在村头，默默翻看一部玉石书，这是当年三千道州大战时他从仙古遗地中带出来的仙道经书。

那终极之地有一些古棺，每一口棺中都有一部仙道经书，当年，他、十冠王、宁川、谪仙、石毅等人都曾得到一部。

昔日石昊也曾翻阅这部仙道经书，但直到最近数十年，他才真正开始细细研读，体会到了仙古法的种种妙处。

可惜这部经书也没有记载末法时代如何破局。

朱琳、穆青等人也都在翻阅此书。无论是今世法还是仙古法，石昊都传给了他们，任他们自己去选择道路。

随后，石昊又取出一个玉匣，但开启后里面还有一层封印，凭他如今至尊境界的修为都不能将之开启。

据他猜测，这当中应该也有一部古经书。

当年，在那仙古遗地中，除了有多口古棺藏着仙道经书外，还有一座祭坛供奉着这个玉匣，与众不同。

石昊轻轻一叹，收起玉匣，他猜测里面很有可能是仙王经书。

“大兄，我们得求变才行，不然的话会困死在下界。末法时代越发残酷了，比数十年前可要严重多了。”穆青说道，他比石昊小十几岁，如今一身道行在遁一境后期，但就是无法突破。

“不知道那群走进仙域的天才如何了，那时他们就在遁一境巅峰，难道还能突破进至尊不成？”朱琳有些羡慕地道。

“不可能，即便是在仙域，他们也难以打破魔咒，除非是仙王亲子，天生有仙王馈赠的无敌血脉。”石钟道。

“我在摸索一条路，但还不成熟，不敢教给你们，看来我得抓紧时间了！”石昊说道。他感觉到了压力，这么多年过去，仙域的修炼环境跟这里可是完全不一样，他必须迅速崛起。

哪怕天地大环境变了，也不能成为他停滞不前的借口，他要打开末法时代的枷锁，唯有求变。

第1597章 创法

末法时代，唯有求变，才能走得更远！

石昊意识到了问题所在。天地枷锁落下，原有的体系被压制了，没有改变的话，慢慢熬下去，道行只能精进些许。

要想成仙，那多半就不太可能了，此前都无法成仙，不具备那种大环境，就更不要说末法时代了。

“你等继续苦修，不要焦躁，心平气和。虽然现在道行难以精进，但是体内有莫名的变化，这是一种难得的积淀，可不断夯实道基，筑下真正的大道之路！”石昊告诫道，让他们不要忧虑。

“许多年后，你们会明白，今日筑基，他日收获，纵使现在道行不精进，却是一场不小的造化。未来成就有多大，或许就在这末法时代的寂寞煎熬中决定。”石昊郑重地说道。

他说的有些是鼓励的话，有些则是他的一种感觉。虽然他很急迫，想提升修为，但是他知道过犹不及。

有时候，短暂的驻足，才会望见另一片崭新的天地。

石昊进了混沌中，独自去修行，因为一般的地域经不起他施法，任意一击，就可能会割裂星空，那是毁灭性的。

留下一群人发怔、若有所悟，他们不再焦躁，静下心来想自己日后的路。

有些人悟性很高，觉得这种无果的修行也是一种磨砺，修道就是要在艰难困苦中品味孤独与苦涩。

现在付出没有回报，或许就是大道途中一种摧残人意志的历程，是人人都需要经历的。

穆青、石钟等人都是修道天才，很快就将悲观与无奈转化成修道的动力，认为这也是一个悟道的过程。

外界人若知晓，一定会惊叹，这群天才中的佼佼者当真是非同小可。

“我感觉近期会有所悟，哪怕道行不精进，未来的路也会越来越宽广。”

“我也有一种感觉，虽然法力没有加深，但是随着我们修行，肉身却在变化，比如骨髓竟有淡金的光泽了，我们的体质正在改变，在脱胎换骨。”

他们为自己打气，他们什么艰苦磨难没经历过？从原始帝关走出的人，意志想不坚韧都不行，他们从出生开始就见证并经历了一部血泪史。

“我们是七王的后代，始祖为真正的仙王，我们相当于异域的帝族，便是见到安澜、俞陀的后代也可与之搏斗，我们要崛起！”

这一日后，石村一些年轻人的颓废情绪一扫而空，他们不再忧虑，不再焦躁，而是自信满满。

这群年轻人东征西讨，磨砺自身，下界八域的很多危险之地都被他们踏遍了，就是西陵界埋着至尊尸体的那一层，他们也都谨慎地探查了。

“有真仙，其血还滚热，不像是尸体，真是古怪，这可是仙道大药啊！”他们在西陵界挖掘到土层深处，看到了雪洞中埋着的真仙遗骸，虽然相距很远，但还是很震惊，然后退走了。

他们不敢妄动，那个层次的生灵哪怕早已死去，对他们而言也是致命的。

穆青等人觉得这是真仙遗骸，其滚热的仙血或许对石昊有帮助。

而此时，石昊正在悟道，他坐在混沌中，远离八域，心无旁骛，双手不断地结印，那是心中所思所想的体现。

他所学过的法，从鲲鹏术到柳神法，再到雷帝神通，再到真凰秘术，再到散佛八式，再到六道轮回天功……太多了，各种法在他心中流转，有今世法，超越极限，也有古法。那仙道玉石书响个不停，快被他翻烂了。

各种法相互纠缠，石昊想要将它们融合归一，开创出自己的路和适合自己的法。

在石昊的腹部，形成了一个轮海。这是他早就成功开启的一处人体秘境，当年已经成功了，洞天融合归一，急骤压缩于一点，而后炸开，伴生出阴阳二气。

这就是轮海，在人体的腹部，是一处生命源地，孕育法力，掌握生死。

他的心头响起了诵经声，各种法在心中浮现。

石昊的心神游动间，从腹部一路向上，像构建了一座神桥，直通彼岸。“轰”的一声，他闯入了五脏之地。

“天地分阴阳，这是最朴质的要素。”

“万物生五气，五行相生相克，演化世间万象，实乃根基之元素。”

石昊坐关十几年，将五行之气带进五脏中，与之对应，演绎出惊世的行功路线，带动雄浑的法力翻腾。

过去，他就着重激发过五脏所孕育的潜能，这里有密集的“门”，不过昔日没有现在这么明确。

这条路他已经走出来了，知道了意义所在。

继人体腹部定义为轮海，阴阳二气互转后，他又开辟出人体第二秘境的完整路径——五脏为基，化作道宫。

“五脏有神！”石昊轻叹。在这里将自己所精通的所有法都演绎、融会时，他吃惊地发现道宫自主传出了诵经声。

“除元神外，或许这里也栖居着人体之神。”

石昊摸索着，探究着，研究人体第二秘境——道宫，它由五脏形成。

它真的像一座大道宫阙，里面栖居着人体之神或者自己的潜意识，在此轻轻地诵经。

“五脏对应五个神吗?

“不，有很多的神都在诵经，可是为何声音那么悠远，有些听不真切？”

石昊一边自语，一边参悟自己的法。

恍惚间，他内视己身，运转所有的法，不断思索，渐渐看到了诸天神明在其周围沉浮，没入其五脏间，盘坐在道宫内。

一刹那，他看到了很多神，他们化成一粒又一粒光点，在五脏道宫内沉浮，不断诵经。

“太多的神，太多的经文，是天人交感而生，入主我体内，还是原本都是我，等待真我觉醒？”

石昊破除迷雾，挣脱困局，研究自己的法。

“我的路自然以真我为尊，以真我为主，其他一切都是虚妄的。”

他注入自己的信念，坚定自己的所思所想，开辟出了属于自己的法与道。

“道宫内，群神皆为我，大道无边，但却在三数之内，道生一，一生二，二生三，三生万物。”石昊轻语。他的头上仙气弥漫，结成三朵大道之花，大道之花又化作道台，上面盘坐着模糊的生灵。

“过去的我，当世的我，未来的我，请入道宫！”石昊断喝道。

原本只有两朵花上有生灵盘坐，第三朵上的生灵还不真切，现在竟也有模糊的身影了。

此时，三道仙气没入道宫，在这里诵经。

“一个是逝去的我，在为今生诵经，真有轮回，真有过去往生吗?

“一个是当世的我，注定无敌，这是我的信念！

“一个是未来的我，化作变数，我万古唯一，永恒不灭！”

石昊大吼。

道宫光芒大盛，法力澎湃，璀璨的光芒撕裂了混沌，仿佛照亮了永恒的岁月长河。

许久后，这里才平静下来。

这样创法，虽然天地精气枯竭，枷锁压落，但是石昊的道行依然有所精进。

他渐渐地摸索到了某种轨迹，身上逐步有了一种无敌的气息，达到了类似孟天正当年的状态。

“我的一切，我的根基，都源自以身为种，不假外物，求问己身……”石昊再次悟道，闭上了眸子。

修道无岁月，可是这一次没过多久他就睁开了双眼，心中浮现出各种法，四肢发光。

“轰”的一声，石昊站起身来，双臂摇动，仿佛要撑开混沌，开天辟地，再造宇宙。

他的双脚蹬裂了这里，要踏灭万古。

生于天地，破六合八荒，最强攻击力运转于四肢，可撑永恒，四臂若四极，极道无穷力！

什么鲲鹏力、雷帝身、柳神的生命朝气，再加上不灭经等贯通四极，他的双臂和双腿如同在焚烧，密布着大道符文。

“轰隆！”

石昊像在贯通天地，撑开了苍宇，体形无比庞大。

轮海、道宫、四极分别对应人体的腹部、五脏、四肢各部位，属于秘境，蕴含着无穷的力量。

这是石昊的路，他在走最适合自己的道途。

不过，相对来说，这只算是“粗坯”，还需要他日后去完善，精益求精，如今他只是走出了大方向。

“轰！”

十年后，石昊一招手，从混沌外捞来一挂星河，他将星河炼入脊背，感受那种变化。

无尽的星辰之力化作精气，在这里蒸腾。

“不是这种感觉，脊椎如龙，一跃而起，化形于九天上，通天动地，天下无敌！”

“哧！”

无数星辰残骸坠落下来，所有精气都已经被他吸收。

石昊离开混沌，回归石村，径直到了九龙拉棺前，盯上了那九条雪白的龙骨。

他在悟道，盯着九条真龙骨一动不动。

恍惚间，天地变了，石昊看到了更多的东西——九条真龙在红尘中杀伐，在九天上挣扎。

变化无穷，这就是龙。

变！

终极体现。

“哗啦！”

铁链声响起，捆绑着龙骨的铁链被绷得笔直，因为石昊抓住了一条龙骨，尝试将其融进自己的脊椎骨内，从而感受某种变化。

所谓创法、明悟大道，就是要在失败中进行各种尝试。

下一刻，石昊觉得自己化成了龙，腾跃在时间长河上，翱翔于上苍之间，无敌气息释放，睥睨世间。

第1598章 极道之巅

炼一条真正的龙骨入体，哪怕它现在还连着铁链……这简直太疯狂了！

铁链摇动，铜棺剧颤，同时带动其他雪白的龙骨跟着晃荡起来。

石村不少人看到了石昊，见他回来既高兴又吃惊，毕竟二三十年未见了，他一直在混沌中闭关。

“昊叔在做什么？”一些人脸上露出惊讶之色。

石昊将一条真龙骨炼入体中还不算完，接着他猛力一扯，将其他龙骨也都拽了过来。他的脊背发光，混沌之气弥漫，景象恐怖。

还好，石昊虽然在悟道，但并没有忘记这是石村，有意控制至尊气息，只让它在体表弥散，没有外泄，不然的话，后果将是灾难性的。

此刻，就是其他人也仿佛听到了真龙的吼声，更不要说石昊了。

现在，九条龙骨入体，跟石昊的脊椎骨融在一处，他的感觉完全不同了。他仿佛回到了很多个纪元以前，大战连天，真龙纵横天地。

一条又一条龙腾起，九为极数，代表了超脱。

九龙拉棺，贯穿天宇。

九为极，生而变。

变数尽，终极一跃，无穷可能。

龙吟动时间长河，这是石昊眼中的世界。他在悟道，在创法，跟其他人所见到的完全不同。

他低吼着，涟漪阵阵，法则无穷，但是至尊气息不离周身三尺范围，被有效地控制住了。神光闪烁，笼罩其躯，如同万法不侵。

“这是真龙九变！”赤龙来了，看到这一幕，它有些震惊，难道这个便宜师父还真能寻出龙族的终极奥义？

它想多了，石昊所要的不是具体的法，而是一种大势。

他在创法，要的是那种极致而变的大方向。人体脊椎骨就像一条大龙，连接躯干与元神，至关重要。

运转浑身的道行，需要这条大龙。

从形体变到元神变，这条大龙就是一座桥梁。

龙吟阵阵，石昊的肌体发光，尤其是脊椎骨那里，一团又一团光芒亮起，共有九团，之后皆进入头骨内。

化龙！

这是石昊开掘出的第四个秘境。

一声又一声龙吟响起，九条雪白的龙骨一条又一条地坠落而出，石昊的脊椎骨发出亮眼的光芒。

化龙，九阶天梯。沿着脊椎骨而上，龙腾之际，仙光绽放，混沌之气散出，十分恐怖。

最后，化龙九变，没入元神，如同要登仙一般。

“最后一个秘境，元神所在地，如同仙台。登上此地，他日若得圆满，全身贯通时，终极一跃就是真仙！”

石昊福至心灵，有了一种莫名的直觉，最后一个秘境的关卡也想透彻了。

头颅，便是他所重视的第五秘境——仙台。

这是孕育元神之地，也是关键之所，藏着身体之魂魄。想要万劫不朽，得让元神无瑕，仙光普照。

到了这一步，石昊屹立在人道巅峰，达到了最强状态。

轮海、道宫、四极、化龙、仙台，五大秘境初成，石昊有了方向。

他掌握的法非常多，成为至尊后，眼界广了，融会贯通诸般传承，尝试创出自己的法，虽然还只能算是“粗坯”，但足以震惊世人。

以身为种，这是根基所在。

到了这一步，石昊全身通透，五大秘境发光，同时他也意识到了自己的不足之处。

“早先我急于求成，想尽快成为至尊，终是落下了隐患。那一次的突破，并非以身为种，而是求借外道。”

石昊一叹，这么多年来，他都在尝试解除隐患，烈火炼真金，但现在发现还是有瑕疵的。难怪禁区之主告诫他修行速度过快不是幸事，容易扰乱自己的路。

雷霆响起，天地炸开，万道雷光压制而来，那是天罚，是雷劫，更有天意之刀斩杀而至。

“轰！”

石昊猛地扬头，眸子璀璨如神电，凝视域外。他一跃而起，冲向宇宙，撕裂虚空，没入混沌中。

他走出自己的路，创出从未有过的法，注定要引发旷世雷劫。

“咔嚓！”

闪电交织，杀道之光染红天际，代表着毁灭和不祥。

一般来说，只有修士太过逆天，做出不可思议之事时才会有这种寂灭大劫。

按照常理来说，被盯上的修士十死无生，注定要陨落。

对于一个强者来说，这一次石昊打破了禁忌，开创出自己的法，注定与众不同，拥有可怕的对抗之力。

石昊发狂了，在混沌中，在无人的疆域中，疯狂地反抗。

外人无法想象，这是一次前所未有的大劫，比石昊这么多年来所经历的所有劫难加在一起还要恐怖。

没有人知道在他身上发生了什么，哪怕是赤龙、穆青等人跟过来，也只能远远地看着。

“那里极其惨烈！”朱琳说道，她睁开天眼，看到了混沌撕开后的一隅之地。

“他到底经历了什么？”赤龙也震惊了。

“元神之光被雷光包裹，与肉身分离了，要形神俱灭吗？”穆青匆匆一瞥，看到了一角真相。

这一次的雷劫以及天地反噬，持续的时间超越了人们的想象。这不是几个时辰，也不是一两日，而是持续了数年。

这超越了常理，让人难以理解。

穆青、赤龙、石钟等人都愣住了：这是什么情况？太恐怖了，根本就不给人活路啊！

创法太逆天了，引发了史上最强的反噬。石昊在接受乾坤的斩杀，这是最可怕的磨难。

历经九年，这场毁灭性的灾难才结束，域外渐渐平静了。

不过，依旧没有人能靠近那里。一团火熊熊燃烧，火光聚集，演绎成符号，而后化为炉体。

整整一年，那炉里的残躯才慢慢复原，仿佛浴火重生一般，石昊经受住了此纪元都不曾有过的严酷考验。

他成功了，熬了过来，残躯蜕变，真身再现。

石昊在骨书记载中都没有见过这么可怕的天劫，这是为了惩罚其创法之举。

九年灭杀，一年浴火复苏，恐怖到了极点。

石昊的身体修复后，第一时间回到了石村，未等众人欢呼着围上来，他就盘坐了下去。

“咔嚓！”

这一刻，人们听到石昊的体内有什么东西碎裂了，而后他浑身发光，道行剧烈地动荡，肉身和元神都在龟裂。

“这是怎么了?！”

“昊叔的修行出了大问题，这是要解体了吗？难道是折仙咒发作，道行保不住了？”

许多人惊呼，无比担忧。

云曦和石子陵夫妇都是一脸焦急之色，站在远处看着盘坐在那里的石昊。

“嗡”的一声，石昊体内喷薄出无量精气，没入苍宇中。

“不可能，他怎么跌落至尊境了?！”一些人大叫。石村所有人都慌了，感觉石昊的气息在急骤变弱。

穆青、赤龙等人都看得明白，他们的感应不会有错——石昊跌落到了遁一境。

“既然有瑕疵，那便从头再来！”石昊低语。

所有人都听到了，一下子安静了下来，他们意识到石昊正在进行一场疯狂的尝试，这是大动作。

石昊又离开了，他拖着满是裂痕的身躯，一路走向远方。

他在红尘中历练，一走就是很多年，无喜无忧，见惯了凡间的人生百态，自遁一境开始重新修炼。

他以自己新开创的法，在这末法时代中走至尊路。

就这样，数十年匆匆而过，石昊一点一点地积淀，比得上他当年从出生到成为至尊所花去的时间总和。

这一次，他以身为种，不借外道，只是沿着自己独有的路不断积累道行，增进修为。并且，在此过程中，他不畏身死，引折仙咒发作，不断消磨自己的道行，直到斩无可斩为止。

当石昊两百余岁时，他重返至尊境，折仙咒都对他无效了，再也化不掉他的道行，此咒被破解了。

他的道基坚固得无法想象，以折仙咒磨砺而成，斩无可斩，这是何等雄浑的大道之基！

以身为种，石昊重返至尊境！

曾有传说，至尊的道基坏掉后，想要重返至尊境，难度太大，几乎不可能实现。可石昊走出了自己的路，他用一条独有的路成道，打破常理，没有被拦阻。而且在随后的几年内，他冲上了至尊境巅峰。

这一刻，石昊的五大秘境发光，通体晶莹通透，彻底达成了圆满。

“轰！”

接着，他又迈出半步，差点儿成为真仙。

“极道之巅！”

石昊睁开了眸子。至尊与真仙间还有半步要走，难怪许多人无法成仙，这半步就是天堑，拦住了许多人。

这是至尊境，却也是其他九成九的至尊都难以步入的最高层次，这简直就像多出了半个境界。

此后，石昊真正站上了人道最高点。

如今，他散发出的气息跟当年要成仙的孟天正有得一拼，同王长生有相似的气韵。他解除了隐患，达到了真正的大圆满，登临极道之巅。

石昊回到了石村，无比平和，面带微笑，返璞归真。

“昊叔，你终于回来了，我们非常担心你。”

“你走上了怎样的路？”

所有人都围了上来，非常激动，有年轻人这般问道。

“一条不同的路，等我琢磨透彻，将粗浅之法完善时，可以演绎给你们看。”石昊说道。

在接下来的几年里，石昊督促所有人认真修行。

直到又过去数年，石昊召唤来一批年轻人：“走，我们该去上界看一看了，铲平所有敌人！”

第1599章 征伐上界

要去上界？

一群人闻言，摩拳擦掌，他们早就想离开了。

这些年来，他们静修玄功，感悟大道，早已到了瓶颈处，需要一些契机去打破现有的桎梏。

“点兵！”石昊说道，召集子弟兵。

穆青、朱琳、石钟等几名佼佼者眼中都流露出兴奋，终于要动了，他们意识到这一次将席卷天上地下。

当年从边荒带回来的孩子共有四五百人，他们在很多年前就已长大成人。毫无疑问，这批人是主力，极其不凡。

当然，石村内成长起来的孩子也有很多出色的。

这么多年以来，石村虽然与世无争，如同世外桃源，但是对这些子弟兵的磨砺从未放松过，竞争很激烈。

排名前四百的归为主力，被称作天兵，这些人可以追随在石昊左右，跟着他一起冲击。

此外，还有四百人被当作后备军，当中的佼佼者随时可以取代四百天兵中的排名靠后者。

石昊曾说过，希望有朝一日四百天兵能够化作天将，征伐各界，杀进异域、仙域等地。当年，那些孩子虽然还小，但是一直将这些话记在心中。

很多年过去，石昊终于开始带人征伐，一下子点燃了他们藏在心中多年的热情。

哪怕是很多年前说的话，依旧让他们心中火热。终于要行动起来了，这可能是他们真正意义上的第一战。

这些年的磨砺、历练都不算，真正的战斗从这里开启！

“八百子弟兵同去！”石昊说道。

四百天兵再加上四百后备军，将一起出征。

“还有我，别忘了我，我也要出征！”大黑龟嗷嗷叫着，直立着身体行走，如同背了一口大黑锅。

毛球抓耳挠腮，早已坐不住了，摆明要到上界去闹个天翻地覆。它的实力毋庸置疑，这些年以来，它修炼混世魔猿一脉的八九天功，早就炉火纯青。

赤龙也在动，它在半空喷薄云烟，龙吟阵阵，战意十足，要去检验一身道行。它们都不属于八百子弟兵之列，但是也跃跃欲试。

青鳞鹰以及它的三个孩子大鹏、小青、紫云都表示要跟着前往，大红鸟也在长鸣，盘旋在高空中，要参与这一战。

“走！”

他们动身了。

旌旗招展，猎猎作响。八百子弟兵跟在石昊身后，骑着坐骑，踏着天宇，冲向远方。

石昊骑坐在一头雪白如玉石的天马上，它昂首嘶鸣，响声巨大。

这是曾经的独角兽小白，石昊七岁时就骑着它闯出过大荒，去外面的世界闯荡，它也是石村的独角兽头领。

当年，小白得到柳神的点化，激活了体内原始的血统。

这么多年过去，小白一直在进化，特别是在石昊的照拂下，它发生了惊人的蜕变。

小白还不算是真正的天马，但走在了这条路上，血脉不断纯化，来去如闪电，迅猛若真龙，是一匹神骏的坐骑。

三千道州注定不能平静了，因为他们杀上来了！

一百多年过去，无论是三千道州还是九天上，都很寂静、惨淡，因为这片天地真的不适合修行了。

岁月无情，不断带走老辈强者的生命。

这一百多年来，不知道有多少前辈名宿坐化，血气干枯，寿元殆尽。

末法时代来临，所有修士的寿元都骤减，对于那些活了数十上百万年的老怪物来说，这是一次灭顶之灾。

除了有底蕴的大教的修士借天材地宝还能顶着，其他小派的名宿苦不堪言。

最可怕的是，修道变得更艰难了。数十上百年过去，道行增加有限，跟过去没法儿相比。

这是所有人都遇到的麻烦，是一场大患。

包括石村，哪怕有九龙拉棺坐镇，最近这些年也很苦。其他人还能缓慢增加道行，但是遁一境的穆青、赤龙、朱琳等人都停滞不前了。

这跟至尊那道天堑有关，也与末法时代有关。

“那些大教还在啊，依旧是他们统治着这片大地。”石昊轻语道。一百多年过去，他再次回来，了解到依旧是那些人俯瞰人间。

“不敢去边荒对抗异域大军，不敢去斩灭黑暗生灵，要你们何用?!”石昊的声音铿锵有力。

这简单的话语透露出凌厉的气势，更有一种决心，这是要大战一场!

八百子弟兵个个都斗志昂扬，虽然这是他们第一次正式出征上界，但是没有一点儿慌乱的感觉。

他们行动一致，如钢铁铸成的一般，带着可怕的气势，这些年的实战磨砺不是说说而已。

“第一战，我们对准哪里？”毛球问道。它手中拎着一根大棒子，施展了一个法相天地，金色皮毛发光，化作一头撑开天地的暴猿。

“仙殿！”

石昊一挥手，驾驭天马，指向前方。

听到这句话，许多人变了脸色，就是穆青、赤龙、石钟等人也都大吃一惊，那里可是有一位残仙啊，他们就这么杀过去?

不过他们没有多说，严格遵从命令，全都驾驭坐骑，身穿黑色甲胄，如同骇浪一般席卷向前。

“一个残仙而已，如果连他都惧怕，我们还能做什么？”石昊说道，既像在解答疑惑，又像在给众人信心。

“杀！”

八百子弟兵一起大吼，冲击向前。

这一日注定不能宁静，大地震动，八百子弟兵如惊涛骇浪般横扫而过。

隆隆巨响，啼声震天，所过之处，各教震惊。

这是怎样的一股力量?各教的人都觉得这些兵马太强了，即便随意冲杀，也足以灭掉一教。

石昊他们太快了，认准仙殿这个目标之后，一路风驰电掣，横跨天宇，径直杀到。

远远地，石昊他们就看到了地上的建筑物，那些建筑物都是铜质的，连绵成片，非常壮阔。

仙殿的弟子不多，甚至可以说极少，历代明面上的嫡系人物加起来也不过五指之数，至于是否有隐藏的传人那就不得而知了。

不过，仙殿的仆兵却不少，而且实力很强，都是仙殿历代降伏的大妖、巨凶，凶悍而强横。

石昊隔着很远，伸展手臂，抓向虚空，手指发光，从域外抓来一颗大星，而后猛地一掷。

“轰！”

天摇地动，石昊直接将一颗大星砸向地面。

这太猛烈了，震动了天地。

一颗大星虽然被炼化了，看着只有拳头大，但依旧是真实的星体，这么投掷出去，威力恐怖。

仙殿自然有绝世法阵守护，遇袭的第一时间，光芒冲霄，神光腾腾，开启了强大的防御法阵。

不过，石昊这一击太可怕了，哪怕仙家遗留下来的残阵也被轰穿了。若没有大阵在，这个地方将什么都剩不下。

“什么人？”

在大阵瓦解的时刻，仙殿的人惊呆了，究竟是何人敢来袭击他们？

在剧烈的爆炸声中，在可怕的神光焚烧中，仙殿这片古地龟裂、塌陷，许多生灵冲了出来。

他们看到了天边的人马，八百铁骑杀来，如同天兵天将一般，从天而降，气势汹汹。

“天啊，那是荒！”有人惊叫，脸色当即就白了。

时隔一百多年，荒又出现了，他们怎能不害怕？要知道，当年的仙殿至尊就是被荒亲手击灭的，这么多年过去，他的修为一定又增长了。

石昊一句话都没有说，提着大罗剑胎，直冲着中心处而去，要闯入地层内。至于其他人，他没有理会，交给八百子弟兵去解决。

第1600章 横扫天下

石昊提着剑就闯进去了，残缺的仙阵发光，已经不能阻挡他，如今他迈出那半步后，真正有了无敌之力。

他已经踏足人道最高峰！

石昊有一种感觉，长此以往，继续修行，他或许还能变得更强。

他有一种自信，开创出自己的法，以身为种，走出最适合自己的路。道行的加成，实力的拔高，让他强大到了极点。

唯有最适合自己的，才是最强大的！

所谓残仙都已经废掉了，如果以他目前这种状态还不敢对上，那还算什么无敌状态？

现在，他有一颗无敌的心！

“砰！”

土层被切开，仙道残阵被磨灭。

有些不对劲，石昊蹙眉，因为他没有感应到残仙的气息，那座青铜仙殿也不在此地。

“轰隆！”

石昊站在原地未动，将大罗剑胎插入地下。无尽神光爆发，到处都是剑光，一刹那激射出成千上万道剑气。

地下被绞碎了，哪怕有阵纹守护也没用。

地下没有残仙的气息，他不在这里！

残仙居然不在。

石昊破开法阵，发现这里空空如也，地下那原本的仙泉地没有残仙的踪影，如今不知去向。

石昊提着大罗剑胎走了出来，抬手间将一名遁一境巅峰的老者一把拘了过来。那名老者倒飞而来，“扑通”一声坠落在这里。

当面对石昊时，老者瑟瑟发抖，几乎都抬不起头来。此时的石昊散发的气息太恐怖了，压迫得老者差点儿要窒息。

这名老者是仙殿的总管，他统驭很多仆兵，实力强大，可是面对如今的石昊却战战兢兢。

他觉得自己如同一只蚂蚁，想努力仰望天穹上的巨龙，但遥不可及，差距太大，他的神魂与肉身一起战栗。

“真仙大人数十年前就离开了，没有说去哪里……”老者颤抖着，嘴唇都在哆嗦，艰难地说出了这些话。

石昊收敛了气息，没有参与这场战斗。

事实上，当看到是石昊杀来时，仙殿的人早已心胆皆寒，哪还有什么破釜沉舟的气势，全都惶恐了。

“负隅反抗者，杀无赦！”穆青喝道，率领八百子弟兵围剿这些人。

有些修士直接就跪下了，哪怕他们生于仙殿，自幼为仆，此时也恐惧不已。

不过，还有一部分人相当凶狂，不肯投降，激烈厮杀，赤红着眼睛，他们都是特别忠于仙殿的仆从。

石昊转身离去，骑坐着雪白如玉的天马，遥望远方。

这一战，仙殿覆灭！

这里的建筑都是铜质的，着实有不少天材地宝。朱琳、石钟等人打扫战场，没有浪费，将能搬走的都搬走了。

这一战过后，仙殿将彻底被除名。

药田内栽种着两株神药，不过如今都退化了，不复往昔之神异。

藏经阁内有许多骨书，但是缺少仙殿的最高传承，那是残仙亲口传下的，不留笔墨，没有骨书经文。

石昊任穆青、石钟等人出手，摧毁这一道统。

边荒大战，他们不出力；黑暗来袭，他们躲在一边；世间太平时，他们却一直在这一界作威作福，残害这一界的人。

“残仙，你走不掉，仙域之门已经关闭，早晚将你寻到！”石昊自语道。

一百多年前，残仙勾结一位真仙伏击石昊不成，反倒被大长老孟天正击灭了真仙，或许他因此躲了起来。

这一日，天下震动。

当消息传出时，所有人都愣住了，时隔一百数十载，荒再现世间，强势横扫了仙殿传承地。从此之后，这一古教再也不复存在。

在身后引发轩然大波之际，石昊早已带着八百子弟兵上路，赶往下一个地点——天国。

能寻到这一地着实不易，石昊是根据昔日所获的蛛丝马迹小心验证后寻到的。所谓蛛丝马迹，则是他从下界的补天阁得到的。

鬼爷是曾经的一个天纵之才，他一手开创了补天阁，却过早地逝去了。

那位披头散发的老人头顶插着一柄剑，对石昊有大恩，其残魂曾经庇护他，于他而言亦师亦友，可惜再也见不到了。

昔年，石昊早已了解鬼爷的身世，鬼爷是补天教的弃徒，只因跟天国一位神女有来往并钟情于她，便毁了一生。

“鬼爷，我帮你复仇来了！”石昊自语。他极度反感天国，这一道统从来不曾为此界出力，还残害各方修士。只要出得起价格，他们谁都猎杀。

他们是一群刽子手，这漫长的岁月以来，不知道有多少英杰死于他们的暗杀，这一组织是一颗毒瘤。

不为别人，只为鬼爷，石昊也要将之连根拔起。

若非补天阁的人整理昔日遗物，送来线索，石昊恐怕到现在都还不知道他们的巢穴在哪里。这一杀手组织仇敌遍天下，自然无比谨慎。

这是一片山脉，云雾缥缈，很安谧，也很祥和，各种灵禽异兽出没，根本看不出有一点儿杀伐气。

不过，当石昊一拳轰出时，一切都变了。他以无上法力轰穿了一方小世界的界壁，强行开启了这处秘境。

外界寻不到这个地方，因为天国坐落在一方小世界内，与外界隔绝。

“什么人？”

小世界内一阵大乱，这里被攻破，让金牌杀手们都震惊了。

说是天国，居住在这里的人不是很多，但都是精英，一般的杀手没有资格进入这里，需要严格保密。

“好一处天地灵粹之地。”石昊叹息。

这小世界内居然有一些不死物质，哪怕末法时代来临，这里的不死物质依旧没有完全消失。

一道又一道黑影出现，又消失在虚空中，有人想刺杀石昊。

石昊轻轻一弹指，“砰”的一声，虚空炸开，顿时有十几人形神俱灭。

“原来如此，一个仙血池在释放不死物质。”石昊看到小世界内有一个池子，里面不断冒出不死物质。

不知道这个池子是何年代所留，显然那里面有真仙的尸体。

这里的生灵多为老者，有些人活的年岁久远，都在数十上百万年以上，是天国的高层，他们在末法时代能活下来，就是倚仗这里的不死物质。

“荒，竟然是荒！”

影影绰绰，一大群人出现了。他们战战兢兢，感受到了石昊的威压，全都站立不稳，要跪伏下去了。

石昊收敛了气息，因为再这样下去的话，穆青等人就没有出手的机会了。

“谁是天一神女？”石昊问道。

一名女子瞳孔收缩，被石昊敏锐地捕捉到了，一眼盯上了她。

石昊眸光所向，稍加关注，这名女子便当场冷汗长流，浑身战栗，她觉得自己的身体都要崩开了。

“扑通！”

她不受控制，瘫倒在了地上。

天国其他人顿时骇然。要知道，这可是天国的神女，实力无比强大，结果在那人的一个眼神之下就瘫倒了，这何其恐怖！

“你是否记得一个名为吴天冲的人？”石昊问道。

天一神女脸色微变，她怎能不记得，那曾是补天教最杰出的传人，被她所骗，为情所伤，最后黯然离开补天教，被贬入下界。

最后伏击吴天冲时，她也出手了。她有过些许的愧疚，因为她的确也对那个人动过心，但最后还是狠心下手了。

“锵！”

石昊的手中出现了一柄断剑，古朴的剑体上带着裂痕。

“是他的剑……”天一神女神色复杂，许多上古旧事浮现在心头。到头来，她的些许动心化成冷血，与同门联手毁了那个人。

“鬼爷，我替你复仇！”石昊手持断剑，而后轻轻一扫，天一神女便殒命了。

“动手！”石昊声音低沉，轻轻一挥手，下了命令。

后方，八百子弟兵冲来。即便面对一帮经验丰富的刽子手，他们依旧无惧，气势冲霄。

“哧！”

天国之主出手了，他的确很强大，修为在遁一境巅峰，行走于黑暗中，是刺杀界的巨头。他没有攻击石昊，而是想暗中除掉其他人。

天国之主知道石昊早已成道，自己不敌他，与其对付石昊，还不如对付其他人。哪怕自己死在这里，也要让石昊痛惜手下之人惨死。

石昊手中断剑一挥，一道剑光将天国之主扫中。

“穆青，你们想要练手的话，可以跟天国之主交手。”石昊说道。

“大兄，你也太看不起我们了。你还没有到达遁一境时就在边荒斩灭高于自己境界的生灵，我都已经遁一境后期了，还需要他来磨砺吗？”朱琳撇嘴道。

“行走于黑暗中的猎杀者手段非凡，你们可以留下，用他锻炼自己人。”石昊这般说道。

“哧！”

突然，一道剑气飞射而来，如天外飞仙，一剑动星宇，璀璨无比，径直到了石昊的后脑处。

“当！”

石昊没有回头，右手两根手指挡在脑后，震散剑气，并夹住一柄神剑，轻轻一扭，神剑就崩断了。

“早已感应到了，还躲藏什么？”石昊转过身，看向一名全身都被黑雾笼罩的老者。

其他人都大吃一惊，这是一位至尊，天国居然还有至尊？

天国之主的师叔祖居然一直都活着，隐藏在这里，可惜，他遇上了石昊。

此人早已垂垂老矣，自上古时就离不开此地了，因为血气近乎枯竭，只能在这里养老。如今他对上处于无敌状态的石昊，怎么可能是其对手？

“轰！”

石昊一拳轰了过去。这名老者大吼一声，拼命对抗，但毫无用处，当场倒地身亡。

“噗！”

天国之主被穆青等人击灭元神，彻底殒命。

这一日，天国根基倒塌，这方小世界被横扫，所有老牌刽子手都被连根拔起。

“还有一些小据点，你们分头行动！”石昊道。

穆青、朱琳等人领军各自冲向不同的地方，分别出手。

天国这个组织很庞大，除了以这方小世界作为根基，还有许多训练营。

“妖龙道门、剑谷……”石昊轻语。这些道统以镇压罪血一脉为己任，宁川就是他们联合培养出来的。

有些道统很过分，镇压石族、火族等，囚禁罪血一脉，将其放逐在罪州，后来那一州的人都被安澜抓走了，其中包括火灵儿。

“抵御外敌不见你们的身影，残害己方人你们最积极，这要有一个说法。”石昊淡淡地说道。

这一次，石昊没有亲自动手，而是将此事交给了其他人。

穆青、朱琳、石钟等击溃天国残部后，带队回来，分别杀向妖龙道门、剑谷等道统。

此外，毛球、大红鸟也动了。

而青鳞鹰、大鹏、小青、紫云早已学会石昊传给它们的鲲鹏法，如今体形庞大，修为惊人，也扑杀向一地。

无畏狮子近年来表现非常好，它不再当石昊的坐骑，而是成为一股强大的威慑力量，此时领命独自杀向一教。

这一日，四方震动。

荒再现世间，横扫天下。

第1601章 **气吞天下**

荒回来了，一路横扫，所向披靡，没有人能阻拦他的脚步。

这位富有传奇色彩的人族强者的修道岁月真的很短，居然已经君临天下。

这是一种强势回归，连仙殿都被他推平了，残仙都避其锋芒，这是何其恐怖的威势！

天下的人都在议论，震惊不已。

而天国的破灭更让人惊异，这个神秘组织存世无尽的岁月，一直威胁着其他人的生死，结果就这么被荒连根拔起了。

“荒真的是天纵人物，实力强绝，他还并未成仙啊，就威胁到了残仙！”

“一报还一报，当年残仙的气焰何等嚣张，强势出击不老山，逼迫他们交出荒，最后将他废掉了。可如今，过去了一百数十载，荒降临仙殿古地，俯视这一道统，将他们给扫平了。”

“天国这个行走于黑暗中的猎杀组织终于破灭了，感谢荒拔除这颗毒瘤！”

全天下的人都不能平静，议论纷纷。

尤其是一些故人，不管是仇敌还是朋友，曾见过、认识石昊的人，都对此事感到震惊：他的手段何其霸气，就这么横扫上界来了！

石昊双目深邃，镇定而从容，他亲自出马赶向剑谷、妖龙道门，既没有领军，也没有出手，只是去威慑。

通过昔日所掌握的一些情况来看，这些道统的背后很有可能存在着一名残仙。

据石昊所知，这世间最起码有四位残仙，他们曾暗害过鲲鹏，不容小觑。

在前行的过程中，石昊的五脏间发光，发出诵经声，接连几道身影冲出其躯体，从道宫秘境中飞出。

这是他开创的法，道宫秘境内有“神祇”。那诵经声不是说说而已，五脏对应五神，可以化形而出，那是“道身”。

五个道身分别冲向一地，暗中关注各教的情况，避免突然有至尊出现，对付穆青、朱琳等人。

此外，石昊身体转动间，从自己开创的法向今世法变换，一下子很多道身影从其身体内冲起，那是灵身。

所谓洞天养灵，即每个人都可以分出灵身。只不过到了一定的境界后，这种做法就不可取了，灵身渐渐与自身的元神意志交融，真灵若受损，也会连累主身。

石昊并不担心这一点，有底气，所以才敢大肆放出灵身。

妖龙道门、剑谷、火云洞果然进行了激烈的抵抗，跟穆青、石钟、朱琳等人激烈地厮杀。

最后，妖龙道门等道统遭遇了惨败。

毛球出击，混世魔猿一脉的法门被它施展到极致，它顶天立地，化成一头庞大的金色暴猿，前去支援。

无畏狮子就更不用说了，这么多年过去，它早已晋升到了遁一境巅峰领域。这个种群何其强大，在它闯入剑谷后，战斗几乎呈现出一面倒的局势。

这有些出乎石昊的意料，按照他的猜测，剑谷最强，或许残仙就在这里隐居。当他的真身暗中赶到，亲临此地时，却发现这里的战斗要结束了，一头浑身是伤的金色狮子在大战四方。

“敢用法阵困杀我，送你们所有人上路！”无畏狮子咆哮道，它金色的鬣毛奓立，大爪子撕碎虚空，动用最强战力发起攻击。

剑谷完了，这头狮子自己就将它攻破了大半，再加上八百子弟兵中的部分人在此冲击，这里基本被清剿干净了。

火云洞，几只庞大的神禽展翅，那是青鳞鹰母子，如今它们的形体早已大变样，与鹏族没有区别。

它们得到过柳神的厚赐，柳神帮它们伐毛洗髓，激活太古祖先的血脉，让它们的形体发生了大变样。

四只神禽施展鲲鹏法，与穆青一起攻破了火云洞，横扫四方。

“甘愿为残仙走狗，害我族人，镇压边荒七王留在三千道州的后裔，污蔑他们为罪血后人，你们都该杀！”石钟嘶吼道，他率人攻进妖龙道门，赤龙跟着他一同横扫这一教。

可是，战到最后也没有见到残仙，这让石昊蹙眉。

喊声震天，这一日的战斗太激烈了。石昊吩咐他们持续冲击，接连攻下剑谷、火云洞、妖龙道门等道统。

没有什么悬念，当年镇压罪血一脉的几大道统都被掀翻了。

震慑世间的大事件就这么发生了。

天人族上下莫不惊悚，一个个面色苍白，惶恐不安。这个年轻人这样强势回归，气吞山河，横扫各大道统，着实吓住了他们。

“荒会不会来天之城将我们也都灭掉？”

天人族跟石昊有仇，当年他们实在对不起石昊，如今后悔不迭。除了他们外，其他各族也有不少人感到恐惧、担忧，怕石昊寻上门来。

这一日，天下都在传荒的大名，因为他的表现太让人震惊了。

“妖龙道门、剑谷、火云洞等道统彻底覆灭，从此再无传承，当真是可怕啊，荒的回归让人恐惧。”

“冥土！”石昊开口道，看向一个方位。他下令让穆青等人冲进冥土，铲除这一危害很大的古教。

当年，这一道统的黑暗神子就是被石昊在三千道州天才争霸的仙古遗地中亲手格杀的。这一道统一再针对他，想将他扼杀于成长的途中。

前方，大红鸟长鸣，声音凄惨，惹得许多人大惊，腾空而起，想去救援。

“二秃子，看到大哥了怎么不上前见礼，还敢偷袭我?!”大红鸟惨叫道。

什么情况？许多人惊疑不定，那个攻击大红鸟的生灵跟它是旧识？

翎羽乱飞，七零八落，大红鸟叫得更凄惨了。

“二秃子，你这没良心的，快两百年没见了，你竟然偷袭我！故人重逢时，你居然跟我大打出手！”大红鸟气急败坏地道。

“啊——”它继续大叫，红色羽毛不断飘落。

人们面面相觑，不知道要不要出手。

大红鸟的对面是一只孔雀，其身体发出五色光芒，实力很强，胜过大红鸟。

“你们还愣着干什么？有刺客，快救我！”大红鸟声嘶力竭，“砰”的一声，再次被那只五色孔雀击飞了。

其他人一惊，不由自主地再次上前。

“你们不要管。”这时，石昊开口了。

他自然一眼认出了是那位故人——二秃子，它当年是石村中的一员，曾经被大红鸟欺负得很惨。

二秃子出生在下界，原本它实力很强，后来出了大问题，一身道行尽失，躲在百断山脉中，被石昊擒住了。

在那段岁月中，二秃子被大红鸟欺负得很惨，明明曾经高高在上，只因废掉了道行，所以被一只无耻的大红鸟欺负，要称它为大哥。

“见到大哥，你不叩拜就算了，居然还这么出手，我跟你没完！”大红鸟道。

“石昊！”

终于，二秃子拎着大红鸟冲过来了，它一身五色羽翼非常绚烂，无比神异。

在下界分开后，他们也曾经在上界见到过，二秃子曾跟随孔雀一族的高手前往天人族。那一次，孔雀族的强者还为石昊出头，对抗天人族。

“你终于出现了。”石昊说道。

“我被丢进了孔雀族的祖地，关在那里，修为不够不允许出来，一关就是一百多年！”二秃子颇为感慨，它很难想象当年的小家伙居然会成长到这一步，令残仙退避三舍。

“过会儿再叙旧，先让我揍这东西一顿，当年敢跟本座叫板，我拍不死你！”二秃子拎着大红鸟，恶狠狠地看着，而后一顿狠揍。

“二弟，你不能这样，我是你大哥啊！”

“还大哥，老子比你爷爷年岁都大，昔日敢那么欺负我！”二秃子嗷嗷怪叫。

一群人都无语，真不知道说什么好，这俩凑一块儿真是一对活宝，还真像天生的兄弟。

“二秃子，你忘记你当年毛都没了，掉了个精光，是本大爷驮着你飞行的吗？”大红鸟叫嚷。

这两只神禽使劲掐架，在这里打了起来。过了一会儿，它们居然又勾肩搭背，哈哈大笑。

冥土到了，死气沉沉，寸草不生，连土地都是黑色的。

这片区域很大，据闻这里是古葬地，昔日埋下了太多的生灵，因此显得阴气沉沉。

没什么可说的，石昊一挥手，穆青、石钟等人就冲了出去，带着八百子弟兵杀进冥土。

漫山遍野都亮起鬼火，阴雾翻腾，诸多冥土生灵出现，迎击众人。

不过，冥族的人马哪怕再多，也挡不住石昊他们。

朱琳长啸，浑身烈焰腾腾，施展真凰焚天术，冲到了最前面，焚烧此地。

这是冥族生灵的克星，圣火无瑕，焚烧阴森与邪恶。

“咔嚓！”

闪电交织，穆青催动雷帝法，电闪雷鸣，轰得这些鬼怪四散奔逃，有的甚至直接化成了齑粉。

雷电阳刚而霸道，正是对付阴灵的最佳神通。

“逃了？”石昊蹙眉。

“堂堂冥土之主不战而逃，带着一批高层离开这里，进入了九天。”穆青道。

“将一些道统除掉后，我们也登上九天，与长生世家做个了断！”石昊说道。

五日后，石昊之名震惊天下，他的所作所为太惊人，直接横扫三千道州，大战四方，铲平了一个又一个负有盛名的古教。

“轰隆隆！”

石昊端坐在天马上，带着八百子弟兵登上了九天。

有些长生世家并未离去，有些大族底蕴深厚，无奈却没能进仙域。

一些曾经见过石昊的人如今心情复杂，怎么也没想到他无敌于世了，并且他来到九天上，要开始针对长生世家了。

第1602章 君临九天

所谓登上九天，其实就是在同一片天地，因为九天十地融合了，不再是分隔开来的。

这一路上，各族震撼，举世皆惊。荒的威势太强了，所向披靡，就那么一路横扫而来，着实镇住了所有人。

各教皆忌惮不已。

石昊一路推翻仙殿，铲平冥土、妖龙道宫、剑谷等道统，哪一个不是大教，有的甚至传闻背后有残仙坐镇，可结果都覆灭了。

一路上，许多人不断张望，各大教主皆胆寒，尤其是曾经跟仙殿、王家、金家等走得近的家族，更是恐惧到了极点。

在他们看来，如今的荒乃是盖世大魔王，横扫天下，连仙殿后面的残仙都对其退避三舍。

这种威势无与伦比，谁与争雄?

八百子弟兵杀向九天区域，一路上大旗猎猎。

各个大教莫不避退，强者皆躲开，隔着很远就低头躬身，生怕惹上这群人。在他们看来，这是无敌之师!

远方，黑雾浓郁，煞气滚滚，一看就不是什么祥瑞之地。

但是，穆青、朱琳等人没有退避，径直前往，驾驭坐骑踏过高空，就这么冲了过去。

九天的人们倒吸了一口凉气，那可是黑暗区域，他们居然毫不在意，就这么笔直地前行!

说是黑暗区域，其实昔日的大部分黑暗物质早已消退了，只残留下了少许，让此地显得不够祥和。

这种区域在九天十地的许多地方都有，加起来的话能够占据一半的疆土，十分浩瀚。

当年，黑暗生灵就是这么强大，占据过半的疆土，若非末法时代来临，它们的地盘还会继续扩张。

“什么人敢闯我的领地?!”

这片黑云翻滚之地探出一个巨大的头，那是一条蛟，它体形庞大，足有十几万丈长。

罕见的巨型生灵!

“嗡！”

它探出一只大爪子向前抓来，黑雾翻腾，十分凶狂。

这条蛟的实力很强，至尊之下罕有敌手，它是当年黑暗生灵们退走时留下的精英。

“嗷！”

无畏狮子出击，浑身金光万丈，并且身体放大了，一声狮子吼震得深渊下的黑暗蛟龙有些发蒙。

接着，化成数万丈长的无畏狮子扑杀了过去，气息沸腾，震碎乾坤，让日月都摇晃起来。

蛟龙顿时惊醒，冲杀上来，与无畏狮子进行对抗。

显然，黑暗生灵当年进化虽然迅猛，但是终究不如无畏狮子这等根基坚固的强大生灵。一番激战后，“噗”的一声，蛟龙落败了。

“前进！”穆青挥手，让八百子弟兵继续上路。

无畏狮子威风凛凛，眼中金色电光闪烁，盯着更远处的大地。

“不愧是荒啊，他们就这样一路杀过去，没有绕路，直接闯过黑暗之地！”

“我觉得荒的归来是一大幸事，看着吧，等他解决掉一些道统后，多半会清洗所有黑暗生灵。”

人们在低语，既震撼，又激动，内心充满了期待。

所有人都在憧憬，荒的强大不是灾难，而是盛世到来的预兆，哪怕这是末法时代，也有回光返照的时候。

若将黑暗生灵都清除，这天地间自然会无比安宁。

这一路上，也不知道有多少黑暗生灵腾空迎战，结果都被击灭了，没有任何意外。无畏狮子在前方开路，勇猛无敌。

“不愧是狮子王！”就连石村的一些年轻人都在嘀咕。

“现在赶到九天，长生世家是否逃走了？”朱琳有些担心。

“他们能逃到哪里去？仙域之门封闭，不再显化，他们逃得了一时，逃得了一世吗？”穆青道。

九天区域，金家大门前，人手众多，全都如临大敌，严阵以待。因为他们得到了消息，府中来了不少贵客，正在商量对策。

这一日，九天的长生世家都非常紧张，气氛凝重。

多年过去，有些仙道世家早已进入仙域，可有的家族却被迫留了下来，比如金家、风族等，他们当年勾结黑暗生灵的事败露后，付出了巨大的代价。

王家很果断，王长生亲自了结了自己几个儿子，举族进入了仙域，这让金家等长生世家羡慕又嫉妒。

“轰隆隆！”

天边，一股钢铁洪流奔腾而来，八百人的队伍声势惊人，震动了天地。

这不像是八百人，倒像是十万大军汹涌而来，以至于大地和天宇都在跟着战栗。

“来了，果然第一个找上了我们家！”

金家的人都变了脸色，一个个又惊又怕，还带着怒意。荒来了，他第一个拜访的长生世家就是金家。

恢宏的大门高如山岳，符文流转，发出神秘的大道气韵，弥散出混沌之气，这就是金家的根基所在之地。

附近有很多秀丽的山峰，天空中还有悬浮的岛、巨宫等，白雾袅袅，如同仙境。

此时，所有建筑、所有神山都变得绚烂起来，布下的各种法阵都复苏了，阻挡这八百子弟兵的脚步。

“荒，你这是何意？如今天下安宁，你又要挑起纠纷吗？”一位老者喝道，他是仗着胆子喊出来的，背上已经有冷汗流淌。

石昊站在后方，背负双手，观看仙道家族的祖地，当年他杀进去过，只是很快便又被大阵逼得退走了。

如今，他再临旧地，没有理会金家的人，一言不发。

“天下如果安宁，为何会有黑暗生灵阻路？”穆青冷冷地道。

“那你们应该去除掉黑暗生灵，为何来围困我金家？”一位老妪喊道。

金家很多人都面色苍白，心中害怕。一百多年前，荒就曾杀上门来，击伤金太君，如今他再次登门，实力肯定更强了，谁能与之抗衡？

“一路而来，黑暗强者杀了不少，日后自容不得他们肆虐，都要铲平。你们曾勾结黑暗生灵，今日特来讨伐。”穆青说道。

金家人闻言，脸色越发难看了，一些人不由自主地轻颤了一下。

辉煌千古的金家就是因为勾结黑暗生灵而蒙羞，引发大祸，在末法时代来临时失去了进入仙域的资格。并且，金太君被逼着斩了族中很多人，如此才让金家得以苟延残喘。

今日旧事重提，等于揭开了他们的伤疤。

远方，影影绰绰，来了很多人，他们属于不同的教派，都是听到消息后赶到这里的。

有些是大教的强者，有些是散修，甚至还有黑暗生灵。他们闻讯而至，都想见识一下石昊的风采，看他到底有多强。

“那就是荒吗？太年轻了，不愧为本纪元第一天纵之人，修道数十年时就成为至尊，如今更是可以俯瞰天下了。”

“荒，那就是荒。孩子，他就是你的榜样啊，长大后你也要争取争雄天下！”一位老者指着石昊，为自己的孙儿鼓劲。

很多人都在远远地看着，有年岁大的人，还有很多年轻的男女。

“荒，他就是荒，当年我曾跟他同在天神书院修行！”有人低语。

这顿时引发了旁人的注视，曾经与荒同代的天才，值得人们关注。

“石昊！”远处，有人大叫。一个金发少年奔来，踩得长空震动，裂痕无数，很难想象他的力量有多么大。

这一刻，石昊终于不再淡定，吃惊地道：“你没有走？”

竟然是小蚂蚁！

石昊分明记得当年小蚂蚁前往仙域，他还去相送呢，只是他没有临近仙门。

“我选择留了下来，我父亲死在这一界，仙域那时不肯出手相助，我不想去那里。踏入仙域的那一刻，我又退了回来！”小蚂蚁说完，冲到近前，和石昊用力地抱了抱。

“那你为何不早点儿出现？”

在这末法时代，石昊的故友几乎都早已离开了，进了仙域，能再次见到一位朋友，他很高兴。

“我一直在闭关，想成为至尊后再出来，不然如何面对你这样一个至尊？”小蚂蚁摇头道，“太难了，看来五百岁以前我做不到了。”

小蚂蚁知道，不仅是它，就是其他人，包括进仙域的那些人也很难做到。

“跟我还不好意思，难道比我修为低就不是兄弟吗？”石昊轻轻捶了小蚂蚁一拳，说道。

“当然不！”小蚂蚁彻底想开了，虽然没有突破，但得知石昊再现的消息后，它第一时间赶来了。

“斩金老太婆时，算我一个！”小蚂蚁拍了拍胸膛，道。

其他人都很高兴，石村的子弟全都上前见礼，对小蚂蚁很尊敬，因为这是石昊的生死兄弟。

这么多年过去，他们很少见到石昊这么开心，能有这样一个人让他的至尊道心出现波澜，脸上带着喜色，着实不易。

第1603章 **五天至尊**

忽然，石昊神色微变，道：“有点儿古怪，你们所有人都退后，这里为我布下了杀场，我得闯上一闯！”

“怎么了？”小蚂蚁问道，它想帮助石昊。

“无妨，我今日便破开此地，魑魅魍魉成不了气候！”石昊说道。

“轰！”

下一刻，石昊一拳轰出，直接打爆了金家的半座府邸，哪怕此地有无数大阵守护也不管用。

地上各种符号亮起，并且熊熊焚烧。

石昊很注意分寸，将所有气息都用到了刀刃上，没有影响身后的那些人。不然的话，他若任意散发至尊气息，包括石村的子弟兵都会承受不住，就是观战者也要遭殃，最起码会瘫倒在地上。

“大兄，说好了的，留给我们！”

“我们现在需要磨砺，以大战来检验这么多年来的修行成果，将金家给我们留着啊！”

石钟、朱琳等人都叫了起来，怕石昊独自将这里清洗干净。

还剩下半座府邸，那里仙道残阵发光，隆隆作响，符文密布，挡住了那一拳的威势。但是，金家深处的府邸显然也不能支撑了，已经龟裂，在“咔咔”声中即将崩塌。

怎么可能？金家府邸的深处，许多人毛骨悚然，那可是仙道残阵啊，居然挡不住荒的一拳。

这时，一个老态龙钟的身影出现，正是金太君！

这么多年过去，她居然还活着，只是她真的老了，满脸的褶皱。

很明显，长生世家底蕴惊人，有不死物质、神药等，可以为她延续生命，因此她还没有老死。不过，岁月在她身上留下了难以磨灭的痕迹，让她显得很苍老，不复昔日的状态。

金太君拄着一根龙头拐杖，目光森冷，她恨透了石昊，正是这个年轻人出手阻击，才导致金家遭遇横祸，无法进入仙域。

留在这个世界，注定要没落，如今她快要坚持不住了。身为这一纪元的至尊，居然要凄凉落幕，她不甘！

怎么能避免老死？她想进仙域！可是，今日这个杀星来了，恐怕她想正常老死都难了。

“你到底还是来了！”金太君咬牙切齿地道，恨不得以目光杀死石昊，可惜她做不到。

“不除掉你，我心不安，战死在边荒的英灵不安，无法沉眠！”石昊冷冷地说道。

“好一个小辈，当年不过是一只蝼蚁而已，老身随手就可以捏死你。可惜啊，我太仁慈了，竟给了你机会，让你成长起来得势了！”金太君恨恨地道，她真的很后悔，若早先不计后果地除掉荒，就没有这些事了。

可是，谁能料到荒会成长到这一步？她当年不觉得几百年内荒可以成为至尊，认为自己有的是时间解决后患。

“你有这种狠劲，为何不用在边荒杀敌？”石昊嗤笑，遥想旧事，轻叹道，“我记得，你在边荒没有起到丝毫作用，你斩过一个异域至尊吗？”

“你……”金太君顿时老脸通红，羞怒交加。

细细想来，她在边荒只做过一件大事，那就是将荒交出去，送给了异域。

“老浑蛋，当年你寸功未立，还总是扯后腿，害得我们伤亡，真恨不得活剐了你！”小蚂蚁在后面喝道。

远方，来自各族各教的修士都心惊肉跳，荒那一代人果然都胆大包天，随便一个都敢数落金太君。

不过，细细想来，那还真是黄金年代，出现了一大批天才，可惜他们都去了异域。

“我斩了你们！”金太君嘶吼起来。

刹那间，她探出一只大手，那大手枯瘦如柴，虽然血气不充沛，但是依旧震得域外的星辰都摇颤起来。

无声无息地，小蚂蚁的周围出现了五名老兵。

“不用管我，护住他们，别被金家老太婆找来的帮凶偷袭！”小蚂蚁吩咐道，让五名老兵守护众人。

这五人来历不凡，是上一纪元经历过残酷大战的老兵，为了活下来，他们将自已炼成了傀儡，保护小蚂蚁。

“轰！”

石昊动了，他怎么可能容金太君下狠手？

“金太君，放肆！”石昊仅说了几个字，便一掌劈出，迎向金太君。

金太君变了脸色，不敢硬碰硬，她当年就已经领教过此人的厉害，尽管那时是因为她自身慌不择路，没有应战。

现在，这么多年过去了，石昊早已解决了自身的问题，成为至尊中的无敌者。

这种压力，金太君只在处于巅峰状态的大长老、王长生身上感应到过丝丝缕缕，她觉得荒可能比那两人还要凶狂。

“砰！”

金太君收回干枯的大手，抡动龙头拐杖，向前抽来。

漫天都是金属碎屑，那根掺杂着天材地宝的拐杖就这么被石昊打爆了，炸碎在此地。

金太君倒退，向大阵深处冲去。

“轰！”

石昊步履平缓，踱步跟进，一拳轰出，管你是仙道残阵还是绝世防御，全部轰开，打出一条安全的路径！

地上，许多符文都变得暗淡了，而后炸开，那是大阵在解体。

阵中，有生灵在嘶吼，那是法阵孕育出的主导残阵的生灵，可现在它也奈何不了石昊。

昔日，石昊跟小黑狗一路狂逃，才摆脱此法阵的绞杀，今日他已经无惧。

石昊自创了一个体系，如今达到了人道最高点，位于极道之巅，这是人世间无敌的状态。

“杀！”

突然，金太君又掉头杀了回来。她手持一柄残剑，那柄剑绿油油的，带着可怕的气息，劈向石昊。

居然是残破的仙器！

显然，她拼命了，如今她血气不足，只好用仙道法器弥补。

石昊无惧，残器而已，他若乐意，完全可以用大罗剑胎将其击飞。

他只是捏法印，直接回击。

“哧！”忽然，一道乌光炸开，径直出现在石昊的后脑那里。一只巨大的狼爪子强势出击，要将石昊除掉。

那是一只巨狼，它的爪子间有诸多星辰环绕，气息恐怖。它通体乌黑，身在至尊境。

同一时间，天空中狂风大作，一只黑色的大鹏鸟展开巨翅，疾速扑击而来。

又一位至尊！

这黑色大鹏鸟跟巨狼一样，带着黑暗属性的气息。

“金家，你们真是死有余辜，到现在还跟黑暗生灵勾结，死不悔改啊！”后方，穆青大喝。

小蚂蚁更是目光冷厉，连它都觉得出乎意料，金家这是铁了心，要彻底投身黑暗了吗？

“人都要死了，哪还管什么黑暗与光明！”金太君吼道。

“当！”

石昊抬手阻挡住了那只巨狼的大爪子，张口一啸间，剑气喷薄，如一挂星河与空中的黑色大鹏鸟碰撞，同时手捏法印，轰向金太君手中的剑。

三大至尊出手，要伏击石昊，这引发了巨大的轰动，所有人都吃惊地望着。

“哧！”

突然，死气弥漫，一道金光飞射而来，刺向石昊的后背。

第四位至尊出手了！

“冥土还有至尊，这倒是出乎我的意料啊！”石昊轻叹。

那是一具老尸，如同骷髅一般，泛出淡金色的光芒，眼窝深陷。它在后面偷袭，想趁机除掉石昊。

“想不到冥土的主人进入了金家，等在这里要伏击我等，现在好了，一个都跑不了！”石钟喊道。

“冥主不是至尊，这应该是这一族隐藏着的绝世高手！”小蚂蚁说道。

“轰隆！”

天地震动，一只大手持着虚空仙金匕首突兀而来，刺向石昊的头部。

又一位至尊出现，欲伏击荒！

人们简直惊呆了，在这末法时代，还有这么多至尊吗？

“风祖！”有人惊呼，认出了这位至尊的身份。

事已至此，所有人都震惊了，五大至尊居然一起在此伏击荒，要将他击毙，其中有两个生灵为黑暗至尊。

金太君、天狼大尊、黑暗大鹏、冥土的老者、风祖这五大高手居然走到了一起，他们放下至尊的尊严，联手围攻一人。

“轰隆隆！”

石昊一拳轰出，所向披靡。

他一个人而已，居然在与五大至尊抗衡。

这是一场绝世大战，石昊强大得让所有人瞠目结舌。他一拳轰退风祖，连带着虚空仙金匕首都在哀鸣，险些折断。

“当！”

同一时间，石昊迎向天狼至尊，捏拳印，将其大爪子震伤。

“噗！”

金太君顿时咯血，被石昊浑身发出的万丈光辉冲击，其仙道残剑都被绞得险些脱手。

石昊所向披靡，傲视五大至尊，拥有无敌之资！

“咔嚓！”

又是一拳，石昊与冥土的老骷髅碰撞，让其一条手臂骨飞了出去。

“噗”的一声，石昊将黑暗天鹏的一只翅膀毁掉了。

他是战魔，还是战仙？所向无敌！

众人莫不震惊，荒一个人与五大至尊交手，居然无惧，而且占据了上风，当真是神威盖世！

第1604章 谁与争雄

黑暗天鹏哀鸣起来，其本体无比庞大，失去一只翅膀后，一下子坠落向远处。

“咚！”

烟尘四起，乱石崩天。

黑暗天鹏不仅撞毁成片的大山，更将空中悬浮的岛砸落很多座，将金家古地冲击得四分五裂，它已被重创，血液中带着乌光。

所有人都纷纷避退，不愿沾染黑暗天鹏的血液，哪怕是金太君、风祖等人都不例外。

其他人也都负伤了，刚才短暂的交手，他们都吃了亏。

这是何等的威势，一个人独自力敌五大至尊！

而且，这并不是疲于应付，而是主动攻击，荒居然占据上风，伤了他们几人！

金家人面色惨白，这个荒太凶狂了，冲到他们的祖地，力压金太君，震慑诸至尊，让他们还怎么去抗衡？

石昊没有急于出手，毁掉黑暗天鹏的一只翅膀后，他站在场中央，冷冷地面对几人。

几大至尊神色冷漠，再次将石昊围在中心，各自捏法印，严阵以待，想除掉他。

“真不要脸啊，你们可是至尊，居然五人联手，在这里伏击！”后面，石钟喊道，他担心局势对石昊不利。

哪怕现在石昊占据主动，可他毕竟是在以一人之力独对五大绝世高手，万一有个疏忽与闪失，后果不堪设想。

“这样也好，省得我一个一个去找，一家一家去登门拜访了，一并诛杀！”石昊冷冷地道。

他盯着金太君，又看向风祖，这一次他来到九天区域，最主要的就是击灭这两人，以绝后患。

这两族勾结黑暗生灵，失去了进入仙域的资格，与石昊完全是不死不休的关系。

“风族的老家伙，大老远地跑到此地，今日就从你先开始吧。”石昊看向风祖，双方不可能和解。

石昊跟风族纠葛太深，当年元青最早对他出手，将他送去太初古矿当奴隶，要断他的大道之基，后来更是要压制并除掉他。

元青之所以对石昊动手，就是因为风族的命令。

“一眨眼就过去了一百多载，你这孽障竟成长到了这一步，真是让人意想不到啊！”风祖冷冷地说道。

“风祖，当年在边荒曾有一族投敌，跟着异域的修士一起在天兽森林追杀我，就是你们吧？”石昊问道。

与黑暗生灵勾结，还投靠异域，有的家族从根子上已经烂了，心完全不在九天十地这边了。

“年轻人，不要以为自己真的是天下第一了，你还不够格！”那只黑暗天狼开口道，它庞大的躯体耸入云霄，那血盆大口简直能将天日一口吞了。

“今日若他不死，我们所有人都得死，唯有背水一战！”金太君喝道，她手中持着残破的仙器，再次主动地发起攻击。

不光他们拼命，石昊也调整到了最佳状态，他就是要一战解决这些至尊，斩灭十方敌！

“轰”的一声，石昊爆发出惊天动地的气息，躯体如同一个大火炉，若烈焰般燃烧。

此时，他的气息冲向天宇，淹没此地，让域外的星辰都颤抖起来。

金家的许多人第一时间便瘫倒在地上，承受不了这种威压。

金太君脸色冰冷，大袖一挥，将许多金家的高手扫飞，从祖地中送走了。

后方，五名老兵手持战矛，同时发光，结成某种神秘的法阵，守护小蚂蚁与石村的子弟兵，带着他们第一时间撤退。

“当！”

石昊弹指间，草字剑气无双，万剑齐发，全部打向金太君手中的残剑，对抗有缺陷的仙道法器。

“哧！”

漫天都是乌羽，如同一杆又一杆黑色的战矛从天上飞落，带动着虚空炸开，混沌气翻腾，景象恐怖。

这是黑暗天鹏，它第一时间修复伤口，再次拍击而下，浑身黑色羽毛四射，杀伤力惊人。

“呜呜——”狂风大作，域外的星斗都轻颤起来，此地腾起云雾，很难看清四周的景物。

风祖出手了，他立身在天穹上，带动出来的大风将一些星辰都给撕裂了，最后消散于天际。

“嗷——”

天狼啸月，域外的月亮炸开。那只黑色的天狼一跃而来，大爪子让大地沉陷，虚空龟裂，一阵摇颤。

幽冥煞气滚滚，来自冥土的金色骷髅修复断臂后，咆哮着，动用恐怖的法力攻击石昊。

这景象相当恐怖，五大至尊联手出击，璀璨符文流转，至强法力浩荡，将石昊淹没了。

“想杀我，你们还不够格！”石昊大喝。

此时，他展现出了自己与众不同的路，腹部阴阳二气流转，轮海浮现，形成阴阳生死图，阴阳生死图急骤放大，将他笼罩在内。

“轰轰轰——”

五大高手同时攻来，最强攻击都落在了上面，他居然挡住了！

这颇有万法不侵之势！

同一时间，石昊的五脏发光，诵经声回荡，如同诸天的佛与魔同时在吟唱，加持他的无敌身。

四极通天地！

他的四肢发光，仿佛贯通宇宙，可压天地四极，拥有无上伟力。

他一个人而已，竟要镇压五大高手！

“咚！”

石昊挥动拳头，虽然是简单而霸道的直击，但是蕴含着各种法与妙理，这是他融合各种宝术轰出的拳印。

天地间，诸天星斗浮现。

在石昊的周围，在他的拳头间，星河缭绕，仿佛随着他的行动，日月星海都在跟着滚动。

剧烈的碰撞过后，五大高手居然被震得大口咯血，全都吃了大亏。

“杀！”风祖怒吼。

“这里放不开手脚，荒，你可敢去域外一战?！”金太君怒吼。

她心疼得受不了，哪怕有残缺的仙道法阵守护金家祖地，这里依旧一片狼藉。

他们再不离开此地的话，不光是祖地崩坏，就是整个金家都要覆灭，在至尊战的余波中，什么都剩不下。

穆青、朱琳等人都露出忧色，战斗一时不结束，他们便一时无法安心，石昊一个人的胜败关乎太大了。

域外，广阔无边，宇宙间，星斗密布，但大片区域还是漆黑的，冰冷而幽邃，寂静得如同死地。

只是，今日一切都注定要被改变。

六大高手杀进宇宙中，舍生忘死。

“啊——”

风祖怒吼，他果然被石昊盯上了，第一个就要从他身上找突破口。他的肩头被击中，左肩连带着手臂全都废了。此外，那穿透他躯体的拳印之光冲过去后，还将远方的星辰击中，轰成了碎片。

“嗷！”

天狼吞日，一颗又一颗星球被天狼给吞掉并熔炼成了炽盛的神光，而后它猛力一吐，焚烧石昊。它很凶狂，悍不畏死，就这么第一时间扑到近前。

石昊浑身血气滚滚，再加上轮海发光，形成阴阳图，守护全身。他防御力惊人，故此毫无顾忌地冲上去，要斩灭天狼。

“咔嚓！”

石昊将黑暗天狼重创，天狼浑身骨头几欲断裂，令天宇战栗。

这几人的大战到了白热化阶段。

无奈形势越发明显，他们不敌场中央那道年轻的身影。

“当！”

终于，石昊取出大罗剑胎，弹开金太君的残缺仙剑后，顺势一击。他一剑立劈而下，将天狼斩灭。

狼身飞了出去，将一些星辰都砸碎了。

“休要张狂！”风祖大喝。

石昊放弃其他人，全力集中攻伐风祖，神光绽放，符文漫天，宝术淹没此地，让冰冷的星空都变得炽热起来。

可惜，到了这一步，至尊战也分出结果了。

石昊竭尽所能，全力以赴，一剑将其斩灭。

风祖战死了，元神也跟着覆灭了。

“当！”

金太君的残剑被震开，她大口咯血。

第1605章 全部镇压

那柄残剑脱手了，离她而去，坠入黑暗的宇宙深处。

“噗！”

剑光烁烁，石昊如同疯魔了一般。斩灭风祖后，他盯上了金太君，全力以赴地出手。

“快出手，不要惧怕！不除掉他的话，我们都得死！”金太君大吼道，到了这一步，她没有退路了，只能成功。

哪怕风祖战死，他们也不能退缩，不然的话，他们都会被荒一个一个寻到，彻底陨落。

“嗷——”

黑暗天狼长啸，又冲了过来，施展至尊秘术，攻击石昊。可惜它的生命也走到了终点，哪怕是黑暗生灵也不行，它被石昊一拳轰中。

这简单而霸道的一拳，瞬间让一位至尊形神俱灭。

“你……”金太君恐惧了，其他两大高手也惊慌了。短短片刻间，风祖与天狼这两大高手就毙命了。

荒得有多么凶狂，太可怕了，他们根本无法与之力敌。

他们无法理解荒为何这么强大。他一个人而已，还这么年轻，居然与他们五人对抗。

“斩掉你一只翅膀，还不长教训！”石昊呵斥道，他盯上了那只早已修复双翅的黑暗天鹏，掌指间剑气激荡，轰向它。

一声鹏鸣响起，黑暗天鹏展翅击天，逃向了远处。

“砰！”

黑暗天鹏展翅，景象太恐怖了。说是扶摇之上九万里，其实比这还要骇人，速度也更快。

星体炸开的可怕景象发生，这只天鹏躲避时闹出的动静太大了，让附近的这片星空暗淡了许多。

黑暗天鹏心中带着惧意，故此这么谨慎，避过了一次杀劫。

那来自冥土的金色骷髅没有避退，被石昊一把抓住了，石昊双臂发光，运转极道之力。

“杀！”

石昊大吼一声，双臂齐震，活生生将这具金色骷髅至尊击碎了，而后万道剑气扫过，斩其元神。

第三位至尊被斩灭了。

宇宙深处浮现出各种怪异的景象，比如红雨飘洒，发生天哭，比如黑暗迷雾笼罩，这都是至尊死后造成的异象。

“你……”金太君害怕了。五大至尊被荒一口气斩了三个，他们还怎么对抗，还怎么去挡?

她知道大势已去，哪怕拼命焚烧本源，与对方大战到底，到头来也要落败而亡。

金太君信念动摇，想要逃走。可是，到了这一刻，她还怎么可能逃得了，石昊根本不给她机会。

“轰！”

这一拳蕴含着石昊的无敌道，光束漫天，这片星空随之炸开，拳印之力无双。

“噗！”

一代金太君被石昊一拳给撂倒了，元神也被粉碎，没有逃出哪怕一缕元神碎片。

“太可怕了！”远方，有人惊悚地说道。

许多人透过一些法阵等观看到了这里的大战，一个个面无血色，身体战栗。

金家的人全都瘫倒在地，看到这一结果后，他们知道完了。

域外，战斗还没有完结。

那只黑暗天鹏原本想逃，但是它知道自己如果这么遁走，也还是会被追上的，终究逃不了。

黑暗天鹏选择发动攻击，在石昊结果金太君时，它从背后扑杀而来，一双黑色的爪子抓向石昊。

它缩小了，不再是星辰那么大。

随着金太君陨落，石昊从容转身，单臂擎天，一把就抓住了它。

“怎么可能?!”黑暗天鹏大吼道。它难以置信，居然就这么被人抓住了，它可是黑暗至尊啊！

它的一身法力、所有道行都失效了，仿佛被压制了，无法施展。

法力免疫！

石昊突然施展这种能力，比以前的威力要大很多。

“噗！”

石昊将黑暗天鹏抓下来后，另一只手也动了，猛力一扯。

一声惨叫响起，黑暗天鹏陨落了，其元神不仅被击中，最后更是被无上神力一震，化成了齑粉。

一战而已，石昊就斩灭了五大至尊！

这一战，就这么结束了。五大高手何其可怕，却全部陨落，被石昊一人斩灭。

九天区域，人们已经知道了此战的结果，看着天哭景象，不禁毛骨悚然。

荒得有多么强大啊？许多人震惊得无法开口说话了。

金太君、风祖、冥土的金色骷髅，这些至尊震慑了九天十地大半个纪元，结果到头来就这么落幕了。

石昊迈步，平静而从容，月白色的战衣干净而整洁。他看起来缥缈而灵动，如同出世的谪仙，这种气质跟他刚才大战时所表现的完全不同。

战时，他如奔雷，似闪电，无比霸道，一拳轰出，诸多大星都爆炸了。而一战结束，他却又这么宁静祥和，看不出一点儿杀气，在星空中迈步，有着说不出的超然。

石昊从域外而归，降落在九天区域的大地上。

这一刻，鸦雀无声，许多人非常恐惧。

“还想藏身？”石昊看向金家废墟中，轻轻一点。一个生灵大叫一声，而后形神俱灭。

那是冥主，他跟随冥土的金色老骷髅来到金家，商量伏击石昊。可到头来，他们还是难逃一死。

石昊发出一声轻叹，彻底收敛至尊气息，向远处走去。大战彻底落幕了，五大至尊伏诛，足以震惊天下。

“哧！”

突然，一道剑光亮起，震惊九天十地。

一剑飞仙，恐怖无边，有人出手了，带着仙道之力。

在这一刻出手，正是石昊最放松警惕的时候，因为大战刚结束，他的身心都处于松弛的状态，结果突然遭遇伏击。

“残仙，你在找死吗？！”

一刹那而已，石昊身体中的磅礴血气便直冲霄汉。他反应迅速，一剑横空，截断了那惊世的杀伐之光。

“轰！”

石昊转身，主动出击，他一只手持大罗剑胎，一只手捏拳印，轰向残仙。

第1606章 剑仙

残仙来袭，仙道力量汹涌而来，白色雾霭翻腾着，看不到人身，只有千万道剑气绽放。

所有人都惊呆了，荒一个人独战五大至尊，并且全部斩灭，这才从星空中落下，结果又遭遇伏击。

居然是仙道力量！

这也就是荒，如果换作其他人，早已当场形神俱灭。谁能挡住那凌厉的剑气？远不是其对手。

大战太可怕了，两人正面对抗，造成了极为可怕的后果。

“轰！”

天崩地裂，混沌浮现。

金家所在的古地整体崩开，山川万物灰飞烟灭，所有的景物都不见了，就此寸寸断裂，化成飞灰。

这是至强者的碰撞！

其他躲到天边的人暗中庆幸，不过九成的人都在此刻坠落了下去，不受控制，浑身战栗。

他们臣服于这种无上高手的威压之下！

原本这片区域大山无数，龙气蒸腾，紫气氤氲，看起来无比神圣，并且还有仙道残阵守护着，但现在一切都成为历史的云烟。在残仙与石昊的威势下，方圆不知道多少万里都沉陷了，虚空炸开，黑洞浮现。

这是一场大灾难！

而这还只是被他们波及所致。

两人交手时，冲到了高空，持续上升，又到了域外。可即便如此，金家也彻底被从大地上抹平了。

“嗯？”

两人冲到域外，石昊突然心中一惊，在那白色的仙雾中，那道身影很陌生，并非仙殿的残仙。

这个人石昊并不认识，他周身也有仙道气息流转，显然早已成仙。

“哧！”

剑光斩星空，立劈向石昊，这片星域直接被他切裂了，威力浩大无边。整片星空化成两半，星河皆断，骇人至极。

石昊神色凝重，避其锋芒，毕竟那是仙道高手，其气势很恐怖。

“轰隆！”

在那裂开的星空间，突然爆发出了灭世之力。这里完全崩开了，诸多星体炸裂、焚烧，星空大崩。

这一刻，举世皆惊！

九天十地所有生灵全部仰头遥望星空，皆深受震撼。

发生了什么？朗朗乾坤，突然于白日间神焰腾腾，诸天星体浮现，而后爆开、燃烧，这太惊人了。

各族生灵莫不战栗，这是要毁灭此世吗？

石昊遭遇重创，身上满是剑痕，整个人横飞了出去。

他的眼神无比犀利，对方只是关键时刻劈了一剑而已，这片星空就大崩了，然后迸发无尽剑气，伤到了他。

他不得不叹，不愧是仙道高手，险些一剑就毁了他。

“终究是一个残仙！”

石昊稳住身形，战衣破碎，但是他依旧无惧，显露出强烈的作战意识。

星空中，那股强大的气息在收敛。

远处，有一个生灵浑身发光，仙雾缭绕，手持一柄断剑，遥指石昊，目光冷漠。

“剑谷、妖龙道门背后的剑仙？你这一击没有杀死我，你自己便要亡了！”石昊冷声道。他跟五大至尊激战，没有流一滴血，连月白战衣上都没有一丝褶皱，可现在却险些被杀死，遭受重创，这让他有些怒了。

“凭你这人道虫蚁，也敢向真仙挑衅？”那个生灵冷漠地说道。

“不过是一个残仙而已，一剑杀不死我。你还剩下多少力量？受死吧！”石昊大吼道，俯冲了过去。

这一刻，他的背后伸出一对巨大的翅膀，金光璀璨，带着黑色斑纹，一只凶禽铺天盖地，浮现在其背后。

一刹那，剑谷的开创者——一代剑仙居然身体微颤，神色无比难看。

他看到了一位故人，那是鲲鹏啊！

这让他心中波澜起伏，当年他们四位真仙去袭杀重伤垂死的鲲鹏，结果却险些将自己搭进去。

四人皆废，成为残仙。

他这位剑仙更是被毁掉了珍若性命的仙剑，只留下残缺的剑锋，就如同他这个人一般，不可恢复了。

“啊——”剑仙大吼一声。看到石昊施展鲲鹏法，他咆哮着，心绪不宁，再次挥动仙剑，向前攻击。

这是石昊有意为之，以刺激他的情绪。

当惊天动地的一击杀来时，石昊避其锋芒，没有硬碰硬，而是跟他周旋，以手中的大罗剑胎化解满星空的剑气。

剑仙很快平静下来，他知道对方想耗尽他的力量，再找机会击杀，因为他是残仙，难以持续地战斗。

“妖龙道门、剑谷、火云洞等都听命于你，镇压罪血一脉，这一切都是你号令的吧？”石昊的声音越发冰冷。

那几个道统联手培养出六冠王宁川，石昊也曾与之激战过。

“原始帝城的始祖当年得罪了不该得罪的生灵，难以善终！”剑仙冷冷地说道。同时，他再次举起残剑，炽盛的光芒绽放，这是要再次发动攻伐，欲尽快灭掉石昊。

石昊心中剧震，得罪了不该得罪的生灵？他的目光一下子变得冰冷，想到了很多，难道还涉及了仙域大人物？

他知道，几位残仙都是来自仙域！

“昔日因，他日果。管你地位多高贵，他日必要还因果！”石昊喝道。

“若有大清算，此界便由我开启！”石昊继续说道，无所畏惧。他心有吞天志，不会在大清算来临时坐以待毙，如今他要崛起，而若真有那一世，那就厮杀到底吧。

“轰！”

激烈的大战继续进行，剑仙喘息不止，胸膛剧烈地起伏，承受不住这种消耗。他不再是巅峰状态，难以发挥出真正的威势，只仗着境界高，想亲自除掉石昊，但此时竟然受阻。

这个年轻人太可怕了，分明还没有成仙，却能与自己抗衡，即便被震得嘴角溢血，但依旧抵挡住了。

“阴阳斩！”

剑仙急了，长此下去，他会被这个年轻人耗死，甚至当众斩灭，他所剩的精元不多了。

剑仙这般大喝之后，深吸了一口气。远方的星斗发光，白茫茫的精粹自他的口鼻间吞吐着。

“锵锵！”

剑仙连续挥动了两剑，一道乌黑，一道雪白，都是由大道符文组成的。剑光的颜色不同，两者交叉，发出了不朽的光辉。

这两剑都不是劈向石昊的，而是在星空下绽放的。

石昊当即预感到大事不妙，疾速后退。

果然，阴阳斩一出，这片星空就爆炸了，那景象太过可怕。

早先这片区域的星体就被毁得差不多了，现在波及得更广，让远方的星域都暗淡了，大星焚烧着，漫天坠落。

这简直是要毁灭此世！

还好他们在域外，远离了九天十地。

不过，许多大教的修士看到了这一幕，不禁感叹这种力量太恐怖了。

“当！”

火星四溅，石昊不断被劈中。亿万道剑气在冲击，哪怕他动作迅疾，有些剑气也还是避不开。

此时他穿上了雷帝甲胄，又持着大罗剑胎，不断抵挡。

“雷帝的残破战衣？”剑仙的瞳孔顿时收缩。

可惜此战衣太过残破，没有引发九天雷霆的反击，只能是被动防御，但防御效果也不是极佳。

即便如此，剑仙还是转身就走了，因为发动完这一击后，他的战力要枯竭了。当年他的本源有损，至今无法愈合。

“哪里走！”石昊大喝。

从一开始到现在，他都很被动，身体负伤，此时他终于开始反击了，怎能容剑仙遁走？

石昊如同一尊盖世仙王，气息极其强大。

剑仙心中大惊，感觉此人要成仙了。

石昊的腹部，轮海发光，体内诸多的门开启，为他提供源源不绝的战力。道宫轰鸣，仿佛有人在诵经，加持己身，让其变得更强。

石昊四肢展动，犹若镇压了天地四极，拥有无与伦比之力。

而后，一声龙吟响起，石昊的脊椎骨在发光，一条大龙沿着他的背部腾起，没入他的头颅中。

第1607章 灭仙

“轰！”

石昊身体中的五大秘境共鸣，全力以赴，施展这一纪元前所未有的法，这是他开创出来的路，最适合他本身。

“啊！”

石昊大吼一声，一只手持剑，一只手捏拳印，向前发起攻击。

这一刻，在他周围，真凰、鲲鹏、雷帝、混世魔猿等异象纷呈！

五大秘境共鸣，石昊所展现的不仅有自己的力量，还有异象之力。这可不是虚影，而更像召唤来那些仙道生灵的真身一般，力量太磅礴了。

石昊没有施展那些宝术，但是它们以异象的形态自动浮现。此外，还有其他闻所未闻、见所未见的异象。

比如，石昊的腹部也就是轮海那里，金光闪烁，海浪滔天，他的头顶上空混沌翻涌，浮现出许多神秘星辰。这可不是宇宙中的星辰，而是随着他施法浮现的异象。

“轰！”

很多种异象都拥有攻击力，而非虚影，它们一起共鸣，镇压向前。

“噗！”

剑仙咯血，他被异象覆盖后，居然踉踉跄跄的，负伤了。

毫无疑问，这对于剑仙来说是灾难性的，他原本就身体虚弱，怎么经得起这种消耗？

“残仙，纳命来！”石昊大吼道。

周围，一株又一株青色道莲生长，足有万株，它们在虚空中扎根，摇曳间，大道声音震世，这是异象！

附近，一个又一个身影盘坐，有的是十凶成员，有的是仙王，他们在那里诵经，模糊而骇人，这亦是异象！

天宇上，星斗无穷，凝缩在其头顶上方，演绎开天奥秘，这还是异象！

…………

各种异象浮现！

石昊的路，他的法越发成熟，现在一发动，便引得天崩地裂！

“噗！”

剑仙不断被异象击中，身体横飞而起，在半空咯血。

“轰隆！”

强大的不只是异象，石昊一拳跟进，轰在了剑仙的躯体上，打得他再次横飞。

昔日，鲲鹏展翅，打在剑仙的身上，让他险些丧命。这么长的岁月过去，法则依旧在，让他的伤势无法彻底痊愈。

“轰！”

又是一拳，剑仙被打得倒飞，身体上的旧伤裂开，又添新伤。

“噗！”

最可怕的是，大罗剑胎横空，将剑仙击中，绞灭了其身体内的很多生机。

“啊——”剑仙大叫，怒发冲冠，但是没有办法阻止这一切。他早年受创太严重，身体虚弱，如今无力再战了。

此时，他就是想逃都逃不走！

“噗！”

石昊抽出大罗剑胎，剑锋一转，寒光照耀九天，而后“噗”的一声，击中了剑仙。

“难怪没有仙道高手的风采，你的仙之血都暗淡无光，还算什么真仙?!”石昊冷声道。

剑仙的确出了大问题，其仙道精血早已被消耗用来保命，衰弱到了极点。

自从跟鲲鹏一战过后，他就不敢现身了，因为没有多余的生命力用于消耗，今日这是破例，要斩灭石昊。

可是，到了最后却将他自己搭进去了，这显然是要走上灭亡之路了。

剑仙不甘，他竭尽所能，躲避杀机，元神遁出，想要逃走。

“你还走得了吗？”石昊大喝。到了这一步，他怎么可能会放走剑仙？他要一战除掉后患。

石昊的周围异象纷呈，比如那一道又一道模糊虚影盘坐着，一起在诵经，同时探出大手，向前抓去。

此外，石昊头上的混沌和星辰摇动，洒落下无数的星辉，禁锢天地，封锁残破宇宙。

剑仙急了，难道自己真要死在这年轻人的手中不成？

他叹息，若是如此，就太可悲了。他认为这是一种耻辱，对方还没有成仙啊！

“我恨不能展现巅峰之力，这不是真仙的实力，死得太耻辱了！”剑仙低吼道，心中有无尽的怨念。

“哧！”

神虹划破星空，那是剑仙的元神。其元神强行突破，而后跟不远处的一柄残剑结合在一起了。

剑仙当年无比强大，如今他不想就这么殒命，想拉上石昊一同走向灭亡。他知道逃不走，元神艰难地挣脱后，第一时间与剑合一，掉头来劈向石昊。

那道剑光非常恐怖，如同回光返照一般，进行最后的抗争。

“哧！”

石昊抬手，其中一指绽放赤光，太犀利了，比仙剑之光还要惊人。

“这是什么？”剑仙惊叫。虽然其剑器与赤光相抗衡，但他还是有一种危机感，觉得非常不妙。

斩仙铡刀所蕴含的赤光不可想象，当年渡劫时，石昊曾得到过一道精粹并将之熔炼在手指中，如今毫无保留地让精粹释放。

“当！”

一道赤光飞出，斩在那柄残剑上，让其哀鸣，而后坠落。

同一时间，一道元神脱离了剑仙的身体。

元神到了这一步，相当于即将走向毁灭之道。

“我不甘就这么落幕！”剑仙嘶吼道，他化成一道光，扑击向石昊，已为元神状态。

途中，他遭遇各种异象的绞杀，越发暗淡，伤口无数，似乎要炸开了。但是，他依旧冲到了近前，扑击石昊。

“轰！”

石昊的胸口缭绕着三道气，那是仙气，当年曾在他头上浮现，现在它们各自化形，其中自有盘坐着的小人。

三道气冲起，“轰隆”一声，天地剧震，再次浮现在石昊的头顶上，左边与中间的清气中两个盘坐的小人顿时睁开了眸子。

“杀！”

剑仙大吼，俯冲过来，要斩灭石昊的元神，也想毁灭这些小人。

这个中间的小人站了起来，挡在那里。

“砰！”

剧烈的冲撞发生，剑仙的元神本就要碎掉了，现在更加不堪。他无比震惊，盯着那个小人，失声道：“怎么可能？”

他曾经为真仙，哪怕残缺了，元神之力也非同小可。在他要同归于尽的情况下，他居然被撞开了。

那个小人身上有一道枷锁，现在枷锁开启，化成一股粗大的仙气，缭绕在石昊的头顶上方。

那是始气！

其实，石昊当年共修出四道仙气，第一道也就是始气，它曾经散掉了，结果后来竟又被他凝聚了出来。

但这一行为太逆天，遭到了天谴，那道气将石昊头顶上的第二个小人锁住了。

如今经过剑仙一撞，第二个小人脱离了束缚，始气悬在石昊头上，不再封印第二个小人了。

这一刻，石昊感觉神清气爽，心中清明，越发觉得强大，无敌自信。

第二个小人代表了当世无敌之力，此时开启枷锁，他顿觉身心通透，实力越发恐怖。

“轰！”

果然，石昊的肉身与元神齐震，那个头顶上仙气所化大道之花上托着的小人也与之共鸣，一起出拳，向前轰去。

“砰！”

剑仙的元神炸开，原本就要碎掉了，现在经受不住，彻底毁灭，化成了光雨。

一代剑仙就此毙命！

第1608章 威震天下

石昊一拳轰出，剑仙的元神炸开，化作光雨，飘散于宇宙间。

一代强者就此毙命！

大地上，各大道统都在关注此事。通过特别的法阵注视域外，他们见到了星空深处的这一幕。

这一刻，天地安静到了极点，所有人都如同中了魔咒，一动不能动，但凡见到域外一战景象的人都石化了。

这是怎样的辉煌！如此战绩震惊宇内，着实撼动了每一位强者的心神，他们全都愣住了！

荒，一个人道领域的强者，竟然弑仙了？

剑谷的鼻祖在这一战中灭亡，从上一纪元活下来的仙道人物竟然在这一世走向了终点，毁灭在一个年轻强者的手中。

那可是一个老妖怪啊！他来自仙域，背景不凡，曾经与鲲鹏对战都侥幸活了下来，结果却死在了今日。

九天十地的各族修士震惊不已，而后沸腾了。

这一战绩惊吓住了所有人，各教莫不胆寒，荒到底强到了何等程度？居然真的可以弑仙！

尽管剑仙不在巅峰状态，缺少昔日的锋芒，不具备旺盛的血气与战力，可人道领域之中又有谁能斩灭他？

荒做到了！

举世皆惊，各族热议，一片喧沸。

九天区域，穆青等人都心中剧震，无比惊喜，他们早先的担忧全部化为乌有，皆大叫出声。

石村的子弟兵欢呼着，大笑着，有些人眼泪都快流出来了，极其激动。石昊有这种战力，让他们喜悦、兴奋。

各族都在议论，有人欢喜，有人忧虑，有人害怕，有人怅然……

不同族群的人，心绪也不尽相同。

所有人都知道，在如今的天下，荒足以横行无忌，他的这种战力超出了所有人的想象，居然能弑仙了！

他若成仙，会有多么可怕？

即便在这末世，谁又能说他一定无法突破？因为经过一次又一次的事件后，人们发现荒总是能创造奇迹。

当年他被残仙废掉，蛰伏数十年后都还能出现，足以说明他的不凡。在随后的岁月中，一件又一件事也证明着他的与众不同。

“太可怕了，连仙人都死了，荒真的是超凡入圣，他所踏足的领域，我们无法理解啊！”

“这么强大的一个人，踏足极道之巅了，当真是天下无敌，可惜没有进仙域，不然的话会更强！”

“我想，他哪怕不进仙域，就是在这一界修行也会再现奇迹，早晚有一天会让仙域的人目瞪口呆！”

人们热烈地议论着，眼神炽热。

石昊盘坐在星空中，吞吐日月精华，诸天星斗哪怕离得很远，都在随着他的呼吸而摇动。

那样的景象实在太恐怖了！

随着他的呼吸，漫天的日月之精华如同银色的水波一般涌动，向他集中，有许多没入他的口鼻间，还有不少从他的毛孔流入。

现在他被银辉包裹了，神圣无瑕，如同一个茧在等待破开，进行生命的升华与蜕变。

也不知道过了多久，石昊睁开了眸子，他修复了伤体，彻底恢复了过来。

始气在他的头顶上盘旋，最后被他收入轮海中。

石昊一招手，冰冷宇宙中诸多的仙之血全部聚集而来，流淌进他手中的玉瓶，全被收集起来。

尽管这所谓仙血名不副实，暗淡无光，被消耗掉了大部分精粹，但它依旧是大补药。石昊可以将之送给穆青等人，这对八百子弟兵有巨大的帮助，前提是他要化尽当中的杀伐气与有害物质。

再一招手，那柄残破的仙剑落入石昊的手中，再加上金太君那一柄断剑，今日共有两件破损严重的仙器到手。

当然，这两件法器由于破损得实在太严重，与昔日的十界图、乾坤袋等远远无法相比。

石昊降落在地上，石村的八百子弟兵顿时围了上来，他们欢呼着，气氛无比热烈。

同时，其他各教人马也都上前，一个个行大礼参拜石昊。不少人战战兢兢，小心而谨慎。

一日间，石昊先除掉五大至尊，而后又斩灭剑仙，实在骇人听闻，这种惊人的战力足以震慑天下！

“大兄，我曾听闻这世间有四名残仙，今日虽然斩灭了一人，但是还有三个一直没有现身呢。”朱琳暗中提醒道。

穆青等人神色凝重，同时有点儿不解，那三大强者怎么没有现身？若他们一起出手对付石昊，后果不堪设想。

石昊摇了摇头，告诉他们不要担心，所谓仙不足为虑。

真的无妨？就连小蚂蚁都一阵狐疑。

“他们之所以不敢在我面前出现，就是因为他们现在杀不了我，哪怕一起来也不行。我可以突围，有的是时间与他们周旋，而他们出世一次，生命力就会减弱不少，长时间甚至会殒命。”石昊解释道。

他有把握，哪怕被残仙围击，他也能活下去，而且最终会反杀之。因为他已经看出了残仙们的虚实，他们都衰败不堪，对付其他至尊可以，但若想杀他，那肯定不行。

这一战，石昊解决了所有麻烦。

石昊进入九天区域，就是为了斩灭金太君和风祖，没想到他们凑到一起了。石昊一战功成，将他们全部击灭。

此外，大战中的漏网之鱼，如冥土的修士也毙命了。

不用石昊分别寻找，这些人居然凑在一起想要除掉他，结果落得这么一个下场。

“拜见至尊！”

当石昊越过石村子弟兵向远处走去时，各教的掌门等亲自出现，态度无比恭敬，认真地参拜他。

一路所过之处，金光大道铺展，石昊走得很慢，不知道有多少大教恭迎他。

他没有说话，关于穆青、赤龙等人是否要追剿余孽一事，他不准备参与了，任他们自己决断、行动。

九天区域很不宁静。

石昊轻叹，他一个人前行，虽然后方有各教的不少人马跟随着，但是没有一个人敢接近他。

石昊发觉，如今虽然天下难寻对手了，可是却有一种寂寞感，各族皆小心而谨慎地陪伴在他身边。

还好有小蚂蚁在，它快速跟来，丝毫不跟石昊见外。

八百子弟兵最终还是去追击余孽了，曾跟黑暗生灵勾结的人他们不想放过。

九天山河依旧，但是人不同了，许多曾经与石昊相熟的人都不在了，这个世界仿佛都宁静了不少。

不知不觉间，石昊走到了天神书院，如今这里已经没有弟子了。

想到过去，石昊一阵出神，一个又一个名字浮上心头，绿陀、邀月公主、玄昆、谪仙、王曦等顶尖的奇才，如今何在？

有的人战死很多年了，有的人进入了仙域，多年过去，物是人非。

随后，石昊又去了仙院和圣院，奕蚁、大须陀、戚顾道人、蓝仙、小天王、九幽獥等有的战死，有的离开了此界。

这两院的至尊早已不见踪影，值得庆幸的是，他们活下来了，只不过他们进入了仙域，再难见到。

石昊闯入黑暗生灵所占据的区域，一路横扫。

正如人们所预料的那般，石昊果然对黑暗生灵出手了！

九天十地有过半的疆土被黑暗侵蚀过，虽然黑暗退去，但是如今那里依旧盘踞着很多强大的生灵。

“我就知道荒不会让人失望，他当真动手了！”一些人激动得眼泪都快流出来了。

这一世出了这么一个至尊，是天下之大幸，因为他敢向强大的黑暗生灵挥动屠刀！

“什么金太君，什么风祖，什么残仙，从来不出头，荒他敢说敢做，清算开始！”一些人大吼道。

许多大教派出人马，跟在石昊后方，随之杀了进去。石村的八百子弟兵自然是前锋部队，他们冲在最前面，所向披靡。

石昊在寻找黑暗至尊，发现一个除掉一个。以他的强大神觉，很难有漏网之鱼，他一路横扫了过去。

他击灭了四名黑暗至尊，如果加上早先斩掉的黑暗大鹏和天狼，那就意味着原本有六大黑暗至尊留在这片大地上。

石昊用三年时间横扫九天十地，清理了一个遍。最起码，他现在没有再发现黑暗至尊了。

各教积极参与，有这样一位强人在前方开路，他们全都竭尽所能地配合斩灭黑暗修士。

可是，那么广袤的区域被黑暗侵蚀过，所有生灵都黑暗化了，有的比凡人强不了多少，甚至在大片的区域间，那些生灵跟普通人差不多。

在那些生灵的记忆中，在他们的认知中，石昊等人才是魔鬼。

“我下不去手啊！”

石昊能斩灭至尊，八百子弟兵可以击灭其他强者，但是真的难以对那些弱小的黑暗生灵下手。因为，在黑暗退去后，这些弱小的生灵如果只看外表的话和九天十地的生灵没什么区别。而且，随着时间的推移，他们都不懵懂了，灵智渐渐开化，如同凡人一般。只是他们脑海中固有的观念难以改变，不然的话可以将他们视作普通人。

各教修士也在犹豫，难以举起屠刀，若都斩的话，怎么斩得过来？

第1609章 天庭初立

在接下来的十年里，石昊研究仙古法，结合今世法，又完善自己开创的法，实力变得越发强大。

他想解决一个问题——改变被黑暗侵蚀过的生灵。

他翻阅仙古经文，比如他参加三千道州天才争霸时从仙古遗地中带回来的那本玉石书，以了解祭灵的秘密。

此外，他这一路横扫九天十地，从金家、风族也得到了一些古法篇章。再加上他如今展现出无敌之势，各方都敬畏他，一些大教献上了不少古籍。

石昊研究祭灵，发现了仙古体系中另外的修行力量。

“愿力，从众生中汲取，也可以反哺众生。”

石昊花费数十年时间了解清楚了愿力，而后又对其展开深入研究，创出了一些法，可采集天下愿力加持己身，甚至庇护一个道统。

随后，八百子弟兵开始行动，他们不仅东征西讨，斩灭黑暗强者中的漏网之鱼，还施展愿力术。

石村的子弟兵带动各教一起行动，教化黑暗生灵，普度众生。

传道士行走天下，这是一群专门普度与教化黑暗生灵的人。越来越多的教派加入进来，一同教化黑暗生灵，在黑暗区域建立神庭、道观等。

有专人坐镇，在那里讲经，用大神通弘法，宣扬真相，想让黑暗生灵觉醒。

这是有效果的，虽然不能立刻强行改变那些生灵的观念，但是渐渐地能改变他们的认知。

到了后来，各教皆出大力，经过一年又一年的弘法，一切都在向好的方向发展。部分黑暗生灵开始相信自己曾被侵蚀，历史另有真相。

在此过程中，一些神庭、道观先后拔地而起，各教发现了采集愿力的好处。

“它可以让我等变得更强大！”

“老朽血气干枯，原本寿元无多了，居然可以借此多活上一段岁月！”

不仅是教化黑暗生灵的区域，就是其他区域也建起了神庭、道观等。

所有人都绕不过的是石昊，因为这愿力大法等首先都是从他那里流传出去的。

石昊不需要此法，在他看来，这是外物、外力，而他走的是求取自身大道之路，以身为种，不借外道。

虽然他不曾亲自行动，但是愿力依旧涌来，在其体外形成不朽的神环。

天下各大道统都绕不开石昊，采集愿力都会想到源头，那愿力自动分解出一大部分，提供给源头。

这很微妙，开创者居然有这种巨大的优势。

此外，石村的子弟兵亲身感受到了愿力的好处，行走天下时建下了很多神庭、道观等。

那些建筑中所供奉的神像只有一尊，其模样很像石昊，且就命名为荒。

穆青、朱琳等人都不是简单的人物，他们查阅古史，发现上一纪元的祭灵着实不简单，采集天下愿力后，拥有不可思议之神威。

他们不想究源，但知道这样做有好处，故此毫不犹豫地建立神庭、道观等，将石昊的金身像立在当中。并且，他们找上了各教，让他们在采集愿力、建设巨宫时也都要在最中央的位置立上石昊的金身像。

“大兄，我们也成立一个道统吧。现在天下有那么多的道统，而我们也算是名震八荒，该立教了！”穆青提议道。

现在他们是一股非常强大的人马，所向披靡，总以石村子弟兵称呼似乎不太适宜了。

石昊对此无感，他的心思不在这上面，他只想强大起来，因为他知道任何道统都需要以绝世武力为根基。

他将来要面对的是至高无上的生灵，眼下九天十地的所有敌手并不在他的心中。

不过，石昊也没有反对，任由穆青、朱琳等人去做，因为他要培养这批人。想让他们变得强大，就不应束缚他们。

如果能够有效地让组织完善、成熟，这是可以接受的。

“不如就叫天庭吧！”一群人商量后，做出了决定。

石昊没有说什么，默许他们去做。

小蚂蚁去埋头苦修了，石昊一个人行走在这片大地上，越发觉得孤独，曾经的很多人都见不到了。

一声叹息响起，石昊出关后，独自行走于上界之中。

这也是一种修行，他要走遍天下，去体会一些红尘中的东西。

数年后，石昊行走在黑暗之地时，发现了一个很强的生灵，一开始他想斩了对方，但之后他惊愕不已。

再相见却是这样一幕，那个人早已不认识他，因为被黑暗侵蚀了。

莫殇——下界海族的天纵奇才，他在鲲鹏巢附近曾跟石昊大战，争夺造化，最后进入了上界。

这么多年来，石昊从未见过莫殇，没想到他居然化成了黑暗生灵。

石昊下不去手，虽然如今他们是对立的，但终究是故人一场，于是他将莫殇交给了穆青等人。

“两百多年，不可回头，许多事一去再也不回。”石昊轻语，又继续上路了。

数十年后，石昊在三千道州的一座巨城中意外发现了一对年轻的女子，这对女子很美丽，看着似曾相识，感觉怪异。

那对女子也在看他，两人长得一模一样，是双胞胎。她们脸上露出异色，有惊疑，有兴奋，有遗憾，也有落寞，非常复杂。

“你们认识我？”

“如今，许多道观、神庭中都有你的金身像，虽然面目模糊，但还是可以认出来的。”

“你是荒，也叫石昊，来自下界的石村？!”

两名女子显然不仅是从道观中看到过他的神像那么简单。

石昊想了想，哑然失笑。这么多年来，想必各教都有他的画像，被认出也不足为奇，可是为何这两人的情绪如此复杂呢？

石昊略微思忖，自己此生遇到的双胞胎只有幼年那一对印象最深刻，那就是在石村时遇到的来自大荒的云天宫的那一对。

那时，山宝出世，惹得周围的大势力都进山去石村附近寻找。

那对小姐妹曾随他们的祖父前往石村，与石昊很投缘，彼此还交流过哪种兽奶的味道最好。

最后，在下界大乱前，云天宫的人都借助一座古代传送阵进入了上界，于是石昊和那对小姐妹彻底断了联系，再也没有见过。

“是你们！”石昊神觉敏锐，可以依据她们的骨骼、血肉等瞬间还原她们小时候的样子，吃惊地发现真的是她们。

时隔这么多年，他们居然再次相遇了。

“真的是你，当年喝兽奶长大的小孩子……”

两姐妹笑了，想起了过去的事。

她们真的难以相信当年的那个孩子居然成长到了这一步，不过，她们知道应该不会有错。这些年以来，她们一直听到荒的传奇事迹，知道他的出身。

“我们一直在闭关，这么多年以来，天下很乱，族中的长辈不允许我们出来。最近我们修为有成，才获得自由。”她们道出了这些年的经历。

石昊与她们谈了很久，在这座巨城驻足数日，指点她们一些修行上的问题，谈及旧事，感慨良多。

“我们还能相见吗？”分别时，两姐妹有些不舍。

“有缘再见。”石昊微笑着道，跟她们挥手告别。

他一步一步远离红尘，觉得这些年的举动像是本能驱使，是在跟这世间的人与事来个了断与告别。

石昊回到了下界，准备去禁区之主那里挑战自己的极道力量。

黑暗之血早已培育成功，甚至这片禁地中还有一个跟石昊一模一样的肉身，其内蕴藏着超级进化之血。

“轰！”

石昊在这里跟自己战斗，他分化出部分元神，入驻那具黑暗之体，逐渐侵蚀自身。

这是一种生死挑战，若失败的话，自己就将被黑暗侵蚀。

整整数十载，石昊都在嘶吼、战斗中度过。这太危险了，就连禁区之主都不敢让他尝试了。

第一阶段，石昊成功了，扛住了黑暗侵蚀。

但是，接下来，一切都被终止了。禁区之主毁了那具躯体和超级黑暗进化血液，不让石昊再挑战了。

“够了，哪怕是死，也要在将来的战斗中死。这种尝试太危险，等于在求死，不能进行了。”这是禁区之主的话。

现在，石昊修道已经近三百年了，在这人间，他已经很难找到磨砺自身的途径了，残仙一直躲避，他也没有办法。

“前辈，我要去堤坝世界！”石昊开口道，他觉得自己如今可以动身了，各方面的条件都成熟了。

“好！”禁区之主点头同意了。

第1610章 启程

禁区之主答应带石昊去堤坝世界。

对于那个地方，石昊既忌惮又渴望，他想去那里，但也有些担忧，若非没有选择，他其实不愿踏足堤坝世界。

“你还要带其他人？”禁区之主蹙眉道。

这是石昊的要求，他并非一个人前往，还要带上石村的一些人一起过去，让他们也跟着悟道。

那个地方很不一般，有着太多的秘密，若真能有所获，必然会受益终身，可是的确非常危险。

石昊曾去过堤坝世界，不说其他，单是那里的雷电深渊就足以让人眼红。那里有一个又一个雷池，当年他曾降伏过一个，得到了巨大的好处。

当然，生与死也在一念之间。毕竟在堤坝那里，见到的动辄是真仙的尸骸，一个弄不好就会殒命。

“你要想清楚，那可不是什么神圣净土，而是一块大凶之地，不是谁过去都能有所收获。若遭遇危机，连你都得形神俱灭。”禁区之主警告道。

“我不会进入堤坝另一侧，我有分寸。”石昊说道。

禁区之主不再多说，给石昊时间，让他去准备，很明显是让他去选人，看他究竟带何人上路。

“穆青、朱琳、石钟，你们都回来！”

石昊在石村召唤，让人去喊他们回归。八百子弟兵中的几名佼佼者必须要带去磨砺，石昊想让他们去那里悟道。

此外，赤龙也跑不了。而后石昊又去上界寻小蚂蚁，让它一起过去，这种机会不能少了它们。

最危险之地适合强者磨炼真身。

“将曹雨生也带来！”石昊想了想，这样说道。

曹雨生没有进入仙域，还在九天十地某一特殊的古地沉眠，就是挖出小狗崽的地方。

原本石昊不想打扰曹雨生，但是想来让他那么沉眠下去，太消极了，难道他真的要提前葬下自己不成?

不远处，赤龙化成人形走来，手中托着一个雷池，他正在低头观看，脸上露出异色。雷池当中有三个生灵，像极了真龙，它们都只有筷子长，在雷光中游动。

雷灵!

雷灵诞生于雷劫中，食闪电，吞雷光，是一种不可思议的生灵，其长相有点儿像真龙，凶残而强大，无惧天罚。

这也是石昊要带过去的生灵。堤坝世界附近有一个雷电深渊，石昊准备将三个雷灵放进去，那里最适合它们成长。

多年以来，三个雷灵的道行虽然一直在精进，但是没有想象中那么快，主要原因是环境不够好。

这东西太珍贵了，一个纪元能见到几个?

这原本是长生世家王家的东西，当年在边荒帝城时，王家人趁石昊渡劫时放出雷灵暗算他，结果被石昊降伏了。

“雷灵真的跟我族很像啊！”赤龙叹道。

相传，这种生灵不属于凡界，另有来头，随着天劫降临人间。

有传说称，这可能涉及真龙的起源，或许雷灵与真龙有关，条件允许的话就会化为龙。

石村，一只金色的神蝶飘起，拍动神翅而来，带起金色的光雨，非常神圣。

那是皇蝶，这么多年，它时而苏醒，时而沉睡，大多数时间都在石村，不曾远行。

皇蝶当年得到了莫大的好处，曾遇到上一纪元的仙道皇蝶的肉壳，得其一身精华。

仙道皇蝶的肉壳不仅有传承印记，还有精血的馈赠，皇蝶当年怎么能消化得了? 唯有沉睡，慢慢汲取精华。故此，它睡一段时间醒一段时间，不断交替反复。

如今，皇蝶被石昊召唤而来，必须要跟随他。

相对来说，皇蝶还算好的，另一个家伙沉睡的时间更为久远，那就是打神石，其间它一直毫无动静。

当年它吞食的石料太逆天，比如混沌石、世界石、万法石等，这些石料都堪称仙料，连真仙都很难得到。

石昊毫不吝啬，将那些至宝石料都给打神石吞食了。

时间到了，一群人聚集而来，跟着石昊一起上路，准备赶往禁区之主那里。

曹雨生仿佛还没有睡醒，一脸懵懂，有些不敢相信这一两百年来的变化，他被人从葬穴带出来时，简直蒙了。

“你扫平天下，斩灭五大至尊后，还将残仙都除掉了？”都过去很长时间了，曹雨生还不时在问，因为他觉得难以置信。

“胖子，别睡了，再睡的话，你就真的错过这一纪元最后的精彩了！”小蚂蚁说道。

“没错，哪怕明知要战死，也比稀里糊涂地睡死过去要好！”赤龙、穆青等人纷纷点头。

禁区，断壁残垣，冷寂苍凉，这片区域十分幽静。

石昊、穆青等人站在这里一动不动，静静地等待出发。

禁区之主没有多说什么，只是轻轻一叹。偌大的禁区内，大地开始龟裂，隆隆作响，许多土石崩开。

接着，地下有一条又一条阵纹浮现，纵横交织，如同铁水在黑暗中流淌，炽盛而璀璨。

这是一座古阵，就在禁区之下！

“去了的话，百年之内都无法回来，你们可要想清楚。”禁区之主平静而又冷漠地说道，进行最后的告诫。

石昊心头一跳，他要在那个地方坚持百年，若不能支撑，就只能殒命。

没有人离开，他们早已没有了退路。他们都有种紧迫感，想要崛起，要在堤坝世界参悟出一条属于自己的大道之路。

石昊之所以让他们冒险，是因为看出这片世界步入末法时代后，许多人真的走到尽头，失去了成道的机会。

他想带着他们前往那里，换一片天地，寻找那成道的契机。

“轰隆！”

地面上，阵纹交织，如同铁水在流淌，越发盛烈，最后发出巨响，化作巨大的法阵，浮现在空中，包裹住所有人。

“哧！”

伴着仙雾和混沌之光，虚空被撕开了，被击穿了。

穆青等人全都骇然，这法阵的威力太强大了，这是在贯穿大世界吗？他们感受到了一股前所未有的力量。

时间错位，空间更迭，时间长河在远空浮现，一个又一个残破的世界沉浮，如同浮萍一般。

这是真的吗？他们怀疑自己是在幻境中。

禁区之主一叹，重新化成了半块雪白的头骨，他有太多的遗憾和惆怅。

当年他就是从那里逃出来的，身死道消，只留下不灭的执念，他太多的往事都跟那堤坝世界有关。

“轰隆！”

石昊等人身体剧震，在时光碎片中，在残破的宇宙更迭间，他们横跨时空，离开禁区，很快就进入一片神秘的古地中。

“咚！”

天崩地裂，日月沉沦，天地初开。石昊他们经历了太多的恐怖景象，终于到达了目的地。

这里有些幽暗，也很恐怖。一行人砸落下来，打破宁静，让地面剧震不已。

“到了，就是这里！”石昊说道，他很肯定，因为他当年跟三藏、神冥曾来过这里。

这里太寂静了，没有一点儿声息，也很昏暗，仿佛来到了乾坤的尽头，看到了荒凉、残破的永恒真相。

一瞬间而已，所有人都汗毛竖立，不知道为何，本能地觉得这里很恐怖，稍不留神就会没命。

前方有一条堤坝，它很大，很壮阔，横在那里，挡住了所有人的视线。

“真仙?!”

才到这里，除石昊外，其他人便惊悚不已。他们看到模糊的身影挂在堤坝上，散发着令他们的肌体仿佛都要炸开的气息。

真仙的尸骸就那么挂在神秘的堤坝上，像是从那边爬过来的。

“嗯?!”

石昊仔细凝视后，身体发冷，比其他人更吃惊，因为很多年以前他跟三藏、神冥来这里时还没有这具尸骸。

他们当年发现几具骸骨，那些骸骨有不朽气息弥漫，都分散在别处，但是没有这一具。

“这是最近这两百多年以来从堤坝的那一侧爬上来的？”石昊双眉深锁，觉察到了这件事情的可怕之处。

第1611章 **堤坝世界**

“你们都退后，不要过去。”石昊说道，神色无比严肃。他非常担心这里会出现活着的生灵，就是有不朽的生灵从堤坝那边爬过来也不是没有可能。

“那一边是仙界，还是异界？难道那里连通着一个无比强大而神秘的世界？”赤龙小声道，内心忌惮。

他们才来到此地，就见到了真仙遗骸。那具尸体伤痕累累，有各种伤口，如爪痕、拳洞等，此外，还有雷击后的焦黑等，以及一股不祥的气息。

这位真仙殒命之前究竟经历了什么？

“我怎么觉得他才死去数十年，不像是很多万年前的尸骸？”小蚂蚁说出了自己的疑问。

石昊点头，正是因为如此，他才谨慎而小心，让众人倒退。

所有人都无比严肃，一边后退，一边打量这里的环境。堤坝太惊人，如同钢铁洪流般拦在那里，迫人至极。

在这片区域，散落着很多巨大的星骸。

石昊一个人踱步，向前走去，仔细打量周围的景象，还好，终究是没有见到活物。

在这里，他感受到了大道之力，各种可怕的规则超越了九天十地的，有些规则过于惊人，不曾见过。

这里有一层又一层神秘的涟漪，一般人根本就感受不到，唯有石昊这等境界的生灵才能捕捉。那是无形的，可在他眼里那仿佛一道又一道光，正从堤坝后方传来，化作涟漪。

“无数的规则，无尽的大道，果然是一个惊人的地方。在这里悟道，磨砺己身，最好不过！”石昊说道。但是，他知道那种涟漪、那种光不适合其他人，他们看不到，只因境界过低。

“当年的法阵呢？”石昊疑惑地道。昔日，他跟三藏、神冥之所以能离开这里，是因为发现了一个简陋、如同信手涂鸦的图案。

“法阵还在，不过无法借助它离开，它变得越发模糊了，而且那终点如今不可接近。”

堤坝腾起阵阵灰雾，越发幽邃，石昊觉察到这里的气息很危险。

“大兄，堤坝后方到底有什么？我们可以去看一看吗？”朱琳询问。

其他人也都非常渴望，充满期待。

石昊摇头，很明确地告诉他们，别说是他们，就是他，现在都无法到堤坝的另一侧去。

当然，他一会儿肯定要尝试一下，看能不能去堤坝的另一边，毕竟他比昔日强大太多了，不过不能带上他们。

“走吧，我送你们去修炼。磨砺自身，路从可触及的脚下开始！”石昊说道。

他指向后方，那里有一片沙地，他让他们朝那里转身，向那片区域走去。

这里是一片沙地，很幽静。

这么多年过去，这片沙地上只有一行淡淡的脚印，脚印很浅，烙印在细沙间。

一行很浅的脚印，有些看不清，但可以确定是人形生灵所留。

“轰！”

当小蚂蚁踏上沙地时，红光显现，雷霆汹涌，轰击而来。

“咚！”

小蚂蚁被震动了，满身焦黑，踉跄而退。

这很可怕，这里有神秘之力。

同一时间，雾气翻腾，莫名的气息爆发。

“带上这根柳枝！”石昊说道。

一根晶莹的柳树枝条出现在他的手中，这正是当年他在这片区域所得，是柳神留下的，他当年也得到了这根枝条的庇护。

“这是一条磨砺之路，还要神树的枝丫保护？”几人惊疑地道。

“这条路本就不是一般的人所能走的，只有真仙、不朽者才能踏过。不知道多少个纪元以来，却只有一个人能留下足迹。”石昊指向那一行浅浅的脚印，道。

石昊取出柳神的枝条，亲自送他们上路，前往雷电深渊。

果然，在路上，他们震惊了。沙地上留不下足迹，任他们怎么施法，根本就没有一点儿效果。

“不用试了，有史以来，根本不知道有多少无敌生灵来过了，强如禁区之主和仙王，都不能留下足迹！”石昊说道。

这惊呆了每一个人，他们震撼不已。

“看到这行浅浅的脚印了吗？自古以来，所有人都是沿着它的足迹追逐着这条线索而来。”

后人之所以发现堤坝世界，察觉到有真仙、不朽来过，并死在这里，都是因为追寻这行足迹。

曹雨生、石钟等人震惊不已。

“我当年便是从雷电深渊起步的，你们也从那里开始吧。”石昊说道。

沿途有危险，有不祥的气息弥漫，有雾气蒸腾，引来雷光轰击，但是有惊无险，他们到了雷电深渊近前。

“拿好这根枝条，你们不要分散得太远，关键时刻它能庇护你们。”石昊叮嘱道。

到了雷电深渊近前，一群人都震惊了，这是由雷霆组成的渊海，一个又一个雷池在此沉浮。有的雷池更是伴着仙气，有仙光闪烁，太惊人了。

石昊没有离开，他盘坐下来，要给他们护道。他决定先在这里守护一段岁月，怕出问题。

整整三年，他都没有离开。其间他自己也曾深入进去过，并在这里渡劫，洗礼自身。

每当他进去时，其他人都会避开，不然的话必遭牵连，难以活命。

所有人都震惊了，这雷霆中蕴含着各种大道法则，像天劫的源头，藏着神秘的法与道。

石昊静静地看着，守护此地。

雷灵复苏了，它们如鱼得水，似龙归大海。三个雷灵尖叫着扑入雷池，贪婪地汲取雷光。

三年间，它们不断地进化！

…………

第四年，石昊离开了，独自一个人前往堤坝世界。

没有柳神的那根枝条，他在这里居然险死还生，这一路上他受到了太多的打击，肉身几乎炸开。

石昊心中震动，这条路果然是真仙、不朽者以上的强者才能踏足的路，他这么强大，都负了重伤。

不过，他坚持了下来，重回堤坝附近。在路途上，他不断调整自身状态，当登上堤坝时，他的伤势也已经痊愈了。

“我想看看堤坝的那一方到底有什么！”石昊自语道。他登上堤坝，站在上面，向前眺望。

迷雾无尽，一眼望不到边，什么也无法捕捉到。此外，还有涟漪以及在这个境界才能看到的光扩散开来，干扰着石昊。

那是大道涟漪、规则之光，一般的生灵看不到，是堤坝的这一侧自然迸发而出的。

“我要看清楚，至尊天眼，看破虚妄！”石昊低吼道。

他盘坐在堤坝上，竭尽所能，用尽一身的道行，双目一下子变得很深邃，并且散发出仙雾，而后有炽盛的仙道光辉闪烁。

这是他所能动用的力量的极限，竟蕴含着仙道气韵！

看到了，所见之景让石昊震惊不已！

波涛起伏，神海无边！

堤坝后是一片海，一片不可思议的海。

在波浪起伏间，一个又一个残破的古界在浪花间隐现，有的破灭了，有的成为泡影。

“怎么可能?!”石昊觉得难以置信。

那片海无边无际，如今算是平和的、宁静的，只有少许波澜，可是有很多残破的古界在幻灭。

“轰！”

突然，大浪翻天，石昊看到更为宏大的世界在那浪花中浮现，在滔天的巨浪中隐伏。

“界海吗?!”石昊深感震撼，他感受到不同的古界，不同的气息跨越时间长河，扑面而来。

那不同的浪花，不同的残破古界，蕴含着不同的气息。

“救我！”

不远处的浪涛间，一个生灵满身是伤，虚弱到了极点，她在海中挣扎，想要接近这里。

她身上既有仙气，又有不朽之力，但是随着一个浪涛拍下，她绝望了，渐渐沉入海中，消失不见。

她已经接近堤坝，但依旧不可触及。

石昊的神魂都是一颤，这个地方太神秘了，也太恐怖了，他居然见到了活着的生灵，那是哪一个纪元的生灵？

在接下来的十年里，石昊一动不动，静静地观察。其间，他有很多次感到双目刺痛，不得不停下来。但是，每一次过后，他坚持的时间都会更长，也看得更远。

十年后，他看得更远了。

“海中有岛！”

他看到了，在那海中的较深处有一座岛，有生灵站在岛上，竟在焚烧真身，驱散可怕的雾霭。

他看到了更远的地方，有生灵渡海，浑身是伤，疲惫将死。

他也看到了极度强大的生灵，居然没有受伤！

他看到一个男子手中提着一盏灯笼，在昏暗的迷雾海中前进，走得很慢，想要归来。

此外，他在一些岛上看到了奇怪的生灵，他们都一动不动。

“黑色古船？”

石昊还见到了古船，古船漆黑如墨，有人在靠它渡海！

第1612章 界海

黑色古船十分大，在汪洋中随波起伏，有时候被滔天大浪打上高空，但就是不毁灭。

要知道，这可是界海，连真仙都无法顺利横渡。石昊已经目睹一些不朽的生灵殒命在海中，就是过不来。

每一朵浪花都仿佛蕴藏着一片残破的古界！

那艘黑色古船不仅可以在海中横渡，而且并未损坏，绝对不凡。

当然，最为重要的是，石昊看着它很眼熟。

巨大的黑色古船给人压抑的感觉，石昊一下子恍然大悟，这跟他在虚空中看到的染血的黑色古船很像。

“看起来跟它很相似，难道两者同源？”石昊疑惑地道。

在虚空中横跨，最怕的就是见到染血的黑色古船、混沌殿堂等，难道这古船不止一艘？石昊心中大乱。

那一艘是特殊的，应该只有一艘染血的黑色古船在虚空中漫无目的地旅行。但是，在这界海中有形状类似的古船。

“真的不止一艘！”石昊大惊，因为他的至尊天眼又见到了一艘残破的古船在更为遥远的海域中沉浮。

那艘古船很大，大若星斗，可惜已经毁掉了。隐约间可见那艘古船上还挂着尸骸，那是至强者的遗体。

怎么会这样？石昊蹙眉。

很快，他想到了一些事。

“有生灵活着从海中出来了！”

石昊意识到除禁区之主外，还有生灵活着出来，那虚空中染血的黑色古船多半就是其“座驾”。

哪个年代？什么生灵出来了？不得而知！

这么多年来，在浪涛起伏间，石昊亲眼看到一些生灵覆灭于海中。

仔细点数，会发现活着的生灵不多，难以渡海，绝大多数都是尸骸。尸骸所属的种群不同，有人形的，有的则闻所未闻。

比如，他看到了一个生灵，它的头为黄金狮子头，无比威严，若帝王君临世间，但长有龙的躯体，还有蜘蛛一般的长腿。

半年后，石昊有了新的发现，他看到一座大坟在海中沉浮，若隐若现。

怎会如此？石昊真的被惊住了。那座古坟看着很眼熟，在海中沉浮，向海的这一边横渡而来。

驾驭大坟而行，渡过界海，要在这边登岸?!

很明显，那大坟的速度比其他生灵只快不慢，最先靠岸也说不定。

“和三千道州恶魔岛上的仙坟太像了！”石昊发呆。

他仔细凝视，确定自己没有看错，除没有他的祖父和阿蛮在上面外，其他简直一模一样。

要知道，他去过那个地方不止一次，对仙坟的印象太深了，牢牢地烙印在脑海深处，现在居然在界海中见到了。

“难道仙坟的形态代表了某个生灵或者一族，是其象征？”

石昊蹙眉，越想越觉得有这种可能。

随后，他向汪洋中望去，看向一座岛上一动不动的庞大人形生灵，那又代表着什么？

他转头，又看向另一片海域，有无比强大的生灵提着红色灯笼在海中前行，那又象征着哪一位强者？

在十余年的观察中，石昊也在接受界海之力的淬炼。

那片海中有涟漪泛出，平常人看不到，但石昊这种境界的人可以感受到，若神光扫来。

虽然他只是盘坐着眺望汪洋，没有其他动作，但其实这些年来他一直在对抗外力，承受着莫大的压力。

盘坐在此地，能够长时间活着就算是一种磨砺！

石昊看到了界海，心神被冲击了，难道有清算者要渡海而来？

是的，他恍然大悟，这是界海，其名字就蕴含了真义，理应如此才对！

一个又一个纪元，不属于同一时代，俯瞰时间长河的无上生灵都会现身，早晚会有一战！

只是，谁能过来？当年他们又为何进入海中？他们趋之若鹜，明知九死一生还要如此，到头来得到了什么？

从古至今，有不少仙道强者要进去，如今又有生灵要渡海过来。

石昊就这么盘坐着，一动不动，观看大海，盯着浪涛，转眼就过去了三十年。在此期间，他目睹本就不多的渡海生灵又有一些覆灭在了海中。

他看到了不朽强者的陨落，他们跌入海中，与凡人没什么区别，无法飞行。

石昊注意到仙坟没有沉下去，依旧在接近海岸。

他惊疑不定，这界海得有多么浩瀚啊，这么多年过去，活着的生灵距离海岸还是极其遥远。

“有些相距一片又一片残破的古界那么远，而有些多半相隔着一两个纪元……”石昊轻语道。

大海无量，波澜起伏，但是海浪被堤坝拦住了，根本过不来。

三十年来，石昊更进一步，吸纳海中的“水雾”，用它包裹自身，进行洗礼，以这种方法修道。

这果然有效，但也很残酷。

石昊知道了为何不朽者、真仙在海中横渡也可能随时会殒命，他经历的只是“水汽”，就几次险些陨落，“水汽”消融形体，炼化元神，要熔形神于天地道则中。

这界海太不一般了！它能瓦解生灵的形与神，将他们化成规则、精气等，使之死无葬身之地。

石昊长出了一口气，他几次险些毁掉自身，但都熬了下来。他意识到了这界海有多么可怕，着实是打磨无敌身的好地方。

前提是能活下来，别把自己葬送在此。

石昊起身，三十年过去了，他要去看一看穆青他们。

三十年来，石昊收获不小，最起码他的肉身坚固得如同仙金一般，元神越发晶莹，宛若不朽，这是洗礼所致。

道行未变，没能破仙！

这让石昊有些遗憾，他轻轻一叹，不过很快又释然了，他才多大年岁？修道几何？时间终究还是太短暂了。

九天十地间在之前从未有五百岁便成至尊的生灵，就更不可能有低于这个年纪的真仙了。

雷电深渊，电闪雷鸣，龙吟虎啸，太过非凡。

石昊站在这里，不禁一愣。在那雷海中，有几条真龙在翻腾，在厮杀，战况很激烈。

他哑然，居然是三个雷灵在对付赤龙。

雷灵进化得很迅猛，有了龙的样子，看起来很粗大。

“不对，只是幻化成了那么大，并非真身。”石昊自语道。雷灵要是有那么粗大，得有多恐怖？一般来说，这东西有手臂那么长的话就非常强了。

果然，“嗖嗖嗖”三声轻响，随着石昊靠近，三个雷灵化出本体，都是一尺多长，浑身寒光闪耀，浮现在石昊近前。

“你们三个得到的好处还真是不小啊！”石昊感叹道。三十年而已，雷灵就长长了一截，果然得了造化。

“真要生死搏杀，我一只手就能捏死它们！”赤龙说道。

“你的境界比它们高，自然可以做到。”石昊敲了赤龙的脑门一记。

“日后还能更强，两年前，三个雷灵吃了一个雷池。”穆青说道，他有些羡慕，谁在这里得到的好处最多？当然是雷灵！

那个雷池是从附近捡到的，不知何年代所留，并非在闪电中沉浮的那些。雷电深渊的底部，偶尔还能在低洼处发现雷劫液。

雷灵们不仅吞食雷电，还敢吃雷池！

有些雷池极其不凡，带着仙气，有成仙光雨飞洒，一旦贸然出手，就会造成巨大的灾难！

那一次，众人捕捉一个雷池，谁料那雷池居然冒出仙气，险些当场灭了众人。

不远处，蝴蝶金色的翅膀一扇，雷电茫茫，景象骇人。

这只蝴蝶如今战力惊人，虽然看起来美丽而柔弱，但是真正振翅时无坚不摧，经过雷霆深渊的洗礼，它越发恐怖了。

另一边，小蚂蚁吞了一些雷劫液，沐浴在雷海中，一动不动，正在悟道，任雷霆劈斩己身。许多电光没入它的躯体，跟雷劫液一同被它吸收。

“这是什么情况？”石昊讶然道。

“跟我一样，先天不足，如今在这里补齐。”赤龙说道。

十凶的后代，如小蚂蚁、赤龙等当年都险些无法孵化出来，差点儿胎死腹中，因为它们在卵中时就被加害了。

可以说，它们还算是幸运的，被父辈以大法力补充精元而活了下来，顺利出世。它们虽然看着好像无恙，但其实还是有些先天不足。

如今在这个地方，它们寻到了契机，开始补充先天本源。

这雷海很特殊，当中既有暴烈与毁灭的气息，又蕴含着太初之生气，能修复它们的身体。

另一边，曹雨生一会儿痴痴呆呆，一会儿状若疯狂，他坐在雷电深渊旁，手持一块残破的雷池碎片。

那是雷池底部的碎片，他抓在手里研究着，眼神时而疯狂，时而呆滞，情绪剧烈地起伏。

“这雷池天生蕴含着法阵啊，真要弄清楚，多半就参悟了生死之秘、长生之奥！”曹雨生怪叫道。

石昊惊异，那是雷灵吃剩下的碎片。他也凑过去看了看，还真是有大道纹理，是天生的法阵符文。

“聚纳生气于毁灭间，在雷劫中淬炼生死奥义，积聚精华，熬出雷劫液。”曹雨生喃喃道。

石昊进入雷电深渊，亲身体验，不仅接受闪电劈罚，沐浴无穷雷光，还夺了一个雷池。

这是一场修行，虽然有苦痛，但好处极多。

最后，石昊喝了一些雷劫液，将雷池送给了三个雷灵。他再次离开，独自去修行了。

第1613章 百载

三个雷灵欢欣喜悦，在雷电中游动，没入石昊送给它们的雷池中。

它们也不是真的吃雷池，而是在汲取雷池中蕴含着的神秘物质，那是雷道的精华！

“等我们再强一些，就自己去取雷池试试看。这么多雷池在沉浮，是我们的终极造化地！”雷灵之间在交流。

不过，它们也不敢轻举妄动，去触动雷池，那样做太过危险，可能会引来斩仙铡刀。

穆青、朱琳、石钟等都在修行，在雷电深渊中获取自己的造化，他们发现这里蕴含着大秘密，雷霆中有经文符号。

那不是一部真正的古经，而是天地大道奥义的体现。

“如今天地间并没有雷劫，可是在其他纪元，强者突破时便要渡雷劫。现在看来这里真是古怪啊，难道昔日的生灵渡劫，其悟道、取得的成就都被摹刻在雷光中，留了下来？”

他们一边参悟，一边在雷电深渊中发掘秘密。

石昊重回堤坝，用界海的“水汽”洗礼真身。

这样又过去了二十年，他来这里已经数十年了。按照禁区之主所说，石昊需要经历百年的时间才能回归。

石昊开始沿着堤坝行走，他对仙道尸骸动手了，挑了一头古兽，不知道其死于何年代，尝试炼化。

若其他人来此，不要说出手，就是接近都不能。比如石钟、朱琳等人，哪怕实力很强，也不可能走到仙道尸骸的近前。

当真仙的负面气息弥漫开来，暴烈的一面尽显时，他们若强行靠近，身体可能会受到重创。

起初石昊也无比谨慎，这种生灵太强了，让他都心中一凛，怕有什么变故。

不过，随着他将一头古兽从堤坝上拖下来，谨慎地淬炼真血时，他意外地发现这不朽的生灵外强中干。

“可惜了，仙血精粹流逝，血肉、骨质等也都出了问题。”石昊一叹。这真仙遗骸看着可怕，但是和全盛时期相比不足为虑。

这是界海所为，它被腐蚀了！

不过，石昊还是从这头古兽身上淬炼出了一些不死物质，算是最珍贵的“人体大药”。

万物有灵，皆可成药。生灵大药，自然不凡。

相传，若是真正的仙，其一身精血熬炼出来，不弱于长生不死药。

“可惜了！”石昊摇头道。

突然，一声兽吼响起，震得堤坝下的海水剧烈地翻腾起来。

那古兽的尸骸居然震动起来，接着有虚影冲出，扑向石昊。

“这是……”他心中一惊，被动迎战。

“不灭的神魂烙印？”石昊觉察到了那是什么，没有惧怕，反而大喜。

他主动迎战，跟这头古兽的虚影激烈地搏斗。

这头古兽虽不是真正的仙道生灵，但蕴含着生前的部分大道，其烙印不灭，依旧恐怖。

这对石昊来说太宝贵了，他跟仙道生灵的残破烙印战斗，可以观看其大道，取长补短，是罕有的经历。

一战过后，那仙道生灵的烙印终于化作虚无，磨灭在此。

它只是残留下来的烙印，终究要消散。

石昊闭上眼睛，盘坐在古兽尸骸的近前，就这样开始参悟。

直到数年后，石昊才睁开眼睛，他沿着堤坝走，寻找下一个仙道生灵的遗骸。

他的修道岁月太短，无法成仙，抓不到破开大境界的契机。但是他有一种感觉，这么参悟下去的话，会是一种宝贵的积淀。

现在，条件摆在这里，他才三百多岁，离史书上成仙者的年岁还差得很远，但是这无声无息的积淀有朝一日必会爆发出来。

一旦成仙，那就会变得与众不同。

石昊又采集了一小罐液体，当中有仙血，也有不死物质。石昊将之收起，而后触发另一具躯体中残留的战斗烙印。

“轰！”

一场大战再次爆发。

就这样，石昊开启了这种修炼方式，采集生灵大药，而后战斗，随后悟道，然后再开始……就这么循环往复。

转眼间，他们来到这里已经快百载了。

现在石昊已近四百岁，可惜他找不到成仙的契机，只掌握了某种大道沉淀，无知无觉间在积累。

石昊召集穆青等人，将他们聚在一起，等待回归。

毫无疑问，三个雷灵的收获最大，实力猛增。

小蚂蚁、赤龙也得到了莫大的机缘，补足了先天所缺。

赤龙体内的骨头上开始渐渐浮现出龙纹，它大喜过望，难道族内的传承要出现了吗？

这么多年来，它一直修炼的是真凰一脉的宝术，还是石昊传给它的。因为它先天不足，所以真龙一脉的最高奥义不曾在它体内显化。

“你们怎样，可曾寻到契机？”石昊问穆青。

穆青摇了摇头，他早已走到遁一境巅峰，但是依旧抓不住那道突破的曙光，没有办法更上一层楼。

不光是他，小蚂蚁、赤龙等哪一个不是如此？它们从出生到现在，修道岁月已经百年了，虽然早已踏足遁一境，但就是没有办法成为至尊。

几人都苦笑，五百年，这果然是一条禁忌之线，难以突破啊！

“这个地方如此得天独厚，我等都找不到出路，没有办法成为至尊，看来任重道远啊！”小蚂蚁遗憾地道。不过，它很快又释然了，上一纪元，九天十地的各路真仙又有哪一个曾在五百岁前成为至尊了？

荒，毕竟只有一个！

“这一次不行，下一次再来一百年，我带你们去堤坝，为你们护法。”石昊这般说道。

众人默然，不成至尊应该不是这个原因，而是古今一直存在的五百年魔咒难以打破。

百年到，虚空裂开，法阵的纹路如铁水流淌，在虚空中交织，包裹着众人疾速而去。

一群人出现在禁区之主的面前，禁区之主点了点头，没有多说什么，便让他们离开了。

石村依旧如故，一百年过去，这里的灵气远胜其他各地，因为这里有神药栽种，有法阵守护，有九龙拉棺镇压。

“昊叔回来了！”有人大叫。

百年过去，石村又出生了几代人，人丁兴旺。不过，生老病死不可避免，有些人也离世了。

族长石云峰很苍老，如今都已经快五百岁了，他头发雪白，皱纹密集，在旁人的搀扶下来到村口看石昊。

“族长爷爷！”石昊眼睛发酸，一百年未见，族长已是老态龙钟。

这还是昔日他为老族长伐毛洗髓的结果，毕竟老人道行不高，并未走上大道之路。在这末法时代，哪怕修为高深，也远无法跟昔日修士的寿元相比。

“回来就好，平安就好。”老族长石云峰抓着石昊的手略为发抖，他知道自己老了，没有多少年好活了。

他那一代人都早已埋在山上的坟头下，如今只剩下他自己了。这些年来他很孤独，时常想念老伙伴。

那一代的石村人修为都不高，甚至很多人都没有踏上修行路，在末法时代来临后，各种药材的效用都降低了，因此他们难以活得长久。

云曦搀扶着老族长石云峰，石子陵夫妇也在，他们还好，毕竟道行还算高深。

石昊上前，也扶住石云峰，深感时光无情、岁月易逝，当年的那一辈老人就只剩下族长爷爷一个了。

他转头望去，就连大壮、二猛、皮猴都已白了头发，儿时的伙伴都老了。而大壮等人的父辈虽然都在修行，强于石云峰那一代人，但也有些人不在了，老死在岁月中。

石昊心中一痛，这生老病死难挡，终究有离别之日，让他难舍难分，心中酸涩。

石村后面的几代人强过早先的那几代，这是毫无疑问的，因为条件不同，自幼打好了道基。

我不想看着你们老去啊！石昊大受触动，在心中呼喊。

归来的这一日，他体会到了一种前所未有的紧迫感，鼻子发酸。

他想改变，不愿看着身边的人一个一个地离去，老死在岁月中。可是，他又能做什么？以神药等能保住几个人？

第1614章 古今皆曾现

这对石昊的触动非常大，虽然他的实力已经很强大，可是依旧有许多无奈。生老病死无法逆转，强如至尊都没有办法改变。

“族长爷爷！”石昊搀扶着老族长石云峰。

石云峰真的老了，他白发苍苍，血气枯竭，身体衰弱。

“我不会让族长爷爷继续变老的。”石昊说道。他取出一罐液体，想让石云峰喝下去。那是他从堤坝世界采集的仙血，仙血被他淬炼，得到了一些不死物质。

当打开罐子的刹那，所有人都震惊了，里面有清香飘出，如同玉髓一般。

经过百般淬炼，仙血当中的杀气与有害物质等都被化去了，已经化作大药。

石昊在堤坝世界待了百载岁月，也只炼化出几罐而已，这大药价值连城，比天地步入末法时代后的神药都要珍贵。

当今天下，也只有石昊敢炼仙血。

哪怕这东西的精粹已经流逝，只是残余的，其他人也无法提取。他们还没有接近仙尸，身体就会炸开，因为仙道之力无与伦比。

石云峰得知这是什么时，脸上露出欣慰之色，平和地道：“傻孩子，你能延长爷爷的寿元一时，能延寿一世、两世、三世吗？这辈子我已经无憾了，看着你长大成人，如今又见到你俯视天下，我还有什么不满足的？爷爷不可能陪你一辈子，做不到与世长存、人间不朽，我只是一个普通的老人。人这一生最值得拥有的就是快乐与平和，而我都拥有，而且是这些年一直都拥有，我知足了。”

石云峰拍了拍石昊的手，脸上带着慈祥的笑，无比满足。这么多年过去了，老伙伴们都早已离世，他想去看望他们了。

石云峰拒绝了石昊，没有服食仙血，他知道自己的孙儿比他更需要仙血，将来若有恶战，这就是保命的东西。

不过，石昊怎么会放弃呢，老族长将他养大，影响他一生，是他最不舍的人。在夜里，他悄悄地将这些仙血炼化进老族长的身体中，保证其不至于老死。

“出征！”

石昊没有立刻带人再去堤坝世界，开始在各地寻觅并开启各种秘境。

这段时间，他一直在搜集各种典籍，打听民间的一些传说，然后以此为线索，去天下各地寻找遗迹等。

数年间，他开启了四五个小世界，这些小世界都是古代大能留下的，其中有很丰富的宝藏。

“神魔之墙！”

石昊年少时为了去上界，寻找各种出路，曾前往过那里，遗憾的是，那里的路已经断了。

那条路被一只巨龟用掉了，那只驮着至尊殿堂的巨龟从神魔之墙进入了上界。

石昊虽未成功，但印象深刻。

“神魔之墙，太古之殇！”这八个字他没有忘记。

神魔刻痕无比超凡，有各种石刻，还有角斗场，在那里面可以跟诸多太古凶灵战斗。

每一扇石门内都可显化出一个与石刻对应的强大生灵！

时至今日，石昊怎么会不知道这里是什么地方？这里是古人练兵之地。仙古覆灭，有残存下来的强者不甘心，便建成了这样的试炼场。

那是前人之殇！

相对筑墙时代的人来说，那所谓仙古纪元究竟逝去了多少年？那个时代应该可以称之为太古。

“折纸船的女子……”

石昊一阵出神，他在这里见到一幅石刻，石刻上有一名折纸船的女子。

他双目幽邃，仿佛穿越时空，遥望到了北海的鲲鹏巢，他曾经在那里见过黑色纸船。

她似乎不属于这片时空，为什么也在这里留下了痕迹？石昊思忖。

很快，他又释然，这石刻应该是别人所造。只是，在太古前就有人见到过折纸船的女子了吗？

“咦，这里的石刻怎么很像一个人？”曹雨生惊呼。他从墓穴中出来后，便同石昊一起来到了下界，小蚂蚁也是如此。

此时，他们都跟着石昊来到了这里。

“叶倾仙?!”小蚂蚁也大吃一惊。

这里有很多遗迹，他们发现了一处，其中有叶倾仙的石刻。

曹雨生和小蚂蚁都去过边荒帝关，见过叶倾仙。

石昊愕然，他也震惊了，这怎么可能？太古前就有叶倾仙了？那个时代就有人见过她，还将她刻在了这里？

怎么可能？那分明是一个少女，石昊跟她接触过不止一次，并未在她的身上感觉到苍老的岁月气息，这其中有什么古怪？

说起来，石昊已经很久没有见到叶倾仙了，边荒一战彻底结束后，她就消失了。

“意外有了这个发现……”

石昊、小蚂蚁、曹雨生都深感震惊，很不解。最后石昊吩咐穆青等人去查，去各地探访。

不久后，他们去上界了，石昊亲自下令，利用现在天庭的影响力寻找关于叶倾仙的各种线索。

结果他震惊了，在九天十地还真有线索，有人在某些遗迹中看到过她的塑像！

“这怎么可能？！”曹雨生惊了。他也跟叶倾仙接触过，原来那是一个老妖怪？

可是这不应该啊，根据从帝关了解到的信息来看，叶倾仙只是年轻少女，并非万年老妖。

“又有线索了！”穆青得到消息，告知石昊。

据传，很久以前，有人在太初古矿中曾见到过叶倾仙的石像。

太初古矿很神秘，有各种危险与古怪，几乎所有进去的人都是九死一生。不过，还是有些人侥幸活着走出，比如石昊，他就去过太初古矿，还在那里学到了六道轮回的起手式。

“看来是时候走一趟了。”石昊说道。

“你要去太初古矿？”曹雨生、小蚂蚁等都表示反对，因为那个地方太诡异了，如今已经被封了。

“如今我已经成为至尊，应当过去看一看了。我记得那里还有一株长生药呢，如果可以，便将它采走。”石昊执意要前往太初古矿，并无惧意。

太初古矿无比寂静，当年流出很多黑色的血液，被人联手封住了，这么多年来都无人接近。

最终，石昊独自前往太初古矿，拒绝旁人陪同。

太初古矿如同迷宫一般，有许多条道路。当年石昊进来九死一生，可是现在他却一路畅通，并未遇险。

“原来如此，竟有一扇门，这是通向仙域的吗？”

石昊脸上露出异色，那扇门的气息很熟悉，他不止一次感受过，与他穿过此界时经过的门一模一样。

想不到在这古矿中竟藏着一扇门，不过已经被封死了。

昔日，守护者的后代独孤云也曾寻到这里，要找他祖上的线索，结果惹得黑色血液汹涌而出，他不得不狼狈逃走。

“轰！”

石昊尝试轰击，想看一看能否击穿这扇门，如果可以的话，他便从这里进入仙域，这显然是一条路。

一刹那，莫名的气息翻腾，黑色血液从那扇门中渗出。

“真是古怪，不是连通着仙域的门吗？为何有不祥的气息弥漫，还有黑色血液渗出？”

石昊继续轰击，可是那扇门依旧纹丝不动，只是渗出黑血，弥散不祥的气息。

“何人叩响吾的回归之路？”缥缈而微弱的声音像从千百万年前飘来，如同隔着无尽的距离。

一刹那，石昊心中悸动，他知道这是什么地方了。

这里跟三千道州恶魔岛的仙坟一样，是无上禁忌人物的回归之路！

这个生灵的实力好强，或许是他临近了这一界，竟能感应到有人在轰击他所留下的这扇门。

“他是在仙域，还是在界海，抑或当年只是抢了仙域的一扇门，将之炼化后留作自用？”石昊自语道。可惜他并未见到那株长生药，只在这扇门前看到了一些残迹，有长生药曾在这里出没。

“进入了门内的世界？”

石昊踏遍太初古矿，即便到了他这个境界，也几次遇到险情，不过所幸都被他化解了。

果然，他见到了一尊石像，那石像就是叶倾仙的模样。

“这是巧合，还是真的在无穷岁月前就曾出现过？”石昊皱眉道。这尊石像很古老，属于上一纪元，是仙古年间留下的。

若说叶倾仙是太古前的老妖怪，石昊也能硬着头皮接受，可若说她是上一纪元的生灵，他就有点儿难以相信了。

最后，石昊离开了太初古矿，命令穆青等人做了标记。这里跟仙坟一样被视为回归之路，极其危险。

石昊警告其他人不可接近太初古矿。

“大人，九天的一处废墟中又有了新发现！”石村的子弟中有人禀告石昊。

石昊亲自前往九天的那处废墟，这一次，他有些发呆，一下子看到了不少熟悉的景物。

主要是一幅石刻，那幅石刻很模糊，记录了一些东西。在石刻中，有一口大鼎吞吐日月，两个女子并排站在大鼎旁边，一个是叶倾仙，一个是曾经的白衣女帝，后者折下染血的黑色纸船。

石昊的头一下子就大了！

天庭如今势力庞大，真要全力以赴地探究一些东西，很快就能找到线索。当年的八百子弟兵大半留在上界，收服了各族不少强者，组建起一个十分惊人的组织。

因此，石昊吩咐下去后，很快就有人给他提供各种线索，找到了这些遗迹。

“有意思，这丫头在漫长的古代岁月曾出现过，在当世也出现了，到底有什么来头？”曹雨生认为自己可能遇到了同道中人，对方是不是也被人埋下，而后在这一世显化？

石昊沉默不语，因为他见过白衣女帝，她给他的印象太深刻了，疑似不属于这个时空！

第1615章 大清算开始了

“你们来自哪里？不属于这片时空吗？”石昊仰头望向星空。

他一个人站在夜幕下，不禁思量。漫天星斗灿烂，他睁开至尊天眼，想要看破永恒，窥透时间长河。

九天十地间有多处遗地发现了叶倾仙的痕迹，连带着也发现了女帝的一些线索，这着实惊人，但也仅限于此，没有更进一步的发现。

当世竟已不可寻叶倾仙，不知道她究竟在何方。

边荒一战结束还不足四百年，她能去哪里？遍寻天下，皆不可获。她当年并未进仙域，就这么无声无息地消失了。

虽然这件事很古怪，深想下去很惊人，但是石昊也不可能投入过多的精力，因为还有更重要的事等着他。

他要修行，要在大清算来临前真正地崛起！

不光为他自己，为了族人，为了亲朋好友，他也得活下去，变得更强。只有那样，他才能守护一方，不让血与乱一起涌来。

他再一次准备上路，去堤坝世界，这一次他要带上更多的人！

除穆青、小蚂蚁、赤龙等外，还有八百子弟兵中的数百人都要一起带过去，以便磨砺他们。

末法时代来临，这片天地让人绝望，而堤坝世界虽然极其危险，但是蕴含着希望。他们前往那里若熬下来，说不定会得到巨大的好处。

这一次，禁区之主给予的年限是一百五十年，比之前延长了！

穆青、赤龙等人激动不已，一百五十年，再加上现在的修道年月，已经过了五百载那道门槛！

他们能在那里寻到契机，突破到至尊境界吗？

他们充满希冀，内心波澜起伏。

“轰！”

璀璨的光华照耀，漫天的符文闪烁，阵纹包裹着数百人离开了禁区，再次来到堤坝世界。

这一次，石昊格外谨慎，就是小蚂蚁、穆青等也都非常小心，因为来了更多的人，需要谨慎行事。毕竟其他子弟兵的实力没有他们强，初时需要庇护。

一百五十年对他们来说着实漫长，有人的性格过于要强，可最后依旧坚持不住，殒命在雷电深渊近前。

在陆续有十几人陨落后，穆青等人严厉告诫剩余的人不得逞强，要量力而行。

连石昊都被惊动了，他告诫众人，未来的机会还有很多，所有人都还有时间成长，不需要这样焦虑。

“欲速则不达。修道讲究自然，莫要强求！”石昊语气沉重，讲述了他虽成为至尊，却留下隐患的经过，若非他重修，他的大道之路就断掉了。

许多人盘坐在雷电深渊边上，不再强求。

一百五十年匆匆而过，石昊感觉到自身的积淀进一步加深了，但是他的道行没有增长，依旧不能破关成仙。

他轻轻一叹，成仙果然艰难，尽管走到人道领域的极道巅峰了，但就是没有办法更进一步。

真的跟修道岁月有关吗？他蹙眉，他也曾听闻修道成仙太难，需要时间去熬，要慢慢地磨，哪怕道行很足，不到一定的年岁也不行。

“或许，这是在精益求精，如此才能真正地更上一层楼。”石昊安慰自己。

一百五十年过去，石昊来到雷电深渊前接引穆青等人。

数百子弟兵很振奋，他们的道行激增，许多人晋阶了。但是其中的领军人物情绪低落，他们依旧没有突破到至尊境。

到了现在，这些人都已经五百岁以上了，可他们还是看不到希望，挣脱不开遁一境的枷锁。

毫无疑问，小蚂蚁、穆青等都早已站在遁一境的巅峰领域，只差一线而已，但就是无法进入至尊境。

皇蝶翩翩，璀璨若黄金，它轻轻一展翅，就会引得天崩地裂，但就是不能成为至尊。

雷灵们收获最大，它们的修为早已追赶了上来，而且进化出的形态越发惊人，虽不是真龙，但气势不弱于真龙。

这三个生灵都有大半个人高了，动作迅猛如闪电，杀伤力极大，就是穆青等人都不愿同时面对它们三个。

可惜，三个雷灵也无法化作至尊。

石昊他们回到石村，发现村后的山上又多了一些坟头。

生老病死，不可逆转。

老族长石云峰还活着，当年的仙血蕴含着旺盛的生命精气，让他的寿元增加了不少，他如今虽然看着苍老，但是精神很足。

“换另一批人！”石昊说道。上一次他没有带走所有子弟兵，留下了一半，因为天庭需要他们，这一次他要带走那批人。

“嗷——”

在短暂的休整时，村中传来一声长号，吓得一群小屁孩都跳了起来。这么多年来，石村一直宁静而祥和，这吼声太惊人了。

“石头，是那块石头，它活过来了！”一个孩子叫道。

就在九龙拉棺附近，有一块石头在滚动，在号叫，是打神石复苏了。

“噼里啪啦！”

打神石在龟裂，脱落下很多石粉，它的内部晶莹透亮，散发出混沌之气，一股磅礴之力浩荡而起。

“嗖！”

石昊第一时间做出反应，抬手抓住它，而后一抖手将它掷向域外，因为它的气息太强，会波及村里人。

“轰！”

域外，一颗大星直接炸开了，它被打神石砸中，化成绚烂的焰火。

“嗷，哪个家伙敢袭击本座！”打神石大叫道。

下一刻，石昊出现在域外，站在打神石的身边。他无惧漫天火光以及星辰碎片，一只手将打神石捏了起来。

“小子，你什么境界了？”打神石很吃惊，它复苏后，浑身都在冒混沌之气，有化成至宝的趋势，结果居然砸不动石昊。

“我连残仙都斩过，你想试一试吗？”石昊问道。

打神石顿时没脾气了，原本还想嘚瑟，与石昊较量一番，结果当场就蔫了。

回归到地面后，它快速了解了这么多年来发生的事，顿时哇哇大叫，吵嚷着要进入堤坝世界。

“求带路，我想成仙啊！”打神石道。

这一次，穆青、石钟、赤龙等人都没有去堤坝世界，他们觉得雷电深渊对他们意义不大，再怎么磨砺也无法进入至尊境。

最后，石昊带上了小蚂蚁，想再试试看契机可否到来。他希望有人能成为至尊，为其他人开创出一条路。

当然，打神石是必须要去的。

这一次的修炼持续了两百年，小蚂蚁依旧如故，没有突破，被牢牢地卡在了遁一境。

打神石在这两百年中很疯狂，先是央求石昊帮它捉雷池，然后狂啃了好几个雷池，看得石村的子弟兵眼睛都直了，最后它更是在堤坝世界疯狂地咬石头，让石昊都一阵无语。

但是，打神石也无法成为至尊。

他们再次回到石村。

这一世，石昊七百余岁了，而其他人，如穆青、小蚂蚁的修道岁月等也不比他少多少，可惜他们都被阻住了。

“为什么？末法时代真的这么可怕吗？我等已经换了一个地方，在堤坝世界都寻不到希望。”有人叹息道。

在接下来的数年里，石昊翻阅古籍，寻找对策。

他终于发现了端倪，上一纪元遗留下来的残破玉石书中的记载为他解惑了。

末法时代来临，最可怕的是天意一刀，被其斩过身躯，再想成道会非常难，无论前往哪里，都很难改变这一点。对于这些人来说，身在哪里都像是在经历末法时代。

他们经历了最激烈的天地巨变，所有人都被天意之刀斩过，包括石昊当年都险些出现意外，这烙印在了他们的骨子中！

石村的后山，新坟多了很多，这让石昊怅然。大壮、二猛等人都老了，而他们的父辈很多人都不在了。

石昊离开时留下了仙血药，可是没有人服食。

“我爹说，给他服食等于白白浪费，还是留给将来需要它的人为好。”皮猴说道，当年顽劣的孩童如今也已经垂垂老矣。

“皮猴、大壮、虎子、二猛！”石昊抱住他们，声音微颤，有些哽咽。儿时的伙伴都很老了，他担心再也见不到他们。

石昊不敢离开了，闭关一次后再回来，就有这么多人离去，再也看不到了。他很在乎这些伙伴，怕再去修行时这些人也都安眠在坟下。

石昊手中还有仙血，村中还有神药，但是全部用上，又能救得了多少人？并且大壮、二猛他们执意不服食。

“我的血可以吗？”石昊道，他还没有成仙，不可能炼成不死血药，但是他依旧尝试淬炼真血。

“不要，这会有损你的道行。如今你什么都不要想，尽快突破人道巅峰，只有成仙才是正理！”大壮一把抓住他的手臂，这样说道。

“无妨，让我试一试。”石昊摇头道。

但是，伴着他一起长大的伙伴都上前阻止他这么做。

“人都有一死，你能留我们多久，一世还是两世？反正早晚都要分别，还不如让我们正常地尘归尘、土归土。”虎子说道。

石昊怅然，心中苦涩。他表面上答应了，但暗中依旧出手了，他默默淬炼自身的精血，在夜晚帮他们洗礼血肉之躯。

在接下来的时间里，石昊将西陵界的仙尸都炼化了，萃取了几罐血药，而后他又带人去了上界。

数百年过去，天庭初具威严，成为一方大势力。

穆青、石钟、朱琳等人做得很好，成功教化黑暗生灵，如今九天十地战火已熄，黑暗区域不再发生激战了。

各方道统都看到了愿力的好处，纷纷兴建神庙、道观等。

这种愿力的汲取与石昊的创法有关，也同天庭有关，如今天下平定，天庭在各地建立神庭，引得雄厚的愿力聚集而来。

“有些古怪。”石昊自语道。他感受到了，当来到上界时，各地天庭所立的他的神像中聚集着的庞大愿力向他汹涌而来。

这是数百年的积淀，如今愿力到了一个临界点，瞬间将他包裹。

“这也是一条路，愿力成仙……”石昊蹙眉，可这跟他目前所走的路不相符。不过，这给予了他极大的启发，也许能为穆青、赤龙等人开辟出其他道路来。

一百年后，石昊八百余岁了。

天庭越发强盛，真正有了一定的规模。若非末法时代到来，这俨然是一个黄金大世。

“找到了，那只巨龟出现了！”

这一日，朱琳大喜，来禀告石昊。

这些年，石昊交给了他们一个任务，那就是寻找至尊殿堂和齐道临。

至尊殿堂找到了，一只巨龟驮着它在三千道州的边缘出现，撕裂大地，烟尘滚滚。

石昊亲自出手，赶到那里将巨龟擒下。一般的人真的没有办法捉到这只巨龟，它不仅身形巨大，而且拥有不可思议的力量。

“它不是真正的活物，身躯被炼成傀儡，元神还有一些自我意识，这简直就是一件兵器。”石昊看出了它的本质。

他幼时见过这只巨龟，它就在石村附近，曾探出一只大爪子便能遮天蔽日，再次相见，竟相隔了八百年。

当年，石昊还以为至尊殿堂故布疑阵，这只巨龟所驮着的殿堂是假的，如今看来是他多虑了，这是真正的传承。

“山宝出现在石村，是它遗落的。”石昊一叹。

果然，擒下巨龟后，石昊在它背上的至尊殿堂内找到了完整的传承，里面有诸多典籍。

“留给天庭，教给石村的那些孩子！”石昊说道。

“齐师傅！”石昊整理典籍时，心头一颤，大叫一声。

他看到了一盏魂灯，但它已经灭掉了，魂灯上有遗言，是齐道临所留。

齐道临在有生之年竟找到了至尊殿堂，而且他发现了一条路，看到了路的尽头。那里有洁白骨质制成的门，他留下魂灯后，就闯进去了。

石昊双目发酸，落下泪水，口中喃喃，不断重复着“齐师傅”三个字。

他知道那是原始之门，当年柳神、小塔就是从那扇门离开的。齐道临怎么也发现了？他贸然闯入，魂灯熄灭，说明了一切。

石昊一个人上路了，他心中带着伤，这么多年来他一直在让天庭人马寻找齐道临，结果却等来这样一个消息。

他闯进那片无人区，对他来说，他在边荒都曾大战过，又何惧这里？他知道这里有古怪，的确有致命的险境，而且都是仙古时期所留，需要谨慎一些。

一个池子，隔着很远，居然要将人的神魂吸附进去，这是石昊进入无人区两年后所见到的景象。

若非至尊，一般人到了这里，还真会发生危险。

石昊抬手间，神光万丈，欲炼化这个池子。他想看一看池子中是否还有精粹，能否熬炼出大药来。

“噗！”

一团黄泥飞出，飞快地向他压落而来，这个池子瞬间干涸了。

“砰！”石昊捏法印，当即就将黄泥轰开了。

那团黄泥太过古怪，腐蚀万物，连虚空都被熔化了。

“不朽者、真仙战死后尸体堆积在一起，化成了这种东西！”石昊推测道。

池子里没有精粹了，只有这等邪物。

这团黄泥很恐怖，若非石昊足够强大，还真的会被它伤到。最后石昊接连出手，将黄泥封印了，这是恶物，但也是炼器的稀有材料。

三年后，石昊在广袤的无人区不断寻觅，遇到了一场恶战。

那是一群被困在一个古洞中的英灵，古洞中有绝世法阵发光，当中有昔日的不朽者、真仙残魂蜕变的灵体，实力惊人至极。

他们虽然没有了当年巅峰状态下的实力，但是也不比残仙弱几分。

石昊发现了这么一窝英灵，其中有不朽者化成的，也有真仙残魂化成的，自然是避无可避，缠斗了一年多，才艰难地将其全部斩灭。

“仙王的眼泪！”

五年后，当石昊要结束无人区之旅时，收获了一滴晶莹的液体，这液体很恐怖，足以将遁一境的生灵溶化。

仔细揣摩，他发现了一些精神烙印，这是仙王的眼泪，对人道领域的生灵有着致命的威胁。

“啊——”

就在这一日，石昊听到一声惨叫。他抬头观看，发现一道流星般的光芒划破夜空，横贯九天十地，太璀璨了。

“一位残仙?!”石昊惊异地道，向那光芒追逐而去。而后，他看到一柄法则之刃斩中那名残仙，令其坠落在大地上，眼看是活不成了。

“谁在追杀你?”石昊问道。

这太古怪了，这么多年来，他一直在寻找剩下的三名残仙，结果一直都没有收获，没想到今日神光划破天地，一名残仙瞬间陨落。

“清算……大清算开始了！”那名残仙大叫道，眼中写满惊恐。

第1616章 **一世道侣**

残仙满脸的惊恐，眼神渐渐涣散，眼看就要不行了。

“说，到底是怎么回事？”石昊出手，一股浩然之力涌出，定住残仙的躯体，想保住他的性命。

“他们快来了！”残仙回光返照，突然大吼了出来，他浑身都在痉挛，元神在焚烧，化成了光雨。

石昊一惊，向后倒退。虚空中如同有一片星沙流淌而过，包裹着那法则之刃，向远方疾速遁去。

法则之刃将残仙斩灭，如今他的元神化成光雨，跟那神刃融在一起，就此消失了。

“他们在回归的路上，他们留下的印记复苏了，要了解这大世的情况。”光雨中，传来残仙最后凄厉的叫声。

石昊明白了，有些生灵已经能干预这一界了，他们了解这边的情况，不过距离这边还很远，不然的话，他们的真身就直接出现了。

一位残仙就这么殒命了！

石昊身体轻灵，在虚空中迈步，一纵身就是很多万里，他追了过去，看那法则之刃究竟要回归何地。

一座漆黑如墨的大山在天穹上浮现，如同一柄通天之剑插在那里。

在过去，这座山没有出现过，它是最近才显现的。显然这里如同仙坟、太初古矿一般，是一条通路。

法则之刃也化成了光雨，没入黑色的山体，就此消失不见。

石昊瞳孔收缩，他记住了这个地方，将来这里注定是一片可怕的战场。

他在猜测，这些生灵到底需要多久才能真正回归，才能踏足这一界？

石昊越发有种紧迫感，但是时不待他，他如今修道八百余载，还是难以成仙，他日怎么去迎战？

石昊结束了无人区之旅，回到下界去见禁区之主，向其请教那一天究竟何时会到来。

“你多虑了，其实他们的回归充满曲折，最起码彼此在防备，最少也要千百年，甚至更久远。”听到禁区之主这样的话时，石昊一怔，居然要这么久，那他还有时间！

“那些生灵跟你相隔很远，最少也相距了一两个纪元，他们从那神秘之地走出来，需要漫长的岁月。”

“相隔一两个纪元？”石昊大受触动。

“甚至有帝落年代的怪物会出现，那就相距更遥远了！”禁区之主的语气很沉重，连他提到那个年代都很严肃。

“帝落时代还有生灵活着？”石昊双眉深锁。这个消息令人惊悚，这可不是一般的年代，光是听到“帝落”二字就会让人产生无尽的联想。

“了却红尘事，再踏不归路，去吧。”禁区之主说道。

石昊轻轻一叹，有朝一日，真要踏上不归路，那就是要跟所有人生离死别了，希望不要留下遗憾才好。

修道八百载，回首红尘旧事，他一阵沉默。

他依稀看到了年少时，罪州火桑花开，那个红衣少女在火桑树下烂漫地笑，漫天红色的花瓣撒落，她在轻轻地挥手。

石昊鼻子发酸，一阵怅然，这么多年过去了，他还是没有忘记。不过他一直在修道中度过，所以才能不思不想。

火桑花开，片片晶莹，那个红衣少女一直在等他回去，可是到头来却什么都没有等到。

一朝间，通天巨爪撕开边荒帝城，抓走了整个罪州。

在那最后一战中，石昊依稀见到那个红衣少女独自站在残破的火桑林外，面带泪水，无助而凄然地望着他。

“我很想变强，杀进异域，手刃安澜、俞陀等，将她带回来！”石昊握紧拳头，低吼道。他难以忘记当初的那一幕，仿佛就在昨日，如果不想，就这么修道而过也就罢了，可是每次思量时，他就会心中空落，酸涩难言。

一声炸响，虚空龟裂。

石昊叹息，他能改变什么？他成仙还需要很多年，到了那个时候，昔日的少女早已白发披散，甚至她如今是否还活着都难说了。

他曾想斩断执念，但如今看来，一切成空，许多人与事不是说遗忘就能遗忘的。

“没能保住你，是我此生之憾！”石昊遥望虚空，自语道。这是他最后一次思念对方，因为如果继续下去，这无果之念只会加深遗憾与苦涩。

他真的要暂时尘封那段岁月了，人都有年少时，他要将那份纯真埋下。

他再去思量的话，就对如今的云曦太不公平了。他这么多年来一直在修道，很少回石村，只因心中有对火桑树下的红衣少女的怀念，不能坦然地面对云曦。

石昊回到石村，拉起云曦的手，看着她。这么多年过去，她风姿依旧，紫色发丝晶莹，双目纯净。

云曦略有疑惑，抬头看着他。

“这些年，对不起。”石昊开口道，声音很轻，但很认真。

“为何这么说？”

“因为我们实在不像一对道侣，是我有负于你。”石昊心有愧疚。

“你没有错，要在这末法时代崛起谈何容易？你理应废寝忘食苦修仙功才对，不用向我道歉。”云曦轻柔地说道。她的肤色白皙，晶莹如玉石，眼睛灵动，风采过人。

“闭关苦修，未必能成仙。”石昊牵着她的手道，“九天十地已经大变样，而你却一直待在下界，从未去走一走、看一看，我带去你俯瞰如今的壮丽山河。”

“哪里有时间！”云曦摇头道，表示拒绝。

“这也算是修行，走吧。”石昊要带着她去上界，并认真地说道，“你很多年都没有回天人族了，我跟你同去看一看。”

听到这里，云曦身体一颤，最后点头答应了，她想回天人族。

石子陵夫妇笑了，看着他们离开，两人欣慰而满足，像是了却了一桩心愿。

“总算看到了这一天。”两人如今都有了些许白色头发，不再年轻。这是不可避免的，他们虽然看起来并不是很苍老，但岁月还是在他们身上留下了痕迹。

“好，好，好啊！”老族长石云峰畅快地笑着，他虽然已经衰老，但是此时的精神还算足，目送石昊与云曦的背影消失。

当石昊来到天之城时，天人族剧震。时隔八百余年，他再次出现在此地，让天人族既惶恐又震惊。

石昊要是跟他们算账的话，全族必灭，所以天人族非常恐惧，无比担心，昔日的一些当事人的脸都白了。

“我无意寻仇，昔日之事就让它随风而去吧。”石昊平淡地说道。

一些天人族的高手在这一刻差点儿欢呼出来，绷紧的神经一下子松弛了。他们看到云曦时，有所明悟，心情更加放松了。

“云曦想家了，我带她回来看一看。”石昊说道。

“好，好，我们也很想她，一直在盼着她回来。”一个宿老的声音微微颤抖，激动地迎了上来。

“老天人还在吗？”石昊问道。末法时代到了，他觉得那个老家伙很难长久地存活下去。

当听到这句话时，天人族的许多人露出忧色，告知石昊老天人命不久矣，如今已经油尽灯枯。

石昊、云曦一起去看望，果然见到了皮包骨头、眼窝深陷、双目无神的老天人。

“我在数百年前就该死去了，一直在熬着，因为我心中有股执念，放心不下天人族。今日看到你来了，揭过了以往的恩怨，我可以无忧地坐化了。”老天人含笑说道。

不久后，老天人的生命气机断绝，就此殒命。

天人族恸哭。

石昊心想，这个老天人还真是能熬，一直等到他来才咽下最后一口气。

他一时间无法离开了，因为云曦要在这里祭拜，还要送老天人下葬。

数年后，石昊与云曦比翼齐飞，游走在山川大泽间，成为真正的道侣。

石昊指点云曦修道，同时他也在研究愿力，想要再开辟出另一条路，为穆青、赤龙等人安排好之后的修行。

岁月悠悠，转眼间，近两百年过去。

石昊已经一千余岁，法力盖世，在人道领域中，无人能出其右。同时他也在探索仙道，虽然他未成仙，但有一些心得，有不少外人难以得到的体会。

天庭越发鼎盛，每日石昊不用去汲取，就有数不尽的愿力凝聚而来，加持在他的身上。他凭借愿力便能化出一道至尊身，与主身没什么区别。

这些年，他的主身依旧在走以身为种的路，而那以愿力凝聚的至尊身却在走着另一条路，那条路与仙古祭灵的路相似。

两条路石昊都在走，他甚至觉得愿力成仙或许会先一步达成，因为较为容易。

这两百年来，石昊与云曦一直在一起，他们行走于世间时，各方强者都要上前礼敬。

云曦恬静若仙，在这段岁月，她仿佛回到了少女时代，朝气蓬勃，始终都带着温和的笑。

这一千年来，穆青、赤龙、小蚂蚁、无畏狮子等依旧没有跨过那道坎，无法成为至尊。

“末法时代，你想断掉多少英杰的路?!”石昊神色凝重。修道一千年，早已超过了五百岁那条禁忌之线，可那几人还是无法成功，足以推测出一些事。

他隐约觉得哪怕修道一世，身到晚年，这些人多半也只能走在断路上，没有办法跨过那道天堑。

不是他们不行，而是天地阻断了他们的路!

“没关系，我们还有的是时间，才一千年而已，怎能奢求直接成为至尊?放眼这个纪元，有谁在千岁左右成为至尊？”小蚂蚁大咧咧地说道，尽量显得轻松。

石昊默然，别人或许没有那个资格，可是小蚂蚁身为十凶的后代，应该可以在一两千年成为至尊。

在这大道缥缈、灵气枯竭的时代，小蚂蚁等被困住了，陷入了无法成道的恶劣大环境中。

最近一段时间，石昊一直在思虑，他有了某种决断。

“你是不是要离开了？去吧，你应一往无前，早些崛起！”云曦说道。

石昊一愣，他确实是要离开，他准备带着穆青等人去一个地方，尝试改变他们的修道命运。

“不要觉得愧疚，不要担忧我，这些年来我很满足了。我知道，你早晚有一天会成仙，而我却只能在红尘中陪你一世，只此一世也好。有那么一天，你终究会离开，而我也会老去……”云曦说道，忍住没有哭。

第1617章 另寻他途

石昊听到这些话，心中一颤，很不好受，真的会有那么一天吗?

他拥住云曦，轻声道：“不会的，你不会老去，永远都会这么年轻，我会给你不老的容颜！”

他不擅长安慰人，只是说着心中的真实感受。对于此时的云曦，他越发有种愧疚，当想到有那么一日，他难以接受。

云曦微笑着落泪，略带伤感，有些许遗憾，道：“我知道会有那样一天，但我没有遗憾了。我这一世活得很充实、精彩，我们一路走过、哭过、笑过，所有这些都铭记在我心中，此生永不忘记。”

她越这样说，石昊心中越是空空落落的，他轻轻吻在云曦莹白的额头上，道：“不要多想，走，和我一起去！”

他要去的地方有危险，原本的确想留下云曦，独自带着穆青、赤龙等人上路，可现在他改变了主意，让云曦和他一路同行。

“你不要顾虑我……”

“走！”石昊很霸道地说道，随后和她一起前往天庭。

各地都有天庭的宫阙，当中立着石昊的神像，愿力浓郁，汹涌澎湃，这是一股惊人的力量。

如今石昊哪怕不露面，也足以颠倒乾坤，可刹那间攻伐各地。他仅凭着这愿力就足够了，能在各地凝聚成人形，显化世间。

“穆青，你们过来。”

石昊在一座巨宫内开口，与此同时，天庭在各地所建的巨宫内，所有神像都亮了起来，发出绚烂的圣辉，传出声音。

这是愿力的妙用，天下各地哪怕相隔无尽远，石昊也能借此而显化，从而联系众人。

这一日，穆青、赤龙等人都被石昊召唤，向这边赶来。

等人聚齐后，石昊探查所有人的修为，皱着眉头道：“你们大多都走了今世法这条路，如今难有寸进，我想让你们尝试另一条路。”

这些人大多以修今世法为主，因为修仙古法想要达到最高层次，需要完美无瑕的道种，可是上哪里去寻找道种呢?

当年，小天王、谪仙、大须陀等人早已将道种瓜分完了。

除今世法外，穆青等人也都学了石昊开创的法，但他们只能参考，没有办法全部传承。

因为最开始的那一步就拦住了所有人，需要以身为种，这太艰难了。就是石昊当年迈出那一步时，也付出了难以想象的代价。

强大如孟天正，昔日都没有在以身为种这条路上彻底成功，差了一步，最终险些身死道消，道行废掉了很多年，不得不重修其他法。

石昊一直在想办法，自己所走出的这条路应该可以越过以身为种那道关卡。如何具体开辟出可行之路，这是他这么多年一直在思考的问题。

他相信，这个问题早晚能解决!

不过，如今时不待他，石昊真心希望这些人早点儿变强，跟随在他的左右，而不是被困在红尘间。

“如果给予你们无瑕的道种，你们能否更进一步?”石昊问道。

石钟、朱琳等人都傻眼了，他们都已经走上了今世法这条路，错过了融合道种的时机，还怎么去再修?

此外，那样的种子是无价之宝，举世难求，当年就没有几枚，仅有的几枚都已经被去仙域的那些人带走了，如今上哪儿去寻找?

他们知道，当年就是石昊都没有得到那样的种子，迫不得已才走上以身为种的道路。

“大兄，你就不要费心了。那种仙珍万古以来能有多少枚，我们不需要，走今世法这条路早晚会成功的!”石钟说道。

“这些你们不要管，我就是问，如果给你们寻来，你们敢重修吗?”石昊认真地问道。

“敢，有什么不敢?只是那种东西太珍稀，如今天地的资源都枯竭了，上哪儿去找?”朱琳咕哝道。

石昊点了点头，他想让这些人将仙古法与今世法一起修炼，而后两者碰撞，说不定就能产生巨变，最终破关成道。因为他早年就是同修两法，两条路都走。

“好，你们做好准备，不久后我们便出发!”石昊说道。

所有人都很吃惊，还真有完美无瑕的种子存世?这怎么可能?这些是有定数的，还有残留的?

随后，石昊让他们去寻曹雨生、小蚂蚁，他要带上那两人一同前往。

“我也要去准备一番！”石昊说道。

穆青等人吃惊地发现石昊背上了大罗剑胎，这足以说明此行的危险，因为这段岁月以来，石昊几乎都不用兵器了。

石昊开始跟水晶头骨、金色的手骨、发光的眼球沟通，这是他从西陵界带出来的三个老妖怪，这些年以来，它们大多数时间都在沉眠。

“你想通了，要跟我们融合？”水晶头骨很惊讶。

“不，这一次，只是借手掌一用！”石昊说道，看着那只金色的手骨。至于水晶头骨还有眼球，他说什么也不会与之融合，那涉及了头颅元神，太危险了。

最终，他们经过一番密谈，达成了条件——那只金色的手骨跟石昊的左手融合在了一起!

穆青等人都非常吃惊，同时无比担忧。他们知道石昊一直都很反感融合，也不愿跟三个老妖怪谈条件，结果今日竟这么做了，可见他们要去的地方有多么恐怖。

“别担心，没什么大不了。虎口夺食，想要有所获，就必须做好各种准备。”石昊笑了笑，道。

他带了不少人一同上路，有皇蝶、打神石、雷灵、无畏狮子、穆青等，这些都是当下的佼佼者。小蚂蚁、曹雨生自然也站在石昊的左右，要一同前往。

回归上界，进入九天区域，石昊带着人来到天神书院旧址，借助这里的一座巨型传送阵传送出去。“轰”的一声，光彩照亮夜空，他们从这里消失了。

他们在穿梭时空，无数星海倒退而去，进入一片幽寂之地。

“这是要去哪里？”

战船载着他们出来时，速度不减，依旧疾速向前冲。

突然，前方出现绿意，一株草巨大无比，叶片翻动，将星空中的几颗大星一起卷了下来，而后直接吞食了。

“传说中的食星草！”小蚂蚁倒吸了一口凉气。这东西虽然没有清醒的高级意志，但是实力十分恐怖，一般的生灵遇上它只能绕着走。

“小心，我们接近目的地了，这里有古怪。同时，此地孕育着几枚顶尖的种子，望穿万古，它们都算是绝世道种，若能有所获，修道之路将无比辉煌。”石昊说道。

第1618章 界坟旧路

食星草属于先天神祇，巨大无比，扎根在宇宙中，绿油油的。它轻轻地舒展芯子般的叶片，便将星球卷过去了，吞食个干净。

食星草虽然是先天神祇，诞生在混沌中，但是没有高阶意志，不然的话会非常恐怖，它更多的是凭借一种本能。

“这里是界坟，相传很多残破的古代大世界叠加于此，唯有这里还能寻到完美的道种！”石昊告知众人。当年，他还在天神书院时便来过这里，并且亲眼见到完美的种子，可惜当年没有人能得到。

曹雨生嘬牙花子，他也来过这里。看到这片熟悉之地，他相当无语，一千年前他还年少时就曾在此历练，如今又来了。

周围，一颗又一颗大星在浮沉，但都是残缺的，让人觉得如同来到了一片被遗弃之地。

昏暗的宇宙到处都是残破的景象，远处飘浮着很多古大陆，周围碎掉的星辰、被剑芒斩开的规则，应有尽有。

穆青等人终于明白为何这里被称作界坟了，因为所见到的都是星骸、大陆残块，像是宇宙废墟。

“轰！”突然，那株食星草动了，数片叶子如同绿色巨龙般，朝石昊他们这艘战船席卷而来。

石昊站在船头，轻轻一点，柔和的光芒绽放。

“轰隆！”

那株草法力浩荡，带着云烟，绿光璀璨，似乎焚烧了起来。刹那间，周围许多残破的大星因此而剧震，随后炸开。

宇宙都龟裂了，形成一个又一个深渊。

石昊指端的亿万缕光芒禁锢了那株草，而后“哧”的一声将它震得倒飞向黑暗的宇宙深处。

随后，附近安静了下来，星斗被毁，留下无尽的宇宙尘埃。

“相当于至尊之力，不过它缺少变化，不足为虑。”石昊说道，这是他对食星草的评价。

曹雨生发呆，当年他们来这里时可是避开食星草，不敢临近，今日再临此地，他们竟要横着走了吗？

他们一行人继续前行，穿过很多重如结界般的光束带，横穿过一片片残破的古界，深入界坟深处。

“这是什么生灵？好大！”

不久后，他们看到了一个形如鬣狗的生灵，它长着龙角，生着朱雀的翅膀，横在前方，比星斗都要大很多。

那是一具死尸，亿万年前它浑身的精气就消失了。

“这是先天神祇，它诞生于混沌中，如果还活着，最起码也得有至尊的实力。”石昊道。

他们放慢了速度，战船缓缓地行驶，不再穿越结界，而是在一片昏暗的宇宙中前行，石昊记得这里有造化。

“找到了，来了！”石昊低语道。

远处，一艘古船非常残破，散发着岁月的气息，它从宇宙深处缓缓地驶来，寂静无声。

“那是什么？”朱琳忍不住问道。

“幽灵船，也可以称之为战灵船，船上有奇异的生灵，是由死去的生灵的元神蜕变出来的。那是天生的灵魂种子，可以炼药、滋养元神。”石昊说道。

一群人很兴奋，他们早有耳闻，界坟内有一种奇异的生灵，汲取其精华便可以壮大元神。

那艘船很大，虽然看着破旧，但是很威猛，有小半颗星星那么高，向石昊他们驶来。

“嗷——”

一声凄厉的长号打破了宁静，那里精神波动剧烈，当先冲出一头银色巨熊，向石昊拍击而来。

“至尊，居然有至尊级战灵！”这些人愣住了。

石昊丝毫无惧，一步迈出，挡住了所有恐怖的波动，迎击银色巨熊。这银色巨熊是陨落的生灵的元神蜕变而成的。

“呼！”

大风呼啸，一只金色大鹏鸟从那艘战船中扑了出来，冲向石昊。

人们惊悚，一艘幽灵船居然藏着两个至尊级的战灵。

对石昊来说，这根本就构不成任何威胁，他如今站立在人道极巅，根本就不怕这种所谓围攻。

随后，他一步一幻灭，抬手将银色巨熊斩灭，将金色大鹏鸟除掉。

一刹那，两个生灵化成点点光雨，当中蕴含着精神力，有些精粹如虹光洒落，滋养人的元神。

石昊只汲取了一些，他发现精粹对他效果不大，因为他的元神已经到了极道之巅，再想变强，那就是成仙了。

他不可能浪费精粹，将其送给了后方的那些人。

“真是让人吃惊，我的元神居然真的强大了一些！”他们感觉不可思议。

“照这样下去，我等或许真的可以成道，突破进至尊境。”

“冲！”不仅穆青、赤龙等人动了，就是雷灵、皇蝶、打神石都一起发威，攻向那艘幽灵船。

这是一场大战，那艘古船上出现了很多生灵，其中有九头神鸟、白金狮子、地狱神犬等，可谓种类繁多。

在一群修道岁月超过千年的天纵猛人的攻击下，幽灵船崩毁，这些战灵都被击灭了。

“元神被滋养，这种感觉真的太美妙了！”有人叹道。可惜，虽然他们的元神在发光，晶莹剔透，但是他们依旧没有进化成为至尊。

这种恶灵专杀闯入者，但凡生灵遇上他们，如果实力不够强，必然要陨落。尤其是这一次，居然有两个至尊级的战灵，若非有石昊在，他们多半要被灭在这里。

穿过一片又一片残破的古界，他们进入五行大陆，这里有逆五行大阵，藏着一枚天种，不过很难得到。石昊没有考虑这里，而是继续前行。

有一个地方长着一株神秘的宝树，它算是一枚完美无瑕的种子，当年石昊曾目睹过，可惜它有生灵把守，无法被带走。

终于到了，这是一片妙土，跟其他残破的古界不太一样。这里有许多植物，它们所结出的花朵、果实等都是道则，都算得上是道种。

石昊的目标只有一个，那就是万道树。

“这么多年过去，不知道它还在不在。当年它还不算彻底成熟，如今应该达到圆满了吧？”石昊猜测道。

在路上，他们看到很多草木都挂着果实，果实中蕴含着大道碎片。

“这地方真不一般，哪怕得不到完美的种子，在这里修行，服食这些果实，也是好处惊人啊！”赤龙叹道。

这是理想的修炼之地，可惜他们并不能久留，因为这些地方都充满了未知，有各种变数，如果在这里修道数十年，说不定会惹出大麻烦。

“你已经人道无敌，难道在这里待下去还会出问题？”小蚂蚁问道。

“这里有一个古人，他多半是真仙。”石昊叹道，当年他之所以退走，没能带走万道树，就是因为那里有一个恐怖的生灵守护着。

一路上，他们没有停留，既然知道这里有一枚无上道种，他们自然要先去看个究竟。

极西之地，一座悬空的岛。岛的周围电闪雷鸣，虚空大裂缝密集，不断交织，一般的人根本不可能登上岛。

石昊出手，踏在战船上，径直闯进悬空的岛。

太阴之气弥漫，太阳火精汹涌，阴阳滚滚，神则绽放，这里一片氤氲彩光，十分神圣祥和。当然，也有雷声隆隆，带着毁灭的气息。

岛的中心有一株树，这株树如一条龙蛰伏、蜿蜒着，枝干苍劲，枝丫摇动，叶片簌簌，迸发出璀璨的光芒。

在树上，密密麻麻，不多不少，结着整整一万枚果实。每一枚果实都是一种道则，故此这株树被称为万道树。

这株树本就算是一枚无上道种，可以栽种在人体内，人也可跟随它去感悟世间万道，早晚有一天能走向真仙境界。

在它的周围，电闪雷鸣，并且有一个又一个雷池在沉浮。这景象相当骇人！

这是当世极为珍贵的种子之一，比世界树幼苗有过之而无不及！

“有人！”小蚂蚁愕然，看到远处有另外一伙人站在大船上，凝视着万道树。

显然，那群人看到石昊他们，也不禁一惊。

“仙域的人！”曹雨生低语道。

那艘古船上铭刻着仙域的印记，是否有故人在此？

石昊神色微动，看向那艘大船。

第1619章 故人的消息

紫金战船散发出一缕缕仙气，一看就很惊人，它停在岛中央，距离那株万道树不是很远，只隔着雷池。

船上有男有女，其中有不少人都非常年轻，男子英俊，女子美丽，一个个都被白雾缭绕着，风采出众。

这群人非常不简单，被仙气所笼罩。

“真的假的，都修出了那么多仙气？”石钟是个大嘴巴，惊疑地出声。

“闭嘴，那是紫金战船散发的，它很惊人！”穆青说道，认为那多半是仙器散发的仙气。

这些人来自仙域，因为船上的印记很清晰，当年对抗黑暗生灵时，仙域大军的战旗上就有这种印记。

“尔等是何人？”船上，一个中年男子望来，他的眸子中似乎有金色的闪电刺破虚空，看着众人。

“石霸天！”打神石大叫一声，自报姓名。

对面，一群人露出怪异之色，这是什么名字？也太俗气了。

就是石钟、朱琳、皇蝶等都为打神石感到羞愧，有些抬不起头来。

“呵呵，有点儿意思！”那个中年人凝视着打神石，脸上带着淡笑。

石昊双目如电，扫过那些人，并未看到熟人，这些是纯粹的仙域生灵吗？

一时间，双方彼此遥望，相互打量，都在观察对方。

石昊露出异色，对面由至尊带队，而且不止一人是至尊，竟有两位！

那群年轻人的实力从天神境到遁一境不等，果然是冲着万道树来的，是要给他们当中的人用吗？要知道，这万道树可不一般，实在超凡，是世间生灵梦寐以求的无上宝种！

“你们是九天十地的生灵？”对面那个中年人问道，他是两大至尊之一。

“是的。你们来自仙域吗？”穆青开口道。

在此过程中，石昊和云曦站在一起，镇定而沉默，只是静静地看着那些人，他一下子想到了很多人。

十冠王去了仙域，重瞳石毅也进去了，还有清漪……石昊轻轻一叹。

“不错，我等是敖晟仙王所统御的子民。”那个中年人说道。

石昊哪怕已经站在极道巅峰，也吃了一惊，他并非第一次听到这个仙王的名字，因为太出名了。

敖晟仙王是最古老的仙王之一，与世同存，为仙域内实力最强大的几大高手之一，他俯瞰时间长河，高高在上。

昔日，仙域所谓年轻大人派人去虚神界寻找黑暗牢笼，那个所谓年轻大人就是敖晟仙王的嫡系后代！

这位敖晟仙王存活的年代太久远了，法力无边，仙威盖世，曾经亲手斩过不朽之王。

仙古末年，异域大胜，最后却无奈退军，正是因为仙域出兵所致。

九天中的大赤天边疆有一个不朽之王战死，名为洛摩，他就是被敖晟斩灭的！

对面那些人很满意石昊、穆青等人的表现，因为看到了他们脸上的惊讶，敖晟仙王谁不敬畏？有如此神色才正常。

“你们离去吧，万道树是敖晟仙王的嫡系子孙所需要的道种。”那个中年人说道。

石昊的神色恢复了平和，而朱琳、石钟、曹雨生等人着实被镇住了，敖晟仙王可是世间最强的几位仙王之一，他们居然遇上了他的后人。

“仙域不是封闭了吗？进出之门被封印，不再开启，你们怎么又出来了？”石钟问道。

即便是仙域，面对末法时代也无比忌惮，迅速关闭两界通道，唯恐仙域也发生巨变，若非如此，他们还不会退兵呢。

“是，一般来说，无人愿意降临这一界了，但是有些神圣的果实已经成熟，需冒险来采摘。”中年人说道，他指的自然是万道树。

“小心一些，不涉及真仙领域，我等还是能出入一两次的。”中年人又说道。

两大至尊领队，庇护着一大群年轻人，难怪没有真仙，竟是因为受限。

真仙若降临此界，必然会引发这片天地的感应，导致末法延展，可能冲击仙域，造成灾难。

当然，那里有仙王坐镇，也不是不能斩开祸难，但要付出代价。一般来说，仙王都不会随意出手。

对面的那些年轻男女中，有一个女子黛眉弯弯，大眼水灵灵的，丰姿出众，正在打量穆青等人，有种自信的风采。

她忽然开口道：“尔等既然是九天十地子民，那么是否听闻过荒？”

穆青等人都是一愣，她是谁？居然要找荒！

石昊看向这个女子，她很美丽，但是有些自恃，年岁不大，却有点儿老气横秋。

“听闻过，你找荒作甚？”石昊问道。

“有人让我为荒带话，为此我跟随敖晟仙王的后人进入这一界。”这个黄衣女子说道，眸波灿灿。

“我就是荒，你说吧。”石昊开口道。

对面顿时一阵骚动，显然有人听闻过他的名字，就是两大至尊都露出异色。而那个黄衣女子更是惊讶地盯着石昊看，最后移动双足，向这边走来，小声道：“借一步说话。”

石昊面无表情，跟她走向一边。

“我的师父是清漪，也叫月婵，我是她的弟子罗琳。”黄衣女子罗琳说道，很直接地自报来历。

石昊这一次变了脸色，没想到她居然是清漪的徒弟。不过这个女子的天资的确很不凡，能够感觉到她的自信，即便是面对他时也有一种傲气。

“许多年未见，我师父想让我带话，问候老友一声。”罗琳眼神飘忽，说到这里她就停下了。

“还有呢？”石昊问道。

“还有，我师父将要跟敖晟仙王的嫡系后代——一位年轻的大人结为道侣。”罗琳大眼发光，这么说道。

“这是清漪要你带的话？”石昊盯着她。

“是！”罗琳扬起头，语气中既有自负也有坚定。

石昊转身就走，不再理会她。

“你这是什么意思？难道就不想说些什么吗？理应祝福一下我师父！”罗琳不满地在后方喊道。

石昊转身，冷漠地看着她，道：“就是清漪再绝情，也不至于如此让你带话，你这样乱来，不怕我镇压你吗？”

“什么乱来，你这人简直不可理喻，若还念旧交，理应祝福我师父才对。”罗琳说道。

石昊沉下了脸，瞬间散发出丝丝至尊气息。一刹那，这天地都剧震了，眼前的女子顿时面色苍白，浑身战栗，感觉末日临头，她难以承受，瞬间瘫倒在地上，瑟瑟发抖。

“你……”罗琳又惊又怒，来到这一界，她居然被人这么对待，但同时她又很惶恐，荒居然如此强大，似乎比仙域的至尊还恐怖。

“我与你师父交情匪浅，是你的长辈，在我面前，你大言不惭，自负满满，还妄想愚弄我。若非看在你师父的分上，我一掌便灭了你。”石昊冷淡地说道。

“我师父跟敖晟仙王的后代真的算是珠联璧合、天造地设的一对，你不想成全吗?!”罗琳咬牙，大着胆子说道，并进一步补充，“我若是你，便会成人之美。”

“道友，你这样以大欺小不太好吧？”对面，那个中年人开口道，神色冷冽。

“看在你师父的面子上，我不与你计较。”石昊转身就走，不再理会她，收敛了至尊气息。

“师父，怎么了？那女人说了什么？”赤龙问道。石昊和罗琳两人是用神识交流的，没有让旁人听到。

“一位故人的弟子。”石昊摇了摇头，道。

“荒，你太嚣张了！”罗琳站起身来，有些恼羞成怒。她来自仙域，虽然知道自己修为不如荒，但今日被压制心里还是很不甘。

“你是我师父故人的弟子，为何不尊重我师父？”赤龙喝道。过去它很不愿意承认这个便宜师父，但这些年来它渐渐改变了，早已认可了石昊师父的身份。

“你是荒的弟子？”罗琳有些意外，审视着赤龙。

“大胆，你一而再地无礼，直呼我师父之名，真以为自己来自仙域就了不得吗?!”赤龙呵斥道。

“哼，的确比你们这一界强。”罗琳说道，带着傲气。

“我师父不与你一般见识，我来教训你。”赤龙的脾气有多火爆啊，它当年都敢跟它的师父叫板，对这个女子自然没有好脸色。

“我还怕你不成？你是荒的弟子，我今日就跟你一战！”罗琳冷笑道，抢先出手了。

神光绽放，大道符文密布，她如闪电一般扑击而来，与赤龙大战。

罗琳的确实力很强，可惜她遇上了赤龙，交手数十招后，她被赤龙一记凤凰展翅“砰”的一声打得横飞了出去。

“你……”罗琳极为吃惊，难以接受。

“我还以为你有多大能耐呢，不自量力。”赤龙冷声道。

旁边，石钟等人哈哈大笑。

“朋友，你过了。”对面都算是敖晟仙王的后人，有人向这边走来，要跟赤龙动手，挽回面子。

“来，来，来，哪个不服，石霸天大爷在此！”

对面走来的人身在遁一境，容貌很年轻，他冷冷一笑，直接动手了。

这一次战斗结束得更快，打神石化成一道光，横冲直撞。它本身都快成至宝了，一般人怎么挡得住？

“砰！”打神石化成巨石，拍在那个人的后背上，直接将他打飞了。

“太弱了。”打神石鄙夷地道。

“好大的胆子！”那群人中又有人走出，这是敖晟仙王后世子孙中的佼佼者，他龙行虎步，向前逼来。

“呵呵，咱们切磋下。”穆青走了出来，道。

“轰！”

大战爆发，结果不足百招，穆青便催动雷霆，险些让那个人当场殒命。

那个人浑身焦黑，倒翻了出去。

这一下，对面的人愣住了，同在遁一境，这九天十地的人为何这么生猛？要知道，他们可是仙王后裔，居然大败了。

“不服的，尽管放马过来！”石钟站了出来。

“我来一战！”有人喊道。

结果却一下子冲出来三个人，他们都想掂量一下这一界的修士的实力如何。

石钟还未出手，皇蝶翩翩向前飞去，而后猛力振翅。三大高手在一只柔弱蝴蝶扇动翅膀的同时，身体剧震，倒飞而出。

“不服就过来！”朱琳站了出来，道。同时，无畏狮子、三个雷灵以及石钟也抢着上前，后面还有小蚂蚁压阵。

对面的一群人彻底无语了，这些人怎么会如此强大？仙王后裔居然都吃瘪了，不是其对手。

罗琳也傻眼了，难以置信。她的确有些看不起这一界的生灵，可是眼前所见颠覆了她的认知。虽然知道师父的那个知己是一位天纵人物，可是眼下目睹后，她还是被吓到了，那个人调教出的这些弟子太恐怖了。

她认为这些遁一境的人都是石昊的弟子，不过也的确差不多，这些人就是石昊教出来的。

第1620章 无敌种归属

仙域的一群人有点儿无语，怎么反过来了？对面，那几个生灵睨视他们，如同见到了猎物一般。他们可是敖晟仙王的后人，居然被人这么轻慢，没有放在心上。

在他们看来，那是一队杂牌军，从石头到蝴蝶，再到狮子，还有蚂蚁，都是什么组合啊？居然镇住了他们。

可是他们不服不行，他们连续派出的高手上去就让人给打得趴下，不是其对手，让这一群人脸上发烧，很没面子。

“喂，服气吗？不服的话，你们就一起过来吧，我石霸天全都接下了！”打神石挑衅道，这绝对是一个惹祸精，禀性如此。

“你……”果然，一群年轻的生灵脸色难看，都握紧了拳头，有些人忍不住就要向前冲。

为首的中年至尊哼了一声，拦住了那些人。他们真要是蜂拥而上，结果还被那块石头给放倒，那就更丢人了。

“我们兄弟四人来与你们一战，随便你们派出几个人都行！”兄弟四人走了出来，他们的长相一模一样，是四胞胎。

“砰！”

缩在后面、不愿出手的曹雨生被小蚂蚁一脚给踹了出去。

“谁踹的我？不是我自己过来的！”曹雨生叫嚷道。

仙域的修士顿时嗤笑，总算遇上了一个正常的，如果实力都那么恐怖的话，那还了得！

“你要跟我们一战？”仙域的兄弟四人哂笑道，同时快速行动起来，他们四人将曹雨生包围起来，宛若一体。

“别，有话好说！”曹雨生叫道。

“晚了。”兄弟四人冷冷地笑着，他们出场就是为了挽回颜面的，只能胜，怎么可能放弃呢？

“哧！”

然而在他们出手之前，看起来还毫无威胁的曹雨生突然动手了，速度比他们还快，身体内符文交织，散发出千万道剑气。

第三杀阵！

这是曹雨生体内的法阵，刻在血肉与骨骼间，以身体为载体。

太突然了，符文从曹雨生的身体开始蔓延，大阵符文密布，一刹那遮蔽了天地，混沌云雾翻涌，剑气滔滔。

“噗！”

兄弟四人全都中招，每个人都被剑气洞穿了。若非他们反应迅疾，疾速而退，后果不堪设想。

“砰！”

四人跌倒在地上，浑身是伤。他们都是被剑气斩伤的，换成其他人，肯定在那过程中就被除掉了。

一群人都无语，这个胖子分明实力很强，体内刻下了惊人的法阵，结果却这么阴险，还搞偷袭。

就是穆青、朱琳等人看着曹雨生的眼神都怪怪的，这胖子还真不是好东西。

“卑劣，无耻，浑蛋，小人！”四兄弟大骂道。

众人看出了问题，她们将头发披散了下来，竟是女儿身。仙域的四兄弟居然是四名少女，现在她们露出了原形。难怪她们骂个不停，一个胖子居然偷袭她们几名少女。

“早说啊，不然我肯定会怜香惜玉的，我可是人称‘惜花公子’。”曹雨生故意这般说道。

“死胖子！”四名少女齐声骂道。

曹雨生一本正经地大步走了过去，想要一个一个将她们给扶起来，道：“冤家宜解不宜结。”

四名少女大怒，这死胖子想占她们的便宜。

对面，仙域的那些人都觉得很无语：这胖子太不厚道了，你有本事便直接交手就是了。

曹雨生灰溜溜地退回来了，因为他引起了众怒。仙域不少年轻人一起向前，怒视着他，令他不敢去搀扶少女们了。

敖晟的这些后人感觉非常没面子，要知道他们刚才可是连战了数场，结果都输了。

“算了！”那名中年至尊开口，阻止敖晟家族的年轻人再去挑战，这次他们丢人丢得已经很大了。

如果此事传回仙域，一定会引发轩然大波，这些后辈弟子居然这么不堪，都遭遇大败。

当然，他也不是很担心，毕竟家族中最强大的几名传人都不在这里，而是在仙域，他们各自守护一方，傲视同辈。

尤其是那位年轻的大人更是得到了仙王真传，法力强大，睥睨同代人。

今日这群人中也有一棵好苗子，乃是敖晟家族那位年轻大人的幼弟。如今他还是少年，身在天神境，正需要融合一枚无瑕道种。

那个少年天赋绝世，有其兄长千年前的风采，将来注定辉煌无敌，不过现在他还未成长起来，距离遁一境还远，不能出战。

“道友，不如你我两人切磋一下？”那名中年至尊对石昊说道，向前走来。

“可以！”石昊一口答应了下来。

“轰！”

中年至尊出手，捏皇道法印，向石昊轰去，威势骇人。

石昊并不躲避，就那样探出一只大手，铺天盖地地向前镇压，覆盖了这名中年至尊。

在许多人看来，这有些托大，居然就这么随意地镇压至尊。一般来说，这是强于对手的人才会做出的选择。

果然，这名中年至尊目光冰冷，施展法相天地，身体与天齐高，欲碾压石昊。

可是他遭遇了困境，身体被阻，天空中那只大手覆盖而来，逼得他的法体不断缩小，就这么被压落在地。

他一动不能动了，便是所结法印都暗淡无光，失去了至尊的威势。

所有人都震惊地看着那一幕，石昊一只大手而已就这么将他压在地上了，如同巨龙震慑走兽。

“哧！”

光芒耀眼，另一位出手了，他担心石昊下狠手，果断攻了过来，动用自己的至强宝术。

石昊的动作简单而直接，他探出另一只大手，“轰隆”一声将此人镇压在地。

众人惊骇，这是怎样的手段，一个人而已，如此轻易地便镇压了两大至尊！

清漪的弟子罗琳张口结舌，她第一次明白她师尊口中的那个人到底有多么可怕，身在贫瘠的古界却有这等神通，震慑了仙域的众人。

这也太简单了，罗琳心惊肉跳，对方就这么得手了，无人能与之抗衡。两大至尊无论怎么用力，都难以动弹。

一群人都害怕了，担心石昊大打出手，这里的气氛一下子变得紧张起来。

如果石昊真的动手，他们必死无疑，这些人忐忑不安，面对如此强大的至尊，他们一起出手也挡不住对方的一指。

出乎他们的意料，石昊收手，放开了两位至尊。

敖晟家族的两位成道者心情复杂，除真仙外，这么多年来，在这人道领域中谁能这么压制他们？眼前这个年轻人太恐怖了，一只手而已，就能轻易镇压一位至尊，他在人道领域有无敌之势！

“多谢道友手下留情。”他们一起拱了拱手，道。刚才真的太危险了，只要这个年轻人再施法力，就能将他们斩灭。

“接下来争夺道种我不会手下留情。”石昊说道。

两人的脸色顿时变了，他们就是为万道树而来，怎么可能会放弃？不然的话回去没法儿交代。

“道友，这是我族敖晟仙王所养的道种，早已被定下了。”一位至尊说道。

“天生万道树，谁能养？各凭手段夺得！”石昊脸色冷漠，道。

双方对峙，气氛顿时又变得紧张起来。

“去请教那位前辈，看到底是何人栽种的万道树。”石昊再次开口道。

在这座悬空的岛中心，一株宝树发光，若真龙蜿蜒，老皮开裂，树上结着上万枚果实，树下盘坐着一个人。

他披头散发，身上缠满了锈迹斑斑的铁链，那铁链应该是某种仙金制成的，洞穿其肩胛骨，将其锁在那里。

这个怪人形体枯槁，闭着双目，一动不动，如同坐化了一般。

石昊知道他还活着，因为千年前他们想动万道树时，就是被此人所阻，言称这是有主之物。

“前辈，请苏醒，我等是敖晟仙王的后人，特意来此取绝世道种。”一位中年至尊开口道。

没想到这个人真的睁开了眸子，他双目暗淡，缺少光彩，被锁在这里无数年了，显然是被镇压了。

“看来另一脉败了，不是敖晟的对手，不然的话万道树就会属于他们那一脉。”此人声音沙哑，这般说道。

他在此盘坐漫长的岁月，就是为了看守此树，等待它成熟时，有人来将它取走。

“敖晟仙王天下无敌，从古至今，没有几人可以跟他争雄。”那位至尊说道。

“可这的确不是敖晟的东西，是另一位仙王的，本应给他的后代，看来那一脉多半断了传承。”这个神秘人叹息道。

此人霍地抬头，身上满是锈迹的铁链哗哗作响，他盯着石昊道：“想不到啊，你小小年纪就已经人道无敌。我昔日见过你，倒也算是缘分，这万道树给你了！”

说到这里，他身上的铁链咔嚓一声断了。随着这种变故发生，他站了起来，而那株万道树则拔地而起，飞向石昊。

这让人愕然，太突兀了。石昊跟敖晟的后人还没有开始争夺呢，结果这万道树就被送给了石昊。

“我已经完成承诺，守护到此树成熟，该归去了。”就在此时，这个披头散发的怪人浑身僵硬，再次盘坐在地，开始石化。

最终，他化成了一尊石像。

“我送你万道树，你将我埋葬，还因果。”那尊石像的头部发光，这般说道。

“前辈，你……”石昊很吃惊。

“我早该离世了，强撑到今日，注定身死道消。只希望万古之后，我化成的石胎可以通灵，重新拥有生命。”他的声音渐渐变得微弱。

这样可以吗？石昊心有疑惑。

“只是那个时候，石胎非我，算是天生天养的圣灵。只希冀真的有轮回，有朝一日他能记起往事。”他这般说道。

石昊默然，如果有选择，这个人绝不会如此，寄托于未来轮回，那简直就算是没有希望，太缥缈了。

“在古代，偶尔会有天生石胎出世，化成生灵，若大环境允许的话，它可以直接成仙，难道仙人都是这样来的？”曹雨生咕哝道。

“真正天生天养的人形石胎不能说绝对没有，但每隔一段岁月就出现，绝不正常。自然过程应是石化的古代大能经过无穷的岁月之后通灵所化，诞生出新的元神，有了生机。”那尊石像说罢，生命气息彻底消失，眉心不再发光。

第1621章 志在仙王

一代猛人就这么殒命了！

毋庸置疑，他肯定是仙道人物，但他究竟有多么强不好说，也难以说清。他守护万道树无穷岁月，直至它近年来成熟，自身却化成冰冷的石人。

寄托于未来有轮回，这实在缥缈，也很可悲，但是他没有其他选择，因为当年他留下了必死之伤。

万道树发光，就悬在石昊的近前，叶片散发出混沌之气，枝干苍劲，若虬龙盘绕，蜿蜒伸展。

这株树明灭不定，发光时璀璨如骄阳，暗淡时若黑暗宇宙深不可测，树是实体，而果实则是道则所化。

这样的树可以说是无价的，拿什么都换不来。

万道树是大道的载体，天生聚集着诸天万道法则，若将它纳入体内修行，简直不可想象！

“唰”的一声，整株树缩小，化成一尺高，但越发显得古朴了，万道气息垂落，如同瀑布流淌。

那种气，每一道都不同，都是从不同的果实上落下的，流转间，如同万条星河般垂挂。

“道友，这是我族敖晟仙王留给后人的道种。”远处，那名中年至尊提醒道。

石昊没有理会，对着那个石人行了一礼，而后将其收了起来，要选一个好地方将其安葬，履行承诺。

随后石昊“砰”的一声抓住尺许高的万道树，感受到了强大的大道之力，他将之植入体内，默默地感应了一番。

“道友，你这是要强取吗？”另一位至尊开口道，向前逼来。

石昊转身，看着那两大至尊，神色冷漠地道：“那位前辈说得很清楚，万道树并不属于敖晟仙王，同你族无缘，如今送给我了，谁敢强取？”

他一瞪眼，对面一群人都战栗不止。两大至尊赶忙施法，散发神圣的光芒，守护一群年轻人。

他们有些无奈，真要动手的话，所有人一起上都不是石昊的对手！

虽然早有耳闻，但是真正见到石昊他们还是深感震撼。这可是处在末法时代的九天十地，连大道都有缺陷，居然出现了这么一个恐怖的生灵。

“不愧是荒，曾经诛杀异域皇族，号称同辈无敌手，果然了得。哪怕是在仙域，多半也会有你的一席之地。”那名中年至尊说道。

另一人默然，不用怀疑，他早已看出石昊的与众不同，就是从仙王家族走出的天纵人物都不见得比得上。

“道友，你能否割爱？我们愿意付出代价换取。”他们用商量的语气说道。

“不行，我有大用。”石昊摇头拒绝。

清漪的弟子罗琳一袭黄衣飘舞，道：“你已经成为至尊，为何还不肯放手？哪怕与你融合，效果也不大。如今敖坤正需要与它融合，他日若有所成，一定不会忘记你的好！”

她指向身旁的一个少年，正是这群人所保护的人物，他名为敖坤，也是此行的焦点。

敖坤虽然才达到天神境，但是有天纵之资，号称敖晟家族的麒麟儿。如今他虽然还年幼，但是在仙域中已经名动一方，天神境无对手！

“我也有弟子，他们更需要万道树。”石昊淡淡地回应道。

“荒，你这人真不懂得变通。敖坤日后会成为仙王，他若有成，回首往事时，怎么会忘记你的好？定会照拂你！”罗琳说道。

石昊冷冷地扫了她一眼，顿时乾坤龟裂，景象恐怖，连天上的星斗都在轻颤，要坠落下来。

他还需要一个小辈日后照拂？真是笑话！

罗琳当场面色发白，身体摇晃，险些再次瘫倒在地上。

石昊没有开口，穆青上前，道：“你不想活了吗？！”

仅此一句话，就让对面所有人都变了脸色。

“我师父念旧情，不愿伤清漪师叔的弟子，你却一而再地不敬，想死的话，我来成全你！”

赤龙直接行动，一纵而至，逼到近前，道：“吃里扒外，虽是清漪师叔的弟子，却一再偏向敖晟家族，让我来替清漪师叔清理门户！”

赤龙脾气火暴，直接动手了。

“你……”罗琳羞恼，快速还击，但她不是赤龙的对手。

“噗！”罗琳被赤龙拍翻在地。

敖坤将她扶起，罗琳气得浑身颤抖，即便知道眼前这些人不凡，可她还是天生有种高傲，看不上他们。

“你们这样做，坏了敖坤的前程，他的兄长敖乾是不会放过你们的！”罗琳所说的敖乾便是那所谓年轻大人，他号称仙域的强大翘楚之一。

自敖乾出世，一路走来，在偌大的仙域所遇到的敌手中能跟他抗争的也只有那么三两人，而且都是仙王后人。同时，他也是罗琳希望师父清漪能与之结成道侣的最佳人选。

对这种威胁的话，石昊懒得理会，什么敖乾，若来了斩了就是。

他如今虽未成仙，但志在仙王。所谓同辈，所谓年轻生灵，早已不是他所考虑的对象。

“笑话，敖乾，没听说过，有朝一日真要来了，我等替师父拿下就是了！”赤龙说道。

“那样的人，我们接下！”穆青也很直接。

罗琳难以置信，目瞪口呆，她认为这群人是疯子，居然小觑敖乾，不怕仙王的后代，实在胆大包天！

“你……你们！”罗琳张口结舌。

“算了，道友既然不愿意，我们也不勉强。”一位至尊开口道，他怕激怒石昊，惹下杀身大祸。

“我这次来其实还想为师父传话，百年后仙域有一场盛会，我师父清漪一直在想办法，想接引你去参加。”罗琳说道。早先她不想传递这则消息，怀着私心，但现在她真的希望石昊前去，见识一下仙域的恐怖，看看那里的最强人杰有多厉害。

石昊淡淡地扫了罗琳一眼，怎么会不明白她的心思，若非清漪的弟子，他早已一巴掌拍过去了。

“的确，百年后仙域有一场盛会，虽然两界已断开，但若非仙道生灵，还是有办法通融一二，接引进去。”那名中年至尊说道。

后方，曹雨生、穆青等人的神色都变了。

“呵呵，什么人有资格在末法时代进仙域？真想进去，先让我来考量一番，若太差劲就不要妄想了。”就在这时，声音从虚空中传来，接着一道朦胧的光浮现，包裹着一个生灵。

这是一个老者，白发白须，仙风道骨，此时他的眼神很冷厉，正在盯着石昊。

一条又一条大道锁链捆在老者身上，掩饰仙道气息。

“敖凌老祖！”许多人惊呼。

就是那两位至尊都大吃一惊，这可是一位真仙，居然出现在此！

“老祖，你怎么能下界来？”许多人很吃惊。

如今，九天十地步入末法时代，真仙不得乱走动，不然会引发极其不好的后果。

“小心一些还是没问题的，我这不是用大道规则锁住自身了吗？”敖凌淡淡地说道。

“族人知道这里有个怪物守护着万道树，怕他的脾气如同那茅坑里的石头又臭又硬，不放心，我便暗中跟你们一同前来。”敖凌补充道。

自始至终，敖凌的目光都落在石昊的身上，此时他冷冷地说道：“将万道树交出来吧，它不属于你。”

谁都没想到会有一位仙道高手降临，一直躲在暗中，这让曹雨生、朱琳等人充满忧虑。就是打神石都老实了，此际他们极其危险。

“它是我的。”石昊仅此四个字。

“呵，你还想让我动手不成？哪怕我被大道锁链捆着，也不是一个至尊所能对抗的，不想被斩就赶紧献上。”敖凌冷漠地说道。

“你来试试看！”石昊瞪大眼睛，气势汹汹，他斩过残仙，对上这自缚手脚的真仙一样无惧。

“不知道天高地厚，一个下界小子而已，也敢对仙王家族不敬，老祖来擒你！”敖凌冷声道，探出一只大手，向前抓来。

“轰！”

石昊直接动手，并不避退，瞬间天崩地裂，乾坤都炸开了。他那只左手发出的金芒有亿万丈长，淹没了界坟广袤的区域，神力盖世，向前拍击。

“砰！”

外人很难想象这一击有多么恐怖。

“噗”的一声，敖凌的那条手臂当场就断了。

罗琳等人全都愣住了，不敢相信！

第1622章 三种

这太突然了，跟所有人的猜想都不一样。他们张口结舌，如同木雕泥塑一般站在那里，一动不动。

“啊——”敖凌踉跄而退，整条右臂都消失了，他在这个地方遭劫，整具躯体都险些瓦解。

敖凌何曾吃过这么大的亏？他来自仙王家族，是一位真仙高手，平日间有几人敢跟他动手？

在这片世界，一个贫瘠、没有办法成仙的旧地，他却险些被人击灭，这是何其可怕之事！

到现在，敖凌都有点儿不敢相信他居然落败了。

一声轻叱响起，敖凌浑身发光，雾气翻涌，将他包裹，他在快速复原。

身为真仙，敖凌的生命力无比强大，哪怕只有一缕生机，都能再生。他并未伤到本源，神识海无恙，所以他第一时间疗伤，肉身噼啪作响，迅速修复完毕。

“小辈！”

敖凌呵斥一声，再次出手。他身若雷霆，太猛烈了，抬手间，掌指中星河缭绕，动辄要击穿大天地。

“轰！”

敖凌顶天立地，一掌拍落，风云变幻，时光碎片飞舞。他如同战神，从那遥远的古代走来，带着无比强大的气息。

可是，面对这一击，哪怕星斗坠落，乾坤炸开，石昊依旧平静，还是那样一掌拍出，勇猛向前。

“砰！”

虚空中，一声闷响回荡，若混沌爆炸、开天辟地一般，声势太浩大了。

敖凌瞳孔睁大，手臂剧痛，他痛哼出声，战栗不止，因为那条手臂承受不住，再次骨折。并且，他的躯体满是裂痕，差点儿全面瓦解。

堂堂真仙连续两次主动出手，都被人重创，情何以堪？

尤其这还是一个下界的生灵，曾被他所轻慢，还不是真仙，却这么剽悍，让他遭劫。

敖凌哪怕修道岁月很长，脸皮非常厚，可此时脸上也是火辣辣的发烧，他太羞愧了，从来没有这般丢人过。

“噼里啪啦！”

敖凌的骨头在响，身体不断倒退，承受不住一股巨力的冲撞。

不久前，他还说想进仙域得先让他考量一番，结果对面那个人就这么强硬地回应了他，两掌而已，打得他没脾气。

“你成仙了，不对，你的那只手掌……”敖凌的声音略微发颤，他盯着石昊的那只金色手掌，瞳孔收缩。

此际，其他人都傻眼了，这么一个结果，谁敢相信？

敖晟家族的人都目瞪口呆，这是真的吗？他们怀疑所见为虚，因为这简直令人难以置信。

敖凌真仙的出现让他们喜出望外，觉得那万道树必然归他们所有，一切都将尘埃落定，荒再强也没用，可结果却这么惊人！

罗琳的嘴巴张成了“O”形，如同活见鬼了一般，满脸难以置信的神色，她觉得太震撼了，这颠覆了她的认知。

这怎么可能？简直不可思议！她觉得这太荒谬了！

这一刻，她终于明白师父念念不忘的人到底有多么厉害，他这是以至尊之身伐仙？

这个人无敌了！

“他修道不过千年就有这等成就，日后还了得！”罗琳的身体都在微微颤抖，此时她真的害怕了。

“师父威武！”赤龙大喊道。

来自石村的穆青、雷灵、朱琳等人也都很吃惊，然后一起大声叫好，看到石昊战绩如此显赫，他们彻底放心了。

敖凌明白了，石昊的那只手掌有问题，不然的话，怎么能将他堂堂真仙直接打成重伤？

“老祖，息怒。不是您不敌对方，而是您自身被大道锁链捆着，难以发挥出真正的实力。”一位至尊劝道，给敖凌找台阶下。

“不错，老祖自缚手脚，这不是真正实力的体现。”另有人说道。

敖凌一言不发，感觉很羞辱，但是他知道今天占不到便宜，再打下去的话他会吃更大的亏。

石昊冷冷地看着敖凌，并未再出手，因为他知道哪怕冲过去除掉敖凌意义也不大。该族有一个仙王，号称无敌，俯瞰仙域，石昊光除掉一个真仙没用。

“我不愿行杀戮之事，无意与你族为敌。”石昊平静地说道。

石昊虽占据上风，但没有盛气凌人，就这么看着对面那群人。

敖凌张了张嘴，盯着石昊的那只左掌，很想问那是什么，但终究还是没有开口，他觉得自己没脸追究。

“万道树是我的。”石昊这般说道。

敖凌老脸通红，险些咯血，早先他威严地宣布万道树归他们这一族所有，让石昊交出来，最后却是这么一个结果。

“我们走！”最终，敖凌没敢翻脸，不然的话后果难料。

“嘿，知道什么叫天纵无敌了吗？日后，我等皆可逆行伐仙！”打神石洋洋得意，好像它大胜了一般。

敖家的人脸色难看，的确无话可说，连真仙都被荒击败了，他们想不承认对方的天纵之资都不行。

一位至尊身形微顿，道：“百年过后，我等会送来请柬，请阁下去参加那场仙域盛会。”

真仙敖凌听到这句话后都没有反对，面无表情地登上了那艘紫金战船。他们破空而去，快速离开了此地。

打神石张口结舌，觉得自己可能闯祸了，若百年后仙域真的来人接引石昊，他到底去还是不去？

“走，去寻下一枚无敌种子！”石昊率众人离去。

他们再次来到五行大陆——五行封魔之地，这里有一枚天种。

这块大陆上流光溢彩，有炽盛的火焰，有霸道的金属气息，有蔚蓝的汪洋，有黄色的土行之力。

这一次，石昊没怎么耽搁时间，一开始就强攻，破解封印。他的左手跟那只金色的手骨融合之后已经得到检验，威力巨大，可以将真仙的手臂打残，他自然不用担心，快速冲击。

当年他们实力不够，只能退走，现在不用担忧了。

“轰隆隆！”

最终，各种封印全部被开启了。群山发光，最中央的位置有一座石山，石山呈宝瓶状，此时变得晶莹无比。

相传，异域的某一皇族葬在这里，成为养料，一直在培育那枚天种。可以说，这枚种子来头惊人，最是奇异。

宝瓶状的石山上有烙印，一道淡淡的虚影手持利剑，守护此地。

“轰！”

石昊轰击石山，斩向“大道宝瓶”。

“以身为种，真有人成功了……”“大道宝瓶”上浮现出一道身影，他站在虚空中，凝视着石昊。

“不用攻了，这天种送你了！”他居然这么说道。

“为何？”石昊很惊讶。

“这本就是为红尘中的争渡者准备的，希冀有生灵于末法时代成仙。”那道模糊的身影说道。

石昊心中一震，想到了昔日的情景。千年前这道模糊的虚影的确曾说过“红尘”二字，有这么一回事，可是这枚天种关乎成仙？

以他如今的境界，还需要这种子吗？石昊觉得这枚天种很古怪，绝对不一般。

“我也该随风而散了。”那道模糊的身影化成光雨，逐渐消散。

接着，那座石山解体，“大道宝瓶”龟裂，“轰隆”一声，彻底倒塌。

一个拳头大的罐子飞出，里面有一枚天种！

除此之外，“大道宝瓶”中还有无数遗骸，那是成百上千万的大军，是来自异域的皇族，全部葬送于此。

天种就这么得到了，跟石昊预料的不太一样，并没有经历一场恶战。

“轰隆！”

同一时间，五行大陆在沉陷，在解体，要崩开了。

这块大陆无比浩瀚，在界坟内都算是较大的残界，居然开始崩塌。

“五行封魔地的封印解除，连五行大陆都将不复存在了吗？”石昊吃惊地道。

“哧！”

突然，一道璀璨的神虹从五行大陆地下冲起，想要逃离此地。

“咦，那是一枚种子！快追啊，传说是真的，五行大陆有一枚绝世道种，是五行种！”曹雨生大叫道。

一直都有传言说这里有一枚完美无瑕的五行道种，准确来说，那所谓天种并非五行大陆所孕育，而是被封印在这里的。

石昊早已出手，他探出金色的左掌，“轰隆”一声抓向天穹，一把将五行种抓到手中，没让它遁走。

他们在这里居然寻到了两枚种子！

天种非凡，有不同寻常的意义。

“走！”石昊亲自驾驶战船，离开了这个地方。

他们又用了大半年的时间在界坟内寻找，希望能够再发现一两枚绝世道种，可惜他们只发现平常的道种。

想再发现完美的道种，那几乎不可能了！如果真有那么多，就不会称之为无敌种，无敌种万古来罕有，他们能有这般收获就已经很逆天了。

万道树、天种都涉及了历史的遗留问题，不然的话怎么可能会留到今日，落在他们的手中，早该被人取走了！

石昊他们离开界坟，返回了外界。

时光匆匆，一转眼而已，近百年岁月悠悠而过，离仙域盛会开启的时间非常近了！

第1623章 仙域来人

一百年就这么逝去了，过得非常快。在万古中，在一个纪元间，一百年也似乎只是匆匆一瞬间。

可是，对世上的凡人来说，一百年却足以经历出生、成年、衰败、老死。这是漫长的一生，人死如灯灭，留不下什么。

石昊出关，望着远空，或许仙域之门要开启了，有人会送来请柬。

他知道那不是什么善意，多半是要仙域的不世强者震慑他，给他一点儿颜色看看，甚至会有杀身大祸。

百年来，他大多数时间都坐镇天庭的巨宫中。

石昊依旧驻足在极道之巅，道行看起来没有寸进，宛若到了一个瓶颈，再怎么努力也很难看到变化。

可他知道自身的修行不是没有益处的，他能体会到体内发生了某种极其细微的变化，只是不太明显。

在末法时代，想要成仙太艰难了，依照前人的推演来说，那是不可能的，前路已断!

想要成仙，只有一个办法，那就是打进仙域去，在那片天地修道漫长的岁月，总有一天会化作真仙。

一百年来，其他人变化明显，精气神等更为饱满了。穆青、赤龙这些人的道基越发扎实，百年磨砺，道行精进。

可惜他们依旧站在遁一境巅峰，不能迈进至尊那个境界。虽然只差一线，但还是无法捅破那层“窗户纸”，只要再前行一小步，就是另一片崭新的天地!

不能强求，这是没有办法的事。

不过，他们并不气馁，他们都在锻造肉身，磨炼元神，使自己更加强大，越发圆满无瑕。

因为他们能体会到，这一百年来，他们的道行是有所精进的，这说明路在前方，依旧可以前行。

他们什么时候能跨过那道门槛，真正鱼跃九重天而化作真龙呢?

这一百年来，三枚完美的道种在他们之间流转、被共用。没有人斩掉原先的根基，而是在认真思忖后，决定半路出家，从天神境再塑。

道种被融合后，他们一路向上修行，最后又将道种取出，交给其他人。

三枚道种终究是少了一点儿，因此他们只能共用。不过，这三枚种子都非同小可，皆是独特的，很多人不断使用毫无问题。

五行种凝聚五行精粹，天地都可化为五种元素，它们就是根本。被一群人共用时，五行种可阐释天地的本质。

万道树更为奇异，这株古树栽种在天庭中，都不用融入身体内，就可以让人跟着它悟道、修行。

它似乎不用融入一个人的体内，而是可以融入一教、一个道统，让举派上下共繁荣。

每当修行时，天地大道隆隆，从四面八方垂落，连那有缺陷的天地规则都仿佛被补全了，让人沉浸在无边“道海”中。

最为奇异的是那枚天种，除石昊外，其他人都不愿意总是接触它，因为它太诡异了，当中竟有千军万马的杀伐声。

这些年来，石昊研究了一番，天种可否真能让他于末法时代的红尘中成仙？他虽在揣摩，但没有发现突破口。

这一日，天地颇不宁静，一股可怕的气息震荡，令所有闭关的强者都惊醒了。

“咚！”

一道光划过天穹，降临在这片大地。

“来了。”石昊自语道，他知道那是仙域的门开启了一道缝隙，送下来了生灵。

果然，不久之后，天庭有人拜访，几名强者登门，指明要见石昊。

在这个年代，一般很少有人找上石昊，即便有，也都是带着敬意，而不像这几人如此自负。

这几人从少年到壮年再到老年，应有尽有，最起码容貌是如此，而他们的真实年龄究竟几何就不好确定了。

“荒，我等为你送来请柬，邀你进入仙域。”其中一人说道，他很年轻，一头紫色长发披散，有种桀骜的气质。

一看就知道这个人平日很强势，他鹰视狼顾，在这里打量，扬起手中的金色请柬，道：“接下吧。”

石昊很平静，并没有回应。

朱琳上前，步履轻灵，要接过那封请柬。

“这是给荒的，别人不能触碰。荒，你亲自接下吧，若无异议，便随我等立刻进仙域。”紫发青年目光冷厉，没有将请柬给朱琳，而是很强硬地这般说道。

“你是来送请柬，还是来传法旨，凭什么让我师父亲自接旨？”赤龙断喝。

至于朱琳，更是俏脸微沉，抬手间，真凰长鸣，赤光闪烁，她要强行将那封请柬接到手中。

“放肆！这是仙域的请柬，岂容尔等亵渎，需要荒亲自接下方可！”紫发青年冷声道，体内发出紫光，迸发出一缕缕至尊气息。

受贫瘠的天地所限，朱琳如今进至尊境界无望，不是此人的对手。

“轰！”

但是朱琳并未被震开，也没有被对方的至尊气息碾压得瘫倒在地上，因为这巨宫内一股磅礴的力量护住了她。

在宫阙中，那尊矗立的石像发光，弥漫出无穷愿力，直接压落而至，将紫发青年锁定，那是石昊的神像。

石昊的真身自始至终都没有动，盘坐在那里，冷漠地看着紫发青年。

“放肆！”后方，有人喝道，他脾气火暴，已经出手。

“你说谁放肆?!”巨宫中，石昊眼神如冷电，撕裂虚空，凝视一个白袍少年，正是他在出手。

“轰隆！”

愿力宏大，凝聚成人形，抬起大手向白袍少年压落。

“轰”的一声，白袍少年迎击，但他惊悚地发现自己根本不敌对方，被那只大手笼罩后一动不能动。

“砰”的一声，大手压落下来的刹那，白袍少年当即弯腰，低下头，甚至双腿都弯曲了，不受控制。

“咔嚓！”

白袍少年被压得骨折，满头冷汗，快坚持不住了。

来自仙域的几人很吃惊，这白袍少年修道两万三千年时成为至尊，一身法力雄浑，成道两千多年了，实力非凡，居然被压制了。

白袍少年之所以出手，就是因为听到下界居然有一个才一千余岁的家伙早已成为至尊，非常不服。

白袍少年认为自己修道岁月这么久远，单以法力来论，肯定要比那个人厉害。怎能想到，他不仅不敌对方，而且与对方的差距还不是一点儿半点儿。

敖晟的后人隐瞒了百年前的某些真相，真仙败给了下界的一个年轻人，不然的话，这白袍少年说什么也不敢这么直接动手。

“你们是送请柬而来，还是想让我接法旨？如此盛气凌人，想做什么？！”石昊沉下脸呵斥道。

白袍少年脸色潮红，被压制得都要吐血了，他心中无比震惊：要知道，那个人的真身盘坐在蒲团上，都不曾真正地出手，只一道化身就压制了他。

“呵，有些门道，让我来领教一番！”此时，那个紫发青年开口道。

他浑身紫焰滔滔，已经挣脱愿力泥沼，大步向前，道：“吾修道一万九千年，终成至尊，如今活了两万三千载，特意来领教。”

紫发青年同样不服，他修道漫长的岁月，终成至尊，可是听闻下界一个年轻人居然不足五百岁时就成道了。他对此事感到难以置信，心中不忿，觉得那肯定是气运使然，故此想掂量石昊的真正道行与手段。

“一万九千年才成道，如果是在这一界，在这末法时代，你早就尘归尘、土归土了，还谈什么成道！”石昊冷冷地说道。

“你……”紫发青年目光冷厉，脸色涨得通红，他觉得自己这已经算是不慢的修行速度了。

石昊了然，轻轻一叹。在这末法时代，日后成就出来的至尊一定都是最强者，可以在史上留名，因为这条路会越发艰难。而在仙域，两万载成道都算速度很快了，因为他们有的是时间，既有不死物质，也有足够的寿元。

“若有本领，就跟我堂堂正正地对战，借助无穷愿力算什么？”紫发青年说道，他桀骜不驯，相当自负。

“愿力化身远不及我的真身。”石昊淡淡地说道。而后，他那道化身的另一只手抬起，向紫发青年镇压而去。

“轰隆！”

紫发青年大吼，紫焰焚天，迎击那道化身，结果他被石昊的愿力化身压制了，无法动弹。

“请柬留下，你们走吧。”石昊淡淡地说道，睨视仙域的这几个人。

朱琳上前，毫不客气地从那个紫发青年手中接过请柬。

“你……”紫发青年一动不能动，也只能认了，他早先的强势与狂言此时都显得无比可笑。

后面还有三人面面相觑，没敢动手。

“你接了请柬，还不立刻跟我们进仙域？”紫发青年咬着牙说道。

白袍少年快坚持不住了，马上就要瘫倒在地上，被压制得无比难受。

“记住，这只是一份请柬，我愿意去就去，不愿意去就可以扔在一边，不要觉得仙域有什么了不得的！”石昊冷冷地回应道。

紧接着，他大袖一挥，“轰隆”一声，将五人都给扫出了天庭巨宫。

五人面色通红，真的太没面子了，这可真是被人扫地出门啊！

“他是老妖怪转世吗？这么年轻，怎么会如此恐怖？！”一个人低语道，实在难以置信。

第1624章 上路

堂堂仙域之人就这么被扫地出门，偏偏他们还没有任何办法，五人的脸色一阵青一阵白。

就这样回仙域？可是有人叮嘱过他们，让他们一定要将荒请到仙域去，若连这样的事都做不好的话，会显得他们很无能。

原本在他们看来，这片世界灵气枯竭、异常贫瘠，只要他们走一趟，就可以带荒进仙域，他必然会相随。可是，现在看来完全不是那么一回事，对方根本不在意他们的邀请。

“我们是不是被人利用，当枪使了？”一个人脸色铁青地道。那个荒似乎知道什么，对进入仙域不怎么上心，和想象中的完全不一样。

在他们看来，这一界的生灵若得知可以进入仙域，一定会欣喜若狂。甚至，他们认为，这一界的人为了进仙域，会匍匐下身躯，央求他们带自己离开。

“我就不信他不动心，看他能拿捏到几时！”一个人说道。

然而，数日后，他们有些慌了。石昊根本就没有理会他们，镇静得过分，丝毫没有要离开的意思。

不得已，仙域的五大高手只好再次拜访石昊。这一次他们放低了姿态，认真求见，言语谨慎。

“我考虑一下，你们先下去吧。”石昊冷淡地回应道，直接端茶送客。

五人又被强硬地请走了，他们倒是想翻脸，可是不敢。他们没有停留，脸色难看地走出了天庭的巨宫。

“早知如此，何必当初？我师父又不是非要去不可。”赤龙在后方冷笑道。

白袍少年、紫发青年神色难堪，很想出手，最后却只是轻叹一声。他们连荒的一道化身都打不过，真要妄动的话，估计会被击灭。

接下来的两日，他们十分忧心，日子越来越近，却还不见荒有什么动静。

“还请禀告，我等求见荒。”

仙域的五人又来了，这一次他们将姿态放得更低了，向站在巨宫门口的朱琳请求，让她代为禀报。

“你们不是觉得仙域高高在上吗，连外人触碰一下那封请柬都不行，为何还要执意请我大兄前往？”朱琳明确地告诉几人，石昊正在悟道，没时间见他们。

五人焦躁不已，欲哭无泪。

他们清楚地知道，这一界的至尊在过去那些年有多么渴望前往仙域，无奈没有机会。荒还真是与众不同，明明机会摆在眼前，可他就是不为所动，甚至不愿意搭理他们。

一切都反过来了，他们数次登门，恳求荒做出回应，请他务必进仙域，简直是三顾茅庐，好话说尽。

“这位仙子，这是七窍玲珑丹，服食后可以增进人的灵觉，在仙域也算是珍贵的神丹，还请收下。”一个人低语道，悄悄塞给朱琳一颗丹药。

“就这么一颗啊？”朱琳睨视了一眼，嫌弃丹药太少。

几人顿时觉得很无语，这都是什么事啊，他们来下界送请柬，到头来还要求爷爷告奶奶，甚至送出稀有的神丹，却还被人嫌弃，这也太憋屈了。若在过去，应该是这一界的生灵送给他们大礼才对！

其实这并非朱琳贪财，而是石昊暗中叮嘱她，若能让五人掏出宝物，就不要嫌多。

“我这里还有一颗，这种神丹很稀有。”

“我这里有一颗金身丹，服食后能让血肉强健，有机会成就金刚不坏身。”另一个人说道。

他们真的是豁出去了，因为时间临近，再不请走荒的话就真的来不及了。

“我要跟另外几个人平分，东西真的不算多。”朱琳道。

几人险些翻脸，他们也算是仙域的人道强者，乃是天才人物，结果现在这么憋屈，姿态摆得这么低。

忍！他们暗中咽下了这口气。

最后，这几人捏着鼻子，将身上的一些稀有神丹都拿了出来。他们黑着一张脸，杵在那里，不想再理朱琳。

“我师父说了，你们几个先回去，两日后再来，他要考虑一番。”赤龙走来，这般说道。

“还要两日?!”白袍少年一听就急眼了。

“最多还有一日时间，还请速速决断！”紫发青年也急了。

早知如此，他们就不会对荒如此强硬，结果到头来让自己这么难受，还要反过来央求他。

石昊离开上界，沿着阴阳十字地前往了禁区之主那里。他告诉禁区之主仙域的人来了，他们送来请柬，前倨后恭，请他进仙域。

在很久以前，石昊便向禁区之主说过这件事，因为禁区之主是他可以放心请教的古代巨擘，或许会给他好的建议。

当年，禁区之主曾告诉石昊可以考虑前往仙域。

“我跟你走上一遭。”此时，禁区之主这般说道。

石昊很吃惊，居然能惊动禁区之主亲自前往仙域，他想做什么？

禁区之主如今只剩下半块雪白的头骨，还有当年的威势吗？他竟要进仙域，肯定是想做一些事。

“旧地重游而已，看一看能否了结一些因果。”

听到禁区之主说出这些，石昊顿时心中大惊。这等存在当年可是高高在上，盖世无敌，他要了却的因果必然惊人。

“除我之外，他们也要去，这样更稳妥一些。”白衣胜雪、丰神如玉的禁区之主说道，指向另一边。

那是一座很小的祭坛，它不过三尺高，上面摆着三件活物，分别是水晶头骨、金色手骨、发光的眼球。

“你们也要去？”石昊惊诧地道。

“不放心你，为你保驾护航。”水晶头骨说道，眼洞内的神焰闪烁。

石昊心头剧跳，他才不相信这三个生灵是为了保护他，多半也是要去了却什么因果。

这种存在一个比一个危险，一个比一个古老，所处的纪元年代不可想象，他们真要有仇敌，那就太恐怖了。

“放心，不会有事的。”水晶头骨说道。

这倒也是，以这种生灵的身份，绝不可能做出送死的蠢事，必是有所依仗的。

只是石昊想不明白，他们都已经残缺了，只留下残骨等，还能跟昔日的故人争雄吗？

当然，另有可能的是，仙域有人欠他们的人情，他们如今要去收账。

“只要有那炷香，就不会有问题，将之藏好，别让人看到！”禁区之主说道。

石昊心头一动，知道他所说的是什么。

昔年，异域入侵，石昊跟大长老孟天正曾在大赤天边疆迎敌，误入过混沌中的一个小世界。

那个小世界中有一个女子和一口古棺，她自画禁区，表示已自成一界，不再参与世上的纷争。据悉，她来自仙域，是昔日的绝代人物。

在将孟天正与石昊他们请出那片禁区前，那个女子曾送出一炷香，那炷香不足半尺长，曾点燃过，但早已熄灭。

那炷香上面铭刻着一些文字，其中两个字属于仙古文字，其他文字石昊不认识，应该属于某些特别强大的种群。

他认识的两个字为“界灭”！

数百年前，石昊曾跟禁区之主提过这件事，请教他这炷香有何奇异之处。犹记得当年禁区之主神色凝重，久久未语，最后告诉石昊一定要将这炷香收好，它关乎甚大。

这一次禁区之主提到了这炷香，自然引得石昊心中震动。

“点燃这炷香的话，便会有天大的因果发生。只要收好这支香，进了仙域这便是最大倚仗，谁伸爪子都得掂量一番。”禁区之主说道。

“怎么用？”石昊问道。

“看谁不顺眼，将之当面点燃就好了，估计会让一群老家伙吓白老脸！”禁区之主嘿嘿直笑。

当日，石昊带上四个老妖怪回到了上界天庭。这一次他很痛快，没有耽搁时间，决定跟那五人进仙域。

五人都快急疯了，他们发现荒还真不是摆架子，而是没将他们五人当回事儿，一点儿也不急。

他们很想喊一声，祖宗，我们错了，赶紧上路吧！

“放心，我不会有事，你们都回去吧，好好修行。”石昊说道，他为云曦拢了拢秀发，又对穆青等人叮嘱。

一扇仙门开启，石昊跟着五人进入了仙域。

第1625章 盘王城

仙门已经开启，散发出万丈光辉，无比神圣。一股宏大的意志降临，冰冷无情，在石昊身上探索，要洞悉他的灵魂、本质。

“拿好请柬，不然的话，出了问题后果自负！”白袍少年冷漠地提醒道。见石昊已经进入仙域，他们就不再放低姿态了。

“哧！”

一片光芒飞来，灿烂而惊人，如朝霞喷薄，铺天盖地，将石昊覆盖在下方。

石昊神魂悸动，一身道行剧烈地起伏，有些不稳固，像被斩了一般，那是什么东西？

在他的体表，丝丝缕缕的黑雾浮现出来，不是很多，发出“哧哧”的声响，如冰雪遇到了炽热的火堆，开始融化、消散。

“你该庆幸手中持有请柬，帮你净化了一遍身躯。”紫发青年说道。

仙域最忌惮的就是黑暗生灵，任何一扇门都会被严密把守，这样黑暗生灵将无所遁形。

石昊皱眉，这么多年来自己在三千道州修行，也跟黑暗生灵作过战，果然沾染了一些黑暗气息。

当然，这也跟他主动触碰黑暗血液有关。

仙域真的很大，广袤无垠，就是这一界的生灵都没有完全探索到尽头，有些地方连仙王都去不了。

他们进入仙域后，面对的就是一座巨城，它镇守着这道门户。随后他们借助这里的法阵，被传送到了亿万里外。

不然的话，哪怕身为至尊，单靠自身飞行的话，那也将是一段以天文数字计算的距离与旅程。

而这并不是目的地，他们还远没有到达终点。

巨城横空，立在虚空中，周围混沌之气弥漫，一颗又一颗大星围绕着此城转动。

巨城通体呈紫金色，墙壁上镌刻着大道符文。整座城池古朴而宏大，这是号称永不坠落的仙城之一。

到了这种地方，就可以见到真仙了，因为这种城池必须常年有真仙镇守，一刻都不能松懈。

这是仙域疆土内的一座仙城，名为紫金仙城。

几人在这里稍微休整。

石昊等待着，而后被一位真仙召唤，亲自检验他手中的请柬后，这才放行。

居然是一位真仙亲自出面检验，据闻他是本城的城主，他很认真地查看了石昊的这封请柬。

“因为你来自那片贫瘠的世界。”白袍青年说道，略显傲慢。

石昊扫了他一眼，很想一巴掌扇过去：仙域的人就了不起吗？总觉得自己高高在上，轻慢九天十地的生灵。

“你们那里有不祥与诡异，必须严查。”相对来说，紫发青年虽然桀骜不驯，但还不算很刻薄。

“我们要去的地方是盘王城，这里是盘王所统御的城池之一，亿万里疆土都在盘王的统治下，这里的人自然要履行职责。”另有人说道。

盘王城是一座真正的仙王城，也是仙域的几座古城之一，没有人敢在那里撒野，它自古长存，繁盛了不知道多少个纪元。

盘王号称仙域盖世高手，为最强者之一，活得无比久远，没有人能确切地说清他是什么年代的生灵。

盘王跟敖晟仙王并列，两人都有横扫天下无对手之势。不过两个仙王关系莫逆，从来没有开战过，无人知道他们孰强孰弱。

石昊了解到这些后，点了点头，竟是要去盘王城，不知道是一场什么样的盛会。他一点儿也不见外，直接询问白袍少年。

“蟠桃盛会，属于数万种群的一场盛会，唯有出过真仙的家族之人才有资格参与。真想不通你一个来自贫瘠世界的散修凭什么来这里，有什么资格！”白袍青年冷声回应道。

“忘记被我一道化身镇压的事了吧，你这是病，仙域骄狂病，得治！”石昊很不客气地说道。

“你……”白袍少年瞪眼，露出凶光。他没想到进入仙域了，荒还是这么霸道张扬，根本无惧。

石昊目光冷厉，睨视了白袍少年一眼，同时抬手对着他比画了一下，顿时令他压力剧增。

白袍少年有些无语，这人还真是个疯子，现在都进仙域了，还敢对他出手不成？他有心试探，但最后又忍住了，还真怕对方一巴掌拍下来，现在可是离开城主府了，临时无人能庇护他。

石昊无惧，因为四个老怪物沉睡在他的血肉间，跟他融合了。关键是他身上带着“界灭”那炷香，真要惹恼了他，他大不了直接将之点燃。

既然禁区之主暗示这炷香足以让仙域的大人物忌惮，那他还有什么可怕的？

从紫金城前往盘王城路途遥远，居然隔着数片广阔的宇宙，这让石昊吃了一惊，仙域不在同一片宇宙之下吗？

“这些不同的古宇宙已经融合，如今形成了一域，比早年的仙域壮阔了不知道多少倍。”有人解释道，想缓和气氛。不然的话，白袍少年与荒闹得很僵，他们担心路上会出问题。

石昊在路上渐渐了解到，一座仙城统御一片宇宙，有多少名真仙，便差不多融合了多少古宇宙。

“这疆域还真是大到无边了！”石昊叹道。

“不然的话，你以为仅凭一块古界就能养活得了那些真仙吗？”白袍少年嗤笑道。

依照他们所说，一位真仙所需太惊人，需要一片宇宙供养，不然的话根本不够他修行所用，他吞吐天地精华时足以让乾坤枯竭。

“其实如今的仙域整体依旧是一片大宇宙，你看，这些融合进来的宇宙缩小看就相当于一块又一块的星空。”有人说道。

石昊盯着这个人展示的兽皮图，上面有各片星海的名称，每一片星海中都有一座仙城负责镇守。

现在看来，曾经的宇宙真的都宛若一片星域，彼此相连，形成如今的无垠仙域。至于这块仙域的深处，也就是仙王闻之都忌惮的古地，则标示着一颗骷髅头，表示极其危险。那里没有人敢去，无法探究。

同时，石昊了解到，仙域共有十扇门与外界相连，那里都驻扎着重兵，也是十座巨大的仙城。

也不知道路过多少座仙城，路上不断有星海从身后远去，石昊每一次都要接受城主的检验。

终于，石昊他们借助最后一座仙城的传送阵赶到了目的地——盘王城！

看着那个庞然大物，不知起点，不知终点，石昊真不知道说什么好。

盘王城实在太大了，一眼望不到边，日月星河都围绕着它转动。这里宛若世界的中心，太阳、月亮等都只是它的点缀。

它就这么悬在宇宙中，有无敌之威、不灭之势，震古烁今。

据闻，盘王城因地势而立，建在一个悬浮在宇宙中的磅礴古大陆上。陆地浩瀚，故此城池无边无垠，无比惊人。

此时，它散发出浓郁的仙气，整片古大地都笼罩着仙家气息。

这就是盘王城！

这里有强大的士兵守护，进城时石昊他们接受了严格的盘查，气氛肃穆而庄严，在城门口这里无人敢言笑。

这些士兵手持道剑，冷漠无情，几乎人人都可斩落日月星辰，实力强大。

石昊不禁有些羡慕，何时石族子弟兵才能成长到这一步，天庭也能拥有这般威势，俯瞰千古，君临天下？

城门口这里，有真仙坐镇。经过一番检查后，他们终于进城了。

城中，有些古木与天齐高，早已化成巨妖，眯缝着“树眼”凝视进城的人，气息恐怖。

盘王城真的太大了，被划分成很多区域。石昊他们乘坐一艘战车抵达了目的地，这是一片繁华的区域，气氛终于不再紧张。

这里有许多客栈，石昊相当惊讶，仙王城还有这种东西？

“仙王城也需要各种物资，有修士往来，自然有各种坊市、客栈等。任何一间客栈都别有洞天，是仙家福地，想住进去需要花费很大的代价。”白袍少年说道。

在路旁，有兵器殿、丹药阁、经文室，这些都可以出售，也能用来切磋与交流。这里非常热闹，无比繁华。

各族各派都在仙王城有店铺、客栈等，用以经营，有一定的根基，因为这里很繁华，有各种绝世奇珍可以交换。

“紫发小子，你们回来了，哈哈，真去那片废土请人了？”就在此时，有人哈哈大笑道。

“咦，这不会就是你们请来的那个后辈小子吧，还真敢来啊！”

这是几名修士，很难判断他们的真实年纪，为首者目光灿灿，盯着石昊，看个不停。

“霍岚，我警告你们，别乱来，这可是仙王家族发出请柬从下面带上来的人！”紫发青年说道，身体绷紧，怕出事。因为霍家的这几个家伙跃跃欲试，一副想出手的样子。

“那就在蟠桃盛会上见好了，我们先走。”为首的霍岚，也就是刚才哈哈大笑、想要出手的年轻男子摆手道，带人离开了。

“你小心一点儿，这个家族可不好惹。刚才那几个家伙的一位长辈就在不久前刚刚成仙，这一族的实力又变强了！”

霍家本就是真仙家族，又多了一名真仙，这意义重大。哪怕是在仙域，真仙也没有多少，数得过来。

“清漪在哪里？我想见她。”石昊说道。

白袍少年闻言，哂笑道：“你还是先照顾好你自己吧，这可不是贫瘠与荒芜的残破世界。在这仙域内，是真龙你也得给我伏着，别想太多！”

“你这是病，得治！”石昊看向他，道。

“你……”白袍少年瞪眼，但最终还是克制住了。

“白袍，你们回来了，这该不会就是让敖家灰头土脸的那个残破世界的土著吧？”一声放肆的大笑传来。

显然，这是一个世家子弟，他带着几个随从，金色长发披散，眼睛正盯着石昊，脸上带着古怪的笑意。

紫发青年等人一阵头大，他们遇上了一个小魔王，这可不是一个好惹的主儿，与仙王家族有关。

“嘻嘻，我喜欢，让敖家吃瘪，我最开心了！”街道的另一头传来轻笑声，一个美丽绝伦的女子走来。

第1626章 搅风云

这是一个紫衣女子，天生带着一种贵气，一看就不是寻常家族的女修，她顾盼之间既妩媚动人，也有种淡淡的威势，令人不敢轻慢。

“敖家太自以为是了，还说什么横扫天下无对手，最好谁能站出来，将他们家那个所谓年轻大人镇压。”紫衣女子笑道。她说出这种话，并不惧怕敖晟家族，愿意看他们吃瘪，着实令人惊讶。

“秦琳仙子，何苦为难我等？”白袍少年白泽苦笑道。眼前这一男一女还真是不好招惹，因为他们身后的人都太厉害了。

“我只是实话实说而已。”紫衣女子秦琳莲步款款，走到近前，盯着石昊看，最后小声咕哝道，“也没看出什么特别之处啊。”

她听闻过敖家吃亏的事，但是亲眼看到石昊后，并不觉得这个年轻男子有什么惊人之处。

石昊太清秀了，就跟邻家少年一般，一脸淡定之色，这就是那个敢跟敖家搏杀的狠人？

“你胆子不小啊，仗着熟悉地势，在你们那一界难为敖晟仙王的后人，抢走了那株万道树，真是吃了仙心魔王胆！”金发青年开口道，他带着几个随从，就这么站在这里，对石昊虎视眈眈。

金发青年名为金旭，就住在这盘王城中，本身就是真仙家族，他的妹妹更是嫁给了盘王后代中的天纵奇才盘羿。

那位天纵奇才盘羿可是敢跟敖家那位年轻大人单独对决的猛人，实力惊人，与那敖家的敖乾并立。

所以，相对于秦琳来说，白泽几人对金旭这个魔王更头疼，不愿意招惹他。这主儿来头太大，而且做事不讲究，有些混账。

就是因为他的身份以及他跟盘王家族的关系，所以没多少人敢招惹他。

“金旭公子，还请别为难我等。”白袍少年白泽走上前，措辞谨慎，如果没有必要，他真的不愿意跟这些人碰撞。

“放心，我是不会为难你的。谁敢动他，便是跟我为敌。”秦琳开口表态，紫衣飘舞，红唇鲜艳。

“白泽，有些事不是你能挡得住的。”金旭开口道，睨视白袍少年、紫发青年等人。

他这还算是客气的，换作一般人，他可没有这么好的耐心，因为白袍少年等人这个年岁便成为至尊，都算是猛人。

这些都是日后有望冲击真仙的潜力者，就是顶级大势力也不愿意得罪他们，很多人都想招揽他们。

“金旭公子，这一次我们出入仙域不仅有敖家的法旨，还有盘家的法旨，不然的话是没有办法过去的。”白袍少年白泽提醒道。

“这样啊，那我也不为难你，就跟他说几句话。”金旭说道。

“金旭，我警告你，别乱来，这是姐姐我看重的人。”秦琳笑眯眯的，大眼弯弯，很是动人。

“是看中，还是看重啊，哈哈——”金旭大笑道。

“你最好别捣乱，不然打断你的腿。”秦琳冷笑道。

金旭嘿嘿直笑，道：“我知道，你那闺蜜和敖家的年轻大人本是天作之合，结果出了点儿意外，你这是要为你的闺蜜出头报复敖家吗？放心，我对敖家也没好感，看他们吃瘪还来不及呢。”

石昊一直没有说话，但是听出了其中的意思，心想，这些人之间的关系还真是复杂。

“毛头小子，听闻万道树落在了你手中，将它敬献给我吧。我给你一份大好前程，这样你就不用回那贫瘠的下界了。”金旭说道。

石昊没搭理他，就这么看着远处，打量这座宏大的盘王城。

“敖家需要绝世天种，金家、盘家同样需要，你若将万道树奉上，定会得到巨大的好处。”金旭劝道。

石昊心想，这些人之间的关系还真是微妙，既充满竞争，又有各种姻亲关系。

“毛头小子，我在跟你说话，听到没有？还不敬献？！”金旭喝道，他看石昊一直没有理会他，眼神顿时变得冷厉起来，充满愤怒。

石昊不慌不忙，看向身边的几人，道：“这黄毛小子是谁啊？真唠叨，跟个话痨似的，没完没了。”

所有人都愣住了，包括金旭的那几名随从全都傻眼了，一句话都说不出来，跟见鬼了似的看着石昊。

直到片刻后，秦琳才回过神来，不顾形象地大笑道：“哈哈，黄毛小子，话痨。哈哈，太形象了！”

白泽等人也都是一脸无奈之色，这主儿也太剽悍了，才来仙域，就要跟一个小魔王碰撞吗？

他们五人感觉一阵头大，他们不能让荒有所损伤，可是他这种话都说出口了，对面那个金旭会善罢甘休吗？

黄毛？金旭的鼻子都差点儿气歪了，居然有人敢这么称呼他？！

更可恨的是“话痨”两个字。是可忍，孰不可忍，真是吃了仙王胆了，敢奚落他为话痨，这是找死啊！

“毛头小子，你有种！”金旭咬牙切齿地道。他真的被气坏了，对方说那些话也就罢了，最让他受不了的是对方的那种神态，轻飘飘的，一副毫不在意的样子。

“你们请我来仙域，难道就是让我听这个话痨在这里唠叨吗？”石昊故意问白泽等人。

白袍少年白泽、紫发青年紫锟等人都不知道说什么好了，这主儿的嘴巴真不是一般的毒。

金旭被气得都想笑了，他还是头一次遇上比他还混账的人，敢这么跟他叫板。

秦琳笑得花枝招展，引得街上的人纷纷注目。

“小子，你有种！”金旭指向石昊，手都快碰到他的鼻子上了。

石昊眼中寒光一闪，就要动手。

白泽赶紧上前推开了他，同时紫锟也挡住了金旭，道：“金公子，你要知道，盘王下过旨意：任何人在盘王城出手，杀无赦！”

金旭神色一僵，平日若无人注意，闹点儿不算太出格的事也就罢了，真要较真的话，惊动了盘王，必然会被严惩！

据闻，当年两名真仙在盘王城起了冲突，大打出手，坏了规矩，事后被盘王全部斩灭了。

“不是有角斗场吗？起了冲突与争执，可以去那里解决！”金旭看着石昊道，“你敢不敢去？”

“当事人不愿意去，无人可以勉强。”紫锟说道。

“我凭什么去指点你？”石昊不拿正眼看金旭。

金旭真被气得不轻：这是什么人啊，脾气这么大，比他还拎不清，也太不会说话了。

他被气乐了，道：“小子，我发现你跟我挺像的，虽然气得我想除掉你，但你有点儿对我的胃口了。不如跟我对决一场，若你表现不俗，我就跟你结交。”

白泽、紫锟一阵无语，这都能行，金家这位公子是被气糊涂了吧？

“臭味相投？”秦琳适时总结。

石昊不领这个情，道：“一看你就是个浑蛋，谁跟你像啊。像我这种注定要成就仙王真身的人，没时间给你当陪练。”

“毛头小子，你不要命了是吧！”金旭觉得这家伙太混账了，比他还不会说话。事实上，他自己也知道自己的禀性，今天他难得遇上个同类，结果还被这么鄙视。

“进了角斗场是有彩头的，我若输了，就送你仙道奇珍；你若输了，就将万道树交出来，如何？”金旭说道。他也是没脾气了，想诱惑石昊，但是他知道这种脾气又臭又硬的人多半会不为所动。

然而一切都出乎金旭的意料，对方的眼睛当时就亮了，道：“仙珍？具体说说看是什么仙珍！”

几人一阵无言：这家伙不是很刚烈吗？怎么一下子变化这么快？

金旭一脸愕然之色，瞪着石昊，久久未语，最后才道：“神源、仙源，都是修炼物资，对于贫瘠的下界来说，那可是好东西。”

“这种东西我那一界又不是没有，虽然不多，但算不得奇珍。”石昊道。

“我可以给你大量仙珍！”金旭说道。

“大量是多少？”石昊问道。

“足够你修行一万年！”金旭说道。

“身为至尊中的极道人物，人道领域古今无敌，我不需要那种东西，不过我的一些弟子倒是需要。”

“你还真是张狂！”金旭发现这小子比他还嚣张。

秦琳也一阵无语，从古至今，有多少人道领域的至尊敢称极道，而且还自称古今无敌，这个下界来的年轻人的确有些狂妄。

“你想要多少仙道资源？”金旭咬着牙问道，他有点儿不想理这个年轻人了，怕自己被气着。

“给我准备八百份吧，每一份够一人修道十万年，这样的话我就考虑答应你。”石昊说道。

“你怎么不去抢！”金旭果然被气得不轻。就是在仙域中，仙源等也是价值不菲的物资。八百份，每一份够人修道十万年，就是挖空一座仙源老矿都凑不够啊！

“话痨，我以为你有多了不起呢，原来这么穷啊。”石昊淡淡地道。

“没有那么多，现在我身上只有部分仙源，可以供一百人修炼一万年。”金旭说道。

“那好吧，就当开胃小菜，先收下这部分仙源。”石昊点头道，一副很勉强的样子。

“嘿，你以为赢定我了？！”金旭忍不住了，很想上演街头大战，但最后还是克制住了，怕被盘王斩灭。

石昊很淡定地走过去，拍了拍他的肩膀，道：“对了，你可以呼朋唤友，多叫来一些人，带上各种仙珍，我们那边严重缺少这种资源。”

这也太可恨了，金旭气得脸都绿了，实在快克制不住了。

“你放心，我已经通知了所有朋友，马上就到，嘻嘻！”旁边的秦琳仙子正在摆弄一件法器，这件法器可以对城中的友人传信。

“嘿，我们也通知了。你真有本事的话，一会儿就等着各族人马出手吧！”旁边，另有一人开口道。

这是在无比繁华的盘王城内，人来人往，而秦琳、金旭都不是一般的人，他们驻足在这里，自然引来很多人围观，路人立时知道发生了什么。

“我通知了盘王家族的人。”

“我告诉了霍家、古家、孔雀族等一批强盛的大家族的传人！”

“嘿嘿，我告诉了三大仙王家族的那几位！”

…………

看热闹的不嫌事大，注定要搅动盘王城的风云！

第1627章 混沌角斗场

金旭鼻子不是鼻子，眼睛不是眼睛，气得五官都快拧在一起了。看到石昊站在那里，他就想一巴掌拍过去，可惜还没到角斗场。

“我说，你这是带我去哪里？这不是一家客栈吗？”石昊发出疑问。

他们来到了一家客栈，客栈很宏大，也很气派，门口立着两尊石质大麒麟。麒麟流光溢彩，其上不时有大道符号闪耀。

仙气不断从客栈向外冒出，一看就知道这里不一般，是一个修行、住宿的好地方。

“客栈里就有角斗场，这可跟你所在的下界不一样。”秦琳解释道。

盘王城的客栈都很不一般，不仅看着恢宏、气派，内部更是讲究。

自踏进客栈的刹那，石昊便露出惊讶之色，因为客栈里面仙气迷蒙，十分浓郁，蕴含着大量的不死物质。

这家客栈的名字也很不一般，名为混沌客栈。当然，这里的价格也高得吓人，一般的修士都望而却步。

一位实力不俗的修士笑脸相迎，却是充当了店小二的角色，在这里迎客，同时也有掌柜亲自走来。

石昊见识了这里的房费有多么不菲，金旭掏出神源在这里预付，数量不少，还真不是一般的昂贵。

轮到石昊时，白泽只好捏着鼻子帮他垫付。

这一路走来，白泽真是受够了，去下界时被石昊镇压，回来后又不断帮他“擦屁股”。

“残破世界来的修士还要人垫付房费，我们这里规矩很严，他没问题吧？”掌柜留着八字胡，一脸很奸诈的样子，上下打量着石昊。

“放心，盘家与敖家都传下法旨，一路放行，给了他请柬，你不用担心。”紫锟说道。

石昊瞥了掌柜一眼，没有搭理他。

这家客栈确实物有所值，走进深处后，石昊发现里面别有洞天，跟外面看到的完全不一样。

这是一个小世界，被开辟成了洞府。

前方，悬在虚空中的岛一座又一座，矗立在云雾中的灵山数不过来，琼楼玉宇坐落在上。

那是真正的仙家福地，不是下界见到的那些名义上的仙土。真仙选择在此闭关修行，此处先天精气充沛，滚滚而涌。

显然，这里不是一般意义上的客栈，内含世界，孕育天地造化。

按照掌柜的介绍，最昂贵的天字一号住房乃是一处仙王洞府，那里的本源精粹浓郁得吓人，大道隐现。

那是专为仙王准备的!

别说在场的人，就是真仙来了都会吞口水，在里面修行比外面强太多了，具体强多少一般人还不知道，因为没有资格去体验。

仙王洞府不是说说而已，价格昂贵，而且一般的人单单有钱也没办法进去，会被里面的大道符号等碾压。

这种地方都自成一界了，自然有角斗场。

当然，客栈背后的势力也是非同小可，不然的话经营不起来。

“偌大的盘王城总共也只有那么几家拥有仙王洞府，我们混沌客栈就是其中一家。”掌柜说道。

一家客栈的天字一号住房若是仙王洞府，那当真就了不得了，没有人敢在这里撒野。

当说明来意，要使用角斗场时，客栈的人都露出惊讶之色。

“来吧，黄毛，早点儿奉上仙道资源，早点儿打发你。”石昊勾了勾手，道。

金旭眼中冒绿光，跟野兽似的，恨不得立刻扑过去。

角斗场十分宏大，名为混沌角斗场，占地极广，以某种岩石堆砌而成，这岩石似乎是从悬崖峭壁搬运过来的。

角斗场的四周被巨大的石栏杆围着，交织着道符，这是为了保护场地，同时避免场中决斗者的宝术冲击而出，伤及观战者。

“放心，这台子足够结实，混沌角斗场可以支撑真仙大战！”掌柜自信地说道，用手摸着八字胡。同时，他强调在这里对战，客栈是要抽取佣金的，佣金起码要占一成。

“还真是无本买卖。”石昊道。他很不满，在他看来，黄毛就是为他送仙道资源的肥羊，结果却被人先宰了一刀。

“不接受的话，你们就去街上决斗，任何一家客栈都是这个价格。”掌柜淡淡地说道。

“来吧！”金旭喝道，他已经登上了角斗场。

此时，这个地方站了很多人，有些是跟进来的，有些是客栈中原本的住客。

掌柜眯着眼睛，乐于见到这种事情发生，进客栈就需要花钱，他当然希望能吸引更多的人来。他招了招手，叫过来一个伙计，道：“去街上宣传，告诉众人这里有人道领域的无敌高手，难求一败。”

“放心，不用你去宣扬，一大批人马上就要到了。”秦琳微笑着道。

掌柜顿时有些尴尬。

果然，就这么一会儿时间而已，不少人都赶来了。这些都是各大家族的人马，不仅有年轻人，也有老辈名宿。

“咦，那是孔雀王家族的神女！”

“我这是看到了谁，敖家那位年轻大人的堂兄到了！”

“几大真仙家族动作够快的，居然都出现在了这里。”

…………

时间不长，就来了一大批人，掌柜顿时双眼放光，八字胡乱颤。

“来吧，贫瘠之地的土著，今日金爷我要教训你，让你知道天有多高，地有多厚！”金旭喝道。原本他还不至于说出这种话，实在被石昊给气坏了，现在见石昊登台，他直接就克制不住了。

“黄毛，本帝在此，速速跪拜，不服的话，亲自将你镇压！”石昊大喊道。

此时来了很多人，听到他的话，一些人当时就忍不住笑了：这人真是骄狂，连本帝这种话都喊出来了。

在仙域，就是仙王家族的人都不敢自称本帝。

“扑嗤！”

一些女眷笑了，因为觉得他喊出的“黄毛”二字很有意思。谁都知道金旭平日间桀骜不驯，现在居然被人这么调侃。

“小子，你给我受死！”金旭怒道。

“轰隆”一声，他张口一啸，风雷滚滚，一只大爪子向前拍去，金光闪烁，电闪雷鸣。

金旭动用了全力，上来就施展本命神通，显化了法体。

这是一头狮子精，摇头摆尾间，显现出了九颗头！

这可不是下界的混血后裔，而是九头狮子一脉顶级的血统，是其自傲的底气所在。

“当！”

石昊一拳砸出，将其震开，道：“咦，九头狮子，真是好坐骑。我在下界养了一头无畏狮子，你跟它去作伴吧。”

“扑嗤！”

一群人都被逗乐了，还有人敢让真仙家族的传人去当坐骑？那一族非得跟他拼命不可。

“纳命来！”九头狮子大喊道。只见各种宝术齐出，云烟滚滚，黄金电芒如海，滔滔不绝。

“不是有传说吗，九头狮子那是古来极强……坐骑之一！”石昊来了个大喘气，前面说极强，后面说是坐骑。

一群人无言，在仙域谁敢拿九头狮子当坐骑？只有仙王！

九头狮子大怒，九颗头同时喷吐剑光，无坚不摧，斩破虚空，要击灭石昊。

石昊一挥手，漫天金色羽毛飞舞，都是鲲鹏羽。鲲鹏羽与剑光抗衡，场面非常激烈。

这场战斗非常精彩，也相当激烈。从开始的宝术拼杀到肉身对抗，再到道行的比拼，最后又各自施展禁忌神通，两者打得难解难分。

场外，许多人不断叫好，也有人表示不屑，心中暗道，就这种手段也敢叫嚣，以帝自称？

白泽、紫鲲脸色怪异，心情相当复杂，他们第一时间发现了异常，这家伙怎么可能需要这样拼命？

他们可是亲身体验过的，在下界时，荒的一道化身抬手就将他们两个同时压制了，他与金旭交手还用这么拼命吗？

两人立时明白了，荒这绝对是故意的，他这是在“钓鱼”啊，一个金旭还不够，他还想跟更多的人对战！

旁边还有敖晟仙王家族的人，他们听到消息后第一时间就赶来了，因为石昊夺走万道树，坏了他们的大事。

亲身参与那件事的两位至尊都赶到了，第一时间发现了微妙之处，他们在心中骂道：荒真不是东西，满肚子的坏水。

但是，他们没有揭露石昊，因为当年的战绩他们压根儿就没有在这一界透露过，实在太丢人了，不然的话白泽、紫锟也不会入坑。

“这家伙虽然来自贫瘠的下界，但实力真不弱啊！”有人叹道。

当打到八百个回合时，九头狮子终于不敌，被石昊一巴掌拍中，翻滚出去，撞在了围栏上。

“你虽很强，但与我是天壤之别！看在我下界也有个九头狮子结拜兄弟的分上，今日我已经对你手下留情了。”石昊站在那里，大声说道。

许多人发出嘘声，都大战八百个回合了，拼斗得这么激烈，还说天壤之别，这也算手下留情？分明是侥幸胜出而已。

金旭气得额头青筋直跳，他居然被那个可恨的小子当众挫败，这让他内心憋屈，非常不甘。

“有种再战一场！”

“你还有仙源吗？想跟我再战，先去取来十倍仙源，不然的话，我可没心情教导你。”石昊淡淡地道。

金旭气得不行，转身就走，想去借兵器，回来再战。

许多人发出嘘声，觉得这个来自下界的荒太张狂了。

“不服就过来，本帝分分钟教你如何谦逊做人。”石昊指向一个咒骂他的生灵，道。

“你说什么?!”那个生灵大怒。

就在此时，谪仙、邀月公主先后出现。他们来自九天十地，也来参加蟠桃盛会，听闻了这里的事，第一时间赶来。

两人都有些无语，这家伙居然也进了仙域，原以为他这辈子都会被困在下界，没想到他不仅跑到盘王城来了，还将此地闹得鸡犬不宁。真不愧是荒，走到哪里都不会“寂寞”！

第1628章 本帝

“你在说谁?!”台下，一个绿发男子瞪大眼睛，拍案而起。

“说的就是你，绿毛，可敢一战否？让本帝教你如何做人。”石昊指向绿发男子，一副唯我独尊的气势。

绿发男子被气得不轻，自己怎么莫名其妙就被安上了一个“绿毛”的绰号？大家都是有身份的人，成为至尊不易，哪一个不是受到重视的？即便有称号，也都很雅致或者很神武。这个家伙张嘴就是黄毛、绿毛，谁受得了啊!

怪不得金旭恼火，非要跟他死磕，直接杀进了角斗场，绿发男子越想越气，终于坐不住了。

“绿毛，说的就是你，刚才你不是在下面叫嚣吗？过来与本帝一战，本帝要成就一段佳话，一日间连败黄毛、绿毛。对了，后面还会有白毛、紫毛、青毛！”石昊大喊道。

下方，一群人不淡定了。其中，一些银发、紫发、青发的修士当时脸就绿了，恨不得一起登台将石昊瞬间压制。

这小子太招恨了，一群人全都坐不住了。

石昊来仙域压根儿就没有想过忍气吞声，因为四个老妖怪交底了，所以他并不忌惮什么。

在这里放弃尊严，低下头，就能得到别人的尊敬吗？那未必。与其等着别人饶恕，还不如随意地嬉笑怒骂。

他有点儿装疯卖傻，但是绝不会委屈自己，看到谁敌视他当即就反击。

“我来跟你一战！”果然，那个绿发男子不能镇定了，他站起身来，径直走向角斗场。

“等一等，你可有仙源？本帝一向仁慈，不想为难穷人。”石昊喊道，阻挡他前进。

“你……”绿发男子指向他，着实没脾气了。

“黄毛，先别急着走，我先清点一下，看一看你留下的仙源是否足够。”石昊喊住了金旭。

金旭一个趔趄，险些栽倒。

绿发男子登台前，“哗啦”一声祭出一堆仙源。这些仙源无比璀璨，有的当空飘浮，有的压塌地面，流光溢彩。

仙源像一轮又一轮小太阳，散发出浓郁的生机。

“比黄毛的多一些，但也不是很多啊。”石昊说道，随后勉强同意跟绿发男子对战。

“轰！”

一刹那，绿发男子身边射出一条又一条神藤，神藤化成了大道神链，向石昊缠绕而去。

“来得好！”石昊道。

这是一场龙争虎斗，大战了九百余个回合。石昊掌心放出大道神芒，将绿发男子轰飞，令他倒在角斗场上。

“你只比黄毛强一点儿，跟我比还是差远了，回去再修炼千年吧！”石昊说道，满头大汗，气喘吁吁。

一群人看着他不禁有些无语，都累成那个样子了，大战了九百多个回合，还说自己比别人强一大截，真是睁着眼说瞎话。

白泽、紫锟都觉得这家伙有点儿不道德，这是成心想诱骗其他人出手啊。

敖家的两个至尊也没什么好脸色，可偏偏他们不好说出实情，因为当年的事太丢人了。

“哗啦”一声，石昊将一堆仙源都收了起来。

“等一等，还有混沌客栈的一成呢。”掌柜开口道，他早先看得发呆，险些忘了这茬儿。

“掌柜的，你们家仙王洞府的那个天字一号卖不卖？回头我想买。”石昊这般问道。

掌柜翻了个白眼，仙王洞府就是整座盘王城都没有几座，有几个人买得起？

其他人也一阵无言，全都看着石昊，这家伙还真敢开口，居然想打仙王洞府的主意。

唯有谪仙、邀月公主心头一跳，明白他的心意，他们看得出石昊虽然装疯卖傻，但是的确想要仙王洞府。

“要不这样，退而求其次，卖我一座真仙洞府如何？当然，前提是你得保证我带到下界后还能用。”石昊这般说道。

“年轻人，还是现实一点儿吧，这些东西都是非卖品，任何一座都价值连城。你知道造一座真仙洞府需要采集多少颗生机勃勃、适合生灵居住的大星吗？”掌柜摸着八字胡说道。

石昊心中一惊，真仙洞府居然要消耗这么多资源，这不是等于要毁掉很多颗有生灵居住的大星吗？

小小的一家客栈居然这么珍贵！至于仙王洞府，石昊很难估量它究竟是如何打造出来的。

“还有人要与我一战吗？”石昊大声询问。

谪仙、邀月公主不得不叹，这真是一个怪物，之前他在下界搅起无边风云，如今又到仙域来了。

同时，他们心头都是一跳。最近有传言，敖家的那位年轻大人跟曾经有好感的一位神女有了嫌隙，与清漪走得很近，这该不会就是荒出现的原因吧？

两人面面相觑，都觉得荒不是省油的灯，心想，他千万别闹出大风波！

“我来一战！”果然，角斗场外有石昊看他不顺眼，要登台跟他一战。

“等一等，让我歇会儿，连战两场，就是仙王也快累得吐血了！”石昊大言不惭地道。

许多人不禁心中暗道：这家伙的脸皮真厚，仙王会吐血？那个等级的存在连年征战都不用休息，有盖世仙王曾经激战上千年，至死屹立不倒。

不久后，这场战斗开始了。

一千个回合后，战斗结束，那个人大败，留下一堆仙源愤而离去。

“三连胜，谁与争锋？”石昊站在角斗场中，这般说道。

他大言不惭的样子令许多人看不惯，不过，白泽、紫锟都认为他说的不是虚言，他真的有自傲的资本。

敖家的两大至尊不得不叹，这个年轻人很强，并非张狂，说的是大实话。

“白毛、紫毛、青毛，该轮到你们了吧？”石昊指向一些人，道。

他这么拉仇恨，想没有对手都不行，先后有人登台跟他大战，可就是没有人能将他给打下去。

在六连胜后，石昊摆手道：“到此为止，不比试了！”

“不行！”许多人叫道。

还有真正的强者没有出手呢，仙域的一些修士先后被击败，让他们感觉没有颜面，难道他们还不如一个来自贫瘠之地的下界修士？

“我不想战斗了。”石昊回应道。

“刚才你不是还战意高昂，以本帝自称吗？现在为何怕了？”有人喝问。

“什么叫怕了，我只是心疼。我在这里大战，结果混沌客栈却从每场战斗中抽取一成仙源，凭什么啊？”石昊说道。

这个财迷！

一群人真是服气了，这都能计较，在哪个角斗场不是如此啊？

混沌客栈的掌柜顿时也无语了：这叫什么事，还是第一次见到有人这么跟他计较的。

“你想怎么办？”有人问道。

“我们换一家客栈吧，我觉得这里太黑了。”石昊郑重地说道。

你才黑呢，客栈的掌柜想要驳斥，但话到嘴边又咽了回去。今天因为荒客栈才来了这么多人，留下他就还有很多场决斗，这可是大买卖。

故此，掌柜皮笑肉不笑地道：“既然这位小兄弟不满，我们可以改，少抽取一些佣金。”

“可以减多少？”

“你看，减去……”

“不行，还是太多！”

“那就……”

…………

一群人瞠目结舌，看着他们在那里讨价还价。这还是修士吗？荒号称人道领域中的极道强者，怎么跟人做起了生意？

“我说，就那么一点儿佣金，你也好意思计较，各家角斗场都是如此！”有人提醒道。

“一边待着去，不服的话，待会儿决战！”石昊不耐烦地挥了挥手，道。

最终，混沌客栈的掌柜答应石昊将佣金减少到半成，前提是石昊还能连赢六场以上。

当然，这是他们暗中达成的约定，不然的话，让其他人知道这掌柜希望石昊连胜下去，非给他脸色看不可。

这一日，荒之名传遍这片区域，吸引了大批的人来混沌客栈观战。

不久后，盘古城这片繁华区域的许多人都知道了，一个名为荒的修士号称极道强者，所向披靡，人道领域无敌。

这一天，许多人心头震动，包括各大真仙家族，还有那些来自九天十地的天才。

荒莫名出现，闯到盘王城，杀得各方英杰溃败，着实令他们震惊。就是仙王家族都开始关注此事，这个荒令他们无比惊异。

听闻石昊来到仙域，并且已进入盘王城，清漪心中微颤，赶向这座城。

敖家的年轻大人敖乾出关了，他驾驭战车赶向盘王城，要参加蟠桃盛会。

同时，盘家的天才盘羿得到消息后，来到了混沌客栈。

第1629章 **盘羿**

蟠桃盛会还有几日才开始，可是现在各族就已经有名人到来了。

人道领域的老牌强者和后起之秀纷至沓来，只因角斗场内一人的战绩吸引了他们的目光。

“真的是盘羿，他居然出关了，亲自来了这里！”有人惊呼，紧盯着一个青年男子。

混沌客栈内别有洞天，神岛飘浮，巨山林立，神瀑垂挂，仙气环绕。

盘羿的皮肤呈古铜色，他不是多么俊美，但是有一股英气。他长得很结实，骨架粗大，浓眉大眼，一对眉毛斜飞入鬓。

这里有很多人，男的俊朗，女的漂亮，肤色白皙，带着仙道气韵。而古铜色的皮肤、强健的肌肉让盘羿显得与众不同，宛若一尊战神屹立在场中。

这是一个高手，哪怕隔得很远，石昊也能感应到这个人的强大，其血气滚滚，如汪洋一般蛰伏在体内。

降真龙，伏兽王，盘羿给人无比强势的感觉。

盘羿也在注视石昊，认真地打量。

“终于遇上了一个绝顶强者！”这是石昊的评价，哪怕他现在屹立在极道巅峰，真仙以下无对手，但也感觉到了一丝危险。

盘羿的实力很强，远超常人的想象，不愧为仙域中人道巅峰的强者之一！

石昊早已听闻敖晟仙王的后人敖乾、盘王的后人盘羿等人乃是当今人道领域中无敌的存在，他们都有大志向，气吞山河，立志要做仙王。

“盘羿来了，难道他想下场？”一些人激动地道，脸上露出希冀之色。这世间谁不知道盘羿？大家都渴望他出手。

盘羿很久没有在世间行走了，众人都想知道他如今强大到了何等程度。

在许多人看来，盘羿成为真仙只是早晚的问题，在于他如何取舍。只要他愿意，突破进那个领域完全没问题。

盘羿正在积淀，筑仙王根基，唯有在人道领域中打下坚固不朽的道基，日后进军仙道领域才有称王做祖的可能。

“你很强，跟我想象的不一样。你在五百岁前成道，成为许多人的榜样，创造了前所未有的辉煌纪录，被人铭记。”盘羿开口道，对石昊点了点头。

即便在仙域，五百年成道的也极其罕见。前人一般都是在那极其遥远、残酷的年代成道的，那时战斗不辍，血与火不断。

据闻，几位古老的仙王就是在那种残酷的年代崛起的，他们都不算早成道者。

很可惜，在那个年代过早成道的人最后都殒命了，而仙王是踏着他们的尸骨崛起的。

并不是说早成道，就一定能笑傲到最后并成为盖世强者，毕竟那几位仙王的成道岁月都不算早。

盘羿如今不足五千岁，修道的岁月不算长也不算短。他早已成为至尊很多年，但成道的确切时间没有人知道，这一直是个秘密。

敖家的那位年轻大人敖乾的成道岁月也一直是个谜，有人说他于千年前成道，也有人说他于两千年前成道。

“你这样欺负人，胜之不武吧？”盘羿说道。他跟石昊一直都是暗中传音交流的，外人不知，如果知晓，一定会吓一跳，连他们敬仰的盘家盖代天骄都这么看重荒，他们谁还敢下场？

此时，石昊已经十八场连胜，击败各路对手，收获了堆积如小山般的仙源。

“没办法，九天十地进入了末法时代，灵气枯竭。我的一群弟子没有资源可以修行，空有天纵之资，却无法鹰击长空，鱼跃百万里。”石昊回应道。

客栈的掌柜摸着自己的八字胡，脸上带着惊喜之色，石昊收获了一堆仙源，混沌客栈也因此收获甚多。

“要不咱俩切磋一番，就赌一座真仙洞府，你看如何？当然，前提是带回下界它也不至于失效。”石昊暗中传音道。

盘羿斜飞入鬓的双眉微挑，十分英武，他看着石昊露出微笑，道：“我倒是想跟你切磋，但是家中的老怪物警告我不要妄动，有故人打过招呼。”

石昊闻言心中一动：有故人与盘家的老怪物打过招呼，那会是谁？

他第一时间就想到了禁区之主、水晶头骨、金色手骨、发光的眼球，不过他们有那么大的面子吗？

要知道，盘王可是傲视仙域的无敌存在，俯瞰古今未来，是真正强大的几个生灵之一！

或许，禁区之主他们跟盘家的其他人打过招呼？

毕竟，盘羿所说的老怪物身份不明，并不见得是盘王。

“你也该收手了，总这么欺负人可不行，盘王城会生出乱子。”盘羿告诫道。

这是他们的底线，他们不可能总是看着石昊扮猪吃老虎。

事实上，许多人都回过味来了，这家伙多半有问题，跟谁大战都很激烈，可是最终都赢了，这不正常。

“好吧，再战最后几场，让我多收一些仙道资源。”石昊说道。

盘羿没说话，就这么看着他，心想，从来没有见到过这么混账的至尊！

“谁还敢与我一战？最后五场，过期不候！人道领域，天下无敌，渴求一败！”石昊喊道。

一群人的脸色都不是很好看，他们来自广阔的仙域，分散在不同的疆域，都是各地各族的佼佼者，今日却接连战败。

不少人看向盘羿，结果他纹丝不动，并没有要出手的意思。

“盘羿至尊早已不需要用对战来证明自己，他人道无敌，是世间公认的，不屑与他人一战！”有人开口道。

“是谁在乱语？哦，青毛，是你啊。过来一战，我可以在十招内单手压制你！”石昊叫板道。

那个人自然被刺激到了，这也太狂妄了，十招内单手压制他，以为自己是盘羿，或是敖家的年轻大人敖乾吗？

很不幸，这个青发男子在第九招时被石昊轰击得浑身痉挛，横躺在角斗场中，一动不能动了。

“还有四场！”石昊喊道。

可惜，对战没有进行到底就被终止了。盘家的真仙出现，其冷厉的目光扫过所有人，开始清场。

这种没有悬念的对战严重扰乱了这片区域的秩序。

石昊来自下界，跟一些家族注定会有纠葛，连敖晟仙王一脉的修士都对他不满，再任他继续打下去会出乱子。

“没想到你进仙域了，我以为这辈子再也见不到你了。”在角斗场外，邀月公主说道，怔怔地看着石昊。

一些故人如今分散在广袤的仙域各地，只有几人进了盘王城。

此时，谪仙、邀月公主、大须陀赶到了现场。

大须陀感慨万分，荒无论走到哪里都不会默默无闻，才来仙域就闹出这么大的风波。

“你是为了清漪来仙域的吗？”邀月公主问道。

石昊没有回应，而是看着他们，道：“你们还没有突破进至尊境吗？”

几人苦笑，就是谪仙都一阵无言，修道千载就想进至尊境，谈何容易？唯有经历过才明白这条路有多么难。

“你以为都跟你一样吗？”邀月公主没好气地翻了个白眼。

虽然他们五百年的禁忌之线已经过去，但并不意味着超过这个年岁就能成道。

“我要告诉你一个不太好的消息，当年千载以下成道的生灵没有一个笑傲到最后的，无人成就仙王位，都殒命了。”大须陀道。

“怎么会？”石昊不解地道。

“成道的时间并不能决定终极成就。”谪仙解释道。

“我在下界听说，有的盖世仙王在五百岁以前就成为至尊了。”石昊蹙眉道。

“那都是谣传，虽然不知盘王、敖晟诞生于何年代，但有传言称他们都是两千岁以后才成道的！”邀月公主说道。

“这么晚？”石昊诧异地道。

三人都默默无语，不想跟石昊说话了：两千岁成道还算晚吗？

或许，也正是因为敖晟、盘王太强了，所以世人都在极力美化他们，称他们修道数十载时就成了至尊。

但真实情况并非如此！

故人相见，原本有很多话想说，石昊也有许多事想问他们，可还没来得及说就被盘家的人请走了。

待石昊与故人打过招呼之后，盘家人尽职尽责，要保护他的安全，怕敖晟仙王家的年轻大人来找他的麻烦。

石昊虽然很不情愿，但终究还是无法违逆仙王家族，被请进了一座别院。

这是一座很宏大的洞府，但与真正的盘家祖地不能比。

在石昊离开角斗场不久后，清漪赶到了这里。千年过去，她白衣胜雪，风采更胜往昔，带着出尘的仙道气韵。

可惜，混沌角斗场已经清场了，她来晚了，没有见到石昊。

“隆隆隆！”

一辆战车横过宇宙，出现在城门口，敖家的年轻大人敖乾到了，他寻到清漪，跟她结伴而行。

数日后，盘王城的人越来越多，真仙不时降临。

这片天地都在轻颤，有花雨洒落，有金乌横空，有真凰起舞，有金色莲花扎根在虚空中。

仙王驾到!

这场蟠桃盛会不止一位仙王亲临!

这种异象在数日间接连发生了好几次，黑暗的宇宙中长满金色的莲花，响起大道之音。

这几日来，这片星海很圣洁，缭绕着混沌大道的气息。

一日后，蟠桃盛会开始。

石昊终于不用待在这座别院洞府内，要去赴蟠桃盛会了。

第1630章 蟠桃盛会

盘王城建在一块横亘于宇宙中的原始古大陆之上，此大陆飘浮在宇宙中不知道多少个纪元了。它是这片宇宙的中心，诸天星辰环绕，一颗又一颗大星隆隆转动。

今日，这片宇宙海中，一株又一株金莲照亮黑暗，大道经文声此起彼伏。

蟠桃盛会开启，各族强者皆至。仙王降临时造成的异象震动乾坤，甚至连宇宙海都在轻微地颤动。

盘王府坐落在城中心，等于是这片星海的中心，是仙气最浓郁之地。

说是府邸，但是它极其恢宏，大门是太古仙山炼制而成的，矗立在那里，冒出一缕又一缕仙雾。

石昊站在大门前，一阵无语，他看了又看，真想将这大门搬走啊！

“怎么不走了？”紫锟问道。

白泽皱眉，这主儿真的太不让人省心了，一路上闹出了很多事。

“盘王府太奢侈了，这可是一座巍峨的太古仙山啊，就这么立在此地当作门户，还不如给我扛走，拿去做洞府呢！”石昊说道。

白泽的脸顿时就垮了，这主儿果然又要惹事，难道要闹出风波不成?!

盘家的人眼神不善，脸上带着惊疑之色。

“我警告你，今日真仙赴会，仙王驾临，是仙域很多年都没有过的盛事，你可千万别找事。”白泽警告石昊。

他觉得真不该将这个祸害接进仙域，这不是让人头大吗？还好马上就到目的地了，快没他们什么事了。

“小哥，盘王府这山是从哪儿搬来的？还有没有多余的？”石昊问旁边的人。

小哥？被石昊问到的那个人翻白眼，道：“某家修道十八万年了！”

“老丈，我是认真的，这山是从哪里开采出来的？”石昊询问道。

“赶紧走！”紫锟、白泽一左一右架着石昊，向山门内走去。

古朴的台阶散发出蒙蒙的混沌之气，人行走在上，能听到阵阵大道之音，如同要悟道了一般。

“我有点儿不想走了！”石昊说道，想蹲下来挖走几块砖。

紫锟又是咳嗽，又是瞪眼，暗中提醒石昊：这里的砖浸染过不朽之王的血，不可妄动！

这些铺地的山石是从当年的王级战场上带回来的，那是不朽之王与仙王的决战之地，流淌着无上祖血。这些砖都通神了，随便一块都是宝，能炼成兵器。

“糟践天材地宝啊！”石昊感慨道。他不得不叹，这盘王府太非凡了，一步一惊心，所过之处都是用宝料铺就的，散发着大道气息。

“等一等！”石昊突然驻足，看到一片花圃，瞪大了眼睛。

“又怎么了？”白泽真是怕了他了。

“我怎么觉得这花圃中栽种的都是神药啊！”石昊狐疑地道。这片地虽然不算很大，但也种下了几十株。

每一株植物都晶莹剔透，散发出异香，沁人心脾，吸一口气就让人有羽化飞升般的感觉。

“没错，都是神药。”盘家的人面无表情地说道。

“这太奢侈了吧?!”石昊吃惊地道。

“这有什么，盘王府深处的药田里的长生药都不止一株！”紫锟小声告知石昊，同时警告他别乱说话。

盘家的人则很镇定，淡淡地扫了石昊一眼，什么都没有说，似乎并不惊诧这些神药在此。

“既然你们这么浪费，那我就不客气了！”石昊说道，搓了搓手，动作快极了，紫锟就是想阻止都来不及。

石昊拽着两株神药，就这么给拔了出来。

两株神药都已通灵，在不死物质的滋润下长势极好，皆惊叫出声。这可不是步入末法时代的下界，它们永远不会退化。

盘家的人双眉倒竖！

“不好意思，我只想掐两朵花，没想到将根须也拔了出来。”石昊动作麻利，“噗噗”两声掐断两朵花，而后将其收进空间法器内。

“你……在做什么?!”白泽的脸都绿了，低声斥道。

“这不就是观赏的花吗？我一见之下欣喜，在此悟道。你看，这是至尊拈花一笑的出世风采！”石昊说道，效仿神佛拈花而笑的神韵。

白泽、紫锟两人不禁目瞪口呆。

“盘王府家大业大，将神药当成花朵很正常，你们两个不要大惊小怪好不好，实在太丢人了！”石昊训斥道。

白泽：“我……”

紫锟：“……”

两人想破口大骂：谁大惊小怪，不成体统？

盘家的人有点儿发蒙：这小子怎么这么怪啊，就没见过这么怪的人！

在他们看来，石昊的确是个毛头小子，因为他们都早已修道十几万年了，活的岁月古老而悠远。

管事的就在不远处，他走了过来，脸色平和，道：“无妨，贵客请往里走，不过不要再惹出事端了。”

他没有摆出仙王府高人一等的姿态，不过虽然是劝告，但是当中也有警告之意，下不为例。

石昊自然很有眼力见，抱拳哈哈一笑。

在接下来的路上，白泽和紫锟那可真是心惊肉跳，石昊虽然没乱来了，但依旧没少胡乱评价。

“什么，这路边的石碑是当年无终仙王题字所留？我说呢，怪不得这石碑四周时光碎片飞舞，蕴含着时间大道，修者在此盘坐修行，肯定好处巨大。唉，我曾在下界见过无终仙王死后所遗留的仙钟残体，不过这么多年它早已销声匿迹了。这块碑我是不指望了，但那口残钟我非找到不可。”

一路上有摩崖，有碑文，不是负有盛名的真仙老祖所留，就是仙王亲笔刻写，皆价值连城。

石昊嘬牙花子，心想，他什么时候也能修建这么一座府邸，从中随便拿出块石头可都是神物啊。

白泽与紫锟战战兢兢，都快贴在石昊身上了，他们一左一右地跟着他，生怕他再惹事端，随时准备抱住他。

“我说你们两个是属螃蟹的吗，怎么老是往我身上撞？别跟我挨得这么近，一边待着去！”石昊不耐烦地道。

这两人真是有苦说不出，一路上提心吊胆，生怕他犯事。

终于，他们沿着一条鹅卵石小路来到了蟠桃园，地上铺的石头散发着仙气，路旁的果树璀璨而晶莹，果香浓郁。

石昊明显感觉到了不一般，一路上所见都是神圣之物。

“有必要这样吗？”他小声咕哝。

紫锟忍不住道："相传，整座盘王府其实是一件至宝，名为宇宙山河印，是仙王兵器，所以这里的一草一木、一砖一石都是仙料。"

石昊愕然，而后惊醒，他眺望整座府邸，果然气象非凡，这居然是一件仙王至宝兵器！难怪这里有无终仙王的碑文，应该是当年助盘王炼制兵器所留。

蟠桃园很大，宾客来来往往，非常热闹。

此处往来无凡俗，都是强者、天纵奇才，一般的修士没有资格参与这场盛会。

一株又一株蟠桃树屹立于此，有的开着粉色的花朵，落英缤纷，带着光雨，美丽至极。有的树干苍劲，若虬龙一般，早已结满果实，红彤彤的桃子散发神光，香气扑鼻。

赴会的宾客席地坐在树下的绿草地上，身前摆着玉石桌案，美酒佳肴早已放好，白雾朦胧，这是真实的仙境。

石昊被领到了他的席位处，坐在玉石桌后面，打量着周围的景象。

"这些蟠桃都是仙药吗？"石昊问道。

"不是，只有母株是，其结出的果实是珍稀的长生不死药，可以让人白日飞仙，价值无量！"白泽道。"其他蟠桃树都是以母株的果核种出来的，虽然没有那种神效，但结出的果实也带着浓郁的不死物质，同样是稀世大药。"

远处，一对璧人走来，进入蟠桃园。男子英姿勃发，气宇轩昂，龙行虎步，有修道帝王之资；女子白衣胜雪，风华绝代，摇曳生姿。两人在这蟠桃园漫步，看起来如同神仙眷侣。

"清漪！"石昊呼唤道。

这一刻，白泽、紫锟都是一惊，因为他们发现荒的气质变了，与早先完全不一样了。他不再嬉皮笑脸，坐在那里不怒而威，比敖家的年轻大人敖乾、盘家的天纵人物盘羿有过之而无不及。

坐在石昊旁边的人虽然修为很高，但是忍不住灵魂悸动，他腾地站起身来，不敢靠近石昊。

"石昊！"清漪轻呼一声，她风姿绝世，美丽无瑕的面孔上带着动人之色，快速走来。

一别千年，当年为了仙道，她毅然踏进仙域，原以为此生再也见不到那个人了，没想到千年后再重逢！

石昊站起身来。

清漪到了近前，怔怔地看着这个年轻人，他风采依旧，比以前显得沉稳，有一种可镇压大世的气魄。

白泽、紫锟暗叹奇怪，因为现在的荒跟他们早先看到的完全不一样。

“清漪，这是你的朋友吗？为我介绍一下吧。”敖乾走来，这般说道。身为敖家的年轻大人，他的一举一动都格外引人注目，各族同代人无不在暗中注视他。

“他就是荒。”清漪说道。

“哦，是你啊，胆魄倒是不小，真敢来仙域。”敖乾头戴紫金冠，相貌出众，气度超然，有种唯我独尊的气概。

“你胆子也不小。”石昊淡淡地说道。

而后，他将清漪拉到自己身边，从容而平静地看着敖乾，道：“万道树是我拿走的，清漪是我的知己，不服？来战！”

谁都没有想到石昊这么直接，居然挑衅敖家的年轻大人敖乾！

石昊感觉到了对方的敌意，他不想说废话，不服就战，谁怕谁！

第1631章 敖乾

蟠桃园内，许多人很吃惊，各族修士开始往这片区域看来。

荒与敖家的年轻大人敖乾对上了，很可能会有一战！

在人道领域中，有几个生灵敢与敖乾对决？这些年，他在真仙以下的修士中纵横，难逢对手。

“有气魄，有胆量，我听说过你。”敖乾脸上露出微笑，面对挑战，相当镇定，“不过，你有点儿自负过头了。这是什么地方？——盘王府！你敢跟我这么说话，信不信我一声令下，让你人头落地?!”

“你以为这是敖家的一亩三分地吗，仗着有仙王老祖便可颐指气使、号令天下？”石昊针锋相对，毫不示弱。他虽面容清秀，但严肃起来带着一种大威严，有一种帝王气息在弥漫，这是至尊中无敌者的气质。

“放肆！”敖乾断喝一声，他体魄修长强健，面孔英俊，长发披散，眸子深邃，风采过人，拥有一种强大的信念。

“你找死！”石昊呵斥道。

此时，两人之间形成了一片莫名的场域，涌起一股风暴。地上的晶莹花瓣都飘舞起来，漫天都是花瓣，馨香扑鼻。

这场景看着美丽，但是极其危险，属于场域的扩散，严重扭曲了虚空，让这片区域成为风暴之地。

任何活物贸然闯入，都可能会被碾压成齑粉！

现在石昊和敖乾之间处在一种平衡的状态，一旦平衡被打破，便是一场灾难。

周围的修士皆变了脸色，快速后退。

许多人盯着这里，一时间，这片区域安静了。

白泽、紫锟一时间都不敢上前劝阻，对敖乾深为忌惮，他们本就是奉敖乾家族的真仙之命去接引石昊的，后来盘家又掺和了进来。

“放开清漪，让她过来！”敖乾开口道，他的目光如同锋锐的剑光一般，骇人至极。

“你算什么，岂能号令我！”石昊冷冷地逼视敖乾。

清漪目光柔和，站在石昊的身边，正在侧头看着他。一别千年，没想到他们还能再相见。

她向前望去，道："敖……"

敖乾神色平和，他看向清漪与盯着石昊时完全不一样，轻声打断了她："不用解释，稍等！"

他盯着石昊，道："这是你我之间的事，别让清漪参与进来！"

"说那么多干什么，不服就战！"石昊依旧是这么一句话。

周围的许多人露出惊讶之色，一是惊叹来自下界的荒这么硬气，敢与敖乾对战；二是惊诧于他们之间的关系。

众多修士一起看向清漪，就是这个女子让敖乾动心了，她到底有何非凡之处？

很多人点头，觉得这个白衣女子的确很美，她丰姿绝世，清丽出尘，世所罕见。但真正知道内情的人不多，只有小部分。

据传，这个名为清漪的女修士非常不简单，疑似古代真仙的转世，而且还是名气极大的那个青月。

这十分惊人，到现在也没有证据表明一个人可以轮回，死了就是死了，怎么可能还有来生？但是青月仙子临死前曾留下誓言，定要在这红尘中再生归来。

清漪的出现让这一传说有了可信度，她的脑后有一轮青月，散发着当年那位仙子的气息。

敖家的真仙从那个时代活了下来，他与青月仙子见过，十分肯定清漪脑后的那轮青月跟当年青月仙子的一样。

这令敖家大为震动，难道真有生灵形神俱灭后还能转世，再现人间？

在仙道家族看来，清漪的价值极高。

昔日，青月仙子就是真仙中的绝顶强者，离仙王境都不远了，如果清漪真的是她的转世，那简直不可想象。

一些人认为清漪若逆天而行，这一世能成就仙王位！

最主要的是，别人可以借鉴这种做法。若能走通轮回路，那对于整个修行界、整部修炼史来说都是十分震撼的！

一般的人怎么可能入得了敖乾的法眼，但清漪的来历笼罩着神秘的色彩，故此一下子就吸引了他。

敖乾心动了，他很想亲手揭开那层神秘的面纱。

"大人，他没有资格跟您动手，让我们来！"

这时，从敖乾的身后走出两人，一男一女，男子英挺，女子靓丽，皆气质不俗。他们是敖乾的追随者，实力都非常强大。

“在这里可以动手吗？”石昊问盘家的人。

“就当助兴，为大家演绎神通。”盘羿走来，哈哈大笑道。若非他，盘家的其他人还真不敢答应。

“等我。”石昊让清漪退后，一个人独自面对敖乾还有他身边的两人，道，“你们三个一起上吧。”

此言一出，所有人都很吃惊：这个荒还真不是一般的自负，完全跟敖乾杠上了，故意挑衅他呢。

远处的真仙区域也有人听到了动静，他们向人询问这边究竟是怎么回事。

“狂徒，束手就擒吧！”敖乾身边的一男一女同时断喝，向前迈步，都想先一步出手。

“那好，你们两个一起上吧！”石昊目光犀利，抬手间，日月星辰环绕在他的掌指中。

他看出了这两人的不凡，能追随在敖乾身边的岂是凡俗，乃是至尊中的顶级强者。这两大高手修道数十万年了，道行高得吓人。

“轰隆！”

果然，两人出手时，大道轰鸣，无比恐怖。

这一战石昊要立威，不准备给他们机会，他在一招间浓缩了一身的精气神，道行增长到极致。

可以说，他现在这一击，与出手千百招的力量总和没有什么区别，要在一招分胜负，决生死。

胜就是胜，败就是败。

“咚！”虚空炸开。

幸好这里是盘王府，地面纹丝不动，蟠桃树无损，因为整座府邸都是一块至宝，是仙王炼制的，不可能损坏。

一刹那，雷霆如海，化出一颗又一颗大星，演绎出宇宙星河。还有一头鲲鹏在雷电宇宙中展翅，有一株巨大的柳树扎根在宇宙中心，一同演绎无上法。

“咦，雷帝的传承，鲲鹏的大法，还有那一界祖祭灵的神通！”有人惊呼。

不少人都变了脸色，这三大传承没有一个是简单的，都很厉害，也很神秘。

一招而已，就糅合了三大神通，包裹在雷电宇宙间倾泻而出。

“噗！”那一男一女所施展的秘术都被击散了，而他们自身更是痉挛，所有的护体符文全部被磨灭了。

两人直接摔了出去，浑身骨骼响个不停，险些殒命。

“蟠桃盛会，不宜杀生，暂且留下你们的性命。”石昊平淡地说道。

这顿时引发了一阵骚乱，许多人很惊诧，来自下界的荒竟然这么强，连敖乾的追随者都不是他的对手。

“敖公子，谢谢你一路陪同。”清漪轻启红唇，不待敖乾开口，便接着道，“请不要为难荒，他就是我要等的人。”

这样的话一出，顿时一片哗然。

那可是敖晟仙王家族的年轻大人啊，他一路横扫所有对手，有人道领域无敌之资，是极为耀眼的天骄之一。这个女子居然拒绝了敖乾，选择了来自下界的荒？

荒再强还能跟敖乾相比不成？敖乾所属的家族有真仙，有无上仙王，若得到长辈的悉心指点，他会很快成就仙位。

这是一个有望成为仙王的潜力种子，他满身光芒闪烁，神环加身，吸引各族的目光，许多仙道家族想跟其联姻都不成。可是，这个女子居然就这么拒绝了敖乾。

这里的动静已经惊动了上面的人，有真仙开始过问，毕竟今日可是有几位仙王驾临，不允许出任何乱子。

“是男人的话，就别靠女人出面说话，若你能接下我三招，我便承认你有资格向我发起真正的挑战。”敖乾说道。他一步一步地向前逼去，要亲自动手，因为他知道时间无多，上面很快就会干预，需要速战速决。

“少废话，我早已出手了！”石昊说道，瞥了一眼地上的两人。

很快，那一男一女就被人抬走了，他们伤得太重，神魂都已经龟裂，想要复原不是那么容易。

“三招，看你能否接下！”敖乾冷漠地说道，而后抬起一只手掌。

“真是为难，要是不小心将你打死怎么办？”石昊说道。

周围，所有人都很心惊，这两人是要在三招内动用全力，分出胜负与生死啊！

“杀！”

敖乾断喝一声，抬起的那只手变幻莫测，掌心发出混沌光。

石昊轻叱一声，迎击而上，跟他硬碰硬。一刹那，天地间大道动荡，混沌光和仙气完全把两人笼罩了。

法力剧烈地翻腾，虚空被法则割裂，外人看不清也看不透。

同为至尊，其他人竟在战栗！那股恐怖的气息震慑人的灵魂，让人有种想要臣服的冲动，不可抵挡。

“砰”的一声，地面轻晃，石昊和敖乾分开了。混沌光与仙气散开，露出他们的真身。

敖乾转身就走，冷哼道：“算你过关，有资格向我发起挑战！”

众人闻言，莫不震惊，荒竟然那么强?

“别忍着，一口血不吐出来的话，你会留下内伤的！”石昊冷冰冰地说道。

这下所有人都震惊了：这是真的吗?

“唰”的一声，盘羿如鬼魅一般上前，到了敖乾身边，向他的后背拍去。

“你要做什么，也想跟我一战？”敖乾喝道，霍地转身。

“看一看你是否有伤，帮你检验一下！”盘羿说道。

第1632章 如帝临尘

敖乾受伤了，这是真的吗？这是何其可怕的事！

在场的人都不太相信，若敖乾败了，岂不是证明来自下界的荒在人道领域有可以睥睨群雄的实力？

这种事让人一时间难以接受。敖乾来自仙王家族，有气吞天下之志，无敌于人道领域。

荒来自一个残破的世界，那里大道规则不全，而且已经步入末法时代，这样都能无敌，当真不可想象。

“砰！”

敖乾与盘羿对了一掌，后退了几步，道：“若你想跟我对决，我并不介意寻一个上佳的地点进行生死一战！”

“装！”盘羿只有一个字，这是暗中对敖乾说的。然后，他就罢手了，任敖乾冷漠以对。

许多人长出了一口气，怕敖乾负伤，被震出一口血来。

也有部分人感到遗憾，他们想知道敖乾是否真的负伤，若他被震出一口血来，那就有好戏可看了。

敖乾不再说话，转身就走。

“荒，你预测失误，我刚才跟他对了一掌，也没有逼他吐出一口血。”盘羿暗中传音，有些不满，他原本还想一掌就让对方大口咯血呢，可是效果完全没有体现出来。

“他这是在强撑，如果你再跟他对上几掌，我保证他无法掩饰真相。”

“轰！”

突然间，盘羿动了，如同一条人形暴龙向前冲去。

“你敢！”敖乾又惊又怒，他深知盘羿的恐怖，没想到对方这么霸道，居然缠着他不放。

“咚！”

盘羿下重手，施展大神通。

“噗！”

敖乾嘴角溢血，怒目而视，道：“你敢偷袭我?!”

所有人都心惊肉跳，敖乾的嘴里真的有血沫子，他被盘羿击伤了?

“哈哈——”盘羿大笑，喜不自胜，道，“我确定荒没有说错，你已经负伤，憋着一口血没有吐出来。”

众人闻言，皆露出震惊之色。

有人险些惊叫出声，这消息未免太惊人了，在刚才的三招生死碰撞之中，敖家的年轻大人竟负伤了?

“你不仅偷袭我，还这般羞辱我！”说到这里，敖乾身体一震，背后的淡金色甲胄解体，那里有一个清晰可见的掌印。

盘羿摇头道：“以你我这种境界，谁能偷袭谁? 算了，你自找台阶下，我也不多说了。”

他转身就走，不再多说。

敖乾面色铁青，霍地回头看向石昊，道：“一会儿我会与你真正地对战一场，孰弱孰强，自会见分晓！”

敖乾转身走了，这里一下子安静了下来。

所有人都很吃惊，在消化刚刚获知的信息。

这些都不是一般的人，有半数人相信敖乾败给了荒，最起码在那三招对决中敖乾稍逊一筹。

这是极具震撼性的消息，那可是敖家的年轻大人敖乾啊，他所向披靡，从未有过败绩，今日居然被荒击伤了?

大须陀、邀月公主不禁倒吸了一口凉气，这就是荒，在下界时，他搅动风云，来到仙域后，他睥睨各族，如今将敖家的年轻大人都击败了，果然了不得!

其他人就更不用说了，他们来自仙域的各大强族，从来不认为从残破世界里走出来的修士可以挑战他们。

现在一个荒足矣，惊人的战绩就摆在他们眼前!

也有部分人不相信敖乾败了，觉得是盘羿使的手段。他们对石昊带着敌意，默默地等待不久后真正的决战。

蟠桃园很大也很美，晶莹的绿色叶片、粉红色的桃花、红彤彤的果实构成一幅美丽的图景。

各区域的宾客不同，有真仙区域，有人道领域的修士区域，所奉上的果实也不相同。

最高处是盘家仙王洞府，几位仙王亲临，都很沉默。那里混沌之气迷蒙，将他们的身影都淹没了。

在他们身前的玉石桌上，摆放的是真正的蟠桃仙药。

不死蟠桃仙药只有那么一棵母株，其所结的果实蕴含着浓郁的仙道精华，尤其是它还由盘王亲自培育，栽种在造化之地，蕴含着大道碎片。

这种果实常人只要吃下一枚，就能飞仙。

“祖祭灵的传人？”就在此时，一位仙王开口道，他如同活在亿万年前，话语中丝毫没有感情，整个人被混沌之气笼罩着。

他很像一尊石像，虽在说话，但身体丝毫没有晃动。

其他几人莫不如此，宛若屹立在亿万年前，接受着世人的祭拜，安享无穷纪元的香火。

“你们两家当年去寻的时候，祖祭灵正在涅槃。听闻它被你们以雷霆击杀，留下了因果。”盘王开口道，他虽然如同化石一般，但是声音如刀剑齐鸣，有一股震撼人心的力量感。

“昔日我们只是想带祖祭灵进仙域，或许其中有些误会，它破开雷霆而去，多半流落在了遗弃之地。”

“遗弃之地，也就是那个牢笼吧，荒正是出身于那里，看来他是祖祭灵培养起来的，难怪。”有人点头道。

石昊如果在这里，一定会很震惊，几人正在谈论柳神之秘，正是当年柳神流落在石村的根由所在。

漫天的雷霆和无上的法则导致柳神躯体被毁，只留下残根，原来是仙王所为。

正是因为如此，柳神不得不从头再来。

由垂死到再生岂是那么容易的？柳神为此付出了巨大的代价，遗忘了很多过去的事。

“将荒带来，我要探寻祖祭灵的下落。”一位仙王开口道。

“有故人给我打过招呼，我已承诺保他无恙。”盘王面无表情地说道。

此地一阵沉默，几大仙王都在思量。他们既是至高的存在，也是仙域的统治者，瞬间便能猜出一些因果变化。

“有残魂未散，让你还人情？”敖晟仙王问道。

“不可说。”盘王摇头道。

“敖晟，既然你当年曾施展雷霆，轰击祖祭灵，那今日就由你的后代掂量一下荒，引出他身后的那个人如何？”一位仙王冷漠地说道。

“不得乱来！”盘王沉声道。

“小辈切磋而已。”那位仙王说道。

一时间，这里寂静了，无人再开口。混沌翻涌，蒲团上的身影变得模糊，亘古长存，永恒不灭。

不久后，蟠桃园中，有真仙出面过问不久前因何而哗然。

在知晓事情的经过后，出乎所有人的意料，真仙命人以岩石堆砌，神柱为栏杆，打造了一座擂台。

“既然俊秀云集，就给尔等一个机会。人道领域，龙虎争霸，谁若胜出，奖励不死蟠桃药一枚，服之可立地成仙！”这是一位真仙亲口所说，他是盘家的老祖，身份地位仅次于盘王。

所有人都很吃惊，居然要赐予胜者蟠桃不死药？

他们怎能不震惊？这蟠桃可跟其他不死药有所不同，传闻盘王可能就是仙桃树所化，成为万劫不灭的仙王。

真正的蟠桃果实蕴含着无上大道碎片，价值之高难以想象，甚至有人猜测这蟠桃果是盘王的本体孕育出来的。

人道领域的修士原本被安排在蟠桃园的外围，结果现在他们被带到了林深处，与真仙处于同一区域。

擂台巨大，如同一片平原，散发着仙气。这是真仙炼制的擂台，不用担心会被毁掉。

许多人坐不住了，一片嘈杂声响起，人道领域的修士涌了过来。

不少人跃跃欲试，但又忍住了，因为盘羿、敖乾在此，还有另外几位天纵人物也到场了，谁能是他们的对手？

敖乾第一个登台！

他发丝浓密，英姿勃发，一身锁子甲闪烁着绚烂的光彩，如王者俯视万民，拥有一股骇人的强者气息。

敖乾的身体弥散出一缕又一缕混沌之气，他修的是仙王经，一身道行在至尊领域早已达到了极致。

看到敖乾登台，其他人的心顿时凉了，他们还怎么去争？

“荒，可敢一战？！”敖乾断喝。

敖家的人都露出激动之色，曾去过界坟的人更是握紧了拳头，渴望敖乾出手，亲自压制石昊。

“我兄长出手了，谁人能敌！”敖坤自语道，他还不知道不久前他的兄长曾跟石昊对决，并且稍逊一筹。

“怕你不成！”石昊一跃而起，如真龙横空，登上擂台。

远处，石毅、小天王、蓝仙等人也都来了，他们正好看到这一幕，都非常震惊。

“这家伙，我以为他会默默无闻地老死在下界，看来无论什么时候，他都不会甘于平凡！”小天王轻语道。

“才来仙域就闹出这么大的动静，不愧是昔日在边荒大战帝族的荒！”蓝仙叹道。

“荒，让你见识一下真正的仙王传承，今日当众将你压制！”敖乾道。

“让你见识一下我创下的传承，我的法与道！”石昊声音不高，但是震慑了很多人。

敖乾一怔，而后冷笑道：“狂妄！”

下界修士所创的法也敢跟仙王传承比肩，不过是口出狂言而已，他根本不认可。

“你一而再地去虚神界，想打黑暗牢笼的主意，几次被我所阻，今日做个了断吧。”石昊凝视着敖乾道。

“坏我大事，今日饶不得你！”敖乾冷声道，他数次派人前往虚神界，结果都铩羽而归或者没了音讯。

石昊脸色冰冷，对此人没有好感，决定直接出手。

“很多年前，我的祖上曾和一位仙王一同前往残破世界擒拿祖祭灵，想来你是它的弟子吧，今日我们也来碰撞一次！”敖乾暗中说道。

“你说什么?!”石昊的眼睛顿时瞪大了。

这件事敖乾也是才知道，他们那一族的真仙亲口告知他，让他只许胜不许败。

石昊眼神冷厉，关于柳神的来历，关于它当年为何遭遇大劫，一直都是个谜，现在他终于得知了部分真相。

“荒，今日就将你压制！”敖乾出手了，其掌指间光芒大作，漫天都是神圣的光彩，到处都是经文声。

他动了杀意，施展出敖家的仙王经。

敖晟仙王，其中的“晟”字代表了光明、旺盛之意，他的经文也正是如此演绎的，璀璨夺目，照亮山河。

“光明剑翼，永加吾身！”敖乾喝道。

他全身都在喷薄仙雾，每一个毛孔都在喷吐剑气，化成了如同羽毛般的剑翼，而后向石昊攻去。

这太恐怖了，敖乾浑身都是光明剑翼，无坚不摧，连发丝间都是如此。

“轰！”

石昊施展自己的法，以身为种，轮海发光，在腹部位置形成一幅阴阳图，阴阳图扩散而出，笼罩全身。

这一刻，他万法不侵，神环遮体！

石昊轻叱一声，舒展四肢，如同连通着天地四极，让乾坤都在震动。

“轰！”

两人激烈地大碰撞，在一起搏斗。

这一次敖乾汲取了教训，没有不顾一切地冲撞，因为早先他吃过亏了。敖晟仙王的传承讲究千变万化、神通无敌，他自然要发挥出其长处来。

可是，石昊又是那么好欺负的吗？面对光明剑翼，他直接施展出草字剑诀，漫天剑气迸发，大破剑翼！

“光明永恒，普照寰宇！”敖乾大吼道。

一刹那，天地间只剩下了一道光，那是敖晟仙王传下的盖世神通，它湮灭黑暗，破开混沌，无物不破。

“帝者无敌！”

这一刻，石昊没有施展宝术，而是推动自己的几大秘境，从轮海到道宫，再到四极，而后登仙台。

秘境发光，石昊周身璀璨，施展大道奥义，一下子呈现出诸多天地异象，比如真龙盘绕、仙凰长鸣、金莲遍地、仙王高坐九重天等。

这可不是一般的异象，也不是虚影，而是真正能发挥出威力的通天动地之能！

这一战打得很激烈，谁都看得出石昊的实力惊人，当异象出现时，乾坤动荡，经文声震世。

“轰！”当激战到一千二百招时，敖乾被石昊的异象轰得大口咯血，接着石昊捏拳印，轰在他的胸膛上。

石昊一拳将敖乾击中，而后单臂将敖乾举了起来，屹立在场中央，如帝临尘！

第1633章 可以称之为帝

一个如同魔神般的身影独自屹立在台上，黑发披散，眼神若两道闪电划过虚空，单臂擎天！

敖乾败了，而且败得很彻底，他双目失神，难以接受这一切。

此时，他被石昊那一拳轰中了躯体，并且被石昊的手臂举着。身在半空，他有心反抗，但是全身无力。

他一身道行被禁锢，法力被石昊这一拳全部击散了！

别说反抗，他能否活下去都要看石昊的心意，只要石昊稍一发力，他就会没命。

强到他们这个境地，彼此都知道，一旦放开一切出手，那将何其可怕。如今他没有一丝还手之力，对方要除掉他太容易了。

擂台下方鸦雀无声，这个结果让各方修士难以置信，敖乾居然败了，而且是大败。

堂堂敖家的年轻大人纵横人道领域千年以上，傲视各族强者，就这么被人强势压制，一败涂地！

敖乾号称人道领域无敌，横扫各族高手，难求一败。这么多年过去，他的威名传遍十方，各族皆知。

敖乾是仙域的名人，也是真仙之下实力极强的几人之一，成为人道领域一座不可逾越的大山，可在今日，这座大山竟轰然倒塌。

“兄长！”敖坤一声大叫打破了宁静，让这个地方一下子喧沸起来。

敖家的强者们一个个都脸色难看，敖乾居然败了，他们族中的不败天骄被人生擒了。

“敖乾是天纵之才，有古祖年轻时代的风采，怎么会败？”一位老者喃喃道，不敢相信这一切。

若败给盘羿、混天也就罢了，可他居然败给了来自下界的一个修士。下界法则不全，大道有缺，而且如今步入了末法时代，这太过让人震惊。

“敖乾败了，他的辉煌被人终结了，一代天骄今日竟然这么落幕了！”

人们轻叹，有震惊，也有感慨。这些年以来，敖乾号称仙域极为杰出的几个生灵之一，竟在今日败北了。

可惜，可叹，许多人纷纷摇头。

荒是何许人也？在此之前，不少人根本不了解他，现在他们交头接耳，向人打听。

仙域太大，家族过多，除非真的名动天下，不然的话很难被人记下。

石昊虽在下界很有名，但在仙域只有部分势力知道他，九成以上的人都对他没有印象，因为从未跟他接触过。

“不简单啊，他曾经在边荒大战过异域高手，击灭过帝族，等同于我们这一界的仙王家族子弟！”一些人了解石昊的信息后，不禁点头，这的确是辉煌的战绩。

“这个年轻人是个异数，他至今才千余岁？当真是不可思议，以微末之身冲天而上，可诛仙王后代！”

在得知石昊成道于千年前，打破五百载的禁忌线后，一群人顿时震惊了！

那样的年岁对于寿命长久的修士来说还略显稚嫩，他居然就成道了？这可真是盖世的奇才啊！

五百岁以下修行到至尊境，这如同天方夜谭一般，有多少年没有出现过这样的生灵了？

细细追思，也只有在最强仙王崛起的年代才有那等天纵之人，他们生而神圣，勇力绝世，在朝气蓬勃的年代绽放了璀璨的光辉。

那样的生灵但凡出现一个，便会照耀一个时代！

有些遗憾的是，那几个盖世奇才英年早逝，没有一个走到终点，无人成就仙王位，最后崛起的反倒是敖晟、混元仙王等。甚至，那等盖世奇才在后来的争霸中，就死在了敖晟、混元仙王、盘王的手中。

敖晟、盘王等之所以如今名满世间，那是战出来的威名。即便同为仙王，他们也是最强大的，宇内称尊！

“荒，放下敖乾！”此时，下方有人喝道。

敖家的人顿时坐不住了，谁都能看出荒无所畏惧，尤其是在这擂台上，真要刺激到了他，导致他直接将敖乾除掉了，那就悔之晚矣。

他们觉得或许有人包藏祸心，要挑拨荒当众击灭敖乾。

“荒，请手下留情，放过敖乾！”敖家的人站起来，对擂台的方向拱了拱手。

石昊脸色冷漠，目光如电，在人群中扫视，最后将敖乾放了下来，问道：“你可服了？”

其实石昊很想除掉敖乾，听闻他们曾针对柳神，自然第一时间确立了敌对关系。可这毕竟不是下界，敖家有仙王，一念间可屠万灵！

敖乾怒目而视，一言不发。

敖家人急眼了，大喝道："荒，请不要动手。敖乾已败，他输了！"

"敖乾，退一步海阔天空，不要执拗！"有人暗中给敖乾传音，怕他当众跟石昊叫板，惹来杀身之祸。

敖乾面孔扭曲，他这一生还从未败过，现在却要当众认输，这真是如同利剑穿心般难受。

"敖某技不如人！"说完这句话，敖乾面色如土，仿佛耗尽了精气神。

"石昊，放了他吧！"清漪站了起来，当众为敖乾求情。

不管怎么说，这些年以来，敖家的这位天纵强者对她还是多有照料的，哪怕知道石昊跟他难以共处，但她还是忍不住为他求情。

石昊放开了敖乾，将他丢在擂台上，敖家顿时有两大强者飞了过来，将他搀扶起来。

敖乾艰难地起身推开了他们，转过身来，深深看了一眼石昊，道："他年我若为仙，定会与你再战！"

敖家的人心中松了一口气，只要敖乾没有失去斗志就好，他有天纵之资，一时的挫折算不了什么。

有一部分势力很失望，觉得如果荒将敖乾压制就好了，免得他日敖家再出现一位准仙王。

许多人觉得敖乾或许成不了仙王，但接近那个境界还是可以做到的，绝对是未来极强的真仙之一！

"败在我手中之敌，从来不会被我视为对手。我给你时间追赶，直至你遥望不见。"石昊平静地说道。

众人愕然，这是何其的自负！荒的信心太强了！

或许正是因为如此，他才能有如此成就，"会当凌绝顶，一览众山小"！

大须陀、蓝仙、小天王、邀月公主等人都在蟠桃园中，他们了解石昊，唯有一声轻叹。

在他们看来，石昊或许真的有这个本事，唯有了解他的人才知晓他的一路辉煌是怎么来的。

"太强了，居然将敖家的年轻大人击败了，还这么自信，我有些嫉妒那个名为清漪的女子了。”一名少女咕哝道。

其他妙龄女子也双目发光，小声地嘀咕、议论起来。她们的长辈面色发黑，有人轻哼一声，这才打断她们。

石昊站在擂台上，一言不发，睥睨群雄，谁敢一战？这是无声的震慑！

敖乾败了，但是战斗还不算结束，蟠桃不死药足以让所有人心动。

只是，还有谁敢再与石昊对战？人们都有自知之明。

“我与你一战！”

终于，有人登台了。这是一名女子，她的身段修长强健，容貌姣好，肤色显现出晶莹而健康的光泽，在仙域中很罕见。

一般的女修到了这个境界都是冰肌玉骨，肤色洁白如玉，可她不同，她的体魄强壮有力，如同一头美丽的雌豹。

“混天也上了！”人们吃惊地道。

这个女子是混元仙王的后代，与盘羿、敖乾并驾齐驱，是当世极为强大的几位至尊之一，战力惊人。

“轰！”

混天一上来，战斗就直接开始了，她的名字不太像女子，而且战法也很阳刚，上来就猛攻。

“混元大道经！”有人惊呼。

才一开始，混天便施展出他们那一族最强大的仙王经，与石昊争雄，要分出个胜负。

混元大道经文声轰鸣，震得石昊气血翻腾，他还从未遇到过这么勇猛的女子，敢跟他这么对决。

“砰！”

当打到一千四百招时，石昊的脊椎骨处腾起一条大龙，其四肢宛若天地四极，生生将混天压制，令她不断倒退。

混天倒也干脆，直接倒退了几步，道：“我败了！”而后，她便一跃而下，离开了擂台。

众人默然，心中剧震不已，荒胜过敖乾果然不是什么侥幸，他真的太强了，将混天也击败了。

“你还是不是男人？”就在此时，混天开口道，横眉对着盘羿。

许多人闻言，顿时露出古怪之色，早有传闻混元仙王与盘王一脉有意联姻，选中的后代就是这两人。

盘羿有些尴尬，用手摸了摸鼻子，而后登上擂台，冲着石昊传音："能不能让我赢一场？"

"这种事不能让！"石昊拒绝道。

"好吧，手下留情啊！"盘羿说道。

"轰！"大战爆发了。

盘羿虽然战前示弱，但其实是开玩笑的，动起手来勇猛无敌，盘家的至高神通被他演绎到极致。

"轰隆隆！"

天崩地裂，鬼哭狼嚎。这两人之间的大战无比激烈，一时间打得日月无光，令众人目眩神迷。

当两人打到一千四百多招时，盘羿败了，在他的周围，遍地都是金莲，大道轰鸣声响起。

"轰！"

石昊迈步，黑发披散，目光如雷电，神勇无敌。他一只大手遮天，覆盖而下，将盘羿压制得不能动弹。

"停，我败了！"盘羿当场认输。

石昊松手，任他离去。

至此，仙域实力强大的几大年轻高手接连败了三人，此地鸦雀无声。

一个来自下界的修士竟独占鳌头！

一个法则不全、大道有缺的地方竟走出这么一个所向无敌的生灵！

所有人都意识到，真仙以下，或许没有一个人是荒的对手。

"谁敢与我一战？"石昊问道。

偌大的蟠桃园，宏大的仙王府邸，没有一个人应声，再没有人敢出手。

石昊震慑群雄，傲视人道领域。所谓极道，就是一人屹立在诸雄之上，镇压万道，在此境真正无敌。

"若给予荒一个称号，或许可在人道领域称之为帝！"这时，盘家一位古老的真仙开口道。

第1634章 仙王杀机

此战落幕，无人再敢上台！

众人有目共睹，荒不可敌，连盘羿、混天、敖乾都败了，谁还是他的对手？

“蟠桃不死药归荒所有！”有人说道，声音不高，但是传遍了这片园子。

众人露出羡慕之色，那可是无数人梦寐以求的无上仙药，居然被荒得了。

仙王洞府深处，一株老树若真龙蛰伏，树皮开裂，犹如鳞片张开，枝叶茂密，散发着绿光，树上结有蟠桃。

这种果实色泽金黄，香气扑鼻，馥郁芬芳。真正的蟠桃不死树结着让外界众人心颤的果实。

一枚果实自动脱落，坠在一个白玉盘上，向外飞去，而后被一位真仙接在手中，他眼神炽热地看着这枚蟠桃，却不敢打它的主意。

盘王赐下仙药，谁敢觊觎？

真仙护药，将金色蟠桃送出，它是整片桃园的母株所结下的果实，是真正的不死药。

所有人都目光热切，但也只能看着而已。真仙降临，将那白玉盘递给石昊。

“多谢前辈！”石昊说道。

一枚金色果实到手了，他小心而谨慎地将其封印在玉鼎内，避免仙气外泄，这可是真正的长生大药。

见石昊下台，所有人都不由自主地为他让开一条路，再也无人敢小觑他来自下界，真实的战绩一出，十方瞩目！

石昊与清漪同坐在桃树下，共饮玉石桌上的美酒。时隔千年，两人终于有机会再坐在一起。

谪仙、大须陀、邀月公主等人先后过来与石昊叙旧，他乡遇故知，显得格外亲切。几人向石昊询问如今九天十地的情况，在了解了之后，一阵感慨，末法时代竟那么可怕，许多活化石都坐化了。

“你除掉了金家、风族？”得知这个消息，谪仙等人深受震撼。

不过，仔细想来，石昊有足够的实力，的确可以做到。如今他在仙域都所向披靡，在下界自然更不用说了。

不久后，故人们离开了，他们将时间留给清漪和石昊，让两人有足够长的时间相处。

“这些年来你还好吗？残仙有没有出世？”清漪问道，目光柔和。

“平淡归真，修道无岁月。这些年我带着石村的子弟扫平黑暗生灵中的强者，也曾击灭残仙。”石昊答道。

“什么，你连残仙都灭过？”清漪轻呼，很震惊，同时也为石昊担忧，显然他经历了太多的危险。

清漪有很多的话想说、想问，她细声细气，在这里跟石昊交谈。

“我与云曦结为道侣了。”忽然，石昊这般说道。他没有隐瞒，道出了实情。

清漪的神色一下子僵住了，她的心都在轻颤，面色有些发白。她咬着鲜艳的红唇，眼中有水雾出现。

“为什么……”清漪有些失神，不自禁地说道。

石昊不想瞒着清漪，也不愿欺骗她，主动告知了她事情的真相。

“当年我在三千道州被残仙废掉，云曦毅然跟我下界，发誓要照料我的残生。她一直对我不离不弃，守在石村很多年，无论如何我都不能辜负她。”石昊说道。

清漪闻言，面色苍白如雪，道：“你是在怪我吗？”

“没有，残仙逼迫我时你不在三千道州，你若在，我想你也不会弃我而去。”石昊摇头道。

“可我最终还是进了仙域，没有跟你一同留在下界。”清漪说道，眼中有怅然，有遗憾，有失落。

“这不能怪你，三千道州进入末法时代，修士的路已断，待下去如同坐在牢中。我当时被仙域的某些势力敌视，没得选择，不然我也会进仙域。”石昊说道。

“你虽然在下界，但是依旧走在我们的前面。”清漪轻叹道，她为石昊的成就感到振奋，但也有些失落。

“你想成仙吗？”石昊取出白玉小鼎，向前递去。

“不，这是你的，我希望你能尽快成仙！”清漪说道。

石昊收回玉鼎，默默地思量，这就是他的路吗，服食蟠桃仙药，立地成仙？

若是如此，他一生的成就也就只能止步于此了。没有成仙的感悟，借助外物直接突破，自己能得到什么？即便成仙，也多半是实力最弱的真仙。

石昊拥有可匹敌仙王的实力，想尽早成仙，可这一切又是如此矛盾。

此时，清漪在出神，她内心惶然，有悔意，有失落，有无尽的遗憾与怅然，石昊竟与云曦在一起了……

得知这个消息，清漪面色微白，绝世容颜失去了重逢后的喜悦，她心中苦涩，怎能不在意？

进入仙域这些年来，她一直用的是清漪这个名字，而不是月婵，这足以说明很多问题。可是，到头来她等到了石昊，却得知了那样的消息。这种结局让她遗憾，也让她心中满是苦涩。

她后悔了，当年若她不离开下界，或许就不是这般情景。可是，若从头再来，她多半还是会渴望成仙，希冀进入仙域中。

这些年，她一直在努力，想借助一些大势力确保石昊的安全，将他从下界接引上来。最终，石昊来了，可是她也听到了这个令她心碎的消息。

…………

盘王府邸深处，混沌翻涌，几位仙王盘坐在此，沉默不语，如同几尊塑像立于此地。

终于，有人开口道："将荒带来，我欲知晓祖祭灵在何方。"

"道兄执念太深。"盘王说道。

"我欲斩掉荒！"就在此时，敖晟仙王突然开口道。

"何须跟一个小辈计较？"盘王道。他不认为敖晟仙王是为了敖乾出头，那种所谓天纵后人在他们眼中什么都算不上，不成仙王终究是蝼蚁。

这些年以来，仙王的后代中还缺少天赋绝世的人吗？他们有的陨落了，有的成了真仙。仙王从未过问这些，他们的内心深处古井无波，不会因为后人的陨落而出手，到了他们这种境界，几近无情。

敖晟之所以出手，唯一的可能就是：心生感应，得见一角未来。

另一位仙王也开口了："我亦有此意。"

其他几人默然。

唯有盘王劝阻道："我已答应一位故人保他不死！"

"如今大道模糊，天机已乱，我看不到他的路以及未来，但是觉得他对我不利。"敖晟仙王说道。

"一介蝼蚁，何需介怀？看不到的人与事，不见得与你有关。"盘王说道。

"宁错杀！"敖晟仙王的语气很冷漠，有一点他不想说，既然得罪了祖祭灵，那么其传人就没有必要留着了，免得成为祸患。

仙王杀生不需要理由，他也懒得去解释。

另一个古洞中，盘王被混沌之气笼罩着，身穿古旧道袍，模糊而缥缈，在他的身前有半块雪白的头骨。

盘王的真身跟几位仙王在一起品尝蟠桃不死药，这里的盘王显然是其真身的一道意志。

“我虽想庇护他，但两位仙王要除掉他。你要知晓，仙王不可拂逆，言出即法，我难以护他一世。”

禁区之主化成一个丰神如玉的男子，轻轻一叹：“麻烦大了。”

“你明明知晓仙域杀机万重，一步走错，便万劫不复，为何要带他来？”盘王问道。

“为寻一地，送他进去。”禁区之主倒也不隐瞒。

“为了这个年轻人，你倒也是煞费苦心。”盘王道，而后他又点了点头，“凭仙古纪元你与祖祭灵的交情，料你也会照拂他。”

“除庇护他外，我再向你求取三滴仙王精血。事后，你我因果两清！”禁区之主说道，他白衣胜雪，风华绝代。

“血可以给你，但若是仙王精血，那事关重大。”盘王道。

“非仙王精血不可用。”白衣男子叹道。

“你要去寻找那传说之地？有人去过，但都失败了。”盘王道。

“那就是我与他的事了。”禁区之主说道。

第1635章 巨头镇压

欲寻一地!

禁区之主面无表情，盘王神色凝重，非常严肃。

由此可见那个地方有多么非凡，不然的话这两个生灵怎么会是这种表情?

“好吧！”很长时间后，盘王点了点头。

随后，一滴血从虚空中流淌而出并坠落下来。它太璀璨了，比太阳还耀眼，仙光万丈，瑞光亿万道，足以普照山河。

幸好这是一间密室，被仙王镇压，刻下了玄奥的法阵，不然的话这滴血足以惊动仙域。

这是一滴仙王精血，其中蕴含的法力与规则不可想象!

盘王的本体虽不在此地，但可以无声地渡来一滴精血，瞒天过海，无人得知，主要是这间密室太不一般了。

随后，第二滴仙王精血淌落，它无与伦比，神圣的气息弥漫开来，挤满了这间密室。

很快，三滴血凑齐了!

这种东西一旦出世都会引发大震动，这不仅是仙王血，还是精血，包含着诸天大道碎片。

这种精血堪称无价!

禁区之主丰神如玉，生前潇洒，是一个绝世美男子，但他已经陨落，不可逆转。他重新化成半块雪白的头骨，以此承接三滴仙王精血。

“两位仙王言出即法，意志难改。”盘王说道，算是善意的提醒。

到了这个层次，平日盘王如同神像一般，盘坐在蒲团上一动不动，时常数万年都不说一句话，不辍地感悟大道。

如同今日这般他主动对人开口的情况很少发生，所谓仙王几近大道无情，泯灭了身为生灵的诸多情绪。

“我带来了半炷香，名为界灭。”禁区之主说道。

突然，密室中一下子爆发出两道闪电，那是盘王化身的眸光，他凝视着眼前的半块头骨，心中震动。

“好，我知道了。”盘王说道。

蟠桃园，石昊同清漪坐在一起，无话不谈。这么多年过去，他们尽已知晓各自的经历。

其间，仙域一些生灵不时上前结识石昊，很热情，在他们看来，可以击败敖乾、盘羿、混天的人太惊人了。

荒这个名字已经传遍了盘王府，他的许多旧事被提及，引发阵阵惊叹。

“这等良才美质注定要留在我仙域成仙，不然的话，埋没在下界太可惜了！”有人说道。

敖家的人闻言，脸色微沉。

“不错，在下界就能修炼到这一步，若长驻我仙域，岂不是要一飞冲天？”有人点头附和。

真仙看向石昊时，目光复杂，唯有经历过由人到仙的蜕变，才能深刻知道这条路有多么艰难。

看到石昊，他们觉得这的确是一个可造之才，放在下界太可惜了。

蟠桃盛会持续了数日，石昊结识了不少人。

敖家对石昊不理会，还有一些强大的家族对他有敌意，但是也有很多顶级家族向他伸出橄榄枝，表达善意。

几日间，荒之名传遍各地，盘王所统治的星域尽人皆知。

谁都知道一个盖代天才崛起了，他击败了盘羿、敖乾等人，问鼎人道领域第一人的宝座，几乎无可争议！

荒出名了，想不让人知道都不行。

仅此一战，他就震动了这片星空，而且他的威名还传到了其他仙王所统御的宇宙星空。

“敖晟漠然而去，太始仙王面无表情。”盘王告知道。

“话已经带到就可以了，就看他们最后的选择吧。”禁区之主说道。

“你该不会真想点燃‘界灭’吧？”盘王问道。

据他了解，那炷香的确遗落在下界，若将其点燃，因果太大了，谁能承受？当真要惊天动地，毁掉一界。

石昊并不知道一场巨大的危机即将发生在他的身上。

“仙域无比繁华，不死物质浓郁，的确是修士梦寐以求的净土，可以造就真正的仙道高手。”

“既然来了，就不要回去了，日后想办法将你的弟子接引来就是了。”

…………

邀月公主、拓古驭龙、齐宏、大须陀等人如此劝石昊。几日来，这些故人聚在一起，想挽留石昊。

“留下吧，你还要回去吗？”清漪也在挽留他。

石昊没有回应，他听到了禁区之主的传音，得知不久之后盘家就会有人来接引他，在前方带路。

“我去去就回！”石昊起身。

不久后，石昊进入石室，见到了盘王，这是他第一次如此近距离地接触一代无上仙王。

盘王给石昊的感觉如同一尊石像般，并且他被雾霭遮拢着，石昊几乎什么都感知不到。

禁区之主也在这里，他告知石昊：“我想带你去一个地方，但是两大仙王要取你的性命。”

石昊闻言，心中一阵翻腾。

“什么地方？”石昊问道。

盘王面无表情，微微点了点头，这个年轻人听到两大仙王要除掉他，没有惊慌，确实有些胆魄。

“通天之地，造化之地，奇异之地！”禁区之主说道。依照他所说，那里妙不可言，无法细说，不能阐释清楚，唯有亲身经历才能明白。

“血与乱的时代要到来了，你的时间不充裕，这是我能给予你的一份大礼。”禁区之主说道。

“我怎么能活着到那里？”石昊问道。

这是关键，两大仙王都惦记他的性命，他能活下来吗？

“我们会尽力而为！”禁区之主说道。

来不及跟清漪他们告别，石昊便动身了，他疾速而行，离开盘王城，撕开宇宙，消失在冰冷的星空中。

“哼！”

某一片星域中，敖晟仙王冷哼一声。身为无上仙王，他法力强大，俯瞰万古，究竟有多么大的神通，外人很难想象。

“呜”的一声，一只大袖展动，敖晟仙王探出了手臂，一下子覆盖了不知道多么广阔的星域，径直向这片星空抓来。

这一刻，万灵惊恐！

各族修士全部震惊了，内心惶恐到了极点，一只大手横跨无垠的大宇宙，抓向某一地。

在这片广阔的星域中，当那只大手落下时，一颗又一颗星星无声无息地成为宇宙尘埃。

敖晟仙王一只手覆盖而来，万物寂灭！

“砰！”

突然，另一只大手出现，发出柔和的光，挡住了敖晟仙王的手，并且让这片死地焕发了生机。

“盘王！”

一个冷漠的声音传来，是敖晟仙王发出的。

随后，一根手指划过宇宙，它漆黑如墨，快与星空融为一体了。它无声无息地出现，向石昊点去。

沿途，一颗又一颗星星炸开。指端前方，星空湮灭，化成虚无，恐怖至极，足以让真仙骇然。

这是太始仙王，他同样为仙域巨头之一！

太始仙王也出手了，他要斩断因果，灭掉祖祭灵的传人。

“砰！”

盘王再次出手，掌心发光，生命气息流淌，挡住了这死亡一指，并让许多宇宙尘埃重组，演化成完整的星星。

此时，在各片星域中，但凡有真仙驻守的生命源地，所有生灵都是战战兢兢的。

这可是仙王斗法啊，一个弄不好就会毁掉各地，让星域丧失生机，成为死地。

一些真仙离开各自镇守的星球，站在星空中，内心震惊不已。他们如临大敌，怕毁灭之力波及他们。

最终，手指、大手等都消失了，宇宙星空恢复了宁静。

石昊目睹了这一切，那宏大的意志、无与伦比的法则压制得他难以动弹，身体险些裂开。

这就是仙王的手段吗？刚才他如同那怒海中的浮萍一般，即便有盘王出手庇护，也差点儿葬送在此。

“我欲成仙！”石昊低语道，握紧了拳头。

此时，他站在星空中，深刻地感受到了仙王的恐怖。仙王高不可攀，随意一击就可以取他人性命，令人无法反抗。

事实上，石昊的表现算好的了，换作别人早已瘫倒在地，身体被压制得动弹不得。

“你要活下来，莫要辜负我为你争取的机缘。”禁区之主说道。

他出现在石昊的身边，水晶头骨、金色手骨、发光的眼球也同时出现，气氛有些紧张。

“荒！”

就在此时，敖晟仙王所统治的宇宙星空中响起一声低吟，传到了盘王所统驭的大域中。

众人听闻，皆不禁发自灵魂地战栗。

“敖晟仙王要杀荒？”清漪大叫道，脸上露出惊恐之色。

谪仙、石毅、邀月公主、拓古驭龙等人都变了脸色，他们知道石昊危矣，多半要命断仙域。

仙王要杀生，谁人能抵抗？

这一刻，所有人都明白了，荒要覆灭了！

“当真杀意浓！”禁区之主冷声道。

在这片星空下，一道涟漪落下，发出宏大的声音，在呵斥石昊。那是敖晟仙王的手段，他要再次压制石昊。

“咔嚓！”

这一刻，禁区之主化成半块雪白的头骨，迎了上去。随后，清脆的声音响起，雪白的头骨上出现了一道触目惊心的裂痕。

与此同时，水晶头骨、金色手骨、发光的眼球纷纷冲了出去，帮石昊挡下了这一击。

“不！”石昊大吼，目眦欲裂。

值得庆幸的是，禁区之主和三个老妖怪虽然在那仙王的轻叱下各自出现了一道可怕的裂痕，但没有爆开。

这一击又避过去了。

“再一再二不再三，你在逼我！”禁区之主冷冷地道。

“一代仙王殒命，执念不散……”另一片星空深处，敖晟仙王道。

禁区之主化成的头骨的口鼻间喷出一道烈焰，那是仙道火光，一下子席卷宇宙，照亮星海。

“界灭！”与此同时，他喝出这两个字。

（本册完）

更多精彩，尽在《完美世界》第30册！